月夜のミーナ

柴田周平

河出書房新社

高いところから落ちたんだ。紐をぶら下げて落ちてきた。母さん、生んでなんて言ってない。こんな世界があるなんて、全然知らなかったんだ。

装幀——山元伸子
カバー装画——ルオー「郊外のキリスト」

月夜のミーナ

1

熱い塊が落ちてくる。臍《へそ》の下で渦を巻く大きく丸い塊だ。色は何色だったかと考える。確か、赤と黒の中間の色。そんな濃い色をした目玉みたいな物体が、瞳の端に見えている。首に紐をぶら下げて、黒い歯形を縁に付け、僕に向かって落ちてくる。そんな不気味な塊を、夢で見たなと思いながら目を覚ます。

外は暗闇の中だった。隣りのアパートの廊下の明かりがカーテンを透かして一つ見えている。昨夜も夜を引っ張って、ぎりぎりまで起きていた。そして疲れ果て、そのまま眠り込んだはずだった。着替えもせずにベッドにもぐり込んだのを覚えている。あれだけくたくただったんだ。このままベッドの中にいて、誰が文句を言うもんか。時間をいうわけじゃない。起き上がって外に出る。そんな力が僕にある……。

気怠《けだる》い重さがのしかかる。疲れてるんだ、重いんだ。疲れを気にすれば重くなり、鋼《はがね》のように硬くなる。が、それ以上に厄介な問題は、この塊の下半身。そこには迫りくる熱っぽい感覚が渦を巻いて待っていた。感じて知らんぷりをする？　そんなことができるのか？

僕の不快な下半身。ほっておくわけにはいかないし、だからって、布団の上に垂れ流す？　そりゃ、もっとできないことだった。いっそのこと、便器に流し込むホースでも置いときゃ。そうすりゃ寝たまま用を足すことも、その後知らん顔で眠り込む。そんなこともできたのに。世の中どこに行っても老人の時代だ。その手のホースの二、三本、探せばマーケットの棚にでも、積んであると思うのに。便利さを追求するのは悪じゃない。時代の要請でもあるんだし。

まあいいじゃないか。考えるのはもうよそう。考えてもきりがない。それよりまずは行動だ。動き出せば大抵は片が付く。たかがベッドを出てトイレに行くだけだろ。でもベッドを出れば一日という長い時間に向かい合う。今日一日、僕が出会う人やもの、摑みどころのないイメージや現実の影。どんな仕草と表情で奴らを見るんだ、顔を向けたらいいんだろう。波打ち際に捨てられた砂の城郭と身の塊。見てくれだけはそれなりにも見えるけど、張りぼてみたいに壊れやすい心とそして精神だ。呑み込まれるのを知りながら、形ばかりの塊を抱えて僕は生きていく。

父さんが言っていた。「地に足を着けるんだ。おまえ、天にでも昇るつもりかい。理想は高くてかまわない。でもそれをした日にゃ、翼のない人間は、地面に落ちてペチャンコだ。好きにできると思っているのかもしれない？　けど真理とか希望とか正しさとか、形のないものなんて、世間じゃ通用しないんだ。お前が潰《つぶ》れてもかまわない？　そういうんなら、お好きにどうぞ、すればいい。でもいいか。生きていくお前の日々はそれでお終《しま》い、終わりだぞ」

僕は自嘲的に父の言葉を思い出す。実際、父の言葉に嘘はない。でもそう言えるほど、父は立派な人間か？　たぶん父は教科書的に、調子に乗って言ったまで。だから逆に言えたんだ。

「わかってるよ、そのくらい」その場で言い返すべきだった。

父ははき違え、僕を理解してるんだ。誤解しないでほしいのは、僕が自分の意思で地べたから、離れたり戻ったり、気儘にしてるわけじゃない。そりゃ僕だって、地面に張り付いていたいんだ。

その方が楽だし気持ちがいいに決まっている。でも僕の生活には重みがない。地上に留まっているための、重さというものに欠けるんだ。だから気を抜けば宙に浮き、空に舞い上がるんだ。嘘じゃない。僕という人間は、地べたに張り付いているための、目方が軽すぎるんだ。もしかして、重みがないぶん重心が外に出て、雲の上に移動した？　だから地上にいるには、行っちゃダメ、ダメだとシャツを摑まえる、親切な人が要るんだ。でもそんな人がどこにいる？　どこを探してもいやしない。

もちろん現実的になれないのは大きな問題。現実が見えないので過去のつまらない記憶にばかりこだわって、どうでもいい思い出に振り回され、意味なく考えてしまうんだ。古い記憶に囚われて、瑣末な出来事にあくせくと、そのうち思い出に怯えだし、いつもびくびくしてるから、こうなるんだ。これじゃ大脳だって疲れるよ。長い月日を経るうちにダメージが蓄積し、認知機能をすり減らし、神経を動けなくしてるんだ。お陰で僕の脳みそは、昔話や空想的な作り事、そんなものにしか反応しなくなっている。

「でもそれくらいならましな方。嘆くことはないだろう。記憶、記憶っていうけれど、それでも世界に反応しているだろ。意味も通じるしコミュニケーションも悪くない。まあそんなもんだぜ。反応さえしていれば、いざという時、助けだって呼べるだろ。捨てたもんじゃない。現実的になれない、動けないって言うけれど、それは贅沢な悩みだ。現実的でないんなら、逆に打ちのめされることもない。かえって生きやすくなっている。くよくよして何になる。過去の記憶が好きなのかい？　なら寝そべっていればいい。うっとりとした笑顔でも拵《こしら》えて、自己満足に浸っていればいいだろう。不都合なんて何もない」

言われてみればその通り。理屈の上ではそうなんだ。でもそれは慰めの言葉でしかあり得ない。過去の思い出に寝そべっちゃいられない。横にはしてもらえない。僕の記憶は心優しいもんじゃない。笑顔で握手して「久しぶりだね、よく来たね」なんて迎えてくれるわけがない。反対に、中から不気味なものが顔を出し、新たな罠を掛けてくる。思い出は言葉を通して首の根を絞めてくる。手足を縛って僕を支配しようとする。

昨日だってそうだろう。携帯の電池切れでドコモショップに寄ったのに、店員の女の子は僕の説明がわからないと繰り返す。なぜそんなことを言うんだろう。過去の記憶に引っ張られ、僕の言葉があらぬ方向にカーブした、とでも言いたげ。「電池切れです、すいません」ちゃんと言っているのに、意味がわからない、理解できないと繰り返す。だから何がわからないのかわからない。「お客様のおっしゃることがわかりません」同じことをくどくどと説明するわけにもいかないし、相手の言うことを、ハイ、ハイ、ハイと聞いてたら、新しい携帯を出してきて「はい、これはいかがでしょう」おい、こりゃ何なんだ？　買物に来たわけじゃないんだぞ。僕は女の子のいいカモだ。すんでのところで携帯を買わされそうなはめになる。

商売上手のお姉さん。あなたはそれでいいでしょう。でも僕は過去の記憶に引きずられ、何をどう表現すればいいんだか。おかしな力があるせいで、現実的な会話とかまともで普通の仕草とか、できなくなっているんです。現実を長く歪めすぎたせいなのか、外国で見知らぬ人の前にいるような、喋《しゃべ》っているのに、何だか話が通じません。相槌を打ってみたのに彼女の態度がどこか変。そんな感じになるんです。

言葉の罠に呑み込まれ、僕は溺れそうになっている。意図的じゃないにしろ、現実を避けてきたせいなのか、空想の中でしか考えられないし思えない。大学に行かないせいもあるだろう。同級生や教師とも、近所の人とも誰とも話してないこともある。話すのは頭の中でする会話だけ。だから現実から遊離して、具体的に物事を捉えられない。とはいえ原因はひとり孤立したからじゃない。それは結果で、ありそうなのは現実を認識する能力が衰えて、機能不全を起こしたこと。つまり僕というPCがちゃんと作動しないので、何をすればいいんだろう。どう感じればいいのかな。すべてが理解できなくなり、人目にも不審な行動に出てしまう。言うこと為《な》すこと全部変。なので怪しげな奴と思われてしまうのだ。仲間から孤立してひとりぼっちになっていく。

笑うべきタイミングで笑えない。怒っていいのに怒らない。冗談とわからないので話がスムーズに進まない。普通なら、どう考えてもおかしいぞ。現実に合わせて考えや振る舞いを修正するもんだろう。けど考えのパターンや筋道が、まとめてドンとズレるので、どうも修正が難しい。どうしても世界の進む方向に舵を切れない。つまらない出来事にこだわって、すっきりとしない想いばかりを溜めていく。どうあがいてもわだかまりは拭えない。仕方がないので我流で差を埋めようと、都合のいい空想を持ってきて、それに頼ってしまうんだ。でもいいかい、気をつけろ。世界は恋愛小説じゃないんだぞ。想いを押し付けてもダメなんだ。ロマンチックになり過ぎちゃ危険だろ。身の丈を考えて、皆と歩調を合わせなきゃ、大切なものを台無しに。

うまくいかないことだらけ。そんなこんなで自棄《やけ》を起こすようになっていた。深夜、部屋に籠もってから、電気を消してこの身に文句を言ってみた。

「こんなに我慢しただろ。今日だって、ずっと暗がりの中にいて、日がな一日、何かが来るのを待っていた。けど人生は冷たくて、僕には何も与えない。そろそろラスト数十分、閉店のベルが鳴る。最後の時が来る前に、頼むよ、神様、教えてくれ。僕の人生は役に立って終わるのか？　真理に近づくことはできたのか？　僕は何も残さないし残せない。だから消滅に気づく人はいないだろう。別にそれはかまわない。ただ気がかりなのは、生まれてきた意味はあったのか？　生まれ出た僕は誰で何なんだ？　それは知りたい。わかれば安らかに消えることもできるのに。お願いだ。面倒な奴と思われるかもしれないが、僕には大切なことなんだ。迷惑はかけないから、そっと教えてほしいんだ。僕だって人生を無駄に過ごしたわけじゃない。そう思いたいだろ。いま真理に近づいて終わるんだ」

僕は甘い空想の中で子供っぽい駄々をこねていた。あれが欲しい、これは嫌、と幼児《おさなご》みたいにぐずってみた。そのうち本当に消え入りそうな気になった。と、目から涙が溢れ出た。さっき言ったことはもう忘れ、英雄が最後を迎えた時みたい。悲しくも安らいだ気になった。腺病質の男の子。甘ったるいミルク風呂に痩せた手足を浸けている。自己陶酔の中の君。だからって得るものがあったかい？　嫌みの一つも言いたくなる。

「君、カタルシスになったかい？」

けどそれじゃ、何の解決にもなってない。空想に酔えば事態を拗《こじ》らせる。問題を先延ばしにするだけで、自分自身を追い詰める。当たり前だろ、英雄じゃないんだから。誤魔化したって意味がない。前に進もうと思うなら、空想の覆いを剝いで身の現実を眺めなきゃ。

リアル、現実っていうけれど、ならいっそのこと、この場でぶっ倒れ、息絶えてしまえばいい。

それが現実に向き合う一番いい方法だ。だって死こそ紛れもない身の現実なんだから。けどそれじゃ、理由はともかく結果として、世界の現実から逃げること。確かに、死以上に現実的なことはない。でもそれは目の前の現実を通り越すという意味で、遥かに現実的なことなんだ。

わかっているよ、社会で生かされていることくらい。百も承知のことなんだ。なのに僕の考えや振る舞いは、いつも些細なことにこだわって歪んでしまう癖がある。ブーメランみたいに弧を描き、どうも内側に曲がるんだ。もっと身を押し出して、駅や広場や学校の人の中に紛れなきゃ。そう考えて意識して、歩き出したはずなのに、気づくと薄暗いファンタジーの森にいて、ヒマラヤ杉の木の下にしゃがみ込む僕の姿が目に浮かぶ。

逃げ出そうとしたわけじゃない。でも外に出て人と会い、笑ったり怒ったり、うまく立ち回って生きていく。そんな生活にはどこか恐れをなしていた。皆と一緒に過ごすこと。何でそれが怖いんだ。ここは君が生まれ落ちたとこだろ。ただその場所で過ごすだけ。説教でもするように身に囁《ささや》いてみてみたが、返事はなかった。

気がつくと、僕は右手で目頭《めがしら》を押さえていた。で、ため息を吐《つ》いていた。体中にわだかまる、不安や恐怖や黒いスモッグみたいな感情を、肺の中に掻き集め、纏めて一気に吐き出した。出せば少しは楽になる。そんな気がしたのかもしれないな。

力を込めて上半身を持ち上げる。掛布がずれて裸の胸が現れる。やっと動く気になっていた。目を引くと滴《しずく》が鳩尾《みぞおち》の窪みの中で光っていた。汗が噴き出した後なので、濡れたシーツは肌について離れない。

シーツを剥がそうと手を伸ばす。と、肌色の脹脛《ふくらはぎ》が露出して、網目状の血管が現れた。管《くだ》に沿って水滴が落ちていく。目の端で滴《しずく》の後を追いかける。視線が動いた瞬間に、記憶の網が視野の角に絡まった。目の縁に記憶の玉がぶつかって爆《は》ぜたんだ。光の粒が飛んできて、頭の中の鍵穴に鍵の棒を押し込んだ。カチッと乾いた音がして、びっくり箱の蓋が開く。古い記憶の入口が突然ドアを開けたんだ。隠れていたイメージの痕跡が僕の前に落ちてきた。忘れていた思い出の一場面。幻じゃない。夢じゃない。映画のシーンでもないはずだ。

忘却の淵に放り置かれた傷痕が元の場所に戻って来た。同じ姿勢を取ったまま僕はその断片を追いかける。でもほんの一瞬、二秒か三秒、いやもっと短い時の隙間で起きたこと。

水溜りが見ていた。で、人が落ちてくる。落ちてきたのは……え！　僕そっくりの人間だ。確かに僕に似た姿かたちの人間が落ちてくる。スクリーンに浮かび上がってきたものは、そんな姿の僕だった。

「古い記憶だろ。一度忘れた記憶なんて信用できるもんじゃない」

確かに彼の言う通り。過去のことは何とでも言えるから。作り変えるのも簡単さ。偽装してもわからない。面白おかしく言ったって、皆本当と思うだろう。真っ当な意見だ。人の記憶の正しさを測る機械はないんだし、的を射た見方だといっていい。だからって、蒸し返して何になる。でも僕はガリレオみたいに「それでも僕は真っ逆さま。上から落ちて来たんだぞ」そう言ってみたかった。だって記憶は生々しい現実感を伴って、しっかり根付いているんだから。嘘偽りを言うわけじゃない。古い記憶は楠の大木みたいなもんだろう。意外に深い根を持っている。だから誠実に、可能な限り正確になぞることが大切だ。

いずれにしろ、僕は空中に舞い上がり、現実には摑みようもない巨大なものに囚われて、もがきながら落ちてきた。もしかしたら手足をバタバタとばたつかせ、叫び声を上げたかも。おそらく空間を搔き毟《むし》り、冷たい空気を蹴飛ばして、吹き上げる風に殴りかかっていただろう。身をがむしゃらに動かして、喘《あえ》ぎ苦しんでいたはずだ。そして何かを求めながら落下した。最後に僕は水溜りに石ころみたいに落ちたんだ。何のことはない。ポチャンという音がした。子供の頃、石を投げて遊んだ時に聞いた音。いつものつまらない音だった。

水面に落ちたところで僕の記憶はチョン切れる。理由も何も示されず「ご機嫌ようのさようなら。お帰りはあちらから」と終わっていた。説明くらいしてくれよ。文句の一つも言ってやる。一方的に記憶の背から振り落とされたカウボーイ。一体何が起きたんだ。落ちたのはどこで、いつのこと？　知りたくても、聞く友達や兄弟はいなかった。手がかり一つ残さない巧妙さ。糸はプツリと切れていた。

それにしても途切れた記憶の始まりはどこで、どの町に向かうのか。いや、そんな回りくどい言い方じゃわからない。要するにこの記憶は僕にとって何なのか。どんな意味を持つものなのか。僕という人間は誰なんだ？　僕が知りたいのは塊の本質だ。でもそれを探ろうにも、僕は記憶の網の外に放り出されていたんだし、欠片《かけら》や断片を見つけるのも難しい。残された方法はただ一つ。破片をていねいに辿り直してみることだ。が、何度繰り返してみても、月が地球を回って飽きることがないように、距離を縮めるのは望み薄。到底無理に思われた。

頭の中の引き出しを引き抜いて、楊枝で四隅を突《つ》ついたが、どう搔き回しても突ついても、記憶の鎖は進まない。分厚い壁にぶつかって、弾《はじ》き返されてしまうのだ。ビッグバンと同じで、その前に何かがあったわけじゃない。時の流れもそこで見事に切れていた。場所だって移れないように、部屋には鍵がかけてある。声も聞こえないし、臭いだってしなかった。すべてがそこで行き止まり。そこより前には何もなく、深い縦穴が口を開《あ》けて待っているだけ。次元を異にする氷山みたいな絶壁が、僕を突き放すように立っていた。今を創り出すものがある、なんてとても思えない。

それでも僕はしがみつく。さわりの部分だけでも思い出してやる。けど痕跡は、最初の断片からして本当かい？　と疑いたくなるようなもんだった。それは余りにも変哲のない一場面。そう、延々と続く時間の中を行方《ゆくえ》なく、ひとり電車に揺れている。そんな退屈なシーンから始まった。でもなぜ電車？　そのわけは？　わからない。やたら疲れているし、うんざりしているように見えていた。もしかして僕は人生のすべての時間を、電車の中で過ごしていた？　ふと、そう考えた。そしてその先には進めない。そんな苛立ちも手伝って、電車に乗る前に何があったのか？　僕はひどく気になった。

何としても見つけ出す。必死になってもう一度、頭の中を掻き回す。が、その先の思い出は、僕を嘲《あざ》笑うかのように、いくら頭を叩こうが、蹴ろうが、殴ろうが、出てくる気配はまるでない。思うにそこが世界の限界。だから電車に乗っているところまでがリミットで、その先は、遡ろうにも事実がないので出てこない。

乗っていたのは事実だが、いつどこで何のために乗ったのか？　それを知るのは不可能だ。でも電車に乗れば誰だって、どこかの駅に辿り着く。なら僕が乗ったのも、目的地あってのことのはず。

当てもなく、ただなんとなく乗っていた、なんてバカな人間がいるとはとても思えない。なのにその時の印象は、目指す場所が僕にある？　そんな感じはしなかった。もしかしたら初めから終着駅なんてないのかも。世界の涯《はて》に行くために僕は電車に乗っていた？

電車は各駅停車の鈍行で、恐ろしいくらい遅かった。地方都市を走る路面電車の感覚だ。それでもいくつかの駅を過ぎ、ついに海の側《そば》の無人駅に到着する。目の前には大海原が両手を広げて待っていた。高波が白い波頭を立てながら、寄せては返すのが見えていた。駅の名を確認しようと振り向くと、黒い山が壁のように立っていた。怖いくらい真っ黒な山だった。こんな山は初めてだ。岩だらけの山肌に、木の一本も生えてない。黒水晶の塊をそのまま大きくしたような黒い山。死の山？　不吉なイメージが湧いてきた。一度見た人ならわかるはず。そこには行けない、絶対行っちゃいけないな。僕もそう考えた。このまま電車に乗ってたら、早晩、麓の駅に着くだろう。そこには不気味なものが待っている。とんでもないものが僕の到着を待っているはず。怖気《おじけ》づいたわけじゃない。それで降りたわけでもない。でも気がついた時、僕は列車を降りてホームの上に立っていた。

海を背に反対側を見回すと、一本道が高い生垣に沿うように、遥か向こうまで延びていた。人の姿はどこにもない。見渡せば、垣の向こうに大きな屋敷が建っている。あそこまで行けばきっと人に会えるはず。そしてここがどこなのか、尋ねることもできるはず。そう考えて階段を降りて、改札口を出ていった。

駅舎の脇の植え込みに、顎鬚《あごひげ》の片目の将軍の銅像が立っていた。鳩のふんで糞《くそ》まみれ。汚れたままに放置された銅像だ。古いものは忘れられ放り出されてしまうのか。でも何かを睨む彼の目が、僕にはどうしても気になった。将軍は山の方を向いていた。目力で山の頂きを押さえ込み、きっと黙らせているんだろう。「掃除くらいしてやれよ」僕は将軍に敬意を込めて呟《つぶや》いた。

駅前のロータリーを過ぎると、舗装されてない田舎の凸凹道が見えてきた。浜風に砂埃をたてながら道は先まで延びていた。僕は生垣の尽きるところまで歩いていき、そこで建物の正面に折れ、巨大な石の門を通り過ぎ、屋敷の庭先に入り込む。

昼下がりの太陽がほぼ真上から照りつけた。眩し過ぎる光線を受けているにもかかわらず、その庭は薄暗い佇《たたず》まいをみせていた。一列に並んだ向日葵《ひまわり》が、爛《ただ》れた顔を僕の方に向けている。首を吊り肩を落とした人のよう。不気味な行列に見えていた。彼らは僕を歓迎しちゃいないはず。

石畳を歩いて屋敷の前にやって来た。黒くて太い門柱が、古代遺跡の玄関みたいに僕を威圧して立っていた。けど僕は子供っぽい冒険心を持っていて、それで武装してたので、怖い、恐ろしいなんて気持ちとは無関係。「待ってたぞ、お前さんの到着を。もう何十年も待ってたぞ」そう言いながら、剣を提げた番兵が中から走り出してきて、僕の体を抱きしめる。そんな光景を想像しながら、僕は身を奮い立たせようとした。

屋敷に入ろうとした瞬間、誰かに押された感じがした。別に動かされたわけじゃない。でも右足は自然と前に進み出た。躊躇なんかしなかった。僕は門柱をくぐってその中にいた。

一応中に入ったが、人の気配はしなかった。天井から裸電球が垂れ下がり、回って渦を巻いていた。風が吹いているんだろう。木の目の上で影がお化けみたいに揺れていた。怖がることは何もない。僕自身の影なのだ。

「こんにちは。誰かいますか？　すいません」。闇に向かって尋ねたが、返事はなかった。沈黙の空間を、時を刻む音がした。音の方向に目をやると、古い柱時計が立っていた。奥に龍を描いた屛風があり、中に黒い渦巻に囲まれたムカデのお化けみたいな青い龍。金色の目玉を光らせて何かを睨みつけている。ここは龍の通り道？

　屛風を挟んで両側の暗闇に、廊下が真っ直ぐ延びていた。奥を覗くと右側はただの暗闇。真っ黒な闇以外何もない。すべてを呑み込む暗闇が、不気味なまでに続いていた。

　次に反対側を覗き込む。と、あるかないのか微妙だが、光の点が……見える感じが僕にした。もう一度、瞼を擦《こす》って眺めると、うーん、どうだろう、目の錯覚？　何度目を凝らしても、光を捉えるのは無理だった。が、それでも光る気配はあったのだ。

　はっきり見えたわけじゃない。でも左側が正解だ。なぜそう思ったかはわからない。確信したというほどでもなかったが、光と闇とを比べたら、明るい方の空間を選ぶだろう。暗闇ばかりじゃ堪《たま》らない。物騒な場所は嫌だろ。

　見えるか見えないかわからない微《かす》かな光が目印だ。中に入ると廊下というより暗いトンネルという印象だ。窓一つない細長い空間を奥に向かって進んでいく。どのくらい行った頃だろう。向こうから光の帯が見えてきた。で、あっという間に、光の粒の真ん中に。眩しくて目を開けるのも辛いくらいの光の中。瞼の端を細くして光の方向を見上げると、天井と壁の隙間に長方形の窓があり、そこから光の線が落ちていた。目が馴れてくるにつれ、外の様子がわかってくる。廊下に沿って中庭があるんだろう。背の高い杉の木が、並んで何本か見えていた。脇に洗濯台を載せたような塔があり、その上に駅で見た巨大な黒い山並みが、高く聳えて立っていた。

もう一度あたりをていねいに見回した。他にも光の漏れている場所は？　でもそんなとこはどこにもない。ここだって窓があるだけ。究極の場のわけがない。目指すべき目的の地は別のとこ。望みが先に延ばされてかなうことがないように、廊下はまだまだ先へ延びていた。僕の姿は再び闇の中に消えていく。

光のない空間に入ると、また遠方に微かな点が見えてきた。僕を導き誘惑する光。目的地を選ぶ権利がない以上、それを目指して進むしか。考えてもみろ。誰が好んでこんなところにくるもんか。そんな奴はいないから、光は僕のため、僕だけのために灯っているはず。ならもう少し自信を持つべき。白い光は僕が来るのを待っている。迷うことは何もない。僕だけの光に向かって進んでいけばいいだけだ。

先へ先へと行くにつれ、微かな明かりも徐々に大きくなってくる。そしてとうとう光の灯るその場所に。果たしてその正体は？　近くで見るとステンドグラスの向こうから色とりどりの光の束が差していた。七色の光線が暗い廊下に漏れていた。

ステンドグラスはさっきの窓と同じよう。分厚い扉の上方に硝子《ガラス》の板を嵌《は》めたもの。柔らかい光線が糸を引き、闇の空間に延びていた。赤から紫までの光の帯が色を揃えて落ちている。僕は掌《てのひら》にノブの金属玉を摑まえて、それを左右に回してみた。くるりとノブは回ったが、ドアはびくともしなかった。どうしたんだろうこのドアは。もう一度回してみたが動く気配もしないので、今度は強く押してみた。押しても引いてもダメだった。ドアは壁の一部になり、そこに張り付いて動かない。ダメだ。アウト！　お手上げだ。ここより先には進めない。

廊下は完全な行き止まり。どうしよう。ここまでやってきて、ゴールはすぐそこに、ドアの向こうにあるはずと思うのに。肩を落として大袈裟なポーズを僕は取ってみる。何の意味もなかったが、僕にできるのはそのくらい。じゃ、今来た廊下を引き返す？　諦めかけた時だった。すぐ横の左右の壁にも似たようなノブがあるのに気がついた。正面だけでなく、両側の壁も実はドア？　もしかして壁の扉は開《ひら》くかも。地獄で仏とはこのことか。望みを託して回したが、動く気配はまるでない。左右どっちもダメだった。漆喰で固めたようにダメだった。僕の到着を待ちわびて、僕だけを招き入れてくれるはずのドア。けどどれも開《あ》かない。僕だけの出口なんてどこにもない。最初からなかったんだそんなもの。誰があるなんて言ったんだ。どん詰まりの闇の中、僕は行き場所を失った。

もしかしたら、ここが世界の涯《はて》？　そんな考えが閃《ひらめ》いた。だとすると、原則ここより先には進めない。じゃ仕方ないと諦めて、折角ここまで来たんだし、お土産くらい持って帰っていいだろう。せめて見るだけ、あっちを覗いてからにしてみては。目の前の板は曇っていたけれど、光を透かしている以上、向こう側にあるものを僕に見せてくれるはず。硝子の縁に手をかけて、僕は懸垂の要領で、ググッと身を持ち上げた。

ステンドグラスはドアの上、僕の背丈より少し高い位置に嵌めてある。板は格子《こうし》状に仕切られて、その枠内に神や仏や聖人の似姿を、見事に写し取っている。七色の硝子の板が使われて美しいものになっていた。けど色に埋もれた分、透き通ったとこを見つけるのには苦労した。やっと透明と思って覗いた板はすり硝子。向こう側を見通すのは無理だった。硝子の色が壁になり、あっちの世界の光景を僕の視野から奪っていた。

よくできたもんだった。細かいところまでていねいに仕上げてある。これまでもステンドグラスを見たことは何度かある。でもそのどれもが今いちで、これほどの細部は持っていなかった。細かいとこはぼかされて、曖昧なものにされていた。これだけ精巧な作品を見るのは初めて。人間業とも思えない。まるで密教の曼荼羅《まんだら》だ。格子の数だって半端なもんじゃないだろう。数える余裕はなかったが、数えてみればどのくらい？　星の数とは言わないが、千か二千、いやもっと。そんなもんじゃきかないぞ。

でも人の目とか知覚は当てにならない。すぐに罠に嵌められて騙されてしまうんだ。今日初めてのステンドグラスのはずなのに、間近で眺めているうちに、前から見慣れたものに思えてくる。今の僕がそうだった。前に見たことがあるような。

ステンドグラスの前にいて妙な気分になっていた。どう思い、何と表現すればいいんだろう。全部が変だ、定まらない。「僕は僕」という当たり前の感じさえ失って、見る人が僕という、能動的な自意識も怪し気だ。そして重大な事実に僕は至り着く。いや、着いたんじゃない、思い出したんだ。今まで忘れていた、いや、忘れることのできていた記憶を思い出してしまうのだ。

「そうだ。電車に乗っていた。あの時僕は死んでいた。つまりこの世にはいなかった」

なぜこんな大切な事実を忘れていたんだ。で、今頃になり、なぜ思い出したりするんだろう。なぜ？　ってそう言われても。でもうっかり忘れてたっていうのも変。何かを隠しているような。忘れていたというよりは、死んだ事実を否定したかった。気づくと面倒なことになる、そう考えていたのかも。なので気づかない振りをした。つまり意識しないでいた方が、都合がよかった？　少なくとも。ここに来るにはそうだった。

実際、現実の出来事には半透明な膜が掛けてあるんだ。そして膜があるのを知りながら、曇って見えなかったんだ、と露骨にとぼけてみたりする。そんな不実な舌を持つ人間が、僕の中にもいるんだろう。意識に被さった半透明な薄い膜。そのせいで死んだ事実を忘れていた。でもステンドグラスに魅せられたほんの一瞬、ちょっとした隙に、膜の一部が剝がされた。僅かの間に僕は元の記憶を取り戻す。が、そりゃ、愉快な思い出なんかじゃない。いや逆に、回想したからには一生背負い込むくらい重いもの。忘れていた、なんて弁解は許されない。だからって、中から妖怪が出てきたり、不幸や災難が降ってくるわけじゃない。ただ死という事実を避けて通れなくなっただけ。こうして僕は個人的な僕の死に向かい合う。死という現実を踏まえて、今すべきことは何なのか？何をして、何をしちゃいけないか？　ナイフを突きつけられたスパイみたいに「さあどうだ。白状しろよ、お前さん。知っている真実を洗いざらい吐くんだよ」と迫られることになる。

でもなぜ死んだのか？　できるなら、いつどこでどうやって死んだのか？　知っておきたい。けどそれを教えてくれる親兄弟や友人はいなかった。きっと状況なんて意味がない。餓死でも病死でも事故死でも、それは重要なことじゃない。大事なのは死という事実だけ。事実の重さに比べれば、原因や状況はすべて瑣末なことなんだ。死んだから、電車に乗っていたんだし、死の引力に引きずられ、ここまでやってきたんだろう。が、このあたりの状況は複雑で、確実に死んでいたとも言い難い。

僕は死んだわけじゃなく、死に向かう歩みを前に進めていた。生と死の間《はざま》にいて、目的の地に移動する途上にいた。つまり生きてないわけだから、生者の側からいえば死んでいた。でも静謐な死の世界の住人からすれば、死にゆく道にいるだけで、まだ死の岸に着いてない。なので本来の意味では死んでない。死んでもないし生きてもない。中途半端な場所にいて、歩みを僕は急かされる。

だから当然、留まるわけにはいかないし、引き返すなんてもっとできない。約束の場を目指すよりないだろう。たとえその場が、思い描いた通りのとこじゃなくてもそこに行くより他にない。そして今、地の涯《はて》の廊下の端の場所にいて、僕の目指すとこはすぐそこに。目の前の扉一枚向こう側、そこにあるはずだった。

僕はステンドグラスの前にいて、逃げられない状況に追い込まれて立っていた。最後に着いたこの場所で、決定的な選択を……迫られているんだろう。僕にわかるのは、僕の枠を見つけだし、中に身を投げてみる。そうしなきゃ、身の始末がつかないし、解決なんか見込めない。なぜって僕の到着を合図に開くはずのこのドアが、何かの具合で開かない。で、そのわけは……？　わからない。でもトラブルを乗り越えて、前に進むしかないんだし、それには身をかけてみる以外、ないだろう。

ステンドグラスの内側を上から下まで観察した。でも僕の枠がどれなのか？　区別は全然つかないし、ヒントの一つも浮かばない。それはこれまでの人生を、いい加減に生きてきた報いじゃ。もっと真剣に、真理に向かって生きていくべきだった。それだけが悔やまれた。でも今さら悔やんで何になる。僕にできるのは、残された方法を試みる。どの枠でもかまわない。この際、目を閉じて飛び込んでみることだ。すべてを委ねてトライする。そうすれば誰かが導いてくれるはず。この状況を抜けるには、他に方法はなさそうだ。結果は後から付いてくる。手段が他にないんなら、やってみるしかないだろう。

悩んでいても仕方がない。やるべきことをやってみる。覚悟を決めて二度三度、その場で軽く跳ねてみた。暗闇に細くて白い足が見えている。今はこの足に頼るしかないだろう。すべてを委ねて後方に五歩六歩。それから助走をつけて走り出す。光線の漏れる硝子《ガラス》に向けて駆けていく。エイ。

扉の前でジャンプした。走り高跳びの要領で、床の板を蹴飛ばした。

　七色の硝子に向けて飛んでいく。僕の五体は宙に浮き、ゆっくり暗闇に吸い込まれていったのだ。衝突を予想して、僕は目を閉じ背を丸め、体全体を硬くして、ぶつかる体勢を整えた。すぐに衝突すると考えた。硝子に強くぶつかって何かが砕けるはずだった。空中を飛びながらその瞬間を待っていた。でも、あれれ？　何も起きない、起こらない。物音一つしなかった。痛覚にも振動覚にも触覚にも、感じるものが何もない。三千世界の沈黙が、この場を支配するだけだった。もしかしてその瞬間、意識を失っていたのかも。けどまわりの状況に気づいた時、僕の体はあっちの世界に抜けていた。


　向こう側の世界の一員になっていた。新しい世界の中で心臓は、立派にリズムを刻んでいた。が、ホッとしたのも束の間で、すぐに高みから真っ逆さま。落ちていく身の状況に気がついた。危なっかしい物体になった自分に驚いた。凄いスピードで落ちていく。

「おい、冗談じゃない、よしてくれ。知っているだろ君だって。高いとこはダメなんだ。それにこの高さは何なんだ。いきなりこれじゃひど過ぎる。覚悟を決める余裕もない」

　僕は不満を口にした。それから顔の筋肉を引き絞り、怖がってみせてみた。でもそんな仕草や言動の一方で、意外なほど落ち着いた身と精神を見つけ出す。確かに心臓は早いリズムを刻んでいた。体も固くなっていた。が、不思議にも、不安も何も感じない僕がいた。僕は身を外側から眺めるだけの僕になり、恐怖心など何も感じない塊になっていた。

　強い風圧を受けていた。圧力で開《あ》かない目をこじ開けて、落ちていく先を見て驚いた。海なのか、湖なのか池なのか、ドライアイスを水に投げた時のよう。白い泡玉がボコボコと、音を立てて湧いていた。地球なのか月なのか、もっと別の星なのか、どこの星でもよかったが、この惑星の表面には十分過ぎる水分があるようだ。このまま水面に落ちれば衝撃も、少しは緩和されるはず。紙のようにペシャンコになり、死ぬこともないだろう。

落下しながら他にも色々考えた。このまま飛び続けられないか？　落ちるのに慣れた頃、そんな考えが湧いてきた。トンビみたいに高く舞うのは無理なのか？　いや、やってみなきゃわからない。最初からできないと諦めちゃ、何もできない、始まらない。宙を舞いながら両手を広げてバタバタ。可能な限り振ってみた。蝿叩きを振り回す感覚が僕の両手に伝わった。腕に抵抗は感じたが、飛ぶまでの揚力は得られない。

そのうち、滑稽な姿を誰かが見てるんじゃ、そんな疑念が湧いてきた。監視カメラを観るように、画面の中の僕を見て笑っている奴がいる。そんな奇妙な感覚に襲われた。許せない。ひっ捕まえてぶってやる。で、いい方法は？　よし、ならこっちから、先手を打って攻め込もう。そう考えて、わざとらしく鶏《とり》の真似で鳴いてみた。とはいえなぜ鶏の声？　どうしてニワトリなんだろう。

コ、コ、コー、コケコッコー、と画面の先のそいつに向けて鳴いてみた。「覗き見をしてるのはお見通し」奴に警告を発してみた。でも声は闇に吸い取られるだけだった。

僕は引力のなすがままになっていた。かなり下まで落ちてきて地上まではあと僅か。助けを呼べる距離じゃない。万策尽きてやけっぱち。僕は空気の壁を引っ掻いた。それから足で暗闇を蹴ってみた。でもそんな子供騙しの抵抗は役に立たない。巨大な力に引きずられ、どんどん下に落ちていく。で、ついに数秒後、水面に丸ごと叩きつけられた。思いきり、張り倒すくらい思いきり、叩きつけられたはずだった。

ポチャン、と小さな音がした。呆れるくらい微《かす》かな音。その音を聞くと同時に気を失った。どこを先頭に、どんな格好で落ちたのか？　痛かったのか、痛くなんてなかったか？　光はあったか？　闇の中だったのか？　まわりに何があり、何がなかったんだろう？　何度思い出そうとしてみても、記憶の糸はプツリとそこで切れていた。


時間はどのくらい経ったのか。水の中でもがく塊に気がついて目を覚ます。僕は浅い水溜りの中にいて、裏返しにされた亀みたいな格好で手足をばたばたとさせていた。生きていた、というのも変だが、脈があり、息をしている状態で僕は塊を見つけ出す。そして痛くもなければ痒くもないのを不思議だなぁ、と思いながら頭を上に持ち上げた。少しだけ左の脛《すね》を打ったのか、そこにかすり傷はあったけど、血も出てないし他に怪我をした様子もない。手足も胴体に付いていた。

僕は四つん這い。小動物の姿勢になり、首を持ち上げ、ぐるりとあたりを見回した。暗がりに光が線を付けていた。それから湿っぽい空気がそこらじゅうに澱んでいる。屈伸運動の要領で、ゆっくり僕は立ち上がる。水は膝小僧にも届かない。そこは海でも湖でも池でもない。防火用の貯水池か、よくて大衆浴場の跡くらい。コンクリートの壁はひび割れて、柱は黒く汚れていた。細長い採光用の窓があり、白い光が落ちている。何十年も置き去りにされた壊れかけのビルの中。遺跡みたいな建物の真ん中に、僕は呆然と立ち尽くす。さっきまでの昂《たかぶ》りは？　幻を見せられたってことなのか？　騙されたのかもしれないな。

水溜りの向こうには赤い手すりの階段が見えていた。それが中二階の踊り場に繋がって。奥の壁には黒い鉄の扉があり、幅にして二十センチくらいだろう。分厚い硝子の塊が上の枠に嵌めてある。中には強度を上げるためなのか、銀色の金網が格子状に埋めてある。が、どうみても、さっきの壮大なステンドグラスには及ばない。美しくも神々しい硝子の板はどこにある？　でも消えたのはステンドグラスだけじゃない。高い空はどこなんだ？　建物の天井は、普通のそれよりは多少高めにできている。が、高く見積もっても三メートルか四メートル。高いと呼べるほどじゃない。なら僕はどこから落ちてきたんだろう？　風圧の中で目を開けて確かめたあの高さ。空はどこに消えたんだ。騙されたに違いない。またしてもしくじった？　いや、そんなはずはない。たぶん見た目、何かが入れ替わっただけなんだ。世界は何も変わってない。世界という硬い殻の現実がすぐに変わるわけがない。

　薄汚れて見えるビルの中。僕は茫然と立ち尽くす。見た目閉じられた場所なのに、なぜだ。頬を撫でる風がある。風に乗って来たんだろう。何かがそっと近づいて、僕の耳元で囁いた。「君、天国の家《うち》にでも辿り着いたつもりかい。ここじゃ不満？　嫌なのかい？」

「不満？　いや別に、不満なんてないですよ。でもこんな薄汚いとこに来て……ご満悦？　そんな人がいるんなら、会ってみたいもんですね。僕だって、好きで来たんじゃないですから」むきになって言い返す。

「こんな暗がりの場所に来て、何があるっていうんです。見りゃわかるでしょ、そのくらい。薄汚い広がりがあるだけの……。でもあなた、前からここにいるんでしょ。じゃ、満足したってことですか」僕は見たままを口にした。

「満たされたからここにいる？　はて、それはどうだろう。ここが望ましい場所なのか違うのか、僕にもそれはわからない。もしかしたら他に移った方がいいのかも。でもここは、僕にとってはたった一つの場所なんだ。なので僕はここにいる。ここしかないからいるだけだ。それだけなんだ。嘘じゃない。ここにいて、笑って、遊んで、夢を見る。で、隠れん坊に鬼ごっこ。あとは庭いじりと山登り。けど、そんなもんだろ君だって。そんなこんなで来たんだろ」

「え、隠れん坊に鬼ごっこ?」と尋ねてみたが返事はなかった。いくら聞いても答えない。いつの間にかさっきの風も止んでいた。

　隠れん坊に鬼ごっこ? 何のこと。何を言っているんだろう。身を隠せってことなのか? それとも隠れている奴がいる? もしかして、失《なく》し物を探すため? あるいは隠れ家を探してここにやって来た? いや、バカな。理由なんてありゃしない。上から落ちてきただけだ。

　隠したり探したり。いずれにしてもここに来たのは、僕の意思とは無関係。望むと望まないとにかかわらず、僕はこの場所に辿り着く。でも偶々《たまたま》、っていうのも変。前から決まっていたんだ。ただの偶然じゃないはずだ。

　誰だって同じこと。落ちようが躓《つまず》こうが転ぼうが、僕らはどこかに辿り着く。着くべきとこにやって来る。その場所は各自それぞれ違うけど、決められたところに着地する。着きたくなくても辿り着く。着いたのは僕だけじゃない。そうだろ。僕だって意思とはまるで無関係、ここに到着したわけだ。でも着いてしまえばここが究極の僕の席。奴の言う隠れん坊の場所なんだ。そう、この腰掛けが椅子取りゲームの僕の椅子。結果として偶然がすべてを支配したように見えている。少なくとも人目にはそう映る。が、それは偶然の悪戯じゃないはずだ。多分世界は多様な相を持っている。それ以上でも以下でもない。そして僕らは知りもしないその場所に、身を委ねて生きている。希望とか願いとか僕らの持ち込んだ持物を、世界の見えない場所に託すことで生きている。他に生きようはないんだし、そう生きるしかないだろ。そこが教室や食堂での僕の席。隠れん坊の場所なんだ。

僕が着いたこの場所は、確かに僕の帰りを待っていた。約束通り湿っぽい、水溜りのこの場所に僕は戻ってきたわけだ。で、ここに立ち、何かしらの懐かしさを感じている。どこにでもあるような取り柄もない場所なのに。頭の隅や端っこをほじくって、場所の記憶を取り戻せるのか。解答はどこを探しても出てこない。でも体に染み込んだ感覚を、どう説明すればいいんだろう。迫りくる濃厚なこの感じ。海水みたいに塩っぽい。これが答えになっているといえないか。湧き上がるこの感触。これは記憶にも理性にも勝る感覚に相違ない。頭で回想しなくても体が思い出してくれている。その方がずっと確かだ。多分ここは馴れ親しんだ場所なんだ。身はそう言っている。身体《しんたい》が答えてそう言うんなら、間違いはないはず。そう、懐かしい場所に戻ることができたんだ。

でも残念ながら、僕の記憶は突然ここで切れていた。回想のスクリーンをいくら進めようにも進まない。懐かしいとこに戻り着き、ホッとひと息。うっかりクリック、ファイルをごみ箱に捨てたのか。後の記憶は削除され、僕の前から消えていた。思い出そうとしても無理。向こう側に行くのは不可能になっていた。

が、僕がここにいる以上、記憶があろうとなかろうと、この塊は途切れず存在してたはず。だとすると、記憶がちょん切れた後の僕は何をして、どこを彷徨《さまよ》っていたんだろう。僕だけじゃない。僕と一緒にいたはずの、水溜りや窓や階段はどこに消えていったんだ。他のビルに引っ越した?わけもないし僕自身、どうやってあそこを抜け出しここに戻ってきたんだろう。あっちからこっちに抜けるような道。トンネルとか廊下とか地下道とか。そんなものがあるなんて聞いてない。

実際、どうやって外に出たんだ？　建物の構造からいえば、中二階のドアを開《あ》けて外に出る。そのくらいしか手はないと思うけど。あるいは採光用の窓を破って抜け出した。もしかしたら気を失い、倒れたところを消防隊か警官に見つけられ、運よく救出されたのか。いずれにしても先の記憶はきれいさっぱり消えていた。そこですべてが終わっていた。叩いても揺すっても、そこより先には進まない。こっちの世界に抜ける道。そんな通路があるんなら、僕に教えて下さいよ。

僕は思い出すのを諦めた。これ以上、掻き回しても意味がない。石の欠片《かけら》も出てこない。それより今日という日をどうするか？　どこに行き何をすればいいんだろう？　道も人も建物も、街全体が陽を浴びて明るく輝いて見えている。一日を始める時間を迎えていた。

そっと瞼を開けてみる。目が開くとチャンネルが切り替わった時のよう。古い記憶の切れ端が僕の前から消えていく。映画が終わり、灯がつき世界の光景が押し寄せる。見て聞いて、触れる世界の現実を手足を動かして確かめる。五感が僕に戻ってきた。宇宙飛行士が計器盤のスイッチを順に上げていくように、馴染みの世界の感覚が僕の手元に返ってくる。

鳥が外で鳴いていた。それから新聞配達のバイク音。機関銃を続けざまに打つような破裂音が響いてくる。カーテンの外だって随分明るくなっている。朝が圧力をかけてきた。僕は朝の騒《ざわ》めきを抱きしめながら起き上がり光の中で息を吸う。

世界は動きだしている。エンジンをかけアクセルを踏み、前に塊を押し出そう。そうしなきゃ後ずさり。溝に嵌《は》まるか、運が悪けりゃ谷底に。精神とは、動き回っていなければ、自身たり得ないようなもの。

でも動けばいいってもんでもない。真っ直ぐ進めば必ず誰かに突き当たり、背や肩や手足をぶつけてしまうんだ。だから僕を待つ困難は、現実と空想のせめぎ合いとすれ違い。何を言っても通じません、どう動いても嚙み合わない。お辞儀の一つもできないし、愛想一つ言えません。微笑のタイミングもわからない。クスクスクスわっはっは。何をおっしゃってるんですか？　全然意味がわかりません。意味、意味、意味。そして最後にわからない。厄介な問題だ。

以心伝心、阿吽《あうん》の呼吸。僕とあなたはツーカーです。そんな言葉は僕の辞書にはありません。鍵は鍵穴には嵌まりません。カードもこのへんの店では使えないんです。パスワードが間違ってはいませんか？　暗証番号を確かめてみて下さい。ハイ、ハイ、わかりましたよ、そうします。でも初めからわかっていたことでしょ。

かといって、嘆いてばかりじゃダメなんだ。戸籍を見れば一目瞭然。誰が見たってわかること。そこにはちゃんと僕の名が誕生日の日を入れて載っている。僕は真っ当な社会人じゃないけれど、姿のない幽霊でもないはず。なので人と人との関係に、線が引けないというだけで、引き籠もっちゃおれません。そうだ、規則正しい生活と向上心。社会における義務や責務を免除されたわけじゃない。すぐに生活保護や年金が受給できるわけもない。それに性格的にも些細なことにこだわって、抱え込む癖がある。無理にでも与えられた役割を果たそうと日々へとへとになっている。で、苦しみばかりを詰め込んで、腹の中はもう満杯。これじゃ下っ腹は堪らない。今にも弾けそうになっている。

半分目を閉じたままベッドの外に僕は出た。尿の溜りに気を取られ、気づくこともなかったが、脇腹には別の違和感が貼り付いて……。立って初めて気づくとは。そうだ、昨夜から睾丸は腫れて赤くなっていた。じっとしてれば痛みも何も感じない。でも指先で突ついたり、触れたりすれば鈍痛が、急いで脇腹を駆けていく。普通の痛みじゃないはずだ。抓《つね》ったり叩いて感じるもんじゃなく、病気の兆候と思った方がいいような。もしかしたら汚い手で弄《いじ》くり回したそのせいで、菌が入って感染症？　いや性病とか腫瘍とか、明確な病気ってこともある。でもそれ以上に気になるのは、以前そこを弄られたのが原因で。そう、駅前の病院で、切れ目を入れられたのがきっかけで……。

痛みは症状の一つと判断していいはずだ。でもこれは本来のそれじゃなく、人為的に作られたものなんだ。あの時病院で触られた袋と中身が疼《うず》き出し、爆弾となって破裂した。

そう考えた瞬間に不安が溢れ出してきた。それが壁とか窓枠を這い上がり、僕の足元に辿り着く。忘れていた前の記憶が戻ってきた。

いいかい、男性器なんて管《くだ》だろ。機能からいえば、遺伝子をコピーしてそれを外に運び出すチューブみたいなものなんだ。なので腫瘍とか炎症で、管が詰まれば精子を外に運べない。それだけならましな方。僕の場合は途中でそれが破裂して、液を漏らした？　はっきりとはわからない。が、重大な変化が起きたのは確かだし、それは病院で受けた不吉な処置のせいなんだ。それ以外、あり得ないし考えようもないだろう。あの時、体に異変が起き、何かが蝕《むしば》まれていったんだ。もしかしたら別の何かを仕込まれて、一部が寝返り？　僕に反旗を翻し、もう一つの僕を生んだのかもしれないぞ。

僕は便器の前に前屈み。下着をずらしてもう一度、脇に指先を触れてみた。ダメだ。全然ダメだった。ビー玉くらいの塊がそこにあり、熱を持ち、赤く腫れているようだ。前に切られたその裂け目。そこが腫れて熱くなり、虫歯を楊枝で突いたよう。気味の悪い鈍痛が背骨を上に駆けていく。身を蝕《むしば》む僕がいた。そんなイメージが湧いてくる。それは運命の不吉さを暗示するようにみえていた。僕が別の僕に呑み込まれ、あっという間に消えていく。文句の一つも言いたいが、言わないうちに占拠され、一切合切を奪われる。新しい僕は元の僕を食い尽くし、あざとく僕を見下して、くすくすゲラゲラこれ見よがし。下半身を弄くり回しているようだ。それから嫌がらせでもしてやれと、管を奥から摘み出し、折ったり曲げたり伸ばしたり、真ん中でわざと捩《ねじ》ったりしてみせる。なぜ悪戯《いたずら》をするんだろう。存在を誇示したいのか見せたいか。一方で、僕はいいようにあしらわれ、理不尽な痛みに耐えるだけの塊に成り下がる。軽々と僕を操作する姿なき奴らの行為を前にして、黙して語らず何もせず、身の感覚を操るのも難しい。

パンツから性器を引き出そうと手を尽くす。でもそれは白い布に包まれて蓑虫みたいに縮こまり、すぐには出てこなかった。産毛でも生えていそうな肌の虫。そんな性器を指で摘んで外に出す。下腹部が緩んだところで先っぽから、黄色い液がちょろちょろちょろちょろ。でも腫れのせいか、管が詰ったせいなのか、量は少な目、加えて勢いがまるでない。色だって濃すぎるように思えたし、何せ泡立ちすぎているだろう。痛みや腫れを思い出し、暗い気持ちになってくる。

「新しい僕だって？　おいおい、笑わせるんじゃない。別の僕？　侵入してきた僕だって？」

再び上から声がした。誰なんだい？　種として入り込んだ奴？　こんなことができるのは、奴ら以外にいないから、あいつらの声と考えていいはずだ。それに奴らは以前から、僕の中に入り込み、臍《へそ》のあたりに寄生して、僕と一緒に成長し、今ではシャム双生児みたいに切り離し難《がた》くなっている。

だからあいつらが新しい芽を出し、古ぼけて弱った僕を嘲笑う。不思議に思うことじゃない。

陰部から流れる液を見るうちに、不安と恐怖が汗のように漏れてきた。そう不安。不安になって当たり前。あいつらは種として前から下っ腹に棲んでいた。だから僕の未来は種次第。起きてない未来が僕の中に入り込む。でも種の中身は見えないし、どんな未来が書いてある？　わからない。わかるわけがないだろ。憶測で、ああだのこうだの言っている。未知の未来に気を取られ、引き回されているばかり。けど下腹部を捻《ねじ》ったり抓《つね》ったりする奴らはいるしそいつらの顔だって、犯行現場だって、事件が起きる日時だってわからないのは不安だろ。特に顔が見えないのは不気味だろう。もしかして奴は隣りにいるこいつかもしれないし。初恋の女の子、あるいは親切な先生だったかもしれない。わかれば恐怖も輪郭は見えてくる。形があれば対処法だってあるはずだ。が、それをイメージするのも難しい。

極めつけは犯人が自分だったなんてこと。犯人は見かけも同じもうひとりの僕だった。ところがこいつが完全黙秘だ、自白するのを拒んでいる。犯人は僕なのに、そいつは動機を語らないし話さない。何て強情な奴なんだ。それにしてもなぜ悪ふざけをするんだ。話せない、と強がりを言うんだろう。性格だって悪党というほどじゃないと思うのに。わからない。意味不明。でもわからなくて当然だ。だってあいつはかのような、みてくれだけの僕だから。僕であって僕じゃない。僕の中に仕込まれた新しい種のなれの果て。だから不思議に思うことはない。霊をわざわざ呼び出して、それに憑かれたイタコの婆さんと同じこと。我を忘れて他人の声で唸ってる。地下の闇に紛れ込み、人の振りして知らん顔。「私は知らなかったんです」これもまたひとりでする隠れん坊か鬼ごっこ。

便器の縁に屈み込み、もう一度、尿の臭いを嗅いでみた。甘酸っぱい臭いが鼻先を刺激する。病人だけのこの臭い。病院のトイレの臭いと同じだ。意味するものは何なのか。気にはなったが臭いで何がわかるんだ。しゃがみ込んでも悩んでも、何の解決にもなりゃしない。粘っこい嗅覚へのこだわりを振り切って、僕はその場に立ち上がる。右を向いてドアを開《あ》け、暗闇の中に身を押し込んだ。が、何も感じない。僕という存在すら感じない。すべては暗闇から始まった。そして今、闇の中に戻るんだ。

トイレを出てから二歩、三歩。歩いて闇の隙間に入り込む。床板のきしむ音。蒸し暑い空気が壁際に澱んでいる。それから金具の立てる金属音。壁に手をつきドアを押し、薄明かりの空間に戻っていく。部屋に入るとすぐにビニールのレジ袋を踏みつけた。足を取られて前のめり。そのままベッドの縁に倒れ込む。と、柔らかい蒲団の感触が肌に付く。元の場所に戻ったが、臭いは鼻について離れない。こびり付く記憶のせいもあるだろう。痛みを気にしたこともある。興奮が頭の隅に張りついて、元の眠りには戻れない。

やがてゲームは終わり僕の嘘は暴かれる。悪事がばれて犯人が僕であることが露見する。やはり悪党は僕だった。でも動機は明かされないし、喋らないから、事件は内部にポツンと一個あっただけ。行き場のない内向きの犯罪だ。社会や他者への犯罪じゃなく、身に向けてする罪と罰。身を弄《もてあそ》ぶだけの自慰としての犯罪だ。見た目、問題は起きてない。なので異変にも気づかない。だって僕がなけなしの千円札を財布から、抜いて投げ捨てて何になる。犯罪じゃないけど、何の得にもなってない。わざとらしい身振りと視線があるだけで、表面上差し引きゼロで得もなし。「バカバカしいことをしたわよね」あとで言われて呆れるだけ。

例えばカードで現金を引き出して、それをどぶ川に捨ててみる。これは略奪でも窃盗でもないけれど、明らかに自己破壊的な行為だろう。あえてした目的は？　それは身を貶《おとし》めて罰すること？　唯一動機といえるもの。そんなバカげた真似をする奴ら。そいつらは身を破壊する犯罪者。身の中にある罪や悪をほじり出し、店先に並べようとするナルシシスト。なぜそんなことをするんだろう。もちろん罪深いのが人間だ。原罪って言葉もあるように、人は罪深くできている。罪なんて探せばいくらでも見出せる。なのにわざわざ罪と罰とを挙げ連ね、バッテンを付けて目立つところに置いておく。そうしなきゃ安心できないし、何より落ち着きを失くすだろ。で、ありもしない悪行まで捏造し、身を確信的な犯罪者に仕上げおく。それらしきものを嗅ぎ出して、罪を犯した犯したと二重丸を付けておく。

僕はまたしても考える。僕もまた身に喰らう内的な犯罪者の影を持つ。たぶん似たような罪を背負っているんだろう。でもそれが事実として、悪いのは僕なのか。確かに僕は身を罰しようとしたのかも。が、だからって悪いのは僕じゃない。絶対違う、僕じゃない。それは理屈上の方便で、こんな汚いやり方で罪をなすり付けた奴。僕を真犯人に仕立て上げ、逃げ出した悪党がいたはずだ。悪いのはそいつらで、僕は知らなかったんだ。知らなかったから狙われたのかもしれないが。だからって泣き寝入りなんかするもんか。妥協なんかしないから。僕を罠に嵌め、食い散らかした悪党たち。そいつらの首の根っこを摑まえて、必ず当局に引いてやる。あいつらはくさい臭いの染み込んだこのあたりが好きだから、今もそのへんにいるはずだ。奴らを必ず捜し出し、後ろ手に両手を絞めて言わせてやる。「悪いのは私らで、あんたらじゃありません」でも捕えてみたら奴らは分身、裏側の見えないとこにいた二番煎じの僕だった。僕が僕を糾弾し、してもいない犯罪で身を犯人と確信する。これじゃひとりでする鬼ごっこ。身と精神を捕まえて、こいつが鬼だと言っている。両手でするジャンケンと同じこと。何の意味もありゃしない。

眠れない。どこか昂《たかぶ》って眠れない。しばらくじっとしていたが、やはり同じことだった。このまここにいても仕方ない。寝るのを諦めてベッドのそばを離れていく。

電気をつけ、引き出しから古い手鏡を取り出した。蛍光灯の光の中、輪郭のぼやけた白い顔が見えてくる。昨夜、鏡の中にあった顔。一夜を経て、新たなる変質を被《こうむ》って……。変質？　たぶん変質といえるもの。とはいえ、今の事態を語るのに、この言い方が適切なのかどうなのか？　自信が持てない。でもこの状況を示すには、変質という言葉を使うしかないだろう。

僕の顔が変わっていく。もちろん取り返しようもない変化があったわけじゃない。いや、僕のいう変質は、普段は気づかない、ちょっとした質の変化をいっている。でもどんな些細な変化でも、顔に起これば他の部分とは違った様相を帯びてくる。顔という場は、他とは違う場所なのだ。細部が全体を突き崩す。少しの変化が巨大な偏倚《へんい》を呼んでくる。

僕の場合、顔の変質は歯を抜いた直後から始まった。抜歯の影響で口元に、微《かす》かな綻《ほころ》びが生まれたのを覚えている。気にすることもないくらい些細な変化のはずだった。ところが影響は、玉突き式に広がった。

正直、これほど大袈裟になるなんて……思ってもみなかった。変質は、僕の予想を遥か超え、顔全体に広がった。最初は口元から顎の領域、そして雪崩を打って目の周辺に辿り着く。解剖の教科書を開けばすぐにわかること。眼の周辺は薄い骨がモザイク状に重なってできている。そして見事な窪みを作り出す。だから見た目僅かな変化でも、容易に均衡を突き崩す。神の業が創り出したバランスを、下からの圧力がいとも簡単に突き破る。それまであった構造を、揺すぶり破壊してしまうのだ。新たに生まれた不均衡。これが窪みに張り付いた目玉に影響を与えないわけはない。目の玉は不安定。途端に不安な動きと佇《たたず》まいをみせてくる。

だいたい目玉なんていうものは、眼窩の中に潜り込み、そのスペースの中でしか動かない。左を見る時は左寄り、逆の時は右側に。でも細かくいえばもう一つ、外側からは見え難い、別種の動きもあるわけだ。目が球であるために起こること。回っているのに誰の目にも、そうは映らない錯覚だ。

本性上、球には上下左右がない。位置もなければ方向もないので、回転を確認する基準を失ってしまうのだ。なので動きを知らせるには、それを示す印が必要。でなきゃ、動きは外に伝わらない。丸い目にその役を担うものを求めれば、それは虹彩の中の皺。それ以外、あり得ないし思えない。黒目の中に刻まれた蛇腹のような歪《いびつ》な皺。非対称さがゆえに、目の回転を外の僕らに教えている。

ある日、僕は鏡に映る僕の目を何となく眺めていた。そして突如ある事実に気がついた。注意して見ていると黒目の中にある皺が、小刻みに振動するのが見て取れた。大きく振れたわけじゃない。細かく震えるように揺れていた。ちょっと見、ただ震えるだけに見えている。でも走る車輪と同じで、球の高速での回転は、揺れる感じはするものの、止まっているのと同じこと。目玉は気づかれることもなく、密かに回転してたのだ。

この事実。なぜ気づかなかったんだ？　もちろん意図して隠したわけじゃない。悪意があったわけでもない。たとえ目玉が回っても、見る側の僕らを、上下逆さまの世界が襲うわけじゃない。世界はいつもと同じ姿でその像を結んでいる。この安定した世界の像を前にして、僕らは容易に騙される。

僕の顔がいい例だ。目の玉の回転で、今までに見たこともない思わぬ表情が浮き上がる。最初はなぜ？　と不思議にも思ったが、ごく簡単。目の動きに引きずられ、眼窩の端が少し位置を変えただけ。でも顔は多くの骨の結合からできている。たとえ僅かでも動けばバランスを崩すのは当たり前。些細な動きも顔全体に波及する。見たこともない僕のものとも思えない表情が現れる。左右の均衡、眉毛の位置、目尻の下がり方がポイントだ。

けど変質が始まったそのわけは？　単純に抜歯のせい、と言い切っていいものか？　だって歯を抜くなんていう行為、誰だって経験するだろ。それでいちいち顔の形が変わってちゃ……。抜歯の影響もあるけれど、それはきっかけ。見えないところの出来事が、その振れ幅を大にして、顔の上に現れた。そう考えてみた方が実情に近いかも。なら疑わしきはあの種だ。僕のもんじゃない種が、内側深くに紛れ込み、芽を出し僕との間で鬩《せめ》ぎ合い。その戦いが口元に始まって、顔全体を変えていく。想像力を逞しく、僕はそう考えた。

種の中に入っている見えない世界の現実と僕の顔。関係があるようでないような。これは顔が世界と僕の結び目になったからに違いない。ならば種の成長に伴って、両者の関係も変化する。顔の上に新たな結び目を結び直すことになる。顔は日々刻々と変化する。変化は不可避で避けられない。目の前の変質も、そんな事態を反映してのことだろう。

ある朝、鏡の前に立っていて、突然叫び声を上げそうになったのを憶えている。あろうことか、僕の目が狐目とそっくり入れ替わって見えたのだ。加えて目玉も爛々と、えも言われぬ輝きを放っていた。獲物を狙う肉食動物の目の玉だ。それも相当飢えた獣の目だ。「大変だ」と狼狽《うろた》えた。目から迸《ほとばし》る光線が、顔全体を焼き尽くさんばかりに輝いて見えていた。太陽を裸眼で見るのと同じこと。見ちゃ危険だ。僕は鏡を放り出し、慌てて目を伏せてみた。ところが今度は眩暈《めまい》のような渦巻が二個三個、僕に向かってやってきた。目の前で机と本棚が回っていた。床が回り壁が回り、それこそ世界中が音を立てて回っていた。このまま居ちゃ危ないぞ。体が揺れて、すぐに椅子から落ちるはず。両手で角の四角を摑まえて、その場にしゃがみ込んでみた。しかし手遅れ。眩暈の渦に引き摺られ、手足も胴体も体ごと、崩れ落ちていったのだ。

旋風《つむじ》みたいな渦巻が濃い闇を掻き回す。目から飛び出たあの光。迸る光線をまともに受けちゃ危険だろ。そうだ、目玉は大丈夫？　焼けて爛《ただ》れて炭になる？　そう考えた瞬間に「熱いっ」刺すような熱を感じて目を上げた。不安は的中。並みの熱さじゃないだろう。沸騰してもいいくらい。早く目玉を冷まさなきゃ。ほっとけばさらに濃い熱を帯び、すぐに火を出し燃え尽きる。急げ。どうしよう。いや、水に浸けて冷ますしか……。

水、水、水。そう、あそこ。急いで風呂場に駆け込んだ。

幸い湯船には大量の水が溜ったままになっていた。昨夜の風呂の残り水。綺麗な水のわけはない。でもこの期に及んで贅沢を言ってられる場合じゃない。僕は浴漕前の洗い場に膝を折ってしゃがみ込む。瞼を閉じて背を丸め、顔を前に突き出して、中を覗く格好で顔全体を突っ込んだ。それから水中で瞼をパッと開《あ》けてみた。瞬間ジューという音がした。焼け火箸を水につけた時に出るような音だった。脳みそに染み込む音を聞いたのだ。

冷めていく。両の目玉が音を立てて冷めるのを、深みのどこかで聞いていた。効果は覿面、嫌な感じはしなかった。耳の内側に響く音は弱くなり、やがて消えて無くなった。

再び鏡の前に立った時、目の回転は収まって僕は元の顔を取り戻す。燃えたぎる強い光はそこになく、目玉はあるべき窪みに収まって、目尻の位置も元の高さに戻っていた。

回転が収まると、不思議なくらい穏やかな気持ちに僕はなっていた。ぎらぎらと光るさっきまでの狐目はどこに消えていったんだ。なぜ強い光線は失せたのか。いや、本当にあったのか？　でも光る目は錯覚や幻覚じゃなかったし、シャープな形とか迸る光とか、それらを正確になぞれたし、記憶の反芻もできたんだ。僕が僕に嘘をつく。そんな必要はないんだし、あれは幻じゃないはずだ。けど矛盾。矛盾してみえるこの事実。これこそ回転のなせる業。回転運動の結果と考えていいだろう。

初めに回転があったんだ。目玉の変質は歪みの蓄積と考えてよかったし、目から出た光線は、回転による摩擦熱が引き起こしたエネルギーの放出といって差支えのないものだ。回転が収まった今、目玉は元の姿に立ち戻り、すべての変質は消費され、その力を失った。世界は元の鞘に収まって前の秩序を取り戻す。で、僕は普段の顔でここにいる。それで何の不自由も不自然さも感じない。居心地だって悪くない。変な臭いもしないし味だって悪くない。でもこの過程、どこか変だと思わない？　何か怪しいと感じてない？　終わりにしていいのかな？　必要な欠片がないとか、違ったそれが挟まった？　そんな感じはしないよね。

目玉と光と回転と。世界はぐるぐると回っている。そもそも世界の回転に気づいたのは、そうだ、あの日だ。あの時に立ち戻り、思い起こせば少しははっきりとするのかも。あの朝の出来事を僕は鮮明に憶えている。

そんなに昔ではないある日、歯医者に予約を入れていた。奇妙な歯科のクリニック。駅前から線路沿いに二百メートルほど行ったとこの角にある、背の高い草の生い茂る公園の脇の白い建物が、歯科医のクリニックのそれだった。歯医者は高くて広くてとっかかりのない、塔のような建物に診察室を持っていた。そのビルはどこから入っても入口で、窓や柱がまるでない。で、全体がだらりと飴のように垂れている、そんな感じの怪しげな建物になっていた。中に入ると壁や床は真っ白で、油か何かを塗り付けているんだろう。やたらと滑って歩くのも難しい。よほど慎重に進んでも、いつか転んでしまうんじゃ。そう思った方がよさそうな、廊下がどこまでも延びていた。僕はそんな空間を、足元に気をつけながら小刻みに、前に進んでいったのだ。

よく見ると壁の所々にドアがあり、その上のプレートに四桁の数字が打ってある。番号はてんでバラバラ、5512、2981、9105等々と、順番に何の統一性も見出せない。もしかしたら隠された意味が含まれているのかも？　暗号とかマイナンバーかもしれないし、誰かに向けたメッセージ？

そのうち、三つか四つの部屋ごとに、開けっ放しになっている部屋があるのに気がついた。中から話し声が漏れていて、それが廊下まで響いていた。会議やミーティングや研究会。そんな集まりをやっている？　血の通う場所がここにもあったんだ。声が聞こえてくるだけでホッとしたのを思い出す。

歯医者を目指して進んでいく。でも蟻の巣みたいな場所にいて、今どこにいるんだか？　それさえわからなくなってきた。ちゃんと到着できるのか？　ここは廊下と呼べるところなのか？　廊下なら柱があり窓があり、天井があってしかるべき。が、そんなものはどこにもない。広がりにうねるチューブが続くだけ。ここだけじゃない。玄関もホールもスロープも、みな均一な広がりに埋め尽くされているようだ。建物全体どこを見たって床や壁や天井を、区別するものはまるでない。円筒形の空洞が曲がりくねって続くだけ。

それでも所々に踊り場というのだろう。空間を広げて作った瘤の場所に行き当たる。でもその広がりのとこだって、管《かん》がそこだけ太いだけ。これといった特徴は何もない。チューブはそこで枝分かれ。僕は管《くだ》を乗り換えて、長いうねりに吸い込まれていったのだ。

歩いていくうちに、僕は小人になって腸の中。そんな錯覚に囚われた。腸の内部は右もなければ左もない。上がっているのか下るのか、そんなことさえわからない。だいたいどこが前なんだ。どっちに行けば終点か？　そんな摑みどころもない場所を、小人の僕はただひとり、標《しるし》も表示板もないままに進んでく。そのうち、時の流れも管のうねりに消えていく。今は夜だったのか昼なのか。今日は雨降りなのか晴れなのか。でもそんなことはどうでもいい。太陽系の外に出たボイジャーみたいにどうでもよくなっていた。どこに行こうとかまわない。何を言われても気にしない。

月夜に鄙《ひな》びた街をゆく、捨て子の少年ただひとり、長い影を踏みながら、その思い出のほとんどを失って、感覚さえも意思さえも、欲望さえも置き去りに、よろめきながらその足を、前に進めていったのだ。

どのくらい歩き回った頃だろう。すでに時空の感覚も失せていた。と、右上から白い光が差してきた。眩しいな、と感じて壁側を振り向くと、あろうことか目的地に着いていた。

「鈴木歯科クリニック」と書かれたプレートの前に出た。ここだ、と思った瞬間に、魔法が解けて目を覚ます童話の主人公のようなもの。元の正気を取り戻す。そして髭のような現実の感覚が、顎のまわりに返ってきた。いつもの僕に戻ってから、時計の針に目をやった。ちょうど時間になっていた。すんでのところで間に合った。ホッとしてドアの取っ手に手をかける。でもそんなことをするまでもない。白い扉は最初から半分開いたままだった。

壁を削っているようなドリルの音が漏れていた。僕が会いに来た人は顔も名も知らない歯科の医師。彼だって、僕の名前も知らないし、誰が来ようと気にもしてないはずだった。それでも初対面にはそれなりの、礼儀作法があるもんだ。一応、ノックしてからにした方が。そう考えて外に出て、扉の板を叩いてみた。

コン、コン、コン。乾いた音は響いたが、返事はなかった。ドリルの音に打ち消され、聞こえなかった？　まあいいさ。どうせ開《あ》けっ放しの部屋なんだ。このまま立って待つわけにもいかないし、入って叱られることもないだろう。閉めたドアをまた開けて、黙って中に入っていく。光の世界に侵入していったのだ。

明るすぎる部屋だった。入ってすぐのテーブルに、カクテルグラスが山と積み上げられていて、それが宝石みたいに光っていた。光の束に影も形も失った塔の中。部屋は光の空間になっていた。これじゃ、いくらなんでも眩《まぶ》し過ぎ。光の撥ねるフロアに、僕は人の姿を探したが……？　どこにもいない。本当に、ここは歯科医のクリニック？　どうなっているんだろう？　誰もいないんですか、歯医者さん。返事くらいして下さいよ、受付のお姉さん。

「君、挨拶なんかいらないよ。上を見て。そう、上。上に上がって来るんだよ」

上から優し気な声がした。声の方向を見上げると、治療台が天井から、吊るしの電灯みたいにぶら下がるのが見えてきた。何だ、こりゃ、何なんだ？　髭面や坊主や眼鏡の歯医者さん、それから大口を開《あ》けた男女の患者が十数人、洞窟の蝙蝠《こうもり》みたいにその台に、逆さに吊り下げられていた。で、鬚の歯科医が手招きで「上がってこいよ」と僕に合図を送っていた。けど登るのに必要な、ロープや梯子や階段は？　なきゃどうやって登るんだ。途方に暮れて立ち竦《すく》む僕の前に、さっきの歯科医が天井から落ちてきた。いや、失礼。落ちてきたわけじゃない。カクテルグラスを伝って、するするするりと降りてきた。

「グラスを梯子に登るんだ。難しいことは何もない。君にも必ずできるから」

山羊のような顎鬚を気持ちよさそうに撫でながら、穏やかな口調でこう言った。

何だって。グラスを梯子に登れって！　正気かい、歯医者さん。確かにあれを伝って先生は降りてきた。そりゃどうしても「やれ」っていうんならやりますよ。でもなぜそんな必要が？　登らなきゃダメですか？　嫌だなんて言いません。けど情けないことに、僕は器用じゃありません。はっきりいって不器用です。そんな僕が危なっかしいグラスを梯子に登っていく。無茶ですよ。危険極まりない行為です。どんな結果が待ってるか。途中で諦めるんならかまいません。けど不幸にも落ちた時はどうでしょう。硝子の上に転げ落ち、大けがだってしかねません。そう、だから単純に怖がっているだけじゃないんです。登りたくても運動神経を考えて、慎重になっているだけなんです。

わかってますよ。登らなきゃ、治療台にゃ座れません。歯の治療もできません。単純なことだし言われなくてもわかります。僕は頑固者じゃありません。いや、むしろ物わかりのいい方だと思います。先生がそこまでおっしゃるんなら、やりますよ。自分で言うのもなんですが、ケチな人間じゃありません。

その時また、上から人が降りてきた。治療を終えた患者さんなんだろう。彼はするりするりとものの見事に降りて来て、何事もなかったかのように扉の外に出ていった。僕よりも後に来た人たちも、グラスを梯子に登っていく。まごまごしてはいられない。ここに来て、何もせずに引き返すそんなわけにはいかないぞ。

チャレンジだけはしてみよう。僕は登っていく人を真似、グラスを上に積み上げた。それから縁《ふち》に手をかけて、「よいしょ」と塊を持ち上げる。そして一段また一段、グラスの階段を登っていく。最初は上手くいきそうに思われた。中間点が近づいた。もう少しで折り返し。ここを過ぎればあとは降りていくだけ。多少の自信もついてきた。難しいことは何もない。そう言って、気を楽に。と、すぐに柱が見えてきた。丸い柱を見ていると何かを思い出した気になった。グラスの梯子のからくりがわかった気にもなってきた。別に不思議なことはない。仕掛けはあったがさほど高度なもんじゃない。

ついに中間点に辿り着く。そこには中をくりぬいた丸太が一本、ブランコみたいにロープを通して上から吊り下げられていた。グラスを登り切った人たちは、その太い棒に腰かける。でもそれは手足を休めるためじゃない。周囲を見渡すためでも順番を待つためのものでもない。一度そこに座らねば、次に進めないから座るだけ。けど丸太ん棒が滑るので、重さをかけるとバランスが……。腰を下ろせばあっという間に不安定。揺れて傾いてしまうのだ。そしてそこから半回転。世界の上下が逆になる。反対の世界が僕の前に現れる。

世界は逆向きになっていた。今度はその先を上から下に降りていく。逆転した世界の中でグラスを逆に降りていき、ついに天井に辿り着く。別に難しいことじゃない。脚立を立てて上に行き、登り切ったら向こう側に降りていく。たったそれだけ。でもね、着いたところは元いた入口の前じゃなく、天井の治療台の脇んとこ。驚くような仕掛けじゃない。つまらないとはいわないが、まあ当たり前。そして単純なもんだった。

普通ならわけなくできるはずだった。でもどう工夫しても難しい。中間点から降りようとした時に、躓《つまず》き、しくじってしまうんだ。別に焦ったわけじゃない。自分では慎重に足をかけたはずなのに、なぜかグラスを踏み外し、入口の脇に転げ落ちてしまうんだ。何度やってもダメだった。同じところで同じ動作をした時に、足をかけ損ねてしまうんだ。注意力が足りないのか、集中力が弱いのか？　それとも不器用すぎるせいなのか？

僕は冷静に考えた。どう考えても上下の感覚が狂ったとしか思えない。丸太ん棒が半回転。百八十度回ったところで、世界の上下が逆になる？　そんなわけはないだろう。重力が地球の中心に向く以上、逆さになるのは僕の方。なのに何を勘違いしてるんだ。逆さになったと思い込み、下に降りようとするから足を踏み外すんだ。不器用や不注意のせいじゃない。思い違いをしてるから落ちるんだ。もしかしたら眩しくて目が眩《くら》み、バランスを崩したのかもしれないし、重力のからくり箱が置かれてて、それで変な気になった？　いずれにしても、妙な力がそこにあり、別の何かが欠けていた。そう思うしかなかったが、この部屋にいて、どこか錯覚に囚われる身の現実を意識した。もうこのくらいでいいだろう。これ以上騙されちゃかなわない。僕じゃなくても身が持たない。

そんなこんなの混乱の中、戸惑う僕をよそにして、上から覗き込んでいる男がいた。さっきの鬚の先生だ。彼は上の世界に先回り、僕が上に上がるのを今や遅しと待っていた。でも僕がしくじってばかりいるのでそれを見て、痺《しび》れを切らしたんだろう。待ち草臥《くたび》れた先生は、グラスを梯子にするするするりと降りてきた。

別にイラついた風もない。怒ってもいなさそう。ただ白衣のポケットから太いものを覗かせて、それを右手に握りしめ、すぐにしまい込んでからまた出して、今度は背に隠すようにしてやってきた。ポケットから取り出した逸物《いちもつ》は？　なに、何なんだ、何だろう？　側《そば》に寄って来た時に、はっきり形が見えてきた。彼は右手に歯を削る太いドリルを持っていた。

「見ていたよ。ちょっと手こずったみたいだね。残念だけど、がっかりすることはない。実際、登れない人は多いんだ」

手こずった？　おいおい、嘘はいけないな。慰めてくれるのはわかるけど、何の気休めにもなってない。僕だってまわりの様子くらい見えている。僕以外の全員が上までちゃんと登っていた。

「君は予約を入れて来てくれた。予約なしでやって来る困った人が多いのに。時間だって守っている。上でできないのは残念だ。でもここで診ることもできるんだ。オープン・ユアーマウス。どうだい、ここで口を開《あ》けてみちゃ」

先生はわざとらしい微笑みに顔全体を埋めていた。巧言令色心なし。語り口も厭味なくらい親切だ。怪しいといえば、これほど怪しげな人物はいなかった。とはいえはるばるやって来たんだし、ここで診てくれるんなら文句のあろうはずもない。躊躇はしたが提案に同意した。僕が肯《うなず》くと彼は意味ありげに僕の肩に手を載せて、確かめるようにこう言った。

「口を大きく開けるんだ。そうそう、そうだ、その通り。それから奥にあるものを、もっとよく見せるんだ……。おお、いたな。いたいた。大きくなってるな」

その言い方に戸惑った。まるでヘンゼルとグレーテルが魔法使いのお婆さんに魔法をかけられているような、奇妙な感じが僕にした。「開けゴマ！」治療台に座っていて、アーンと口を開けるだけの状況なら、何の違和感も抱かなかったに違いない。でも変てこな光の部屋の真ん中で、普通だとは思えない持って回った言い方で、口を開けろって言われても、ハイ、そうですか、そうしましょう。素直な気持ちにはなれないぞ。そんな言い回しでこられたら、警戒くらいするだろう。赤頭巾ちゃん気を付けて。もちろん僕も同じこと。

迂闊《うかつ》な真似はできないぞ。おかしなことばかり起きている。これは罠かもしれないし。いや、そうだ。きっとそうに違いない。要注意！　あたりに警戒警報のサイレンが鳴り響く。

ここに来てからの出来事を、僕はもう一度なぞってみた。腑に落ちないことも多いけど、治療を断るほどのもんじゃない。彼を悪く考え過ぎているのかも。これじゃ親切にしてくれる鬚の先生にも失礼だ。

僕は歯科医の方に向き直り、顔を前に突き出して大きく口を開けてみた。すると件《くだん》の先生は、顎を左手で摑まえて、ドリルを口に押し込んだ。おいおい、ちょっと待ってくれ。

声を出す暇《いとま》もなく、ドリルと拳《こぶし》の出っ張りで口の周りを塞がれた。いきなり突っ込むなんて酷《ひど》すぎる。少なくともフェアーじゃない。ひとこと言ってくれたって。インフォームドコンセントってのがあるだろう。一方的にやるなんて、ルール違反も甚だしい。

でも道理とか理屈が通る相手じゃない。問答無用で太いドリルを押してくる。僕は口と喉を塞がれて息も吸えない。苦しいよ、息が詰まってしまうだろ。こんな歯医者は願い下げ。これが治療といえるのか。このまま言うことを聞いてたら何をされるかわからない。

逃げ出そう。他に方法はなさそうだ。そう考えて手足をバタバタとさせてみた。抵抗の素振りを示すと彼はその表情を急に変え、いきなり肩を摑まえて、力まかせに押さえ込み、床の上に押してきた。もがけばもがくほど腕に力を込めてくる。肩が砕けてバラバラに……。そのくらい強い力で押してきた。

直後、口の中でゴキッという気味の悪い音がした。太いドリルを押し込まれ、歯茎が潰れる音だった。前歯が抜けて落ちてきた。それが大理石の上で跳ねてカランコロン。鈴が鳴るような軽やかな音を天井に響かせた。それからボールが弾む要領で、大きく跳ねてみせたのだ。それに続いてもう一つ、光の玉が落ちてきた。こいつは腫れて膨れた赤い玉。でもどこから落ちてきたんだろう。口や鼻からじゃなさそうだ。だとすると、額《ひたい》や頰の一部でも剝がれて落ちてきたのかな。いずれにしろ、何かが床に落ちてきた。

赤い玉は床に落ち、弾んで独楽《こま》のように回っていた。心臓みたいに脈打って、動き回って止まらない。屈んで玉を見ていると、向こうもこっちを窺っている様子。玉には黒目と瞳孔が付いていて、器用にそれを動かして、僕に目を向けていた。明確な意思を持ち、目と目を合わせようとする。

もう間違いはないだろう。欠けて落ちてきたものは、そう目玉。誰のものかは知らないが、目の玉が僕に視線を投げていた。拝んで祈っているような眼差しを、僕の方に向けていた。お返しに、と僕も睨みつけてやる。目玉同士がぶつかって、がっぷり四つの睨めっこ。でも僕はどこか目玉を憎めない。いや、憎むどころか親しみの感情さえ湧いてくる。これは前から馴れ親しんできたものへの愛情だ。で、僕は気がついた。目の玉は誰のもんでもありゃしない。大切な僕のもの。身の一部だと自覚して、事の重大さに驚いた。

大変だ。一大事。知らぬ間に僕は大切な目玉を失い、それに気づかないままでいた。でも状況を知った今、何をおいても取り戻しに行かなきゃ。知らぬ存ぜぬでほっとけば、永遠に目玉を無くしてしまうだろう。早く行かなきゃ視野も視力も失って、普通にものを見て、外を眺めて過ごすこと。そんな毎日さえなくすはず。が、ここはまず冷静に。混乱した精神を追い出そう。僕は目を強く閉じ旋風《つむじ》みたいな渦巻を押し出して、それから瞼《あ》を開けてみた。あれ、どこに？　目玉も前歯も何かも、きれいさっぱり消えていた。

腫れ上がり、熱や光を出す目玉。ドキドキと拍動する赤いペテルギウスみたいなその目玉。目を皿にして探したが、目の玉は僕の前から消えていた。どこに隠れているんだろう？　出口が一つしかないこの部屋で、目玉が向かうようなとこ。そんな場所があるんなら、ドアの手前かそのまわり。で、扉の側《そば》に行ってみた。舐めるように眺めると、マットの隅に光るものが落ちていた。覚《さと》られないように気をつけて、そっと目玉に近づいた。それから左手で掬《すく》い取ろうとしてみたが、ほんの僅かの距離だった。僕の手は目玉の縁《ふち》に届かない。僕の意図を察してか、目玉は指先をすり抜けて扉の外に逃げ出した。ジャンプでもするように跳ねて外の空間に飛び出した。

部屋の外にはずっと先まで滑る廊下が延びていた。目玉と抜けた白い歯がその上を回りながら落ちていく。僕は急いで部屋を出て、彼らの後を追いかける。滑って転ぶのは覚悟して、廊下と思しき空間を全速力で走り出す。予想されたことだった。いきなり足を掬《すく》われて床の上に倒れ込み、転んだままの格好で下に下にと落ちていく。管《くだ》のような坂道を、回りながら落ちていく。僕と目玉と抜けた歯の、三つが並んで落下する。地球の回転に沿いながら、引力に引き摺《ず》られ、穴の底へと転げ落ちていったのだ。

歯が抜けた後の口元の変形は著しいもんだった。土台の形が崩れたのを反映するわけだから、いってみれば当たり前。でも以前、僕は歯並びのいい方で、小さめの歯がびっしりと並んでいて、不気味な口元をしていたのを思い出す。そのせいで、中学の頃は「小粒」「小粒」と同級生に揶揄された。何が小粒なんだろう。直接聞いたわけじゃなかったが、奇妙な歯並びを皮肉られてのことだろう。だから歯など抜けてしまえと真剣に考えた。歯磨きもあまりしなかったように覚えている。

ある日、野球場の側にいて、ボールが僕の顔面を直撃した。当たったのは石のように硬い硬式の球だった。口唇が裂け、傷口からは赤い血が……。ところが表面の傷に比べて内側のダメージは、ゼロといっていいほどのもんだった。頑丈な歯が、硬いボールを受け止めた。歯の一本でも折れてたら、それがクッションになり口唇の傷は浅く済んだのに。恐ろしいほど固い歯は、びくともしはしなかった。

なのにドリルの衝撃で、歯の一本が抜け落ちた。たった一本抜けただけ。なのに歯と歯茎に動揺が広がった。前歯も奥歯も糸切り歯も、全部の歯が軋《きし》みの声を上げていた。見たこともない虫歯を見るようになる。歯茎から血が滲み出してきた。歯槽膿漏？　歯肉炎？　根元の組織に炎症が起き、腫《は》れて揺れる歯まで出始めた。それから加速度的な負の連鎖。ドミノ倒しが起きたのだ。互いがお互いを支え合うアーチ橋の真ん中の要《かなめ》の材木を抜いたよう。取るに足らない一本が全体のバランスを突き崩す。見たこともない不気味な表情が浮き上がる。留め金が外れて細部を支えられなくなったんだ。顎《あご》と口元を中心に、全部が少しずつ動き出す。以後、僕の顔面は棒きれで突かれて死んだ缶の中のトカゲやムカデや鼠たち。元の形を失って、底板に汚らしいだけの痕跡を残していく。そして早晩、海岸に横たわるクラゲか或いは巨大イカ。潰れてカラカラに干からびた影のような塊になっていく。

形を失ったのは口の周りだけじゃない。口元の変化は周囲にも伝わって、顔全体がその形態を変えていく。痩せて頬の肉が削げたとか、神経痛で顎の付け根が歪んだとか、そんな単純なことじゃない。顔全体を支えている変わらないはずの骨格が、その構造を変えたのだ。で、それは意志ではどうにもならないところまで。僕だって、手をこまねいてじっと見ていたわけじゃない。打つ手は打ったしぎりぎりのところまではやってみた。まだ動く筋肉に号令を、彼らの力を総動員。そして成果だって上げてきた。

バランスを取り戻そう。眼球や骨や関節を元の位置に戻すため、顔の筋肉を力一杯引っ張った。それは意味のない努力だったかもしれない。永遠に続く虚しい抵抗の始まりだ。徒労を生むだけの勤勉さ。無間地獄の中でする算数国語理科社会。孤高の責苦、血の流れ。言いたけりゃ何とでも言えばいい。それに思いっきり引っ張れば、引かれて変化する部分も生まれてくるはず。二次的変形とでもいう新たな偏倚も生まれ出る。だから鼬《いたち》ごっこになることはわかっていた。百も承知のはずだった。でも一度始めたら止められない。世界の真理と僕の顔。大いなるバランスをとるために、止められなくなるのは承知の上。揺れて止まらないシーソーの上にいる僕自身。そして終わりなき消耗戦の火ぶたが切って落とされた。

確かに大義は僕の側にあったのだ。でも僕は泥沼の戦いに引き込まれ、大洋を棒でかき回すかのごとき努力を強いられることになる。

日が経つにつれ、負担のかかる筋肉は太さを増し、新たなる影と盛り上がりをみせてくる。歪な膨張と異形の線。そんな形が現れてはいつの間にかに消えていく。もう自分の顔とも思えない地点までやってきた。見たこともない表情が表れる日も多くなる。初めからそうなるのはわかっていた。ある程度、覚悟はしていたはずだった。けどそんな気味の悪い表情に出会う時、引き返せないところまでやってきたんだ。諦めにも似た妙な喪失感が広がった。

ついに端っこの暗い岸辺に連れてこられた。簡単には戻れない。長い長い僕の夜。週のうちの何日かは、蛍光灯の灯の下で元の顔を取り戻す。そんな努力に埋め尽くされていったのだ。

え、元の顔？　そう、世界と僕の結び目を正しい形に結び直そうとする作業。

長時間、永遠に終わりそうもない長時間、僕は鏡の前に座っていた。加えてほとんどの夜は、何の収穫もなく、徒労だけを残して過ぎていく。過ぎてしまえばあっという間に消えていく時間。カラカラに干からびたスポンジみたいに身の形とエネルギーを吸い上げる。でも僕はすべてを呑む時の流れに逆らって、顔という真理の結び目を元の形に戻そうと努力した。歯を食いしばって頑張った。

顔をずっと見ていると、本来の顔というものを、そうはっきりとはイメージできないのに気がついた。元の顔。そう、オリジナルの顔なんて、そんなものがあったのか？　元の顔のイメージが記憶から無くなれば、そこに戻ろうとする努力は無にも等しいものになる。オリジナルがなければコピーなんて意味はない。なら最初から、原物なんか信用しない方がましだろう。目の前にある今の顔。これこそ最も確かな原物だ？　これ以上の真実を求めて何になる。大したキャパも能力もない僕を誰が信用するもんか。過去のイメージほど当てにならないものはないんだぞ。運よく元の顔を取り戻してみたとして、それが正しい僕の顔？　本物を確かめる方法なんて、持ち合わせちゃいないから。昔パリにあったメートル原器のようなもの。そんなもの、どこを探しても出てこない。正しいといえば正しいし、嘘だといえば嘘になる。世界はその程度のもんなんだ。思い切って四捨五入。目の前の偽物まがいでよしとする。そう割り切ればどれほど楽なことだろう。それで済むんなら、その方が絶対いいはず。が、そうはいかないのが現実だ。気が済んだって一時的。僕という塊は元の姿には戻らない。世界と僕とがふたりして真理を語ることはない。

元の顔を取り戻す。一見空しくみえるこの努力。でもこの営みを侮ったり怠っちゃダメなんだ。さぼっちゃ、何かを失う。僕はただの暇潰《つぶ》し。飛んだり跳ねたりしてるわけじゃない。目の前の自分の顔が気に入らない。そんな世俗的な理由で血眼になっているわけでもない。美醜や好みの問題と勘違いしないでほしいんだ。これは正しいか間違いかという真理とする綱引きだ。僕が執着するのは、元の顔が正しい結び目だからこそ、そこに戻ろうとしてるだけ。世界と僕の結び目は正しく結んでしかるべき。でなきゃ、大人の靴を履かされた小学生。マメを作ってへたり込み、もう歩けませんとべそをかく。これじゃ、生き難《にく》いのは当たり前。歩けば何かを失って、助けて下さい動けません。大切なのは生きる意味。僕と世界の間にある正しい意味のことなんだ。

生きる意味はあったのか？　そう問われたらわかるだろ。聞かれたのは好き嫌い？　嗜好の問題じゃないはずだ。求められているものは真理の次元のものやこと。正しく生きるには真理を求めて生きていく。変わりやすい感情や気分に囚われるんじゃなく、広く真理の問題が求められているわけだ。だからこそ正しい顔を追いかける。元の顔を必要としてるんだ。でもそれじゃ、失われた顔の現実を、失われた記憶に問うという矛盾した作業の中に入り込む。暗闇の森に迷い込んでしまうんだ。

毎日こんなことをしていると、一種のマニュアルみたいなものができてくる。もちろん元に戻るプロセスを単純化、操作的にすることは、絶対悪いことじゃない。

まず僕の方法は中心点を決めること。それが決まれば実際の作業に反映させていく。正しい顔に戻るため、歪みを中心の眼窩《がんか》の縁《ふち》に引いてやる。

初めに眉間、鼻先、顎《あご》の先端と、目安となる中心の線をしっかりとさせておく。次にその線を睨みつつ、顎から眉間の間へと歪みを上に移していく。それには顔の筋肉はもちろんだが、同時に十本の指を巧みに操り補完する。時には強く、別の時にはゆっくりと。指の腹でマッサージをするように歪みを上に持ち上げる。歯磨きのチューブを絞る要領で、偏倚を眉間に追っていく。そうすれば中心はその力を発揮して、黙っていてもそれだけで、偏倚や歪みを無きものに……。で、中心に向け偏倚が取り除かれていくことで正しい顔が現れる。これはアジア、アフリカ、ヨーロッパ……と六つに分かれた大陸を、太古のパンゲアに戻すようなもの。古代大陸の復元は時計の針を逆回し。分離した陸地を、ねじを巻く要領で、中に集めてやることだ。こうして本来の元の顔を取り戻す。弛んだ皮膚を引っ張って、顔全体に広がった歪みを眼窩の縁に戻してやる。うまくいき、それを回収できた時、僕の顔は本来のそれに近いものになる。理屈ではそうなるはず。完全にとはいわなくても、近いものができ上がるはずだった。

でもそれだけじゃ消えない歪みはどうするか？　硬くて回収不可能な偏倚にはどうすればいいんだろう？　これはもうウランやプルトニウムの最終処分場と同じこと。纏めてドンと目立たない鄙びた場所に移動させ、そこに埋めるしかないだろう。で、それにうってつけの場所が髪の毛に覆われた頭頂部。けどどうやっててっぺんに運ぶんだ？

移すという点からすれば、ヨーガの理論に似てるはず。目玉の奥に集まった歪みは、眉間の下にある第三の目のチャクラの位置に移される。今度はそれを貨車にでも積んで頂上に運んでいく。さらに備え付けのコンベアーにポンと載せ、ご機嫌ようのさようなら。台本にはそう書いてあるはずだった。

もちろん銀河鉄道じゃあるまいし、頭のてっぺんに線路なんてものはない。そうなると上に移動させるにはどうするか？　そこで思いついたのがチャクラを結ぶ通り道。経絡と呼ばれている気の道だ。いずれにしても目に見えないのが東洋のバイパスだ。これを使う以外方法はなさそうだ。この路を使って回収不可能な歪みを一気に持ち上げる。ならば目的は即達成。てっぺんに移せれば日々蓄えてきた偏倚から解放される。元の顔を取り戻すのも夢じゃない。計画はこんな順序で進められるはずだった。

計画がはっきりすれば、あとは実行。そして顔の筋肉を酷使する。結果、顔面の筋肉は、限界だよ、やめてくれ、と悲鳴を上げるまでになってくる。

深夜、その日一日分の歪みを集め終える頃、疲れはピークを迎えている。顔面の疲れは隠しようもない。とうに限界は越えている。顎を持ち上げようにも力はもう入らない。口を開《あ》けようにも舌も唇も動かない。目尻の筋肉は痙攣して止まらない。眉間の皺も深くなり、傍目《はため》にも疲れているのが見て取れる。残り僅かなエネルギー。それでも一日の仕上げの時間ともなれば、額と目の筋肉に残りの力を込めていく。肉の力を借りてでも、目の奥の気の道に歪みを流し込むためだ。その時、天井の羽目板を睨みつけ、板全体を吸い取るくらいの勢いを目の裏に込めていく。それから眉間に皺を寄せ、親指の腹で鼻梁の脇をグィと押す。すると眼窩の中央に集まった歪みは、鼻筋の奥へと落ちていく。目には映らないこの動き。掃き出した落ち葉を水路に流し込むような。そんな感じになるのだろう。

奥の通路に押し込めば、もうすることは何もない。例えば月に向かう気を想像。流れに任せておけばそれでいい。僕の中のベクトルが自然と力を発揮して、頭のてっぺんに歪みを押し上げてくれるはず。当然、別の力が働いた可能性だってなくはない。でも感覚的には歪みは月に向かう波に乗り、自然と昇っていったんだ。この方法。ぱっと閃《ひらめ》いてきたもので、考えて考え抜いて思いついたもんじゃない。だから一時的で姑息なもの。取りあえず貼った絆創膏か湿布薬。そんな苦し紛れのことをして、黒子や疣《いぼ》を消せるかい。それじゃ、ゴミや埃《ほこり》を廊下に掃いて出しただけ。根本的な解決になってない。今日もまた一時凌ぎの痛み止めに安定剤。どうせ今夜も先延ばし。同じことをするんだろ。そう揶揄されて笑われても、反論の言葉一つ浮かばない。

でも一連の作業を繰り返しているうちに、どこか穏やかな均衡点がやってくる。本来の顔を取り戻した至福感。頂上に辿り着いた安堵感。苦しみもがいたその果てに、満足のいくとこに出た達成感。そんなホッとした感覚に、僕は五体を包まれる。こんな馬鹿げた満足を得るために、深夜の数時間を使い切ることもある。いや、それ以上の犠牲を払っても辿り着けない日もあった。でもそこに到達できる希望こそ、次の一日を生き延びる可能性と重なるもの。少なくともうまくいった日にはそう思う。この塊はそんな危うい可能性に賭けて生きるしか、生きようがないものに違いない。

例えば講堂で、椅子取りゲームの笛が鳴る。背凭れのない丸椅子が十数個、輪になって並んでいる。でも僕の椅子は一つだけ。他の椅子は他人《ひと》の椅子。僕のための椅子じゃない。みんなは音楽に合わせて大きく円を描いて回っている。けど弱気な僕にそんな勇気はまるでない。いつ笛が吹かれても座る位置にいなければ、不安で怖くて仕方ない。強く後ろから押されても、小さなエリアから踏み出せないし出られない。誰かに椅子を取られたら、僕の席はなくなるから。この椅子だけが僕のもの。だから押されて骨が折れようと、肉が裂けようと、変な奴だと揶揄されて仲間外れにされようと、椅子の側から離れないし離れようとも思わない。蟻の巣みたいな小さな世界に閉じ籠もり、扉を閉めて鍵をかけ、籠城したってかまわない。なのでどこにも行けないし、今では行こうとも思わない。そして選択肢のまるでない不利な立場に立たされて、今日もゲームに向かい合う。たったひとりで鬼ごっこや隠れん坊をするように、皆の椅子取りゲームに参加する。

「座れ」の笛が突如広間に鳴り響く。僕は素早い動作で僕の席に滑り込む。別に不思議なことじゃない。椅子は目の前にあるんだから。そして顔色の悪そうな男がひとり、座る席を失ってゲームから消えていく。僕の知らない暗い顔のその男。似てるようにも思うけど、絶対彼は僕じゃない。そんな消えていく誰かに対して僕は勝者だといえるのか？　いや違う。そもそも彼には戦う体力がなかったし、十年二十年、三十年、同じ戦いを続けてて、もう勝負事には飽きていた。こんなゲームには初めから、興味がないし他に楽しいのを知っている。でも一連の手順を経て、ゲームを続けられる平安が僕にもたらされたのだ。椅子を得て安堵して、今夜もベッドに潜り込めるんだ。それは有難いことだった。感謝すべきことだろう。はっきり言葉にはならないが、一日分の食い扶持と居場所を得た気分にもなれるんだ。

そうさ、至極幸福なことだった。お天道様に感謝すべきことだろう。でもいつまでこれが続くんだ。やがて三十になり四十になり、運が良ければ五十にもなるだろう。今は神経とか気力とか、曲がりなりにも期待に応えてくれている。が、限界点はやってくる。どうあがいてもその日は必ずやってくる。正しい顔であるための、真理に近づこうとするための毎日が、いつまで続くと思うんだ。「辛いんだ？　知ってるよ。そんなにしんどいっていうんなら、止《や》めたっていいんだぜ。くすくすニヤニヤわっはっは。揶揄《からか》ったりはしないから」

何も知らない人たちは僕にそう言ってきた。けど僕は好きで戦うわけじゃない。今ゲームを降りたなら、僕は椅子を失ってジ・エンド。終わりにするんなら、それはそれでいいでしょう。でもね、ゲームは真理と関係するものなんだ。世界の中心に結びつく戦争だ。始め！　お終《しま》い。都合よくできるもんじゃない。私的で秘められた戦いじゃないんだぞ。

ゲームは今も続いている。でもその核心がどうもはっきりとしないんだ。いま一つわからなくなるんだ。だからって、ゲームを降りるわけにはいかないし、仕方がないので一切合財を先送り、大事なとこは塩漬けに、この戦いを続けている。ゲームが続けば破局はひとまず先送り。僕に生の可能性は残される。僕を待つ人に救いを求めつつ、決定的な瞬間を先に先にと延ばしていく。こうしてゲームは続けられ、僕は戦いの舞台から降りれない。生きる希望を消さぬよう、戦う力があるうちはこの戦争を続けていくしかないだろう。

終わりなき消耗戦。念仏を百回も千回も空で唱えて自己を無にする恍惚と、果てしなき自己犠牲。毎晩こんな戦いを、僕は身に引き受けているわけだ。それは今日一日を無事終えるため、ひと晩の眠りに安らかに就くために。そんな一瞬の平安を得るために払われているんだろう。真理が失われ、迂闊な油断が命取りになる時代。すべての時やものを犠牲にし、身の結び目を整える。ラスト一分一秒のため、払わねばならない努力だったに違いない。

こうして僕の一日は、真理と正しさをすべて手前で先送り。これでお終い、幕を引く。でも全部が終わったわけじゃない。今日で命が尽きるなら、それで済むこと。あとのことなど考えなくていいだろう。が、人生は長いのだ。明日という日は必ず僕の上に蘇る。だから意識の途切れたその先の、太陽が地球の裏側を横切っていく間《ま》のことも心得ておく必要があったのだ。

ぎらぎらと輝く太陽は夜の闇を突き抜けて、必ず朝には蘇り、僕を終わりにはしてくれない。人生が明日、明後日へと引き延ばされていく以上、眠りに落ちるその前に、僕は身の正しさを最低限守る必要に迫られた。で、そのための細工をしておく。下らないといえば下らない。もとより反論の余地などあろうはずもない。でもこの儀式じみた行いは、真摯で真剣、大真面目なもんだった。

それは入眠儀式というやつだ。やり方はまずベッドの上にうつ伏せに。で、タオルを捩《ね》じって厚みを出した枕の角に額の端を当てて置く。それから口を塞がないよう気をつけて、眉間の先を枕の縁に固定する。こうすれば一晩だけ、顔全体を枕にピン止めしておける。もちろん同じ姿勢を一晩中とり続けるのは難しい。でもタオルに張り付いた格好を維持すれば、顔は縁に引っ張られ、翌朝の偏倚は軽減されるはず。眠った後はともかくも、眠りに落ちる際《きわ》までは、歪みの恐怖を遠ざけておけるのだ。

それだけじゃない。うつ伏せには他にも効用があったのだ。例えば仰向けの姿勢なら、鼻先が顔の高い位置にくる。なら重力は外に顔を引っぱるので、顔全体は外に伸び、歪みは縁の外側に。一方うつ伏せだと、底の鼻先にベクトルが向かうので、今度は全体を中に引く。顔の中心が鼻だとはいえないが、それでも真ん中に近い鼻に向かうので、偏倚は中央に集まりまわりには広がらない。歪みは眠っているうちに自然と縮小するわけだ。

もちろんすべてが解決したわけじゃない。うつ伏せのまま、一晩同じ姿勢でいれるのか？　果たしてそんな格好を長く続けてられるかい？　眠りは必ず僕の願いを裏切って、体の向きを変えていく。傾いて、ひっくり返されたらもうお終い。何の意味もありゃしない。で、僕は考えた。アイデアを色々出してみた末に、ベッドの端を高くして、船底型の寝床を作った。こうすれば多少体が動いても、裏返されることはない。でもそんな空間に、一晩寝ていれるかい？　棺桶に入ったようで落ち着かない。息をするのも苦しくなり、じっとしているのも難しい。たとえ眠りに落ちたって長続きはしなかった。

他にも思いついたアイデアを、僕はいくつか試してみた。でもそのどれもがいまいちで、これだというものには出会えない。決定的な方法を見出すまでには至らない。

そして十二時を過ぎ、眠りが意思を奪う頃、主のいない筋肉は我が身への復讐を忘れない。夜も更け始める時間帯、僕の顔の真ん中は、骨や腱や筋肉が勝手気ままに跳梁する、カオスの世界と化していく。不規則な収縮と遅れてやってくる弛緩。忘れた頃にきた痙攣と後に残る痛みや麻痺の症候群。首から肩の曲線には、反復するチックや不随意運動が起きている。レム睡眠では目玉が回って止まらない。そんな無茶苦茶な運動が、肩から上だけじゃない。体中あちこちで起きている。抑え込む力など、どこを探しても見つからない。

でも本音、眠りの後のことなんてどうでもいい。今さら気にしても仕方ない。どっちにしてもすべては目覚めてからのことなんだ。起きて気になれば、やり直せばいいだけだ。贅沢を言ってられる場合じゃない。とにかく今夜の一晩だけ、安らかな眠りに就ければもう十分。不満のあろうはずもない。時と共に溜め込んだ歪みや消耗を忘れよう。せめて太陽が空にない数時間、僕は暗闇に紛れ込んでいたかった。


手鏡を机の上に伏せて置く。鏡の世界は後に退いて終わらない。ほっておいて気づいたら、閉じ込められ出られない。そんなこともありそうだ。だから無理にでも目を離し、今日という日を始めなきゃ。明るすぎる光とか、病院くさい臭いとか、耳に付いて離れない鳥の鳴き声や騒音とか、みな押し退けて進むんだ。でも出発や旅立ちにちょうどいい発射台もなかったし、目的の場もはっきりとはしなかった。手応えのあるイメージとかヒントとか、あれば着くのも夢じゃないと思うのに。

「それは月夜の影法師。高い塔から落とされて、夢の途中で目を覚ます。目覚めてみたらただひとり、少年ここはどこなんだ。背に光を受けながら、底なしの池の縁に立っていた」

「誰なんだい?」「知らないよ」「子供のような気もするし。君、知っているんだろ?」

はっきり聞いたわけじゃない。でも誰かがそう言っていた。耳元で、腹の下や底からも、さらに頭の頂上の上からも、僕に囁く声がした。語りかけてくるお前たち。あんたら一体誰なんだ? いや、誰だってかまわない。声が届いてきた以上、答えてやらねば、そんな義務があるように思われた。

ベッドを出て窓の側まで行ってみた。そして光の透けるカーテンを引いてみる。外は一日の準備を始めたとこだろう。朝が戻ってきた感じ。薄暗い空が不吉なくらい晴れている。雲一つない空はのっぺらぼうで摑みようがない。鳥でも星でも飛行機でも、何でもいいから浮いてたら、こんな気持ちにゃ、なりはしないと思うのに。でも空には土星も木星も明けの明星も、見えるものは何もない。オリオンもヘラクレスもペガススも、何一つ輝いてはいなかった。人っ子ひとりいないし何一つ聞こえない。暗がりに、見えも感じもしない人やものらを探してる。そんな僕がいるだけだ。

誰なんだい？　胸にもやもやとしたものを抱えて僕は呼びかける。ものなのか人なのか、あるいは欠片《かけら》みたいな影なのか？　目に映る何かを探しているように下の世界を見下ろした。

2

高台にある家からは、街の風景が何に邪魔されることもなく見渡せた。この時間帯、街は薄暗がりの中にあり、重くどんよりと霞んでいる。中に何本かの建物が、地面から痩せた姿で立っている。時折ヘッドライトがビルの谷間に現れては消えていく。国道沿いに見えている銭湯の煙突は、今朝も拳《こぶし》を突き上げた格好でそこにある。前は一番高い建物で、立派にも見えたのだが、今では煤けて汚らしいだけの塔。奴の言う「高い塔」？　いや、そんなはずはないだろう。あんなみすぼらしい煙突のわけはない。そして煙突に並んで延びる町並みも、屋根や壁を一緒くたに塗り潰し、みな一様にくすんだ色に見えている。墨汁を垂らしたような微睡《まどろ》みが街全体を覆っている。街は暗がりの中だった。

まわりの建物を見回しても、光の漏れるとこなんて、常夜灯を付けているトイレか廊下くらいだろう。それもこのあたりじゃ、数えるほどしか見当たらない。が、半年くらい前までは、隣りのアパートの女子大生の部屋だけは、いつも明かりをつけていた。朝、太陽が昇る前、その部屋だけは分厚いカーテンの隙間からそっと光を漏らしてた。死んだような沈黙の支配する時間帯、僕に囁く人間は、朝まで寝ずに起きている彼女くらいのもんだろう。もちろん彼女は女の子、で、大分前からいなかった。だから囁くなんてあり得ない。なのに、そんな気がしてしまうのだ。

隣りに住んでいた女子大生。いや、本当に女子大生だったのか？　それさえ怪しげなもんだった。女子大生然としたなりと髪型をしてたので、勝手にそう考えていただけかも？

その何となく女子大生みたいな女の子。彼女は紫のカーテンをいつもきっちりと閉めていた。開いているのを見たことがない。そんな彼女がある朝薄い浴衣に身を包み、早朝のベランダに立っていた。一瞬、お化けじゃないかと驚いた。よく見ると胸に何かを抱きしめて、頭を何度も撫でている。赤ん坊の人形《ひとがた》にも見えたけど、一体何をしてるんだ？　何で朝の早くから、中身が透ける色っぽい浴衣なんか着てるんだ？　花火や夕涼みでもないだろう。

で、もう一つ気になるのは、ベランダに置いてある鉢植えの、葱とか桑とか名も知れぬ紫色の草のこと。そんなものがちょこんと手摺りの脇に置いてある。魔除けのつもりかもしれないが、何のため？　わからない。わからないから余計気になるのかもしれないが。いつの間にか隣りのアパートのその部屋は、僕を引きつけてやまない場所になっていた。

彼女の浴衣姿を見る二、三ヶ月前、ベランダで月を見上げるその女《こ》を目撃したことがある。彼女は月を見ながらそこに固まって立っていた。それも五分や十分なんてもんじゃない。一時間か二時間か、いやもっと長時間だったかも。その姿は月を見て涙するかぐや姫を思わせた。白い光を身に浴びる彼女は余りにも儚《はかな》くて、そしてか細いもんだった。この世のものとも思えない。悲しそうな横顔は打ちひしがれてよく見ると、涙の跡が付いていた。百年か二百年の大昔、命より大切なものか何かを失って、結び目を解かれた人間の諦めが漂っているような。絶望が形になって映っている。そんな彼女に魅せられた？　その姿が目に焼き付いて離れない。

朝も早い時間から明かりを点けて起きている。何をしているんだろう？　早起きをしちゃいけないわけはない。でも普段から部屋に籠もっている二十代の女《こ》の子。そんな女が朝早く起きて何をする？「ないよ、そんなこと」とそこまでは言わないが、想像を遥かに超えるもんだった。月を見て飽きない彼女のことだから、異星人と交信していたのかも。押し入れの嬰児の死体を取り出して、夜な夜な魂の交歓でもしてたのか？　新興宗教に入れ上げて、朝に夕にと香を焚き、祈禱でもあげてたか？　そんな可能性もなくはない。すべては僕の想像だ。失礼なイメージの産物だったかもしれない。

さらに気になるのは、生活のリズムとそのパターンだ。彼女の一日は妙に僕の生活と同期する。夜が遅いのに朝がやけに早いのだ。人のことはいえないが、いつ眠っているんだろう。もしかしたら秘密結社のメンバーで、動静を探るため、隣りのアパートに住んでいる。監視、盗聴するために、リズムを僕に合わせている。これが僕の妄想なら、ただの勘繰り、胡散臭い猜疑心のなせる業。

でも普通に考えたら無理なんだ。そんな余力が彼女にあるはずがない。彼女は痩せて覇気がなく、疲れていつも血の気がなく、青い顔をして立っていた。他人を監視する余裕はないはず。生活のパターンが似てるのは、たぶん偶然、そして何かの拍子に同じ種類の人間が隣り同士に住んでいた。だから傍目《はため》には、意味なく会ったように見えるけど、実は見えない紐で結ばれて……。なのでふたりは夜も明けようとする頃にゃ、月の光に照らされて、脈や呼吸や体全体のリズムとか、そんなものまで重ね合わせてみせていた。一致する波動や周期を刻んでいたに違いない。

とはいえ、雨とか風の強い日にゃ、彼女の五感は敏感に、全身を怯えたように震わせて、不安から離れられない表情をしてみせた。お化けや悪霊に憑かれた犬猫みたいに落ち着きを失って、出たり入ったり歩いたり、じっとしてはいられない。また別の日にはエネルギーを使い切り、ナメクジみたいに干からびて、寝椅子に横になっている。そして頬や額や目のまわりとか、顔全体から生気と表情を消していた。ミイラみたいに全身を暗い影の包帯で包み込む。で、その色は、地下の牢獄に閉じ込められた罪人の、暗くて乾いた罪の色。隠し事をする人にありがちな濃い影の色だった。

でも秘密、秘密っていうけれど、頭隠して尻隠さず。意図的かどうかは別にして、秘密なんて隠そうとして、隠しおおせるもんじゃない。隠しているつもりでも、脇から顔を出している。それは外で見た彼女の顔にもいえること。目のまわりは土色で、いわくありげな濃い色の、影に埋め尽くされていた。影は探る目と干からびた顎骨の窪みの中に入り込み「私は秘密を持ってます」と声に出して言っていた。

勝手な空想を押し付けるわけじゃない。でもすべての人は秘密をひけらかして生きている。彼女が口にしなくても、影はそれを示している。僕に特別な嗅覚があるわけじゃない。誰でもそのくらいわかるだろ。もちろん中身まではわからない。そう、彼女は隠す意思を持ってたし、それを示すかのようにマスクとサングラスをかけてたが、それがかえって秘密を目立つ場所に置いていた。「私は何も見てませんし喋りません」サングラスと大きめのマスクはそう言っていた。

それは初めて彼女と向き合った時のこと。それまで近くで見たこともない女《こ》が、なぜ隣りのアパートの女の子とわかるんだ。なぜそれに気づくんだ。直感？　え、本当に？　でもそう考えるしかないだろう。特別な兆候や印があったわけじゃない。視線が合った瞬間に、別方向から伸びてきた管《かん》と管《くだ》とがぶつかって、そこで何かが繫がった。その時、彼女はアパートの女子大生、と悟ったに違いない。つまり理性でわかったわけじゃなく、心で感じたんだろう。でも彼女と気づいた瞬間に、予想だにしないことが起きていた。その時、遠い遠い歯科医のビルの屋上に爆弾が落ちたんだ。もしかしたら膨らみ過ぎたペテルギウスが大爆発、ついに破裂したのかもしれないな。彼女は急に目付きを変え、僕を睨みつけてきた。顔に怒りと憎しみの感情をむき出しにして、僕に喰らいついてきた。

「カメラとそして盗聴器、あなたが仕掛けたんでしょ。全部わかってるんだから。シラを切ってももうダメよ。パソコンからデータを抜いたのもあなたでしょ。白状なさい、あなたよね。犯人はあなたって、前からわかってたんだから」

何を言っているのだろう。彼女の言う言葉の意味がわからない。で、その声が口の端を通り過ぎてないうちに、彼女は目線を下げて逃げるように駆け出した。泥棒猫が魚を咥《くわ》えて走り去っていくように。

事態を呑み込めないままでいた。その場に固まっている以外、身の処しようもないくらい。反撃を仕掛けてくるとでも思ったか？　彼女の逃げようは、パンチを出した後のボクサーみたいに素早く鋭いもんだった。僕は呆気にとられて立ったまま。何も考えられないままでいた。でもやっと彼女の方に向き直り、後ろ姿に全力で強い視線を投げてみた。それが唯一可能な反撃だ、とでもいうように。「なぜ、なぜだ、なぜなんだ」と、彼女は何かを感じたんだろう。一回、二回、三回と僕の方を振り向いた。それから塀の向こう側で半回転。階段を上に駆け上がっていったんだ。

ところが振り返った瞬間に、とんでもないことが起きていた。彼女は三度僕の方を振り向いた。「錯覚だ」と言われたらそれまでだ。確かに見間違いだったかも。でもこっちを向くたびごとに、顔が強張り、中から黒い塊が染みてきた。そして遠ざかるにしたがって、それは徐々に大きくなり硬くなり、干からびていくように思われた。最後に見たその顔は、三千年か四千年、相当前に埋葬されたミイラの顔。影に覆われた顔を見せられたせいもある。僕は全身を硬くして身をピクピクと震わせた。足の筋も固まって、そこから動けなくなっていた。別に幽霊を見たわけじゃない。雪女や妖怪を見せられたわけでもない。黒い顔を見ただけだ。

見ちゃダメなものを見た伊弉諾《いざなぎ》みたいなもんだった。おぞましきものに鞭打たれ、僕は転びそうになっていた。メドゥーサの首を見て石にされたアトラスや化け鯨。そこに固まって動けない。直後、激しい眩暈《めまい》に襲われた。目の前のすべてのものが回り出す。塵《ゴミ》箱や電柱や下水の蓋が回っていた。動いてはいけないはずの家や垣根や道路さえ回っていた。僕は平衡感覚を失って、行ったり来たり立っているのも難しい。道端にへたり込み、大地にしがみつこうと手を伸ばす。でも長くもない僕の手に大地の端は摑めない。どうにでもなれ。が、ちょっと投げやりになったくらいじゃ、地上の風景は変わらない。世界はその後もとめどなく回っていた。僕は回転に身を委ねているだけの孤独な影になっていた。

時が過ぎ、地上の回転も収まった。世界はじっとそこにいて、気づいた時は動かない。なのに目玉の方だけは、今も回っているようだ。ちっぽけな目玉が動いたくらいじゃ、世界の大勢に影響は……。けど僕の目は、回転の摩擦熱で熱くなり、燃えるような塊が頬とか額に漏れてきた。早く何とかするんだよ。焦ってみたが、すでに理性や直感は、僕の中から逃げ出して、何も考えられないし浮かばない。黒焦げの柱みたいに焦げた臭いをたてながら、僕はそこに立っていた。呆然と空を見上げる僕の目に、雨の滴《しずく》が落ちてきた。もちろん大した雨じゃない。それでも地上は雨の膜に覆われる。そして中の二、三粒。滴が目に落ちてきた。そのたびに微かな音が内側を震わせた。ジュー、ジュー、ジュー……。

どこかで聞いた音だった。逃げ出そう。逃げなきゃ。じっとしてちゃ大変だ。恐怖が僕を支配した。が、焦れば足は重くなり、思うように動かない。こんな時はいつもそう。焦るとなぜか硬くなり、股から下が動かない。慌てて舌が回らない人がいるように、僕は足の自由を失った。腿《もも》と膝さえ動いたら……。けどこれじゃ、逃げようたって動けない。

こうなりゃ恥をかいても仕方ない。足の不自由な人間は、手でも尻でも背中でも、使って逃げるよりないだろう。ありったけの力と意思を腕に込め、動かない足と足首を引き摺《ず》って逃げ出した。芋虫みたいな逃走劇。何を怖がっているんだろう。女の子の影なのか？　呪詛の言葉？　あるいは干からびた黒い顔のせいなのか？　いずれにせよ、犯人と勘違いをしたのは彼女だし、千年の時を経た彼女の顔の変貌も、僕の前から消えていた。

なのに、なのに、なぜなんだ。明らかに怖がり過ぎだろ。動揺し、冷静さを失っているだろう。

落ち着いて考えれば、騒ぐほどのもんじゃない。勝手に不安を煽り立て、居もしない誰かとか、怖さの先の不気味なものから逃げ出そうとしてるだけ。記憶の中の耐え難い恐れをわざと引き出して、それを覗き見てるだけ。僕はそのお粗末な逃走を、キュービズムの太い輪郭でなぞることができるんだ。顔に呑まれる恐怖を思い出せるんだ。

二ヶ月か三ヶ月、たぶんそのくらい経ってから。次に彼女に会ったのは市の中心、太い楠のある白い歩道の上だった。

「こんにちは、久しぶり」彼女が先に気がついて、僕に声をかけてきた。仲のいい友達が長い休みを挟んで会った時のよう。懐かし気な口ぶりで彼女は話しかけてきた。前に噛みついてきた怒りの籠もったあの言葉。あの昂りと憎しみは、どこに消えていったんだ。こんなに早く忘れたの？　切り替えが早いというからうまいのか。それとも忘れたふりをしてるのか？　それにそもそも彼女とともに話すのは初めてのこと。前に会った時に見た、干からびた目と影の表情はなかったし、顔は元の生気を取り戻し、人並み以上に潤って見えていた。

「外の空気っていいわよね。どうなの、最近、ちゃんと外出してるかな？」

いきなりの言葉とそして言い草だ。こっちの言いたい台詞だよ。一瞬そう思ったが、いずれにしても彼女は僕を引き籠もりと思っている。当たらずしも遠からず。が、僕は単なる引き籠もりじゃないはず。引き籠もりっていうのにも、色々あって、そう色々。むきになり反論しようと思ったが。胸を張って言い返せる文句や言葉は出てこない。言葉に窮して口籠もる。

「月の光に当たりましょ」優しげな口調で彼女はこう言った。月の光っていったって？　本当に？

何を言っているんだろう。それを言うなら月じゃなくて日の光？

「え、お月様？」躊躇しながら僕は小さな声で聞き返す。

「そうよ、月光。白い月の光のこと。世界は月の光の下に吊り下げられた張りぼてかプラモデル。そんな構造をした空と陸。そしててっぺんに光っているのがお月様。だから月の光を浴びなさい。世界の始まりは月の光の下にある。わかるでしょ。宗教も文化も社会の仕組みだって全部そう。起源はみんな白い月。始まりの位置にある創造神と高い塔。中心にあるのはいつも月の神。だから月の光に当たりましょ。そして語りかけてごらんなさい。嘘だと思ってやってみて。そうよ、女神よ。アルテミスの澄んだ声を聞けるから」

　彼女は自信たっぷりにそう言った。教祖様のご高説みたいにそう言った。

「身も心も浄められていく。白い光はあなたを導き、癒してくれるはずだから」

　間近に顔を見ていたが、怖さというものは感じない。彼女は穏やかな表情を作ってそう言った。目と唇に魅せられた？　真実を絶対言うはず、そう思うようになっていた。でもそんな言葉を真に受けて、信じていいものなのか？　実際、会って話すのは今日が初めて。何も彼女のことは知らないし。歳も名も彼女がどんな人なのか？　何を考え、何をしている人なのか？　そしてその女《こ》が本当に、隣りのアパートの女子大生？　それさえ怪し気なもんだった。でもそんなことはどうでもいい。まるで気にならなくなっていた。彼女が女子大生であろうとなかろうとどうでもいい。痩せて一風変わった女の子なら誰でもいい。僕は何も考えず、そっと彼女に聞いてみた。

「名前？　名前なんだけど……。ないわけないよね、君の名は？」

「名前って？　なに、失礼ね、お化けや化け物じゃないんだから。あるに決まっているでしょ」彼女は鼻の先で笑っていた。

「あればいいんだ。そうなんだ」僕は下を向いたまま小さな声で呟《つぶや》いた。

「何でそんなに気になるの」

「まあ……名がないと君に呼びかけることもできないし」

名は人の中心を直に指し示すもの。なのでそう答えるしかないだろう。

「田中ミーナ。普通でしょ、ごくごく普通の名と苗字。いつもミーナって呼ばれてる。呼び捨てにしてくれたっていいんだから」

目を輝かせ、明るい表情を作って彼女はこう言った。

「え、ミナ？　確かにそう言ったよね」彼女の名前を聞き返す。

「違うわ。最初はみんなそう呼ぶの。紛らわしい名前よね。ミナじゃなくてミーナなの。わかる？　始めにカタカナのミ。それから一本線をスーッと延ばして最後にナ。ミーナ。わかってくれたかな？」

ミーラじゃないんだ、ミーナかい。内心意地悪く考えた。

ミーナ？　もちろん見た目も中身も違ったが、名前は母の名の『未菜子《みなこ》』に重なるものだった。父も伯父も伯母さんも、ミナ、ミナと母を短く呼んでいた。が、一番下の叔母だけは、ミーナと伸ばして呼んでいた。実際、彼女の名がミケでも花子でもどうでもいい。人の名なんて関係ない。でも名前を聞いた瞬間に「そうか」と納得する僕がいるのに気がついた。僕は何かに頷《うなず》いた。首を縦に振っていた。もしかしたら前から彼女を知っていた？　いや、そんなはずはない。ミーナが母のように痩せて小さく見えたから、どこかで糸を縺《もつ》れさせ、思い違いをしてるんだ。他に考えようはないだろう。

焦ってなんかいなかった。冷静さを失ったわけじゃない。いきなり不躾《ぶしつけ》かとも思ったが、ミーナに聞いておきたいことがある。仄《ほの》めかしても意味がない。いずれは聞くんだ、時間の問題。なので単刀直入に、飾り気のない言葉で聞いてみた。

「ねえミーナ。以前アパートの前で会った時、君の顔と表情が、こっちを見るたびごとに変化して、闇に埋もれていったんだ。あの時、何があったのか。なぜ、ああなったのか。不思議に思って気になって。どう考えても腑に落ちない。あの後ずっとこだわって、今も思い返してしまうんだ」

ミーナは歌でも聴くように僕の話を聞いていた。で、僕の問いかけを、真面目な質問とは思わない。とぼけていたのか。感想文を漫然と、読んで聞かせたわけじゃない。オーバーな言い方で、ふざけて喋ったわけでもない。そう、僕の質問は彼女の耳に届かない。

「あなたの言うことの意味が全然わからない。あなたがそう言うんなら、それは嘘じゃないでしょ。でもその顔は私の顔じゃないはずよ、ただの影、影なのよ。影ならわかると思うけど。影は闇からやってくる。なので角度を変えれば深さだって色だって、いくらでも変化する。見ようによってはどうにでも見えるもの。当然でしょ。わかるでしょ。影は影以上のもんじゃない。あなたが想像するような、妙なもんじゃないはずよ」

彼女は少し間を置いてそう言った。影だって。何て言い草。影、影、影。すべてを影のせいにする。ミーナは質問に答えてない。きっと何かを隠している。でもいくら隠しても、顔が世界の繋ぎ目にある以上、誤魔化しようはないはずだ。ミーナの顔も世界と彼女の現実を素直に反映してるはず。おそらく気づいてないうちに、世界の何かが変化して、ミーナの顔を変えたんだ。

「怒ってる？　そうよ、怒っているんでしょ。私、謝らなきゃいけないの。ごめんなさい。そうなの、あなたを犯人と決めつけた。後でわかったことだけど、あなたじゃなかった、そうなのね。犯人はあいつだったの。四年も前のことなのに。ここまで追いかけてくるなんて、思ってもみなかった。あいつに弱みを握られて。そうなの、ホント甘かった。電話があって脅されて、で、あなたじゃないってわかったの。だから謝らなきゃと思ってた。あなた私の部屋ばかり見てたでしょ。だからてっきりあなただと思ったの」

　ミーナは僕に謝った。でもそんなことはどうでもいい。それより急に顔が変わるのは？　わけを知りたいと思っていた。しかし彼女は答えない。そして言いたいことを口にする。

「私、屋上の空中庭園に行くとこなの。時間があったら一緒にどう？　ちょっと不思議なとこなのよ」

　空中庭園？　不思議なとこ？　え、このへんにそんなところがあったっけ。初耳だよ。聞いてない。とはいえ僕はミーナに誘われて有頂天。なぜにウキウキするんだろう？　罪滅ぼしに誘ってくれたのかもしれないが、それでも喜ばしいことだった。けどいいかい。どうみても、彼女は普通の女《こ》じゃないはずだ。デートに誘われたわけじゃない。おそらく僕の役割は、暇つぶしの話し相手か用心棒、それから荷物担ぎか鞄持ち。

「拘置所のビルの屋上に庭園があるのよ。そこにはあちこちの留置場からやってきた未決の囚人が、山と収容されている。未決ってわかるかな？　事件を起こして起訴されて、判決が出るのを待っている人間たち。彼らは裁判が終わるまで、罪が決まらないから未決なの。なのでこの先どこに引かれて行くんだろう、それも未だわからない中途半端な人たちね。そんな行先不明の人間がこのビルに大勢集められているわけよ。で、そのてっぺんがきれいな空中庭園になっている。知らなかったでしょ。不思議でしょ。けど知らなくて当たり前。宣伝一つしてないし、知っている人なんて……いるのかな？　でもね、面白いと思わない。行ってみるとわかるけど、この世のものとも思えない奇妙な場所になってるの。よかったら、あなたも一緒に上がらない。眺めだって最高よ」

いいよ、わかった、付いて行く。罪人がいようがいまいが、幽霊が出ようが出まいが、来いというなら付いて行く。足が動く限りは行ってみる。でもね、ミーナ、聞いてくれ。君は顔の変貌を影のせいだと否定した。確かに筋は通っているし君の言う通りかもしれない。けどそれはどこにでもある影じゃない。君の中にある暗い何かを映す影。そして何かと結びつく。そう、世界のすべての場所に繋がったトンネルだ。たぶん影は拘置所に結びつく。僕の見た廃墟の水溜りにも辿り着く。朝四時の暗闇のアパートの部屋にも繫がっているはずだ。いろんなものに結びつき、最後はどこでもない元の場所。そんな通路みたいなもんなんだ。そして顔の変貌も、君の上に重なった世界のすべての相を映し出す。僕にはそうみえるんだ。

囚人を集めたビルは、百メートルと離れてないところに立っていた。そこは国の出先機関を入れた省庁の建物で、内部には確かに拘置所が入っていた。お堀に囲まれた十八階の建物で、繁華街の喧騒とは無縁の場所になっている。高さを考えれば、眺めは期待できそうだ。でも真新しいビルに拘置所があり、未決の囚人が棲んでいる。誰が想像するだろう。

途中の階には停まらないエレベーターに乗り込んで僕らは上に上っていく。何の飾り気もないエレベーター。ドアが閉まると天井の蛍光灯が消えては点《つ》くのが気になった。他に乗る人もない。そして動き出した瞬間に、地下に潜っていくような、そんな錯覚に囚われた。いや錯覚じゃない。本当に地下に潜っているのかも。上に行く感じなんかしなかった。

エレベーターが停まると自動的にドアが開く。僕らは地下の牢獄に閉じ込められ、二度と光なんか拝めない。そんなつまらない考えが湧いてきた。でも降りたところは？　地下じゃない。僕らはビルの屋上に着いていた。制服の係員が待っていて、入園料を払えと僕らに寄ってきた。千円を出すと「帰りの料金も込みなので、失くさないで下さいね」と言われて釣銭とチケットを渡された。

職員の肩越しに窓があり、そこから庭園が望まれた。コンクリートの屋上に、植木や花々が点々と植えてある。そんな小綺麗な庭を想像してみたが、空中庭園はそれとは違うもんだった。僕の前には全面土と緑に覆われた巨大な庭があったのだ。山とか森とか池とかが、自然に似せて置いてある。いや、似せてなんて生易しいもんじゃない。そこには実物と違《たが》わぬ丘とか林とか草原が広がった。「広すぎる」僕は声にして言ってみた。

「堆肥を積んで作ったの」彼女は独り言みたいに囁いた。

「わけありの人がたくさんいるでしょ。なので廃棄物の量だって、半端じゃないのよ。それを運んで作ったの」「ふーん」僕は口先だけで頷いた。彼女の言葉を真に受けたわけじゃない。でもまんざら嘘とも思えない。

二十人三十人とまではいわないが、屋上には数人の人がいて、ぶらぶらゾロゾロ広い庭園を歩いていた。眺めのいい南側の草原に出てみたいと思ったが、丘があって邪魔をして、一度裏側に回らねば、行けない造りになっていた。なら回るしかないだろう。僕らは一旦外に出て大回り。薄暗い林の中に入っていく。するといきなりの坂道だ。眺望がないぶん、どこに向かっているんだろう。すぐに方向を失った。でも高い山のはずはない。曲がりくねった山道を、僕が前になり、時々立ち止まってはまわりを見て、そしてゆっくりと登っていく。

五、六分歩いててっぺんに辿り着く。小高い山の上からは、遠方に黒い山並み、そして池。が見下ろせた。ビルの広さからすれば、大きすぎる池だった。拘置所の上に巨大な池？　池を見てミーナは何かを感じたようだった。霊感？　はたまた第六感？　彼女はいきなり僕を追い越して、何も言わずに速足で山を下りていったのだ。

清々しいはずの山にいて、どこか混乱した気持ちに僕はなっていた。突如頭の空洞に飛び込んだ蝙蝠が、不吉な声を上げながら暗闇を掻き回す。浮かび上がるイメージに頭の中を切り裂かれ、開《あ》いた穴が閉まらない。自然の中にいる心地好さも感じたが、どこか不自然で腑に落ちない妙な気持ちも混ざり合い、僕は落ち着きを失った。知らない場所で車から降ろされた子供たち。どこに行き、何をすればいいんだろう？　頼りにしていた現実に裏切られ、戸惑う僕がそこにいた。元の場所に戻らなきゃ。

ならもう一度、ミーナに声をかけられた時に戻って記憶を辿り直したら？　そうすれば魔法が解けて現実に戻るかも。が、実際は……？　一度混ぜこぜにした、ジグソーパズルがちょっと思い出してみたくらい。それで元の絵に戻るのか？　現実は甘かないはず。記憶には深い裂け目が付いていて、前の塊と今の僕とが結びつかなくなっていた。

目を離した隙だった。ミーナは木立ちに吸い込まれ、すぐに見えなくなっていた。急がなきゃ、追いつけない。慌てて彼女の後を追いかける。森の中の坂道を小走りで駆けていく。落ち葉を踏み、石ころを蹴飛ばしながら僕は身と精神に念押しした。

「いいかい、ここは異次元の世界なんかじゃないんだぞ。人が造っただけの庭」

気がつくと僕は池の縁《ふち》に着いていた。気を引き締めてまわりを見て……。そして騙されないぞ。騙されたりはしないから。

目の前に広がる池を観察した。ここはビルの上だし、池は見てくれだけの安っぽい水溜り。底の浅い張りぼてだ。屋上にあるものは、すべて人が作ったプラモデル。山だって草原だって池だって、作り物のこけおどし。僕は無理にでもそう考えようと努力した。この程度の池なんか、膝小僧が濡れることとさえ気にしなきゃ、わけなく渡れる。そう考えて池の縁に近づいた。当然だろ、バカみたい。何を警戒してるんだ。これは本物の池じゃない。池もどき仮の姿が模糊と広がっているだけだ。

向こう側に渡ろうと、足の先を浸《つ》けてみた。瞬間、吸い込まれていくような不思議な感じに襲われた。足の先を掴まえて、引き込もうとする奴がいた。僕は足首をぐっと引かれて、底なしの沼に呑まれてしまいそう。何かが池に棲んでいる。それも不気味で妙にデカい奴。得体の知れない化け物が池の中に棲んでいた。

それから池が思いの外《ほか》深いのにも気がついた。甘く考えすぎていたようだ。池は張りぼてのただの水溜りなんかじゃない。

間一髪のとこだった。慌てて前に踏み出した足の先を引っ込めた。重心がまだ縁にあったので、何とか呑まれるのは免れた。でも不気味な感覚が身の内側に残された。ここには魔物が棲んでいる。呑み込まれる恐怖から、震えが止まらなくなっていた。

我に返ってもう一度、池のまわりを見回した。三百六十度、目を皿にして見てみたが、ミーナの姿はどこにもない。モタモタしていたその隙に、渡ってしまった？　どうだろう。今頃南側の草原で、日向ぼっこでもしてるかも？　彼女の姿を確かめて、早く安心したいと思ったが、高い屋根の建物があって僕の視野を遮って、南側を見通すのは無理だった。行ってみるしかなさそうだ。池の縁を一回り。向こう岸に行くしかない。

池を回って行く途中、フェンス沿いの道端に、影のある向日葵《ひまわり》が列をなして咲いていた。日光の直射を受けてクルクルクルクル、花びらは回っているように見えていた。間近にそんなものを見せられちゃ、こっちの目玉も回りそう。急いで僕は目を伏せて、通り過ぎていったのだ。

花の列が途切れると、今度は境界の端の柵が見えてきた。柵沿いに背の高い本棚が五、六本、本屋の売り場みたいに並んでいた。スチール製の本棚には、漫画や絵本や図鑑とか、雑多な本が整理もされずに入っていた。色や形も不統一な本の山。そんな無茶苦茶な本棚が僕の前に現れた。僕は中の一冊を取り出して、頁を ペラペラと捲《めく》ってみる。すると、あれ！　どっかで見たぞ、どこだっけ！　見覚えのある本にぶつかった。それもそのはずその本は、僕の本棚にあるべき本。本の中には僕が引いた赤線や、落書きなんかもちゃんとそのまま残っていた。以前挟んだメモまでが、頭の先を出していた。でも何でここに僕の本？　無断で持ち出した奴がいる？　そう思うしかなかったが、何のため？　何の得になるんだろう？

全部僕の本だった。それも小さい時に買ってきて大分前に捨てた本。読み返そうと思っていたが失くした本。友達に貸してそのままになった本。これまでに手にしたことのある本がすべて集められていた。なかにはネットから大事な情報を抜き出したノートとか手帳とか、そんなものまで混ざっていた。同級生の悪口や遺書に見立てて書いたもの。漫画を描くのに使ったスケッチブックも入っていた。僕の頭にある情報が全部集められてここにある。でもなぜなんだ？　おかしいぞ。あり得ない。僕を陥れるための罠なのか？　それとも混乱させようとして？　油断しちゃ命取り。多分邪悪な奴らの企みだ。ひょっとしたらビックリカメラの隠し撮り。覗き穴から覗かれて、笑われているのかもしれない。

　自然と疑り深くなっていた。猜疑心があちこちから芽を出して、ここに立っているのも難しい。あいつらは何を企んでいるんだろう？　何を仕掛けるつもりだろう？

　ノートとか本の一部を抜き取って、脇に隠して知らん顔。僕は逃げ出そうと考えた。二、三歩行ってあたりをそっと見回した。どこにも異変は起きてない。池の縁を老人がぼんやりと歩いていた。丘の上では学生が、空を見上げてパカパカと煙草をふかしているばかり。注意を払う素振りもない。怪し気な人間なんかいなかった。

　確かに不審な人はいなかった。が、ミーナの姿も消えたまま。見通しのきく南側に回ったが、そこにも彼女はいなかった。近くの人に尋ねたが、僕の聞いた全員が「痩せて髪の長い女子大生？　どうだろう。そんな娘《こ》は見てないな」と答えてくれただけだった。もしかして不用意に、池に足を突っ込んだ？　そんな疑念も湧いてきた。いや、そうだ。きっとそうに違いない。それ以外、考えようもないだろう。で、一気に確信、そうなんだ。池の底には恐ろしい魔物がひそんでいるはず。それもとびっきりデカい奴。そいつに呑み込まれたんだ。違いない。

　もう一度、池の縁を歩いたが、どこにも変わった様子はない。陰のある太陽が静かな水面で撥ねていた。そして何もなかったかのように、ミーナの姿も消えていた。

南側の広場の草叢の中からも、東の林の奥からも、山のまわりからも、僕が確認できそうな、すべての場所からミーナは姿を消していた。入口の係員にも聞いてみた。「君らが入ったその後でここを出たのは、中年の太った男性がひとりだけ。痩せた女の子なんて見てないな」それでも念のため、通しで打ってあるチケットの番号を……。が、僕と続き番号のチケットは四角い箱からは出てこない。

一つしかないはずの出口からミーナが出た痕跡は見つからない。だとすると理論上まだ屋上にいるはずだ。でもいるはずの彼女の姿はどこにもない。ならやはり、池に落ちたと思うしか……。ムンクの「叫び」みたいな表情で、顔を歪めて足の先から胴体へ。最後には目の縁の影までも、池に吸い込まれていくミーナ。打ち消しても蹴っても殴っても倒しても、そんな姿の彼女しか浮かばない。恐怖が僕を支配した。最悪の事態を考えるしかないだろう。で、感情のコントロールを失った。今にも泣きべそをかきそうな貧相な男が池の側に立っている。同情を誘って余りある情けない姿と、そして表情で。そんな男を前にして、まわりにいた人たちが温かい救いの手を差し伸べてくれたのだ。数人が手分けして、彼女を捜してみてくれた。森や林やトイレの中、蔵の床下や排水溝の奥まででも、彼らは攫《さら》ってみてくれた。それでもミーナは出てこない。どこをどう捜しても、痕跡一つ出てこない。

もう完全に池に落ちたと思うしか。親切なカップルがいて「それは大変、急がなきゃ」と急いで一一〇番してくれた。すぐに若い警察官がやってきた。ミーナの失踪を伝えると、彼は係員の元に行って、立ち話。で戻ってきてから「池に落ちたようですね」当たり前のようにそう言った。それから警察の専用電話を取り出して、どこかに早口で電話した。職業上の癖なのか、やたらと専門語を多用する。暗号でやり取りをするような喋り方。この国の言葉とは思えない。

そのうちレスキュー隊が荷物を担いでやってきた。彼らは着くなり、さっきの警官と二言三言の打ち合わせ。すぐにウエットスーツに着替えてから、シュノーケルを咥《くわ》えて池に飛び込んだ。そして隈なく捜索してくれた。ワイヤーで繋がれた特殊な網を持ち出して、底まで掬《すく》ってみてくれた。攫うとそこらのどぶ川と同じもの。空き缶や食器の欠片《かけら》や投げ捨てられた自転車や、そんなものが泥に混じって上がってきた。でも何一つ、ミーナの消息に結び付くようなものは出てこない。もちろん彼女の体が上がってくることもなかったし、衣服や身に着けていたものも出てこない。けど中には気になるものも混ざっていた。等身大の赤ん坊の人形や鳥の死体や植物の種が何個か上がってきたことだ。

「深すぎますよ、この池は。もしかしたら、ですけどね。深みの底に持っていかれたのかもしれません。でもこの装備じゃとても無理。本格的に潜らなきゃダメでしょう」

ゴーグルを外《はず》しながらレスキュー隊の若者はそう言った。え！　そんなに深いの、この池は。張りぼてのこけおどし。その程度にしか見えないビルの上の池なのに。


昼間の拘置所の屋上で、ミーナは姿を消していた。事実を見せつけるようにして。でも偶然にしてはできすぎじゃ。腑に落ちない点も多かった。ミーナは僕を証人に仕立て上げ、わざと姿を消したんじゃ？　だって弱みを握られて脅されていたんだろ。多額の金品を要求されていたのかもしれないし、命だって狙われていたのかも。なら早く逃げ出そう。身を隠そうとしたはずだ。だとすれば、消えて身を守ろうと急いでも、理解できないことじゃない。そのために僕とこの場を利用した。

もちろん彼女がそう言ったわけじゃない。勝手な僕の想像だ。けど真実なんて、明るすぎて見えぬもの。そのへんにあって不思議なもんじゃない。

アパートの部屋に閉じ籠もっていたミーナ。でもそれは異星人と交信するためでも、死んだ嬰児と語り合うためでもなかった。今から思えば奴らの追跡をかわすため。だから外の景色を懐かしみ、月を見て飽きなかったんだろう。だけど屋上の池の畔で起きたこと。あれは何事？　何も起きていないのが、特徴みたいなこの事件。証拠も痕跡もまるでない。ミーナの消滅は、真実を聞く機会を僕から毟り取っていた。ミーナはすべてを影のせいにして、何も語らず知らん顔。突如姿を消したんだ。

その日を境にミーナの部屋からすべての明かりが消えていた。そのうちカーテンが外されて、新しいものに変えられた。住人も初めて見る青年に入れ替わる。でも本当に彼女の姿が消えたのか？といえばそうじゃない。おかしな話だが、その後《あと》も、僕は彼女の姿に会っていた。僕の見た人影は、本物のミーナ？　あるいはそうじゃなく、外見が似ているだけのミーナもどきものなのか？　真偽のほどはわからない。姿かたちは彼女でも、あの女《こ》はホントのミーナじゃない。そう直感は言っていた。とはいえ記憶の中の輪郭や境界線は曖昧で、これが彼女の顎のカーブと頸の線、といえるものはなかったし、ちょっとした感じから、本物のミーナじゃないと決めただけ。

そう、彼女はミーナ本人じゃなく、ミーナという顔の窪みに棲んでいる影の一部かその欠片《かけら》。影はもちろん本人じゃなかったが、それでも部分だし、窪みから這い出して、巨大な溜池に結び付くそれらしき個体を代表するもののはず。で、ある種使命をぶら下げて、塊として影として、僕のところにやってきた。いいや、そもそもミーナそのものが影だった。暗い穴から這い出した別のものの影だった。そう、あれだ。プラトンが洞窟の中で見たイデアの影。そうだ、何かを映し出している身の現実の影だった。

それにしてもなぜ屋上で消えたんだ。脅迫者がいたのが原因のすべてとは思わない。他にもわけがあったはず。ちょっと脅されたくらいで存在を消去する。そんな柔《やわ》な女だとは思えない。ただはっきりと言えるのは、今日消えるんだという意思を持ち、彼女はそこで消え失せた。だから僕を連れていき、これみよがしに消えたんだ。何も知らない僕にわざわざ声をかけ、消える現場を見せつけて……。そうとしか思えない。

消えたという以外、何も起きてないこの事件。何もなかったといえば辻褄が合いそうな、そんな感じだってするだろ。これはもしかして重大事件の一部分。例えば、警察が極秘捜査を続けている連続女子大生失踪事件の一部かも。あるいは世界から続々と人が消えていく一大事の端の方。そんな可能性もなくはない。この後、事件は大きく展開し、こんな小さな出来事は、早晩消えてなくなる。ならばミーナがいたなんていう事実、無にも等しいものになる。そもそも彼女はいたのか、それともいないのか？　それさえ怪しげ。なら最初から、いなきゃよかった、そうだろ。いくら想像力を逞しくしてみても、謎は深まっていくばかり。これ以上掻き回しても意味がない。

疲れていた。そして眠ってなんかいなかった。意思も思考も判断も、すべての能力が消え失せて、感情さえ涸れていく。何も考えられないし思えない。断片的な痕跡や記憶が浮き上がっては過ぎていく。そして膨らみ過ぎた泡玉。弾けて消えていったのだ。

3

二十歳《にじゅっさい》。僕は二十歳《はたち》にして死にかけだ。心も体も限界に近づいて、草臥《くたび》れ疲れ果てている。足腰が弱り関節や神経とか、全部が磨《す》り減って指先だって震えている。動かないのは体だけじゃない。考える力も想像する能力も、大分前から枯れている。哀れな老人に愛の手を。希望のない生活から救い出して下さいよ。そうでなきゃ、僕らは自然と身を減らし、光だって色だって、すべてを貧相にするんです。そうなんです、ひとりじゃ輝いてはいられません。

なのに僕らを見捨てようとする人がいる。医学だってそんな奴らの仲間うち。その一翼を担っている。「もうお歳なんですから、無茶はしないで下さいね」「そんなに慌てちゃダメですよ、若い時のようにはいきません」「そのくらいならましな方、心配ないです大丈夫」

医学は僕らを見捨ててる。最新の医学だって老化を病気とは認めない。認めたところで手の打ちようもないから断固認めない。アンチエイジングっていったって、それは見せかけ。若さを追いかけるだけのもの。そうなんです。細胞は数十回分裂すれば死ぬんです。

でもそれは医学だけの罪じゃない。偉そうな顔をしていても、医学とは切ったり貼ったりの学問だ。適応を優先し、老化を拒否して生きてきた。けど老化こそホントの病気、死の病い。よーく見てごらん。語る必要もないほどの病気のデパート、人という名の疾病だ。

なかには早くに年を取る人がいる。急いでやってきたお年寄り、いや、天才児？ そんな早熟な子供たち。その人らは普通の人より五倍も早く年を取る。理由は特にないけれど、とにかく早く年を取る。ある朝、目を覚ましたら、あっという間に五日という日が過ぎていた。夕食だって母さんが言うようによく噛んで、百回噛んで食べてたら、五時間も経っていた。もし普通人として生きるなら、一歳ちょっとで学校に上がらなきゃ。二歳過ぎにはＡＢＣのお勉強。で、三歳になった日にゃ、微分積分の演習だ。こんなに急がされてしまったら、おちおち遊んでもいられない。時を繋ぐ艫綱《ともづな》が、どこかでプツンと切れたんだ。だから彼らは悪夢と不眠、衰弱とエクスタシーの真ん中で、あっという間に年を取る。

医学とは、いいのか悪いのか大真面目。顰《しか》めっ面で彼らの裸体を写し取り、枠の中に嵌めていく。幼顔の老人たち。素直で優しい子供たち。そんな人らは匿名の老いさらばえた天使様。純粋な彼らは何も思わない。損得なんて考えない。呻き声を上げながら、抗議もせずにさっさと裸になっていく。シャツも下着も脱いでいく。でも彼らの裸はやけに年を取っている。死という甘美な臭いを立てながら、目も当てられないほどませている。彼らの気持ちがわかるかい？　彼らは夭折の天才じゃない。人生を駆け抜けたりはしないのだ。じっとしてたらあっという間に過ぎていた。それだけなんだ。わかるだろ。生きていくのに残された時間が少なすぎたんだ。真新しくて不器用な時間泥棒たち子供たち。過去も未来も現在も、すべてを五倍速の早回し。何でもかんでも消していく。そんな彼らが妬ましい。

僕はカーテンを閉め、明かりをまた消してみる。ベッドを出て一日を始める時間は過ぎていた。なのに、怠さが腰や背を支配して、起き上がれないままでいた。体を支えているはずの、骨や筋や内臓は、すべての部分で年を取り、老いさらばえてしまったか。どうせ何もできないし、横になるだけ。いつものようにほっとけば、母が起こしに来るはずだ。だからって力を抜いて眠り込む。そこまでしちゃ命取り。後で後悔することになる。重力の力が存在する以上、歪みをかわす体勢を取りながら、母が来るのを待っている。

額を枕の角に載せ、いつもの姿勢で横になる。顔の歪みを防ぐにはこの格好が一番だ。力を抜く分、何はともかく楽なのだ。朝から筋肉を酷使しちゃ、肉離れでも起こしかねない。起こされちゃかなわない。顔にもウォーミングアップは必要だ。今日という一日は長丁場、山あり谷ありの昼と夜。神経と肉を頼りに生きていく。息抜きの時間くらい作らなきゃ、二十四時間は乗り切れない。だから今だけでいい。重力の力を借りようと考えた。

思うに重力とは、不思議な力を持つもんだ。大きなものには巨大なパワーで介入し、小さなものにもそれなりに干渉する。そのくせ形も実体も何もない。ないはずの場所に、あるという事態が入り込む。この塊も似たようなもん。ミーナという形ある塊が僕の前から消え去って、影が内側に忍び込む。で、中で見えない力を振るっている。

もちろん見えもしない力を額面通り信じてる？　それほど素直な人間じゃ僕はない。でも毒杯をあおったソクラテスのよう。何かを信じていたかった。人は誰でも抱かれて身を託す、大きめの器を必要としてるんだ。それは形のない重力でもよかったし、ソクラテスの哲学でも、姿を見せないミーナでも何でもいい。そしてそんな入れ物に、身を結びたいと望んでいた。でなきゃダメになると信じていた。でも、それが何なのか？　ただの空の箱なのか？　穴のようなものなのか？　たぶん瓶や缶でいいんだと思うけど、置いて安心できるもの。そんな入れ物の内側に身を繋ぎたいと考えた。

僕はじっと待っている。でも信号はすぐには青に変わらない。ただ待っているうちに、潮が満ちてくるように眠気がどっとやってきた。でも、その脇にどうだろう。目を覚まし、覚醒しきった別の僕がいるのに気がついた。いや僕というより小さく純化した光る粒。氷みたいなちっぽけな塊を何と呼べばいいんだろう。それは精霊とか霊魂とか呼ばれるスピリチュアルな塊だ。それ以外、呼び名を見つけるのも難しい。その硬い水晶みたいな塊と、弛《ゆる》んでふにゃけた風船が、前に出たり引っ込んだり、僕の中で交互に蠢《ひしめ》きあっている。この感じ。わかるかな。おそらく両者は十二時間交代で勤務に就く、違う制服の警備員か守衛さん。すれ違い出会うことのない塊が、背中合わせに一つ体に入り込み、ケンカもせずに、僕という名の小部屋でともに寝起きする。

この二つ。いってみれば昼の固い塊と夜のゲル状の固形物。両者は太陽と秋の夜空みたいなもんだろう。夜が先に棲みついて、後でやって来たのが昼なのか？　関係がどうなっているのかは知らないが、少なくともこの二つ。一個は途中で入り込んだのかもしれないが、最低二つの塊を、抱えて僕は生きている。だから僕らは血を混ぜた混血児。人に塊は一個だけ、そう考える理由はない。誰がそんなことを言ったんだ。どこにそう書いてある。そんな記事を見つけたら、そいつを僕に見せてくれ。

夜と昼の塊が一つ体に同居して、何の支障があるだろう。星座と太陽が入れ替わる朝の空を見上げれば明らかだ。朝、棚引く雲の脇にある下弦の月。別に珍しいもんじゃない。たまにゃ日蝕って日もあるが、だからって、月が太陽とぶつかってさあ大変。そんなことはないだろう。ひとりが欲張って、他を抑えつけるわけじゃない。そりゃ単身で生きるより、交代で働いた方が楽だろう。ひとりが眠り込んでいるうちに、別のひとりが仕事に精を出している。夜が昼の出来物の邪魔をするわけもない。逆もまた同じこと。夫婦共稼ぎなら、きっと役割分担はできている。何の矛盾もないはずだ。身の塊は一つだけ。そう決めつけることはない。

そして昼の塊と夜の僕。二つは同じ僕じゃない。そこには違う僕がいる。昼勤勉な男でも、夜には酒に溺れてる。眉間に深い皺を寄せ、難しい顔をしていても、深夜、寝床に就く頃にゃ、涎《よだれ》なんか垂らしている。明らかに二つは違う僕なんだ。だからって矛盾しているわけじゃない。昼間の僕は闇夜には、その姿を消している。でも朝になり陽が昇ったら、夜中の僕が穴に身を隠す番。特に不思議なことじゃない。それにこの世界にゃ、多重人格なんていう複数の塊を持つ人だっているくらい。彼らの心はどうなっているんだろう？　たぶん目に映らないエーテルみたいな塊を、二個や三個は持っている。けど数が多けりゃ、悩みも増すはず、不安も争いも多くなる。

僕は身の感覚で物を言う。だから人のことはわからない。けど僕についていうんなら、複数の瘤のような塊が僕の中には棲んでいる。そんな感じがしてるんだ。上なのか下なのか、位置関係まではわからない。でも睡魔に曇る微睡《まどろ》みの中、昼間とは違う塊がたぶんいるはず。身に巣くうこの感じ、否定できるもんじゃない。

いま動いている塊は、下の方のそれだろう。普段は体のさらに下、地球の真ん中くらいの位置にいて、起きている時には姿かたちを見せぬ奴。いつも深いところにいるせいで、知らない世界の端っこと、どこか繋がっているんだろう。睡魔で昼の力が衰えたその隙に、消えた古い層の思い出を引っぱり出してきてくれる。だからこいつが姿を現すと、僕のものとも思えない不気味な影や痕跡が現れて、それが溶岩みたいに流れ出し、奇妙なイメージや幻想で、僕の頭を埋め尽くす。長い間に蓄えた記憶や空想や、あれやこれやの映像を、一気に押し退《の》けてしまうんだ。と、過去の思い出は薄められ、西の夜空の隅っこの、春の曲線のその先に落ちていく。天球の外に押し出されてしまうんだ。

何のクイズなんだろう？　地上に棲むみんなの前で、なになぜのクイズ大会が始まった。司会者が問題文を読み上げる。でも誰ひとり答えられる者はいなかった。沈黙のなか、時間だけが過ぎていく。おい、まだなのかい。いい加減にしてくれよ。痺れを切らした主催者が、ヒントを持って登場する。彼のヒントに導かれ、符合する答えを僕は見つけ出し、解答用紙に書いていく。何も考えず、悩まず紙に写し取る。ただそれだけのことだった。この程度でいいのかな。でもいくら考えても、これ以上の答えなんか浮かばない。

どうなっているんだろう。誘導尋問？　ホントなの？　つまり「そんなこともあったよな」と刑事に肩を叩かれて「そうだ、思い出したよ、そうなんだ」ついつい口にしてしまう。で、その気になって「はいはい、そうです。そうでした」と肯《うなず》けば、アルバムを引っ込められてハイお終《しま》い。え！　これだけですか、刑事さん。もう少し教えてくれてもいいでしょう。終わりだなんて酷《ひど》すぎる。写真はまだまだあったでしょ。次の頁の切り抜きや似顔絵くらい捲《めく》って見せて下さいよ。

アルバムが僕の前から消えていく。すると荒っぽく糊付けされた断片が、以前からそこにある写真みたいに額の裏側に浮上する。実際にそんなものがあったのか？　実在する人物のものなのか？　確かにそれらしい子供の顔が古ぼけた壁の上に貼ってある。でも顔の子が本当に僕なのか？　写真の子は、言われてみれば僕もどき顔をして、つまらなさそうに笑っている。疑えばきりがない。今となってはすべてが怪し気、視覚も聴覚も何もかもが嘘っぽい。僕という実感も感触も、色も臭いも手触りも疑わしい。あらゆる結び目が見えないところでほつれてて、わけのわからない別物に入れ替わる。あるといえばあるんだし、ないといえばないような。この単純さ。油断できない狡猾さ。ヒントがなければ答えの一つも出せないし、あればあまりに呆気《あっけ》ない。アルバムだけが頼りだし、すべての記憶を支えている。すれ違う夜と昼の結び目を繋ぐことはできるのか？　星座が天球に張り付いた最初の記憶に戻れるかい。太陽系の隅っこの小惑星の切れ目あたりに開く穴。手前には出会い損ねて立ち竦《すく》む僕の姿が見えている。

他に方法はなさそうだ。手がかりのない解答を探すべく、僕は家族という入れ物に掌《てのひら》を突っ込んだ。まず手始めに母を摑まえて聞いてみた。でも母は全くのノーコメント。答えは返ってこなかった。答えどころかその意図も、意味もわかってないようだ。そもそも母に解答があったのか？　わかりきったことだろ。何を考え違いしてるんだ。

次に弟に聞いてみた。何度も執拗に尋ねてみたので弟は怒り出し、癇癪を起こして大爆発。僕を突き飛ばそうとした。彼は短気で怒りっぽい性格になっていた。我慢して理解するなどとても無理。最後に父が残ったが、はなから聞こうとは思わない。当然だろ、明らかだ。何を聞いても藪蛇で「学校に行かないのはなぜなんだ」逆に言われてしまうだけ。

こうして僕の探求は、何の成果も得ぬままに、はや撃沈。幕引きとなったのだ。ヒントの欠片《かけら》も得られない。そう、家族に聞いたのが間違いだ。家族とは近くにあって遠いもの。そして僕はひとり野を行く井戸掘り小僧《こぞう》か鉱山技師といったとこ。夜掘り起こした結び目を、朝になぞって解答を見つけ出す。方法はそれしかなさそうに思われた。でも実際、そんなことができるのか？　見知らぬ事件に答えもする。誰が考えても難しい。で、方向を変えてみた。前からの馴染みのものを取り出して、古い記憶に訴えた。目覚ましや鍵や水晶の塊がそれだった。次に引き出しから物差しとかマッチとか、雑多なものを取り出してベッドの上に配置した。さらに昔の写真やメモや御札とか、何でもかんでも持ち出して、シャツやパンツに挟んだり、額に貼ってみたりした。御札には祝詞やダラニやマントラが書いてある。でもそれは毒にも薬にもなりゃしない。何も思い出しはしなかった。

僕が探しているものは、真昼の光に晒《さら》しちゃダメなもの。晒せば消えるくらい儚《はかな》いもの。いや思い違いだ。余りにありふれたものだから、光の中じゃ目に見えない。それはまあ、かなうという性格の望みじゃなさそうだ。かなわないということで初めてかなうようなもの。そんな望みがあったっていいだろう。僕の望みは矛盾したものだった。現実には見えないものを摑もうと、不可能な輪っかの中に手を入れた。

見つからない。でも僕は食い下がる。摑めなくても仄《ほの》めかすものくらいあるはずだ。本物がダメでもコピーなら、端っこくらい摑めるはず。贅沢なんてもう言わない。コピーの端で十分だ。前に持ち出した時計とか水晶とか、そんな馴染みの品々は現物の代用品。夜、暗がりでしか姿を見せぬ闇の世界の結び目は、現物の仄めかしの中にしか現れてはこないもの。模糊とした月の光に照らされて初めて感じられるものなんだ。そんな不可能なものの世界に結ばれて、僕は今日まで生きてきた。夜の闇に守られて、その場限りの人生を生きてきた。

一方で、昼の陽に目を覚まし、光り輝いている硬い欠片《かけら》の僕もいた。小さなこの塊は眩し過ぎる空間にいて、あくまで明晰にして判明に、世界にいることに誇りと自信を持っている。光に満ちた塊は、未だ眠り込んで頼りない僕を舞台の上に上げ、客席から眺めているんだ。冷静な傍観者。賢い評論家として、傍目《はため》には気楽にも見えるけど、案外落ち着かないものなんだ。なぜだろう。舞台の僕が動こうとしないので、芝居は前に進まない。徹底的な退屈さと、偶然の出来事だけが世界を突き動かしている。いくら自信を持ってても、何も起こらないので、苛立ちを覚えるしかないだろう。変なふうに動いたらどうしよう。急に走り出したらもうダメだ。と、主客が転倒。不安と恐れに囚われて、逆に緊張を強いられる。人は目の前で起きてしまったことよりも、まだ起きてない出来事に振り回されるものなんだ。起こりそうな兆候を感じ取り、それに怯《おび》えてしまうのだ。昼の塊も同じこと。未知の恐怖を先取りし、意味なく怯えているんだろう。

僕は二十歳《はたち》で医学部の一年生。一浪して大学には入ったが、もう学校には行ってない。医学部に入ったのは偶然の要素もあったが、純粋な興味を医学という学問に抱いたのも嘘じゃない。けど学校に行くのと、勉強したり覚えたり、興味を持ったりするのとでは別のこと。はっきりいって教室、図書館、実験室。大学という空間は、人が一時的に集まっては消えていく、駅やホールと同じ場所。身をそっと置いておけるようなとこじゃない。

慣れてないせいもある。学校に行くと教室を間違えた。火曜の三限目は生理学の実験室、と時間割には載っている。が、実際に行くとそこには誰もいなかった。授業は時々違う場所であるようだ。階段教室だったり研究室だったり外だったり。特にグループに分かれて受ける授業はいつもそう。なぜなんだ。みんなはちゃんと行けるのに僕はダメ。これじゃ、学校に着いても諦めて帰るだけ。意味がない。

が、医学への興味は失っちゃいなかった。この学問が整然とした体系と秩序を備えていたからだ。

図書館に行ってみればすぐわかる。医学書を持って来て、頁を捲《めく》ればそれだけで、百科事典より分厚い本に、原因、経過、予後、治療。順序よく、それこそ片っ端から書いてある。それは雲間から陽が差してきたような一大スペクタクルの絵巻物。迫力と広がりを持って展開してるのだ。この片っ端からというやつが、案外、僕は好きだった。すぐにガリ勉の受験生に舞い戻り、カラーペンを持ち出して、線を引いて真っ赤っか。精読したい気持ちにもなってくる。

けど一方で大学には、整然としたわかりやすい秩序とは反対の、別の世界も存在する。教師や生徒や職員が入り乱れ、勝手気儘に主張して、裏に表に罵り合い、要求をぶつけ合う、そんな世界の出来事だ。まるで押しくら饅頭でもしてるのか、と見紛うほどの状況が現れる。もちろん各自各様、事情や立場はあるだろう。でも要求が僕に向かってきた時は……。一も二もなく混乱し、外に逃げるか、意味のわからない文句や言葉を口にして、すべてを台無しにしてしまう。全身の筋肉を硬くして、地べたにしゃがみ込んでしまうんだ。

「すぐに馴れますから。気にすることはないですよ」そう言って慰めてくれる人もいるだろう。でも馴れるっていったって、そんな言葉は僕の辞書にはありません。僕は些細なことに敏感で、過度に驚きすぎるとこがある。その上、頭の中は頭痛、耳鳴り、めまい持ち。左右に揺れて考えを一つに束ねるのも難しい。

確かに僕という人間は纏まりに欠けている。纏まるどころかバラバラで、逃げ出すようにできている。それはそう、天球で会わずに消える蠍《さそり》とオリオンの物語。それが僕の運命なら、その運命を引き受けよう。だから「人の気持ちを考えて動くんだ」なんて立派なことを言われても無理なんだ。僕は日本人と思うのに「君、日本語が上手だね」と街で言われたことがある。どうなっているんだろう。でもそれが僕の役目なら、身の上に描かれた本性を正しい形で受け入れよう。他に生きようはないんだし、器用にすり抜けたって意味がない。素直に受け入れてその役割を果たしてく。驕り高ぶっちゃダメなんだ。本来の正しい僕を生きていく。そうしなきゃ、蝌に咬《か》まれて暗い夜空に投げ出され、世界からも僕からも放り出されてしまうんだ。

とはいえ、大学にも規則や罰則はあるんだし、それは学校という共同体の中で機能する。読んじゃいないが校則も、後ろの頁に載っている。ことが起これば規則にしたがって処理される。が、校則じゃ済まないことも多いはず。校内には見えない規則もちゃんとある。

二十歳前の学生が、煙草を吸ったり酒を飲む。まあそのへんにある光景。賭け麻雀をしてみたり、カンニングをする学生もいたりする。これは当然、法律や学則に悖《もと》る行為だろう。将来、社会に出て、先生と呼ばれる立場に立つ者が、していい行為じゃないはず。でもそんな学生を注意する者はひとりだっていやしない。見て見ぬふりを決めている。ってことは違法じゃない? いや、そんなわけはないだろう。世界が変わったなんて聞いてない。違法だが、傷害とか殺人とは違うから大目にみるよ、まあいいさ。けどどこに目を瞑《つむ》るって書いてある。例外があるんなら、ちゃんとそれを書いてくれ。「わかってくれよ、そのくらい。大したことじゃないだろ」そう言って居直る人もいるだろう。でも僕は些細なことにこだわって、動けなくなるんだ。線でも引いてくれなきゃ、何が正しくて間違いか、判断できない。正しく生きるのが難しくなってしまうんだ。

曖昧な理性の力と境界線。どこの誰が線引きをしたんだろう。見えない力が知らないうちに広場や街中を闊歩する。薬屋の角とか郵便局の前とかで、旋風《つむじ》みたいな渦巻が暴れ回っているだろ。僕も気づくし、皆もあらかた知っている。知らないなんて言わせない。頼むよ、嘘なんかつかないでほしいんだ。騙されたりはしないから。常識という目には見えない物語。本を開けば最初の頁に書いてある。もちろん僕は非ざる人。なので僕の目には映らない。でも皆はそれを見せ合って、中身の規則や法律をちゃんと弁《わきま》えて生きるから、社会人たり得ているはずなんだ。そこにある言葉を理解して暮らすから、皆と生きていけるんだ。

　もしあんちょこがあるんなら、隠さず僕に見せてくれ。ひとり占めにするなんて狡《ずる》いぞ。見せないなんて意地悪だ。僕だけ仲間外《はず》れにするなんて酷《ひど》すぎる。怒ったり責めたりはしないから。せめて有るのか無いのか言ってくれ。知れば安心、ベッドに潜り込めたのに。でもそんな当然のことからも僕は見放されていた。皆のいる世界から、近くて遠い場所にいて、紙切れ一つ探すのも不可能に。だから人の中に紛れ込み、そっと座っているなんて無理なんだ。わかるだろ。巨大な天地の結び目が世界に降りたその日から、大集団に馴染まない小さい方の塊は、日々除《の》け者にされてきて、アジアでもヨーロッパでもアメリカでも、巨大な奴らが増殖し、人の心に入り込み、両手を広げて偉そうに、強権を振るうようになっている。濃い色彩の圧力が、手に手を取って広がって、ウイルスみたいに駅にも学校にも会社にも、家の中にも撒《ま》き散らされていったんだ。

　そうなんだ。雲のように広がった巨大な軒先に、僕らは近づけないし入れない。奴らは仲間外れの僕に向け、恐ろしいくらいの直球を投げてくる。百六十キロ、百七十キロ。僕のバットは為《な》すべもなく空を切る。僕は空振りを二回、三回と繰り返し、たった三球でアウトになる下手糞なバッターだ。規則のない文法や、意味のない詩や歌に反応できないのと同じで、社会や大学に溢れている目つきや顔色や思わせぶりな態度とか、そんなものに僕のバットは空を切る。いいじゃないかそのくらい。気にするなんておかしいぞ。いちいち反応する必要がどこにある。態度で何がわかるんだ。目つきで心が読めるかい。顔色でそいつの気持ちや感性がみえるかい。たとえわかったたって何になる。勝手にどうぞ、好きにしろ。開き直ったたっていいんだぞ。

確かに君の言う通り。君の言うのは正論だ。僕も君の意見に同意する。開き直って悪かない。でもある程度、相手の気持ちが読めないと困ることもあるんだぜ。第一皆と同じとこを見て、一緒に前に進まなきゃ同じ電車には乗れません。そりゃ乗りたくないっていうんなら乗らなくてもいいですよ。でも考えてもみてごらん。一緒なら、たとえ居眠りをしてたって目的地には着くだろ。が、奴らの気持ちを読み違え、違う電車に乗った日にゃ、君はもうどこに行くとも限らない浮世雲。麓の駅に着いたって池の中に落ちたって、誰も君のことなんか知らん顔。で、最後にこう言われてお終《しま》いさ。「細かいことまで言わなくても、わかってくれると思ったのに」泣きはみたかないからな。最後にそうなるのは御免だぜ。

人の気持ちを察知しろ。そうすれば最後にはわかりあえるはずだから。君はいつもそう言った。でもね、わからないものはわからない。読めないものは読めないぜ。敵のサインを盗むにも、それ相当の技がいる。テクニックのない奴に、読めよ、探れよ、盗むんだ。そう繰り返しても意味がない。そんな期待をかけられちゃ、それこそ酷というもんだ。学校に行けば誰だって、予想もつかない出来事に出合うはず。なかには驚いて腰を抜かすこともある。事件とまではいわないが、事が起これば対処して、事態を丸く収めなきゃ。でもどうおとしまえをつけるんだ。頼める人はいないから、全部ひとりで背負い込む。けどそれは、口で言うほど生易しいもんじゃない。予想外の現実と世の出来事を前にして、僕は役立たずのデクノボウ。案山子《かかし》みたいに立ち尽くすだけなんだ。

が、そんな世界の中の出来事は、ちょっと脇見をした隙に、どこへとなく消えていく。太陽が昇った後の幽霊みたいに無くなってしまうんだ。振り向けば、そこには何もなかったかのような、元の世界が広がって……。なぜだろう。すべては初めから仕組まれた罠だった？　あるいは消失を、皆は前から知っていた？　じゃ、知らないのは僕ひとり？　僕は試されていたのかな。世界中が気持ちよく晴れ渡る日に、僕の上にだけ雲がある。僕だけ除《の》け者、暗い影の渦巻に巻き込まれたままでいる。

　ずっと前、河原で星の王子様の影の入った小石を拾ったことがある。と、こんな考えが閃《ひらめ》いた。この石は長い長い旅の果て、いま僕の元に戻ってきた。なので、きっと拾った僕が王子様。厚かましくも考えた。

　王子様の国籍はどこだっけ？　いや、どうでもいい。彼ならどこへ行っても世間からはズレている。ズレがあれば生きづらい。だから多くの困難が待っている。それでもひたむきな王子様。前に行くんだ、進むんだ。そう考えて、一、二、三。前進しようとする限り、欺瞞や仄《ほの》めかしに満たされた現実を嫌と知ることになる。が、王子様。いや王子様としての僕なのだが、「絶対、妥協なんかするもんか」と意地を張り、行けるとこまで行こうとする。でもいつか、真理を目指す人生を、曲げるしかないところまでやって来る。他に生きようがないんなら仕方ない。わかりましたよ、やりますよ。素直な心で納得し、折れて次善の道をゆく。

　世に疎い王子様。見ての通りの格好でカラフルなコートばかり着てるから、常識的な社会人とはいえません。純粋だとは思うけど、それでもやはり非ざる人。「見てよ、聞いてよ。これ何だ？」変な質問ばかりしてるから、皆と同じ色の傘には入れません。あらぬとこばかり見てるから、行き先の同じ電車には乗れません。下々の者たちに騙されて、お付きの者に揶揄《からか》われ、それでもこの星で生きていく。いや、生きていかねばならないと思っているだけなんです。

「この国にお住まいの皆々様。聞いて下さい。見て下さい。少し空気が濃いのかも。多少光がきついのかもしれません。刺激が強すぎると思うんです。そうなんです。そろそろ限界が近づいているんです」

そう言って王子様の真似をして、無条件に手を上げて、この場に倒れ込もうか。可能ならそうしたい。生きていくために蓄えたエネルギー。それさえ巨大な塊に吸い取られ、身を弱らせて生きてきた。で、一日の終わりの時間に辿り着き、一つため息を吐《つ》いてみる。やっとひと息つける頂上に着いた喜びに満たされる。が、すでに力を使い切っている。余裕を残して穏やかな夜を迎えたわけじゃない。限界点ははや通過。まるで遊びというものがない。翌朝までの数時間、この五、六時間の内側に、力を貯めておけるのか？　終わったとはいえ、こんな毎日の繰り返し。これじゃ行きたくても学校にも図書館にもどんな場所にも行きゃしない。予習しろよ復習だ。それからもう少し教養を広げましょう、煩《うるさ》いことをいわれても、本を開く余力もない。乗りたい時に手を挙げりゃ、行きたいとこに連れていくタクシーみたいな乗り物は、世界の中では望めない。

でもいいよ。医学への情熱は誰にも負けちゃいないから。そんな自負はあったのだ。その体系が好きだった。構造の完成度に満たされた、骸骨が暗闇で見せる形の美しさ。神経の走行だってスリリングなスピードウェイのようなもの。脳髄はこれ以上望めない高価なダイヤの原石だ。昔から切ったり張ったりばらしたり、そんな遊びには情熱を傾けることができていた。

あれはそう、小学生の頃だった。あの時代、いま考えると不思議だが、奇妙な石の収集に熱中した。赤い石や丸い石、月の石や星の石……。毎日、弟を連れ出して、海岸や河原や溜池の縁に行き、多くの石を手に入れた。加えて岸にいる魚や虫や両生類。彼らに興味を持つようになっていた。姿かたちや習性に魅せられた。

特に気に入ったのは両生類。ヤモリやトカゲじゃなく、トノサマ蛙に雨蛙。何で蛙なんだろう。名前に魅かれた気もするが、ホントのとこはわからない。たぶん蝶ネクタイの似合いそうな格好と、一直線に前を向く端整な容貌に引き付けられたんだろう。夏になると、彼らはどこにでも現れた。チョッキをちょいと着たような、粋な姿とあの声で、僕の部屋にもやってきた。枕元で跳ねている彼らを見たことがある。でも寒さに弱い変温動物の習性か、冬は苦手だ。水辺の粘土層に潜り込み、冬眠の長い眠りに落ちていく。

池に浮く小島の地下の真ん中で、彼らは眠り込んでいた。子供とはいえ、今から思えば酷《ひど》いことをしたもんだ。僕はスコップを持ち出して、眠る蛙を掘り出した。朝だよ、早く起きるんだ。無理に起こそうと考えた。でもいくら地べたの上に戻しても、寝起きの悪い集団は、ピクリともしなかった。腹に水をかけ、小枝で背を叩いてから、人差し指の指先で、顔を突いたり弾いたり、できそうなことはみなやってみた。時間だ、さあ起きるんだ。でもそれくらいじゃまるで無理。そこで足を摑んでグルグルグルグル。もう拷問と言ってもいいもんだった。荒療治に出てみたが、何の反応もありゃしない。蛙は眠ったままだった。

ある日、土手から死んだような一匹を掘り起こす。朝の目覚めを期待して、枝に逆さに吊るしてみた。それから腹や背のあちこちを、小枝で突ついて指先で、足を摘《つま》んで引っ張った。すると、え？　力も加えちゃいないのに、後ろ足が根本から、ズボンを脱いだ時のよう。スポンッと抜けて落ちたのだ。抜ける時に出る音と感触が、実に心地好いもんだった。魅せられたわけじゃない。が、何度も同じ悪戯を繰り返す。

僕は悪魔の心を持っていた。容赦なんかしなかった。目の吊り上がった恐ろしい鬼だった。けどいくらなんでも抜きっ放しは気の毒だ。余りに失礼だし可哀相。それに僕の方だって、穏やかな気持ちじゃいられない。足のない彼らを見ると、手足をもがれてバラバラに、されてしまいそうで怖かった。せめてもの償いだ。胴体と両足を接着剤でくっつけて、元にしてからねぐらに返すことにした。でもそんな時は、惜しいなぁ、勿体ない、と思うこともあったのだ。で、申し訳ないとは思ったが、立派な足は戦利品。手元に残すことにした。防腐剤の注射を打ち、空き缶や空箱にそっと隠しおいたのだ。

虐待だぞ。犯罪だ。酷《ひど》いことをして、と思う人も多いだろう。それはもうその通り。とても酷いことだった。否定しようとは思わない。僕だって無反省に身を肯定するバカじゃない。でも医学という学問が、一見残酷な事実を乗り越えて今の繁栄があるように、この種の残酷さは、成長に不可欠な必要悪？　正当化といえばそれまでだ。が、残酷さと好奇心の裏側に、医学はルーツを見つけ出す。この思い出が事実なら、僕の動機は医学全体の源に重なるもんだし、もう少し自信を持って大学に行けばいいはず。動機は純粋なんだから多少のことは気にしない。僕は金に執着するほど前向きな人間じゃないんだし、他人を陥れる力や頭はないんだから、昨今批判されがちな悪徳医師には縁がない。それどころか後ろ向きの無力さが、案外人に誤解され、尊敬の目で迎えられることだって。もちろん頭の中の物語。仮定の話だ。世界の現実は今も睡魔の中に微睡《まどろ》んで、霞んで見えるだけだった。

本来のあるべきはずの身の形。元の輪郭はなかなか現れてはこなかった。手を伸ばしても届かない地下で蛙みたいに眠っている。今ここにいるのは、学校にも行けない不甲斐ない何個かの影のような身と精神。そいつらが上に下にと重なって、一部は僕の背にのしかかる。本当にこれは僕という身の中の出来事か？　あるいは天地が裂けた後の世界を巻き込んだものなのか？　いずれにせよ何個かの塊は、押し合いへし合い臍のあたりに固まって、水と油のようなもの。分離したまま浮き沈み。互いを見つめたり睨《にら》んだり。理解することもなく知らん顔。そっぽを向いてそこにいる。

4

階段の板を踏む音じゃない。腰や手を壁に擦《こす》る時に出る音が、僕の鼓膜を揺すぶった。いつも通りの時間帯、母は二階に上がってきた。身を壁に凭せかけ、痩せた体を引きずって一段また一段と……。食べてないせいもある。痩せた体は細くなり、今では紙のようになっている。重みがないぶん板を踏む音はない。代わりに体を預けて進むので、布を擦る時に出る音がズーズーズー。僕のところに聞こえてくる。歳は四十の後半だが、すでに八十を過ぎた老女みたいに腰を曲げ、よろけながら歩いてくる。占い師の老婆みたいに見える母。覚めない夢の中にいて、そこから出られなくなった母。母が階段を上がってきた。

部屋の前までやって来て、母はそっとドアを押し、うつ伏せの僕の方に目を向ける。それからベッドの側に寄って来て「朝ですよ」と小さな声で囁いた。僕が知らん顔で寝ていると、痩せた顔を僕に向け、右手を小さく振っている。で、笑い顔を作ってから「アロハ……」？　そう呟いた。え、アロハ？　確かに母はそう言った。その後、何か囁いたようにみえたけど、聞き取れる声じゃない。笑ったのか、泣いたのか？　それともお祈りでもしてたのか？　でもね、アロハっていう言葉、何を意味しているんだろう。聞き違えでもなさそうだし、冗談で言ったとも思えない。もしかして挨拶？　ならそれでいいでしょう。でもここはハワイじゃなくて日本だよ。弁《わきま》えて下さい、場所くらい。

時々、母の口から飛び出してくる奇妙な言葉のバッテリー。突然、サンタクロースが煙突から落ちてくる、そのくらいのインパクトを持っている。場にそぐわないならいい方で、全然意味がわからないことだって。

母さん、そんなことを言ったって……思わせぶりなその言葉。笑いを取るために言ったんじゃ？　顰《しか》め面の僕を笑わせようとしたんじゃ？　わかりましたよ、いいですよ。ぎりぎりのユーモアってこともある。けど母さん、母さんこそ笑わなきゃ。

母は毎朝決まった時間にやって来た。そして僕のベッドの前に立ち、同じ文句を繰り返す。

「起きなさい、朝ですよ」僕を起こすのが母の日課になっていた。僕が母の方を振り向くと、目を見て安心するんだろう。硬い表情を緩めてベッドの側に寄って来る。風呂に入るのを嫌うので、微かな臭気が漏れている。酸っぱいような甘いような曖昧な、臭いが鼻を刺激する。嗅覚に身を委《ゆだ》ねたままの格好で、僕は何も考えず、母の方に目を向ける。

僕は横になったままでいる。と、何を考えていたんだろう。つまらない質問が口の端に……。

「ところで母さん、お風呂には……？」「ええ、入りましたよ。あなたこそ」

質問は、あっという間に裏返し。言葉は宙に浮いたままになっている。これじゃ、何を聞いても意味がない。とりつくしまのないお母さん。

最近、母の外見は、そりゃ独特。どうすればあんな髪形になるんだろう。ボサボサの髪が上に下にと渦を巻き、頭にペタンと張り付いて。そして痩せたせいもあるだろう。肉も脂《あぶら》も消え失せて、顎骨が皮から突き出して角のよう。鼻と唇は色を変え、そこだけ皮膚が剝げている。まさかネックレスでもないだろう。乾いた首の根元には、洗濯バサミを絡ませた吊り紐が、二重三重にと巻いてある。物干し台の上にいりゃ、そりゃ役にも立つだろう。でも普段そんなものをぶら下げて、何を始めようっていうんだい。ここは洗濯場じゃないんだぞ。

着ているものだって変といえば変なのだ。寒くもないのに、冷える凍えると言い出して、下着やシャツやセーターを、重ね着しないと気が済まない。そのくせ靴下ははいてない。代わりに両手足首に、黄色や赤のリストバンドやサポータを着けている。いつだかミニーやミッキーの腕時計。左右の手足に合計四個嵌《は》めていた。大抵のことで驚くことはなかったが、この時ばかりは目を剝いた。前から時間を気にしているのは知っていた。が、いくら何でもやり過ぎだ。目を細め、足の時計を読もうとする母の姿は滑稽で、哀れなものに見えていた。これじゃ終わりだ、ダメになる。たぶん母は現実の真ん中で、一番大事な留め金を、捨てたか失くしたかしたんだろう。

なぜ妙なことばかりするんだろう? 医学的な診断をつければ至極単純。九十九パーセント病気の状態。医学とは確率の学問だ。なので絶対とは言わないが、ほぼ完全に病的状態、疾病群《しっぺいぐん》。それもただの病気じゃない。見たり触れたらすぐわかる体のそれじゃなく、目には映らない精神の失調だ。でも単純に精神疾患、精神病と言い切れば、母の病いを見間違う。それは母の様子を正しく表した言葉じゃない。だって精神とは、意志や思考や感情や、記憶や注意云々《うんぬん》の多様な機能の集まりに与えられた名称だ。けど母という塊は、多くの機能が集まって一つになって動き出す。そんなもんじゃないだろう。部品を何個も詰め込んで、蓋をしてから振り回す。そんな熟成させたおもちゃ箱、のわけがない。だから母の病気を、あえて精神の機能の問題じゃないとみる。そうじゃなく、母の病いは母という場所に偶然絡まった、縺《もつ》れた紐の不具合だ。つまり母という結び目の結び方のトラブルだ。妙な言い方かもしれないが、その方が母の失調を、どれだけ正確に表せるかわからない。

母という場に絡まったその現実。簡単に言えば僕のいう、正しい結び目の問題だ。おそらく母の失調は精神病というよりも、場に絡まった結び目と縺れた形態の不具合だ。そう表現した方が母の現実に似つかわしい。何より病いの真実に近づける。もちろん絡まったのが何なのか？　それははっきりしないしわからない。でも臍の緒が子の首に巻き付くことがあるように、何かが母に絡まって病いの素《もと》になったんだ。何かが偶然絡まった。で、絡まったのは……僕に関係するもんだった。そう、母の目の前で僕に関わる重大な、何かがきっと起きたんだ。それだけは間違いないように思われた。

紐が首や手足に巻き付いて、不具合を起こした現実が目の前に見えている。それはその後の母の人生を辛くて難儀なものにした。困難な生活と人間関係の難しさ。いってみれば真実との軋轢だ。そんな母の現実にも好不調の波がある。そこにはサイクルがありリズムがある。そんな周期の存在が母という存在を、さらに扱い難いものにした。

もちろん腕時計を何個もして、時間を気にする母は調子の悪い時の母。そんな時、決まって母の内側はごみ箱みたいにぐちゃぐちゃに、収拾のつかないものになっていた。筋道を立てて物事を考えよう。空想と現実はきちんと分けておきましょう、なんて言ってもそれは無理。何で？　どうして？　何のため？　理屈っぽいことを尋ねても、そのまま投げ返されてしまうのだ。たとえ聞いても、答えを期待するのは酷だった。母の思考は縺れっぱなしで立ち往生。車輪が外れたか脱線したかのどちらかで、病気だなんて思わない。だから病いの理由を尋ねても「まあ、お可哀相にそれは誰」どこ吹く風の他人事。意外な問いになっていた。自己認識のなさなのか、大事なことのはずなのに、まるでフィードバックされてない。そこだけ太陽の黒点みたいな穴になり、大きく黒く欠けている。で、穴から巨大なフレアを噴き上げて、磁気の嵐を引き起こす。これがまた難儀な点になっていた。

「君の名は？」混乱する母に解答を求めてはいけません。そんなことをした日にゃ、母はすぐに怒り出し、喚《わめ》き散らすか癇癪を起こして騒ぎ出すに決まっている。騒げば手がつけられない日もあった。ひどい時には数時間、抑えられない時もある。だからそんな危険を冒してまで、声に耳を傾ける、そんな人はいなくなる。そのうち母に尋ねても面倒なだけ。そういう気持ちが強くなる。いつの間にか、距離を置くようになっていた。母を厄介で煩わしい存在だと思いだす。こうして母は皆の輪から遠ざけられ、家にいながら人里離れた山奥か無人島にいるような、そんな感じになってきた。

「どうしましょ。何てこと。ああ、どうすればいいんでしょ」そう言いながら急に暴れ出したことがある。手当たり次第そこらじゅうにあるものを投げてくる。いいじゃないかそのくらい。止めてもどうせ無駄なんだ。好きにさせてやればいい。そんな気持ちが湧いてきた。で、最初は見て見ぬふりを決め込んだ。けど行動は増長し、いくらなんでも放置できない。そんな状況になってきた。

傘や箒《ほうき》を持ち出して、滅茶苦茶に振り回す。拳《こぶし》を作って机や柱を叩きながら喚いている。頭を壁にぶっつけた。ついに硝子《ガラス》のコップまで持ち出して、それをドアに投げてきた。放っとけばその行動はさらに増し、危険なものになってくる。そろそろ限界。母だって、止めてほしいに違いない。躊躇はしたがすでに選択の余地はない。これ以上危険な真似はさせられない。

僕は後ろに回り込み、抱えるように背後から腰と背中を押さえ込む。が、母の興奮は沸点近くまで高まって、僕の腕力じゃ歯が立たない。押さえるどころか反対に、凄い力で投げ飛ばされてしまうのだ。そんな力がどこに残っていたんだろう。いつもの母じゃとてもない。すぐ起き上がりもう一度、制止しようと近づくが、今度は物凄い形相で、僕の足元に飛び込んで……で、左の脛《すね》に噛みついた。「痛い」慌てて口を払おうともがいたが、母は吸い付くように食いついて離れない。もう後先を考える余裕はなかった。理性も何も失って、手足を無茶苦茶に振り回す。

気がつくと、僕は母の頭部を蹴っていた。でも母は噛みついた足を離そうとはしなかった。怖かったんだろう？　恐怖から、僕は叫び声を上げていた。その声を聞きつけて父と弟が駆けてきた。弟が羽交《はが》い絞め。父が顎《あご》に手をかけて、母の口を引き離す。でもすでに、深傷《ふかで》を僕は負っていた。皮膚が裂けて口を開《あ》け、中の肉が見えていた。左の脛の中央から赤い血が流れ出す。太い血管が切れていたんだ。血は湧き水みたいに溢れ出し、止まらない。インクの瓶をひっくり返した時のよう。赤い模様が広がっていったのだ。

血を見て正気に戻ったに違いない。母はまだ泣いていたが、激しいものではなくなった。どうにか理性を取り戻したようだった。

「コーちゃん、私のせいよ、ごめんなさい。私が悪いばっかりに、あなたを苦しめてしまうのね。

今さら謝っても遅いけど、コーちゃん、ごめんね、ごめんなさい」

母は僕の目を見ながらそう言った。母の態度の急変に、僕はただただ戸惑って……。でも母は何を言おうとしてるのか？　あっけに取られてその声を、音の塊、闇の声。そんな塊として受け取った。返す言葉なんて浮かばない。茫然とその場に座り込んでいた。

でも母の正気は続かない。目の縁に溜る涙が落ちる頃、再び母に興奮がやってきた。泣き声と喚きの声が交錯して、元の混乱が戻ってきた。

「ごめんね、コーちゃん、ごめんなさい」母は何度も繰り返す。

すぐに叫び声が混じり出し、泣き声もさらに激しくなってきた。声はジャングルで獣が唸《うな》っているように、部屋を底から震わせた。でも耳に届いたのは一瞬で、徐々に意識から遠のいた。僕は空気の抜けた風船みたいに萎《しぼ》んでいき、その場にへたり込んでいく。そして一歩も動けない。救急車が呼ばれたところまでは憶えている。が、後の記憶はきれいさっぱり抜けていた。

病院に運ばれて足の手術を受けたのだ。麻酔をかけられたせいもある。手術の記憶は僕にない。意識が僕に戻った時、病室のベッドに横になっていた。足には包帯が巻かれてて、腕には翼状針が刺さっていた。テレビが向かいの壁についていて、アナウンサーがニュースの原稿を読んでいた。鹿児島では大雨が降り、川が溢れて呑み込まれた人がいた。札幌では入れないはずの高層ビルの屋上から、ひとり青年が飛び降りた。熊本では父を殺して逃げた犯人が捕まった。でもテレビが喋ったのは本当に、そんなニュースだったのか？　僕の頭は霧の中。うろ覚えのままだった。

「相当派手にやったわね。足の太い血管が切れてたわ。あと数ミリでも深けりゃ、命だってどうなのか」若い看護師から聞かされた。落ちたかこけたか僕がして、左足に釘か杭でも突き刺さる。そんな場面を想像したに違いない。「気をつけて」事情を知らない彼女はそう言って、ニコリと笑ってくれたのだが、母に噛まれないよう気をつける？　できるわけがないだろう。

大事を取って僕は一晩だけ入院した。傷は数日で治ったが、傷痕は脛《すね》の古傷の内側に、今も歯形を付けて残っている。なぜ左？　左の脛の真ん中に、並んで痕跡を付けていた。

退院して家に帰ると、母は姿を消していた。他の場所に移されて、家にはもういなかった。父に聞くとひと言だけ「入院した」尋ねることもないだろう、と言わんばかりの言い方でそう言った。で、「精神の」と付け加えるように呟《つぶや》いた。

知ってるよ、そのくらい。精神の機能が乱れたことくらいわかっている。精神病？　表面的にはそうだろう。でも母の病いの中心にあるものは、精神の機能の問題なんかじゃない。根っこのところにあるものは、言ってみれば星の並びと同じもの。赤いペテルギウスが大爆発。オリオンの右肩が欠けたようなもんだろう。つまり母という結び目が解けて元の形を失った。だから結び目をもう一度、結び直してみる必要に迫られた。で、そのために病いの中に入り込む。何でそうなったかは知らないが、母という精神の限界を遥かに超えるもんだった。

「入院して安静にするのが一番だ。医者もそう言うんだし、病人を刺激しちゃダメなんだ」

確かに医者の言う通り。でも父は、責めるようにそう言った。僕が母を刺激した真犯人、とでも言いたげ。父はいつもこう。要するに「私は悪くありません」と言いたいだけ。すぐに人のせいにする。どうなっているんだろう。父とはそんなものなのか。

あっという間の三ヶ月。そして母は病院から戻って来た。医者には「良くなった」と言われたが、目の前にいる母は、前とは違う母だった。確かに穏やかにはなっていた。でも元の母に戻ったかといえば、全然違う、そうじゃない。すべてを諦めて覇気がなく、ただぼんやりと日がな横になっている。そんな前とは違う母がそこにいた。でも毎日がそんな日ばかりだったわけじゃない。急に何かに怯《おび》えだし、じっとしていられない日もあった。まるで一つ体に別のふたりが同居する。で、ふたりが交互に顔を出して独り言。そんなふうにみえていた。

でも母の声は擦《かす》れて混乱してたので、僕の耳には届かない。落ち着かず動き回っている母と、力なくへたり込む、ふたりの母がそこにいた。差が余りに大きかったので、どっちが本当の母なのか、わからなくなることも。それでも日が経つにつれ、イラつく母が勝ってきた。いつも何かに追い立てられ、じっとしてはいられない。そんな落ち着きのない母をよく見るようになってきた。そしてある日気がつくと、母は左手に白いタオルを持っていた。

「触っちゃダメ、ここは汚いとこだから」

何をするのかと見ていると、母はタオルでそこらじゅう、ありとあらゆるものを拭き出した。床や壁や窓枠を、便器や鏡や猫の背や尻までも、一枚のタオルでおかまいなし。いくらなんでもそこはタオルじゃないだろ、と言いたくなるところまで。

「もう止そう。十分綺麗になってるよ。悪いのは、母さんじゃないんだから」

これでもか、これでもか。身に鞭を打つ母さんに、慰めの言葉の一つでもかけなきゃ。そう思うようになっていた。

ある時、母は僕の顔から血が出ている、と言い出した。血なんかどこからも出ちゃいない。僕は首を横に振り、否定はしたが一度言い出したら止まらない。これ以上刺激しちゃ、火に油を注ぐだけ。父の言葉を思い出し、黙ってようと努力した。そうはいってもタオルで顔を拭かれちゃ堪らない。餌食になんかなりたくない。

最初のうち、僕は母を受け入れようと我慢した。が、やせ我慢が長く続くはずもない。すぐに限界、手を振り切って逃げ出した。でも逃げても逃げても呻《うめ》き声を上げながら母は僕の後を追ってきた。

「何があったの？　どうしたの？　コーちゃん怪我をしたんだね。血が出てるわよ、顔や首や足からも。コーちゃんごめんね。ごめんなさい。こんな大事になっちゃって」

母の声は底なしの沼の底から響いてくるような、救いのない声だった。「何でそんなに謝るの。何をしたって言うんだい。悪いことなんかしてないよ」謝ってばかりいる母に、違うよ、そんなことはない。そう伝えたかった。言ってやりたかったんだ。

とはいえ、逃げてばかりはいられない。それで気持ちが晴れるんなら、母の言いなりになってい い。多少の我慢はしてやろう。そう考えるようになっていた。後で洗えば済むことだ。別に病気になるわけでも、臭いが浸みるわけでもない。で、僕は根負けした。したいようにさせてやる。

「拭いてくれるのは嬉しいよ。でもせっかく拭いてくれるんなら、もう少しましなタオルにして下さい。それは床やトイレを拭いた後のタオルでしょ。確かに僕は汚いよ。顔から手から足からと血を流し、汚れているに違いない。でもねそのタオルじゃ酷《ひど》すぎる」

けどそんな僕の訴えが、母に通じるはずもない。僕の顔面は母の善意のなすがままになっていた。最後に僕は不貞腐れ、いいよ、どうにでもして下さい。そんな態度を取っていた。

一方、そんな心持ちとは裏腹に、母の思いはどこまでも、真っ直ぐ、純粋、ストレート。で、ついにシェークスピアの王様や、奥方様みたいなことを言い出した。

「ごめんね、コーちゃん、ごめんなさい。力は入れてみたんだけど、いくら拭いても落ちないよ。血の穢《けが》れっていうものは一度付いたら取れないね。消えるもんじゃないんだね」

母の汚《けが》れなき悪戯は、一、二ヶ月は続いていた。で、その後は油が切れたように動かない。そんな時期がやってきた。母は誰とも喋《しゃべ》らない。じっと同じ場所にいて、ただぼんやりと座っている。あれほどこだわっていたタオルさえ、いつの間にかに消えていた。何も食べない、水もお茶も含まない。窓から外ばかり眺めていて、時々独り言を言っている。天井を見上げては、不審そうな顔をして額に皺を寄せている。風呂に入るのも嫌がった。顔も洗わないし歯も磨かない。昼寝ばかりして、夜は眠らず帳面を広げて、縦線、横線、わけのわからない文字や記号を書いている。おかしな行動は目立ったが、奇妙な母の生活に家族全員が慣れてきた。見て見ぬふりを決め込んだ。下手に関わらない方が身のためだ。そう思うようになっていた。

「コーちゃん、いつも公園で寝泊まりの髭を生やしたホームレス。あいつのことわかるよね。そうなの、山羊の鬚の情けない奴、あの男。何か言ったりしなかった？　あいつ変なの。前から知ってるみたいなの。あなたを待ち伏せにして吹き込んで、仕返しをするつもりじゃない？　近づいちゃいけないよ。危険が一杯。気をつけて」

え、公園にホームレスなんていたっけな？　母は時々わけのわからないことを言う。僕らを驚かせ、別の世界に連れていく。

「家《うち》の前に足の悪い子が立ってたね。あの子、幼稚園に上がる前、給水塔から落ちて左足に怪我をした隣りの鈴木なんとかちゃん。よく遊んでいたでしょ。覚えてる？　今でも足を引き摺《ず》って家《うち》を覗きに来てるのよ」

　そう言いながらドアの鍵を弄《いじ》くり回す日もあった。気になり出すと、さらに気にしてすぐに抑えが利かなくなる。家中の鍵を調べて回らなきゃ気が済まない。そんなことが続く日もあれば、そうでない日もあった。でも敏感になり出すと、些細なことも気にかかる。窓枠の隙間や玄関や、勝手口の扉に開いた鍵穴も、凹《へこ》みや穴という穴はすべて気になるようだった。細かい穴から好《よ》からぬものが入り込む。と考えて、怖がっていたのかも。

　風の強く吹く日には、外から流れ込む微《かす》かな外気にも怯えていた。蒲団の中に潜り込み、そこから出ない日もあった。とはいえ、寝てばかりじゃいられない。少し元気が出てくると、窓の隙間に新聞紙の切れ端やガムテープを貼って回ったりもした。粘土を詰めて窓を開かなくしたことも。侵入者を防ごうと母も必死だったに違いない。そんな恐怖が高じてか、玄関の扉に釘を打ちつけて、入れなくした日もあったように憶えている。

　今は一時期ほど、気にはしなくなっていた。いや、気にする気力さえ失った？　母は僕に噛み付いて余りあるほど溜め込んだエネルギーさえ使い切り、前にも後ろにも進めない。錆びた錠前みたいに身をガチガチに硬くして動けない日も多くなる。そんな姿が目に付いた。それでも僕のことだけは、妙に気になるようだった。まるで元気のない日の朝も、僕を起こしにやってくる。「わかったよ、朝なんだ。起きるよ、学校に行く時間だろ」。そんな母をほっておき、寝たふりをし続けるのも辛かった。

　僕がうそ寝を決め込むと、母は僕の姿など見なかったかのように、ベッドの前を通り過ぎ窓のとこまで歩いていく。それから少し間をおいて、取っ手を摑んで窓を開け、隙間から外の様子を覗き見る。左を見てから右を見る。空を見上げてから下を見る。そんな動作を二度、三度と繰り返す。気が済むまで繰り返す。それから今度は窓を閉め、かぎを元に戻すのだ。けど不安がまた湧いてくる。打ち消すことはもうできない。下げた取っ手をまた上げて、同じ動作を繰り返す。さらに二回、三回と繰り返す。それでも母は飽き足らず、同じ行為を強《し》いられる。今日はいつもより少し多めのようだった。やっと納得できるところまで辿り着き、大きな息を吐き出してベッドの前に戻ってくる。そしてこう言ったのだ。

「コーちゃん、ごめんね、ごめんなさい」疲れ切った顔をして母は何度もこう言った。いつまで謝っているのだろう。別に怒っているわけじゃない。謝罪を求めたわけでもない。でも謝ればほっとする。何もなかったかのように、背を向けドアの方向に戻っていく。母の姿は遠ざかり、ドアの向こうの暗がりに吸い込まれていったのだ。

母の背を見るうちに、同じ闇に紛れ込んでいきそうな気になった。さっき閉めた窓が開き、僕も一緒に落ちていく。そんな気分になってきた。穴の隙間に落ちながら、体は闇に溶けていく。僕と闇が一つになり、暗い穴の内側に砂糖みたいに溶けていく。糸を引きながら消えていく。そして暗闇の向こうには、誰だろう？　真理を語る人がいた。鬚を生やした誰かさん？　後ろ向きの塊が、呟くように語っていた。真理を求める人々と、そこにはいない誰かとが、月と太陽みたいに引きあってそこにいた。でもすべてを知るのは暗闇だけ。何も見えない闇だけがすべての真実を知っていた。

5

一等賞金十億円。高額の賞金を狙って僕はロトや宝くじを買っていた。もちろん一等が簡単に当たるはずもない。でも当たる人には当たるんだ。そんな話はよく聞いた。世界の秩序や法則と同じで、きっとわけかからくりがあるはずだ。そう思い、当たった人を捜し出し、事情を聞きたいと考えた。そんな時、従兄の繁人が商店街のくじ引きで、一等賞を引き当てた。彼はハワイ旅行と副賞の三十万円を得たらしい。宝くじではなかったが、ヒントになるはず。詳しい話を聞いとこう。僕は彼の家に向け、赤の新車を走らせた。

僕の車は新型のクーペでボディはプラスチックの板でできていて、その分鉄も鉛も使ってない優れもの。柔らかいマシュマロみたいなシートを乗せているせいで、乗り心地はもう抜群。文句のつけようもありゃしない。ところが何という失態か。車は間違いなく一流だが、カーナビが付いてない。そのせいで一つ角を間違えた。どこを走っているんだろう。知らない道に迷い込み、辿り着けないままでいた。おそらく出口のない環状線に入り込み、同じところをグルングルン。回り続けているんだろう。

予想は当たっていたようだ。巨大な庭園に迷い込み、出口を求めてグルグルグル。このまま進んでも意味がない。車を停めて半回転、元来た道を帰ってみる。すると「出口」の表示板が見えてきた。その方向に進んだが、いつの間にか「入口」の文字板に。誑《たぶら》かされているのかな。標識におちょくられているようだ。いい加減にしてくれよ。偽の看板に付き合うほど、僕は暇人じゃないんだぞ。ひとり標識を罵った。

出口を求めてさ迷った。そのうちさっきみつけた看板のすぐ脇に、見覚えのある顔の男が立っているのに気がついた。目を細めてよく見ると、間違いはないだろう。従兄の繁人その人だ。

でもこんなところになぜ繁人？　車を彼の側に寄せ、「繁人」と名を呼んでみた。

返事はなかった。彼は知らん顔で立っている。ドアを開《あ》け、車を降りて彼の側に寄ってみる。間近で見るとその男。繁人そっくりにも見えたけど。いや、違う。彼じゃない。似てはいるけど、じっと眺めているうちに、え、まさか。馬鹿々々しいと思うけど、右半分を取って替えた僕の顔？

僕の想像が正しければ、彼は繁人と僕の中間の……、ふたりのＤＮＡから創られたサイボーグ？

一瞬そう思ったが、そんなモザイク人間がいるはずが……。

時間も場所も、すべてに引き伸ばされてここにいた。そして早く真実が知りたいと思っていた。

少なくとも目の前の、この男は誰なのか？　知っておくべきだろう。

「松尾繁人、知ってるかい？」僕は兄弟なのか親戚か？　あるいはそれ以外の人なのか？　正体不明のおかしげなモザイク野郎に聞いてみた。

「知ってるよ」返事を期待したわけじゃない。でも男の口からそんな答えが帰ってきた。

「じゃ、彼がくじに当たったのも……知ってるかい？」

「うん！」彼が肯《うなず》いたので、僕はセットポジションから次の質問を投げてみた。

「どうすりゃくじに当たるのか、彼は知っていたと思うんだ。それでさ、宝くじを当てるには、どうすれば……？」僕の問いは真ん中高めのストレート。質問を投げた瞬間に「あ、打たれるホームラン」予感めいたものが閃《ひらめ》いた。

「おやおや、何を聞くのかと思ったら……くじを当てる方法かい。その質問はアウトだぜ。わかるだろ、そのくらい。俺が答えちゃ、どう考えてもまずいだろ」

彼と呼ぶには中途半端なその男。どっちつかずの青年は、上下に長すぎる前歯と糸切り歯を持っていた。可哀相にその男、口を動かすたびごとに、歯の先端で赤い粘膜を傷つけた。そしてそこからじくじくじくじく、血の液を滴《したた》らす。たぶん生きるのに相当な苦労を背負《しょ》っているんだろう。お気の毒さま、ご苦労さま。僕は親身になって彼の人生を考えた。

「まあ、その顔だし、まんざら縁のない人間でもなさそうだ。いいよ、君にだけっていうことで、教えてやるよ、特別に」彼は勿体ぶってそう言った。

「いいかい、特にこれって方法があるわけじゃ。とはいえ至極簡単。大きな声じゃ言えないが、あっち。わかるかな。向こうで買えばいいだけだ」彼は北の方を指差した。彼の差す方向に目をやると、そこには雪の絨毯を敷きつめた白い世界が見えていた。

「そうか、理屈だ。何て迂闊だったんだ。なぜ気がつかなかったんだろう」

僕は何かに気づいた気はしたが、それが本当のところ何なのか、理解しちゃいなかった。でも自分自身の嬉しげな声と落ち着いた態度から、すべてがわかった気になった。

「ありがとさんよ、恩にきる。すべて君のお陰だよ。これで再出発ができそうだ」

自分でも何が何だかわからぬまま、目の前のモザイク野郎に感謝した。たぶん脳の一部は、事態を把握してるはず。だからわからなくて大丈夫。心配なんかまるでない。ここは脳みそを信じて任せればいいだろう。信頼しようぜ、前頭葉と側坐核。僕はそう確信して、深く考えないことにした。それから彼に別れを告げ、長くもない腕を高く振ったのだ。

僕は何も考えず一直線に歩き出す。畑を横切り川を越え、北を目指して進んでいく。林を抜けたところで約十五メートルはあるだろう。白い壁にぶつかった。ビルでいえば五、六階。優にそのくらいはあるはずだ。この壁を越えなきゃ向こう側には抜けられない。さてさて、どうしたもんだろう。簡単にゃ登れそうもない石の壁。行く手を遮る高い壁を前にして、僕ははたと立ち止まる。

壁を越えるにはどうするか？　状況を破るきっかけになるものは？　ない、ない、いや絶対にあるはずだ。それを探そうと血眼になっている。しばらく壁と周辺を観察した。そして突如幸運の女神が僕に微笑んだ。壁の表面をよく見ると、猫の足跡のようなもの。小さな窪みが登るのにちょうどいい間隔で付いていた。窪みは前の壁にしか付いてない。他のどこにもそんなものはありゃしない。さあ登れ、といわんばかりに窪みが影をつけていた。僕は興奮を抑えるようにそこに行き、穴に手をかけ足の先を載せてみた。

よいしょ。手と脚に力を込め、僕は塊を持ち上げる。思った以上にスムーズに上に向かって登り出す。そしてあっという間にてっぺんに。頂上には気持ちのいい風が吹いていた。見上げると魚のような旅客機が雲を引いて飛んでいる。幸運の兆しかもしれないな。わけも謂われもなかったが、そう直観は言っていた。何があってもすべてよし。僕はもう前のめり。この分なら勇気を持って向こう側にいけそうだ。

壁の裏側にも、窪みはちゃんと付いていた。僕はそれに足をかけ、今度は後ろ向きに降りていく。エイ！　三分の二ほど降りたところで白い大地に飛び降りた。

あっちの世界は予想以上の広がりを持っていた。地平線がくっきりと浮き上がり、線から飛び出すように丘が見え、頂上に塔のような白い建物が建っていた。あそこだな。すぐに僕にはピンときた。それから速足でそこを目指して進んでいく。十分か十五分、そのくらい歩いた頃だろう。気がつくと僕は坂道を上がっていた。曲がりくねった道を行き、S字の岩の暗がりを抜け出すと、白い塔の前にいた。

白い建物の玄関は歯科医のクリニックと同じで、僕を誘惑するように扉を半分開《あ》けていた。僕が来るのを知っていて「お帰りなさい、ご苦労様」と迎えてくれているようだ。僕はドアの隙間に目と鼻先を突っ込んで、中の様子を覗き見る。人ひとりくらいいるだろう。そう思って眺めたが、中には誰もいなかった。入ってみるしかなさそうだ。ノブを摑んで引いてみた。でもその板は、金庫の扉みたいに重かった。今度は体重を全部載せて押してみた。やっとドアは動いたが、ガガガガガ……歯車みたいな音を立て隙間が広がっただけだった。

無理に体を突っ込んで、そっと片足を入れてみた。中に入って振り向くと、ドアには重そうな郵便受けが付いていた。内部には封書や葉書や小包が詰めてある。中の郵便物を搔き出そう。箱の前に座り込み、蓋を開いて手を入れる。他にも回覧板や新聞紙、スーパーのチラシやロトや宝くじの外れ券、景品のタオルなんかが入っていた。あらかた中のものを搔き出して、奥の方に引っかかる最後の数枚に手を伸ばす。

ポンポンポンポン。不意に肩を叩かれた。人がいた。誰もいないと思ってたこの場所に人がいた。尻もちだってつきそうなくらい驚いて後ずさり。それでも持ちこたえて振り向くと、そこには瘦せた姿の母さんが、よろめきながら立っていた。おいおい、びっくりさせんなよ。どうしてここにいるんだよ。

「何でてっぺんの建物に？」僕は平静さを装うように聞いてみた。

「ピアノの椅子を返そうと、ここまでやって来たんだけど、迷ってしまって、さあ大変。どこに置いたらいいんでしょ」

　ピアノの椅子？　何を言っているんだろう。母さん、椅子っていったって……家《うち》にはピアノ自体がないでしょう。有名とまでは言わないが、我が家は音痴で知れた一家だろ。楽器なんていうもんにゃ、金輪際縁がない。ピアノどころか笛や太鼓やハーモニカ。そんなもんだってありゃしない。母は口にする言葉を理解してるのか？　たぶん彼女は夢の中。寝ぼけ眼《まなこ》で口任せ。そんなところに違いない。

「いいわよ。ここに置いとくわ」テーブルの脇に椅子を置きながら、僕に向かってそう言った。何と答えればいいんだろう。「それでよろしいのでは、お母様」

　僕はとりあえず「うん、うん、うん」首を縦に振ってみた。と、それが世界を変える合図だったというように、母の表情はみるみる険しいものになり、探るような目になった。

「けどね、コーちゃん、見てたけど、あんたここで何してた？　こんなとこまでやって来て、悪さなんかしてちゃダメでしょ。悪戯をする間があるんなら、少しは母さんを手伝って。今ね、母さん、大事な仕事をしてるのよ。何しろお国の一大事。なのにうまくいかなくて。いろいろ考えてみたんだけど、この仕事、あなたに助けてもらうしかなさそうなの。世界の中で任せられるのはあなただけ。コーちゃん、あなた以外にいないのよ」

　ぶつかりそうになるくらい母は額を寄せてきた。母の大袈裟な言葉や振る舞いにゃ、慣れてはいたがこの時の迫力は、いつものそれとは桁違い。顔の真ん中に吸い込まれそうで怖かった。

「コーちゃん知っていると思うけど、皇太子御夫婦の仲が最近悪くてね、長官や侍従長らが皆で心配してるのよ。今、おふたりは別々に旅行中なんだけど、それはよくないことなのね。国によくないだけじゃなく、皇太子様ご自身の、命にも関わるなんていう人もいるくらい。このままほっとくわけにはいかないし。それで手を打つようにって、首相を含めて何人かの偉い人たちが言うんだけど。そうなの、気持ちはわかるけど、私の力じゃ、どうにもならない、そんなところまで来てるのね。それで最後の手段として、あなたにお願いしてるわけ。ねえコーちゃん、お願い手を貸してはもらえない？　他に頼りにできる人はいないのよ。不可能を可能にする男はあなただけ。どう、力になってもらえない」

「え、そんな……。僕しかいないって言ったって……」

「そう、私は女だから全くもって無理だけど、あなたは男、それも高いところから飛び降りる勇気だって持つ男。男の中の男だから、できないことはないはずよ。そうなの、わかっていると思うけど、殿下を狙っている奴がいる。そして事態はある水域を越えている。だからあなたが身代わりになって勇気ある行動で、国と皇太子様を救うのよ」

母の話は滅茶苦茶だ。荒唐無稽もいいとこだ。到底、理解できるもんじゃない。それにあの言い草は何なんだ。高いところから飛び降りる勇気だって持つ男？　おいおい、いい加減にしてくれよ。おちょくるなんて酷《ひど》過ぎる。それとも話す相手を間違えて、おかしなことを言い出した？　もちろん「嫌だ」と突っぱねることもできたけど、郵便物や景品を掻き出しているところを見られた弱みも手伝って、母の申し出を無碍《むげ》にはＮＯと断れない。僕は母の企みに巻き込まれ、手足を縛られて雁《がん》字搦《じがら》めにされていく。そしていつの間にかに母の言葉の奴隷になり、そのうち母の会話の一部となり、ふと気がつくと、殿下の鞄持ちになっていた。

鞄や袋を手に提げて、世界を旅するのが僕の仕事になっていた。でも僕の持つバッグや手提げは、普通みんなが持っている町で目にするもんじゃない。特別仕立ての逸品で、そこらの鞄屋に置いてある不細工なやつじゃない。鞄作りの名人が何ヶ月もかけて作りあげた名品で、その柔らかい曲線は絶世の美女の体を思わせた。真っ白な革を重ねて作られた鞄本体の中央に、お椀を伏せたような出っ張りが二つ並んで付いている。何のためかは知らないが、それは魅力的な膨らみに見えていた。カクテルパーティがある時は、底から足が伸びてきて、あっという間にテーブルに。「今日は疲れた、寝かせてくれ」と殿下が仰られたその時は、鞄は体を横にする長椅子にも早変わり。そして何もない孤独な月夜の夜更けには、僕の抱き枕になっていた。

八月の蒸し暑い日のこと、宮内庁の事務官が僕の部屋にやって来て「君、皇太子の伴をして南の国に行ってくれ」そう言いながら辞令の入った封筒を、脇のポケットに押し込んだ。それはK国の王の謁見を受けるための旅だった。王様に会う旅だから、僕らは礼儀正しい行動と、品のいい笑顔を作っておく必要があったのだ。なのに、なのに南の国の宮殿に辿り着き、それから一日飛ばして謁見の日になって……それでも殿下の御機嫌は下がりっぱなしで、良くならない。ひとり暗い顔をして、部屋に引き籠もられたままだった。話しかけてもろくに返事もされないし、洒落を言っても応じない。仲間の従者が心配して僕にこう聞いてきた。

「どうしたんだろう、皇太子。ショックなことでもあったのかい?」

僕は首を横に振り、わからない、とだけ答えておく。でも本当は知っていた。殿下が、彼のかわいいルミちゃんに冷たくされていたことを。

「ほんのちょっとだけでいい。愛想笑いでもしてくれたら、それで事は済むのにな」

このままの御様子で王の謁見を受けるわけにはいかないぞ。僕らはふたりして考えた。で、窮余の策として、殿下の身代わりを僕が務めることにした。僕にお鉢が回ってきたわけは、彼よりも僕の方がちょっとだけ、背格好が似てたから。

あれから時間も経っていた。「身代わりに」と言う母の言葉を僕はすっかり忘れていた。今その言葉を思い出し、母が言ったのはこのことか。納得して、僕はため息を吐き出した。確かに僕は殿下に似ていた、だとしても、何とも厄介なお役目だ。やれやれ、こんな面倒になるんなら、あの時断わっておくべきだった。

今さらそれを言っても始まらない。これも乗りかかった船なんだ。作戦がうまくいった暁にゃ、国家に対しても国民にも、大変な貢献をしたことになる。勲章の二個や三個じゃ終わらない。飛び級で進級するチャンスだってあるだろう。新聞の『人』の欄に立派な人みたいに載ることとも。それより何より母なる祖国のためにする自己犠牲。国民一人ひとりへの献身と深い愛。やって価値ある行為だろう。僕は身にそう言い聞かせ、納得してから殿下の礼服に身を包み、着けられるだけたくさんの勲章を胸に着け、迎えの車を待ったのだ。

御殿の広間では貴族や大臣や将軍が丸テーブルの席に着き、僕らの到着を今や遅しと待っていた。彼らは強い酒をしかと飲み、酔いが全身を馬車みたいに駆けていた。赤ら顔の彼らは皆上機嫌。ニコニコとした表情を拵《こしら》えて、ご婦人方とのお喋りに前のめり。そんななか、お付きの者を従えて僕らの入場が始まった。金色の扉がゆっくりと口を開け、僕らが広間に入るやいなや、脇のステージから軍楽隊が飛び出して、歓迎のファンファーレを響かせた。すると全員が立ち上がり、拍手で僕らを迎えたが、なかには転びそうになる紳士淑女もいたりして、その場は少しだけ混乱したものになる。僕らは国王の面前に導かれ、一礼してから王の前の席に着く。

僕らの着席が合図だったに違いない。打って変わって楽隊は、くだけたダンス曲のメドレーを、早いテンポで演奏した。すると天井から垂れ下がる葡萄みたいなシャンデリアが輝きを増し、同時に光るコスチュームを身に着けた踊り子たちが現れた。彼女らは丸テーブルの間《ま》に散らばって、所狭しと踊り出す。拍手に口笛、喝采と、あちこちで歓声が沸き起こり、広間に元の喧騒が戻ってきた。でも僕は王様の面前にいるせいで、緊張のボルテージを上げていき、体中の筋肉を鉄板みたいに硬くする。場の雰囲気に圧倒され、背は伸びているはずなのに目は泳ぎ、床の上の大きめの靴の先ばかりを眺めてた。

そこに若い給仕の女の子。彼女は笑顔で脇に立ち、コッペパン状の丸い菓子を摑み上げ、僕の小皿に取り分けた。

「温かいうちに召し上がれ」そう親しみを込めて言ったので、僕は子供みたいに嬉しくなり、皇太子であることを一瞬忘れてしまうのだ。僕はいつものいじましいだけの僕になり、片手で菓子を摘《つま》み上げ、見境もなくその脇腹に齧りつく。この行為が礼に適うはずもない。誰かが僕の蛮行を見咎めていたんだろう。その行いを批難して、王の耳元で囁いた。

「礼儀知らずの小僧っ子。こともあろうにおやかた様の面前で、ガブリと齧りついてきましたぜ」が、その時は、時々刻々と移りゆく事態を振り返る余裕なんてなかったし、すぐに咎めだてをする者もいないので、ことの重大さには気づかない。

たぶんこの菓子は王家御用達、国一番の銘菓だろう。自家製の大きなクッキーの塊に、甘く蕩《とろ》ける生クリームがバターと一緒に練ってある。今までに食べたこともない美味な菓子。口に含むとそれだけでトロリと甘く溶けていく。これは旨いと思ったが、いくらなんでも「おかわり」とは言えないし。でも菓子を節操なく頬張っているうちに、時間はみるみる過ぎていき、ステージの上では次のダンスが始まった。

僕の視線はステージの上の踊り子に釘付けに。よく見ると踊り子たちは大変な美女ぞろい。スカートの裾を持ち上げて、舞踏用のパンティをちらりちらりと見せながら、優雅なターンを繰り返す。そのうちにふたりが一つ組になり、それが三人に、四人になり、最後には大勢の踊り子が輪になって踊り出す。それが終わると輪のセンターの踊り子の腰の紐に摑まって、六人の美女たちが花びらになって宙を舞う。それからその先の十二本の足首を、次の十二人が摑まえて三列目を作り上げ、円を描《か》いて回り出す。加えて外側にもう一列、四列目を作ろうと、まだ輪に入ってない踊り子が目を輝かせて待っている。けど四列目を作っちゃ、ぐるりと一回りしたとこで、舞台の袖にぶつかってガッチャンコ。輪を壊してしまうはず。四列目は無理だから、止した方がと思ったが、彼女らは強引に最後の列を作り上げ、巨大な輪っかを動かした。花びらみたいな人の輪を器用に回転させたのだ。

輪はぐるぐると回り出し、つられて僕の目も回りそう。冗談じゃない、止してくれ。こんなところで回されちゃ、殿下の代役を果たせない。とめてくれ、やめてくれ。それだけは願い下げ。僕は精一杯の抵抗を。でも時はすでに遅かった。輪の回転に誘われて目玉は回って止まらない。僕の意思じゃまるでダメ。回転だって速くなり、渦巻みたいな勢いになってくる。力を込めて「どう、どう、どう」変な声を絞り出し、冷静になろうと僕は努めたが、ここまできたらもう限界。元に戻るのは不可能だ。と、その時だ。幸か不幸か僕の心を察してか、二度目のファンファーレが鳴り響く。国王の謁見を知らせるラッパの音だった。

本棚を引き倒し、ゴミ箱をひっくり返して綿をちぎって撒き散らす。そのくらい頭の中は滅茶苦茶に。目玉も人知れず回っていた。さっきまでの回転が速過ぎたせいなのか、目は熱を持ち、滑って止まる気配もない。その回転に引きずられ、神経も免疫もホルモンもすべての体内システムが秩序と均衡を失って、気儘な暴走を開始する。汗が噴き出し胃袋が音を立て、心臓も飛び出さんばかりに強く打つ。呼吸も脈も速くなり、喉が詰まってつかえそう。筋肉も絞るように固くなり、力が入って痺れ出し、震えだって止まらない。それでも僕は立ち上がり、前進、どうしても着かなきゃ、王様の前に進まなきゃ。

立って前に進むんだ。奮闘努力してみたが、足の筋肉は固まって立つに立てないままでいた。僕が立ってこないのを不審に思った大臣が、僕を迎えにやって来た。椅子の背に凭れかかっているだけの哀れな格好の僕を見て、顎をしゃくって大臣は立つようにと促した。それでも動かない僕を見て、業を煮やしたんだろう大臣は、ガチガチに固まった僕の両腕を無理に掴んで引っ張った。僕はその強引さに身を委ね、やっとこさで立ち上がる。立つには立ってみたものの、下半身の筋肉は固まったままなので、思うように動かない。でも彼の太い腕《かいな》にしがみ付き、王の面前に、ソロソロのろのろ進み出る。赤い絨毯を踏みながら、見る間に青ざめていく哀れな塊を引き摺って行ったのだ。とんでもないことが起きそうだ。そんな予感に囚われた。それは確信へと変わっていく。おい、どうしたんだ、何なんだ。気がつくと国王に差し出す貢物の目録が、僕の左手から消えていた。何が大事といったって、一番大切な目録だ。これを渡しに来たような。その目録が消えていた。何という失態だ。いや、失態なんてもんじゃない。これはお国の一大事。そう言っていいくらい、最大級の不祥事だ。

慌てた僕は記憶の糸を引っ張って、時間を元に戻そうと試みる。でも糸の張りが悪いのか、そこだけ記録が抜けたのか、何の画像もイメージも浮かばない。さっきまで握りしめていたはずの封筒と紙っ切れ。周囲を丹念に見回すが、丸テーブルの周囲にも、床にも絨毯の継ぎ目にも、どこにもそんなものは落ちてない。ない、ない、ない、どこからも出てこない。

すると体中が熱くなり、汗が噴き出し心臓が高鳴った。膝頭も肩も手首も指先もガタガタガタガタ。そうだ、あの時ポケットに？　両手をポケットに突っ込んで中の袋を探ってみる。左には硬めの桃が入っていた。右を探るとナイフの刃に手が触れた。ナイフに桃？　なぜそんなものがあるんだろう。入れた覚えは僕にない。もしかしたら大臣が？　いや、そんな。それより大事なのは目録だ。命より大切な目録はどこに消えていったんだ？　ズボンの後ろや内ポケットまで探ったが、どこからも出てこない。目録は僕の前から消えていた。

僕は混乱していた。狼狽《うろた》えた。一番大事な目録を失って、どうすればいいんだろう。体から力が抜けて頭の中も真っ白に。思ったり考えたりできる塊じゃなくなった。僕はよろけながら前に出て、ポケットからナイフを出して桃の皮を剝いていく。なぜ皮を剝くんだろう。食べたかったわけじゃない。皮剝きが特に上手かったわけでもない。家では林檎の皮をよく剝いた。でも今の僕とは無関係。

実を中央で縦に割り、中の種を取り出して、今度は薄皮を剝いていく。豊かで瑞々しい桃の実が剝き出しに。そこでガブリと齧り付く。で、実と汁を、スルスルスルリと吸い込んだ。ちゃんと嚙まなきゃダメですよ。誰かがそう言っていた。けどそんなことは気にしない。甘い汁や実や筋《すじ》がごちゃ混ぜの塊を、ほとんど嚙まずに飲み込んだ。

僕は何をしてるんだ。桃の実をなぜ頰張ったりするんだろう。当たり前だろ、ダメなこと。それを見ていた衛兵が、顔を見合わせ騒ぎ出す。王の面前で今日行われるはずだった煌《きら》びやかなセレモニー。ナイフを出すという失態で、晴れがましいはずの舞台を台無しに。口上の言葉をベッドの中で丸暗記。目録を渡す練習だってあれだけていねいにやったのに、どこでどう勘違い。僕は脇道に迷い込み、石に躓《つまず》き谷底に一気に転げ落ちていく。一体ここはどこなんだ？　今は昼なのか夜なのか？　何をすべきでしちゃダメか？　それさえわからなくなっていた。元の道には戻れない。積み上げてきた歩みは何なんだ、何だろう。王の面前でこんな非礼をしでかしちゃ、洒落にも話にもなりゃしない。これまでの努力と献身は水の泡。

衛兵たちは本気になって怒りだし、王の脇のテーブルを一跨ぎ。赤い絨毯の上に飛んで来た。僕はナイフを手に持ったまま、錆びたロボットみたいに固まって立っている。

「こんな奴は許さない。王冠に刃を向ける男は許せない」

呪文のような叫び声が広間全体にこだました。刀を抜いた衛兵が僕のまわりに殺到する。踊り子たちは驚いて、蜘蛛の子を散らすように逃げていく。僕は衛兵たちに囲まれて、ナイフを叩き落とされた。奴らは無抵抗の僕を背後から押し倒し、床の上に組み伏せる。そして後ろ手に締め上げて、重い手錠をかけてくる。でもそれくらいじゃ収まらない。手錠の上から縄を巻き、胸から腹からぐるぐる巻きにされたので、身動きの一つも取れなくなってきた。鼻で息を吸うことも、口から唾を吐き出すのも難しい。彼らはそんな僕に目隠しを、小突き回して腕を取り、地下に向かう階段を下に降りていったのだ。

「何もしちゃいないんだ。悪いことなんかしてないよ。眩暈《めまい》がして目が霞み、わけがわからなくなっただけ。だから謝れ、っていうんなら、百回でも千回でも謝るよ。平身低頭謝ります。ごめんなさい。すいません。二度とこんな真似は致しません。けど悪いのは僕じゃない。誓って僕じゃないんです」

僕は身を弁護して、こう叫ぶ……はずだった。でも喉仏の奥からは、叫び声も囁きも、呟《つぶや》く声も出てこない。気が昂《たかぶ》って息が詰まったせいなのか、緊張で声帯が固まってしまったか、音も言葉も出てこない。結果、弁明の機会さえ奪われて、衛兵に捕らえられ雁字搦《がんじがら》めに縛られて、地下の牢獄に閉じ込められてしまうのだ。刑期も罪状も告げられず、両腕を摑まれて身の自由を奪われた。

牢獄に入ると中は逮捕者で溢れていた。悪党がこんなに大勢いるなんて、さぞかし南の国の王様も大変だ。この国には、些細なこともまず牢に！　なんてスローガンがあると聞いたが、この混みようなら頷ける。

あれこれ考えているうちにポンポンポンポン。肩を叩かれたのに気がついた。腕の方向に目をやると、僕を捕まえた色黒の衛兵が不安気な表情で立っていた。白い囚人服を着せられて群れの中に混じっていた。なぜ彼が？　一体何があったんだ。何をしたっていうんだろう？　僕を床に押し付けて、ちょっと小突いただけだろ。興奮して、やり過ぎた面もあったかも。それを過剰攻撃と指摘されて職責を？　でもひどいもんじゃなかったし、それも彼の仕事の内。果たすべき義務のはず。そんなつまらない要件でいちいち牢に入れられちゃ、いくら獄舎を作っても足りゃしない。彼にしたって堪ったもんじゃないだろう。

でもそこにいたのは彼だけじゃない。晩餐会の最中に踊り子に絡んでいた将軍や、酔いに任せて貴婦人を揶揄《からか》った伯爵も、囚人の群れに混じってそこにいた。だとすると、僕がいるのも案外つまらない理由から。なら大げさに考える必要はないのかも。とりあえずことが起きたので入れておく。ここはその程度の待合室か控室。たぶんそんなとこだろう。

でもここにいる囚人たちはどこか不安気、皆落ち着きを失くしていた。誰ひとり、じっとしている者はいなかった。狭い空間の内側を、触れあいながら移動する。どこに行くつもりだろう？　え！　抜け道が？　それとも何かい、同じところを回るだけ？　なら水族館の鰯の群れと変わらない。そして僕も同じこと。囚人たちに背を押され、流れに乗ってゆっくりと牢の中を移動する。回っているうちに今どこに？　何のために動いてて、あれから何周したんだろう？　ゴールはどこで、それは地下なのか塔の上？　何一つわからなくなってきた。それでも流れには逆らえずグルグルグル。獄の中を何となく、皆と一緒に回っていた。

が、その時だ。太い塊にぶつかった。倒木の破片みたいな妙なもの。何だ、こりゃ？　床から突き出した管《くだ》の端？　いや、感じからすれば硬くない。でもそんなもんがなぜここに？

塊を靴の先で突いてみた。と、ぬるりとして気味悪い。朽ちた木の幹、滑る杭？　粘っこいものが落ちていた。乾いた無機物じゃなさそうだ。柔らかさが気になって目を足元に向けてみる。と、白っぽい粘土状の塊が、そこに転がって落ちていた。土管でも木の幹でもないだろう。じゃ、何だ？　近くで見なければわからない。しゃがみ込み、目を物体に近づける。

　動物の形をしたものだった。犬か豚か山羊なのか、そこまではわからない。でもそれは息を吸って吐き出すもの。手を伸ばし、そっと表面に触れてみる。ぬるっとした感触が指につき、薄気味悪いもんだった。叩いてみたが動かない。死んでいるのか？　瀕死の状態で動けない？　確かめてみるよりないだろう。そう考えて足の間《ま》から手を入れて引っ張った。飛び出た突起物を摑まえて、手元に強く引いてみた。四隅には長くはないが手と足が、並んで二つ付いていた。外見からすれば人。人の形をしたものだ。

　塊は幼子《おさなご》の、それも生まれて間もない赤ん坊の濡れた体のようだった。小さな子がうつ伏せで獄舎の床に横たわる。ラッシュ時の改札の前の人ごみに、倒れた子供の身体が、一つ転げて落ちている。そして子の顔を、僕は真上から踏みつけてしまうのだ。気がつかなかった。でもそりゃ、どう考えても拙《まず》いだろ。だからその子のことが気になって、肩にそっと触れてみた。動かない。つま先で突《つ》ついても叩いても、石のように固まって動かない。ってことは死んでいる？　今となってはそう考えるしかないだろう。

「上から落ちてきたんだぜ」隣りにいた囚人が僕の耳元で囁いた。本当に？　僕は無意識に上を見る。すると暗闇に、高いアーチ型の天井が見えてきた。あんな高いところから……。

　高い。七十メートルか八十メートル？　それくらいはあるだろう。で、てっぺんのアーチ型の梁の上にはステンドグラスが嵌《は》めてある。あそこから？　今まで地上のことに気を取られ、見ることもなかったが、あの高さから落ちたなら、まず助かりはしないだろう。絶対とまではいわないが……。

もしかしたら落ちてくる体を受け止めた人がいた？　落下地点にクッションが敷いてあり、そこでバウンドってこともある。僅かでも助かる希望があるんなら、子を救ってやらなきゃ。それが義務だし人としての道だろう。でもここまで追い込まれた状況で、面倒は避けなきゃ。なので申し訳ないとは思ったが、知らん顔。このままで、僕は通すことにした。

悩んだ末に見て見ぬふりを決め込んだ。でもそんな僕を見て、他の囚人たちは黙ってはいなかった。彼らはデモ隊みたいに固まって、わざと体をぶつけてきた。逃げる僕を押し戻そうと体当たり。御身大事の塊に抗議して、これ見よがしの圧力で押してきた。できる限りの抵抗は試みた。けど多勢に無勢で如何《いかん》せん。大人数の圧力に勝てるわけがないだろう。強く押されて子の側に……。そして白い顔の中央を、上から踏みつけてしまうのだ。

どう考えてもおかしいぞ。変だろ。絶対に悪事を仕掛けた奴がいる。後ろで糸を引いている悪党がいるはずだ。さっき僕を捕まえた衛兵を先頭に、囚人たちは意図的に、僕を子の側に押しつける。どう好意的に思っても、魂胆があり悪意がある。いや、その手には乗るもんか。この場に踏み止まろうと決意して、低く構えて踏ん張った。でもひとりじゃとても無理。すぐに限界はやってきて、さらに押されて正面を、まともに踏みつけてしまうのだ。今度は眉間の真ん中を踏んだよう。半端な痛みじゃないはずだ。とうに限界は越えている。と、これまでうんともすんとも、何も言わなかった幼子が、叫び声を上げたのだ。天井のステンドグラスを貫かんばかりの大声を。

「ミー……ナ」そんな響きの声だった。「皆《みな》」とも「みんな」とも聞こえたが、さて本当はどうなんだ。幼子に「ミーナ」と言わせちゃダメなのか。いや、そんなことはないだろう。でも彼がミーナのことを知っている？　そんなはずが……あるもんか。

声は恐ろしい高さと響きを持っていた。普通に怖いと出すような、そんな半端な声じゃない。それに声の塊は、子供が落ちてきた丸天井の空間に、余韻を残して響いていた。ってことは彼じゃなく、別の誰かが出した声？　声は鉄の塊じゃないんだし、そういつまでも消えずに響くわけがない。別の人の叫び声？　そう、その方が理に適う。なのでもう一度注意して聞いてみた。よく聞くと、聞き慣れた響きと音色を持っていた。知らない人の声じゃない。で、僕は気がついた。何を隠そうその声は、僕の大事なご主人様、皇太子その人の声だった。

間違いはないはず。叫びは皇太子の喉を通って出たものだ。だとすると、彼はミーナを知っている？　で、ふたりの関係は？　恋仲、あるいはそれなりにいい関係？　いや、彼女を脅したのが皇太子？　まあ、どんな関係だとしても、僕の知ったこっちゃない。ミーナは恋人じゃないんだし、嫉妬に狂うこともない。でもいろいろ考えているうちに、頭の中がごちゃ混ぜに。たぶん僕は輪の端っこのダンサーで、手の届かないセンターの煌《きら》びやかな踊り子に振り回されているんだろう。そのうち袖の壁にぶつかって、弾きだされてしまうんだ。

僕の瞼には幼子と皇太子、そして天井のステンドグラスのイメージが映っていた。これを一列に並べれば、ステンドグラスがふたりの間を引き裂くようにも思えたし、繋ぎ合わせているようにもみえていた。繋がっているんなら、僕が踏んだのは皇太子？　それとも彼の分身を踏みつけた？　ならば「踏んでやる、蹴ってやる」、と怒りに任せてやったのか？　前から憎んでいたのかも。

何も信じたくなかったし、わからない。それに考える余裕もない。目の前の皇太子もどき幼子は、今まさに生と死の瀬戸際に立っていた。彼を死の淵に向かわせちゃダメなんだ。何をしたってかまわない。法に触れても仕方ない。打つ手がもしあるんなら、できることはしなくちゃ。けど僕の思いは空回り。自分で掘った墓穴に嵌りそうになっていた。

何とかしろよ、するんだよ。でもそんなことを言われても、できることは知れたもの。まずは事実を確かめて。まわりを見ずに動いたら、余計抜け出せなくなるはずだ。そう、できることから始めよう。僕は幼子の首と尻に手をかけて、そっと上に持ち上げた。横向きの顔を正面に向けてみた。

白くて桃のような丸い顔。額と鼻と顎の線。輪郭を仔細に眺めているうちに、頸のまわりに赤い条《すじ》が付いているのに気がついた。ロープで絞められたような痕。血の痕がそこから横に延びている。顔全体も赤く腫れているようだ。顔つきは子供といってよかったが、形は皇太子そのものだ。本当に彼の顔？　そう聞かれたら、ハイと答える自信はない。だって皇太子に会ってまだ数ヶ月。最近の彼しか僕は知らないし、子供の頃を知っているわけじゃない。でも輪郭と顔の窪みをよく見れば、皇太子のそれと思って違いはない。

あの凶暴な衛兵たち。あいつらに倒された時のことを想像すればわかるだろう。奴らは皇太子を僕と同じと考えて襲撃した。流れからいえば瀕死の彼がここにいて、むしろ自然といっていいはず。矛盾なんかしちゃいない。そして予想もしないこの場所で、僕は死に向かう彼の顔を、止めを刺すが如くに踏みつけてしまうんだ。でもそれは邪心があったからじゃない。悪意とか敵意を抱いたからじゃない。知らなかったんだ、本当に。これは予期せぬ出来事で、悪いのは僕じゃない。僕は被害者でこれは仕組まれた罠なんだ。そうだ、やったのは僕じゃない。

死に向かおうとする皇太子の小さな体を前にして、僕は為《な》すすべもなく立ち竦《すく》む。嫌な思い出に苛《さいな》まれていく心を抱えて立ち止まる。なぜ彼はミーナと叫びながら落ちたんだ。なぜ名を呼ぶ必要があったんだ。高い天井から落ちながら、どうしてミーナに助けを求めたりするんだろう。もしかして皇太子なる人物は、僕の一部を、塊のそれもミーナに繋がっていくような、真理に結びつく結び目を示す印じゃなかったか？　だから無垢の体のまま、あんなところに転がっていたんだろう。死にゆく我が身を見せられた気がして僕はぞっとした。頭のてっぺんに水か氷を浴びていた。脳みそがかちかちに固まって、僕は冷凍人間になっていく。一歩も進めないし歩けない。何も考えられなくなっていた。そして忘れられて錆び付いた駅前の銅像だ。硬くなって動かない。

これじゃ宝くじは当たらない。ロトやビッグも当たらない。僕は少しだけ残っていた夢の滓《かす》さえ失って、すべてをかき消された気になった。僕の望みは皇太子がミーナと叫んだその時に、永遠に、永久《とわ》に消え失せたに違いない。夢と現実の区別もつかないこの世界とこの感じ。いや、そんな区別なんかつける必要もなくなったこの場所で、僕はそう考えた。

「ミーナ」という叫び声が僕の頭の内側を駆け巡る。おそらく名前とか呼んじゃいけない、ダメなんだ。禁じられた名が飛び出してきた以上、これは夢の光景じゃないはずだ。だってそう、自由自在に走り回れる夢の景色の中にいて、禁じられたものなんかあり得ない。そんな矛盾した話はないはずだ。だからこれは夢じゃない。たぶん僕という現実の裂け目に開いた深い穴。そこから溢れ出た現実の洪水みたいなものなんだ。確かに現実のような夢もあれば、夢のような現実も。言われなくてもわかっている。けど僕は比喩で言ったわけじゃない。言っておくしかないような中途半端な場所にいるから言うだけだ。

例えばこんな時はどうだろう。夢から覚めてその場の変化にびっくりする。なぜって、目が覚めたのに気がつかず、状況が変わったことに反応し、それに戸惑ってしまうから。大通りの人ごみにいたのに、突然ベッドに横たわる身の影を見てしまう。彼女とお喋りをしてたのに、突如目の前に痩せた姿の母がいる。予想もしない出来事に、わけもわからず驚いてしまうのだ。たぶん夢と現実を区別する神経物質かマーカーが、減ったか欠けたかしたのが原因だ。だから二つの世界を分けて考えるのが難しい。見方を変えれば、リアルで現実的な夢を見過ぎていたんだろう。現実を希薄にし過ぎたそのせいで、両者の垣根は僕の中では無にも等しいものになる。おそらく僕が見たものは、僕という現実の裂け目に開《あ》いて見えたもの。つまり夢でも現実でもない第三のものかこと。そう、裂け目から顔を出した何でもないもの。元の現実に近いもの。

夢と現実の差を問われ、現実の世界に対応するものが、あるかないかの違いだよ、と答えてくれる人がいる。それは正解。真っ当な解答だ。でもそれで満足？　と聞かれたら、それはまた別。個々人の体験と感じ方の差に依存する。実際、夢と現実を区別する明確な指標があるわけじゃないんだし、二つを分けたところで意味はない。夢だ、現実だ、といったって、それは脳という巨大なコンピューターにインプットされた刺激に対する反応だ。一つのアウトプットに過ぎないぜ。そう言われたらお終《しま》いだ。どちらも一枚のスクリーンに映された別方向のベクトルだ。区別しても意味がない。

もうこれくらいでいいだろう。いくら考えても切りがない。どん詰まりの場所にいて、あれこれ言っても仕方ない。僕はこれ以上、望みが尽きたこの場所に留まる意味を失った。待ち続けても何もない。皇太子の叫びを胸に仕舞い込み、母の望んだ役を終え、前いた場所に戻っていく。夢か現実かは別にして、実のとこ、僕の望みは皇太子の瀕死の体の前で終わっていた。時計の針は元の世界に戻る時間を過ぎている。僕は白い大地に別れを告げ、壁を乗り越え暗い穴を通り抜け、元の場所に戻っていく。そして周回遅れのどこでもないあの部屋に戻って、朝を迎えることになる。いつも通りの過剰な音とその響き、そして刺すような光の落ちてくる朝を。

6

今日もまた一日という長い時間を引き延ばし、朝という始まりの場所に辿り着く。僕は回り道をして、最初の地点に戻ってきた。ここに着き、一つ息を吸い込めば、黙っていても現実の感覚が僕の元に返ってくる。少しずつ、確実に。両の耳は世界の音の振幅に、元の感度を取り戻す。光は視神経を刺激して瞳の穴を開かせる。昨夜陰嚢にあり、今もあるはずのあの痛み。その後どうした。それだって、すぐに戻ってくるはずだ。帰ってきた感覚を意識の上に乗せながら、ゆっくりと薄い掛布を剝いでいく。騒《ざわ》めく陽を浴びながら、僕は上半身を持ち上げる。

朝、部屋にいてじっとしていると「今僕はここにいる」なんて決まり文句の一つでも言いたくなる。なぜだろう。この言葉に特別意味があるとも思えない。そりゃそうだ。ここって一体どこなんだ。今っていつのことなんだ。でも声にしてみると、何気に自信を得た気にもなるから不可思議だ。お呪《まじな》いじゃないけれどこの文句。そこには僕を堂々とさせる何かが仕込まれているような。魔法の粉を振りかけて、アブラカダブラその気にさせてしまうのだ。唱えるだけで本来の僕がいるような気にさせるから妙なのだ。

だからそう、この言い方には一種甘美な毒がある。元々の重い何かを隠し持っているような。それは「君、説明が足りないよ」「これからわかってくるでしょう」なんておっとりとした枝葉的なことじゃなく、一気にガバッと指し示す、そんな感じがするだろ。言葉には語ることで語られちゃいないのに、本来のそれがちゃんとあるような、語りの罠が仕込まれる。「僕は」と言うだけで、正統な社会人でも元の僕でもないはずなのに、確固たる僕がここにいるような。そう、僕は言葉の網に捕われて、身を確信させられてしまうのだ。

実際は、疣《いぼ》か出来物程度の情けない僕がいる。その存在は曖昧で、一枚岩的な確固たるもんじゃない。もしかしたら紙か布製のつまらない入れ物で、中には僕もどき塊が五個か六個か詰まってて、その何個かが時々顔を覗かせる。で、種を明かせば塊は、一つ袋に入れられた僕①僕②僕③……という雑多なものの集合で、何となく僕という場に集まって、影か窪みを付けている。要するに僕なんて、緩くて心許《こころもと》ない集合体にすぎぬもの。だから僕①なんて偉そうにいったって、決して固有のもんじゃなく、僕と外部を行ったり来たりするだけの、由来も歴史も定かじゃないそんなもの。つまり僕は僕の名の袋に何個かの自他共有の瘤かオデキを詰めたもの。箸やナイフを取り出して、場面場面で使い勝手のいいように。なので、状況に応じて出たり入ったりはするけれど、役割を終えれば元の鞘。僕なんてそんなもの。そのくらいの集まりについた名前程度のものなんだ。

そして今、疣か黒子《ほくろ》か魚の目か、どんなものかは知らないが、中の一個が僕という皮袋から飛び出して、意識を超えたところで僕を高みからリードする。その中には光の女神や水の精、鉱物や植物の精霊なんていう、上品で美しい塊も入っているはず。他にも、誕生月の星座とか、天に昇った神話の神や英雄たち。彼や彼女らも中に交じっているはずだ。押し合いへし合い僕の中に棲んでいて、各自天上の詩と物語を奏でている。外に出てきた塊は、僕という入れ物を先導し、僕に正しい道を示そうと、天に向かう黄道を全速力で駆け上がり、そこに白い光を付けていく。でもほとんどの塊は、世界を好ましいものとは思わない。僕が世の人と上手くやろうとしてみても、彼らはそうは考えない。内なる理想形にこだわって、それを僕に押し付ける。実現を僕に迫って諦めない。彼らはダイヤモンドや水晶の原石みたいな塊で、内向きに固まった頑固一徹な存在だ。秋の夜空の一つ星、フォーマルハウトみたいに孤高の光を遥か天空に撥《は》ねている。

そんな僕の中の塊は、理想の形を追求し、変えようなんて一ミリだって思わない。執拗に形の実現を要求する。だから皆と上手く付き合おう、人のために心を砕こうと思っても、全くのおかまいなし。地上の出来事には無関心。とはいえ人はみな肉体を持っている。これを無視して他人と理想形で結び付く。それはできない。当然、僕らは身の壁に遮られ、人との距離を詰められない。仲良くしたくてもできないし、彼らの要求にそれ以上応えられるわけもない。僕らは二つの世界に挟まれて、身動きの取れないものになっていく。満たされず、かなわず宙ぶらりんのままになる。どこに行き、どうあがいても曇天の空の下。すっきりとはしないのだ。

間違っちゃダメなんだ。これが僕らの現実だ。僕という塊の本来的な問題だ。一度は無視しても、結局現実は僕のところに戻ってくる。突然降ってきたもんじゃない。すべては世界と彼らの組み合わせでできている。もしかして世界と僕が呼ぶものも、巨大な瘤の一部かも。地上を這い回る現実という形を持った獣の群れ。そして夜空に瞬《またた》く理想型の星座たち。僕の中に棲んでいる目には映らぬ塊も、外の世界に照らされて二つの群れの中にいる。

最低二つ、それ以上。僕の中には複数の集合体の群れがある。野球でいえばピッチャーと理想の球を要求するキャッチャーだ。ミット目がけてピッチャーは快速球を投げ込んだ。キャッチャーは素早く捕球してピッチャーに投げ返す。阿吽《あうん》の呼吸。実にスムーズなキャッチボールが続いている。

でも実際はどうだろう。確かにキャッチャーは投手の球には反応する。けどバッターが打ち上げた球に対してはどうなんだ。バックスイングの大きさに恐れをなしたせいなのか。マスクが視野を塞ぐのか、難しいのはわかるけど、時々ついていけないことがある。捕球が下手なわけじゃない。けど高く上がったボールには反応できない。ぽろりと落とすことがある。おそらく投手の球に慣れ過ぎたせいだろう。前の球には強いのに、上には滅法弱いのだ。二度三度、落とせばピッチャーだって怒り出す。本人も、イージーボールがなぜ捕れない？　そう自問して身の不甲斐なさを責め出した。フットワークが悪いのか、キャッチングが下手なのか。でも真相はわからない。たぶん理由なんてないだろう。前の球を捕るための、理想のミットを追求しすぎたそのせいで、上の球にはミットが小さすぎるし深すぎる。それだけのことなんだ。理由なんて他にない。

ミットさえちゃんとしたサイズなら、上でも下でも癖球でも捕れたのに。それは言い訳。強がりじゃなく、多分彼の言う通り。勘違いや錯覚じゃないはずだ。同じことは僕の場合にも当てはまる。残念ながら僕のミットも同じこと。小さすぎるし深すぎる。何を考えてるんですか？　来た球を素直に捕ればいいだけでしょ。わかってますよ、そのくらい。でもそんなことを言われても、捕れる球は限られているんです。普通なら苦も無く捕れるボールでも、難しいこともあるんです。凡フライでもポロリとやってしまうんです。幅は狭いしミットの土手は高すぎる。で、愚痴や文句を言おうにも持っていくとこがない。もう少し理想を低くした方が楽ですよ。でも目一杯。これが世界での僕の運命というもんです。

僕は僕なりに、清く正しく美しく生きようと努力した。できる範囲でいいんだから、このミットでやってみよう。よし、小さくたってこれでいい。掌《てのひら》サイズのミットを手に、ゴロやフライやライナーに果敢に挑戦しようとした。飛び上がり、横に跳ね、腰を捻《ひね》ってステップを変えながら、僕は球に喰らいつく。捕るんだよ、膝を着くんだ手を伸ばせ、ともがいてみたけど、ことは簡単には運ばない。球を弾いたり落としたり、時には届かなかったりして、バントやチップやつまらない空振りまで捕り損ねてしまうんだ。

何でもないマイボール。そんな球まで弾くんだ。三つ四つとミスを重ねていくうちに皆の信用を失った。でも球を捕るためのミットが小さすぎるんなら、それは僕のせいじゃない。だからゲームの前に謝まるよ。僕のために来てくれた多くの人や心優しい精霊たち。ただ入口が狭すぎただけなんです。そのために心を開くのが難しくなったんです。確かに皆を不愉快にしたのは事実です。つまらないことにこだわってすべてを台無しにしたんです。そうなんです。南や北の天使たち、石や木の精霊たち。ベガやアルタイルという川岸で光る清い一等星の皆々様。ごめんなさい。これまでの非礼やしくじりを、謝っておかなきゃ。誤解しないでほしいのは、僕も必死だったということです。心を開こうと努力したつもりです。拒否したわけじゃありません。だから頼んでいるんです。悪く思わないでほしいんです。うまくはできませんでした。けどこんな掌サイズの心じゃ……。理想を高く持ちすぎて、現実を受け入れられなかっただけなんです。それでも狭い心を押し開き、人の役に立つんだと、額に汗したつもりです。

確かに僕はしくじってばかりいた。小さなミットをガバガバとただ動かしているだけで、多くの人々や現実と、出会い損ねてたんだろう。それは知らない世界からやって来た人や現実だけでなく「お早うございます」「今日は」そう言って毎日会う人々や、いつも言葉を交わしている内側の影や塊なんかとも、出会い損ねていたはずだ。わかっていると思うけど、人とかものとか現実は、外から来るとは限りません。目に見えないというだけで、大抵は中に棲んでいるんです。僕①僕②僕③……という中にいる人たちものたち現実たち。彼らとも、僕は出会い損ねたままでいた。そんなすれ違う人や出来事に魅せられて、僕は執拗に周囲を彷徨《さまよ》うものになる。ハレー彗星みたいに尾を引いて、軌道を歪めて囚われの身となって、永遠に回り続ける、止まらない。

こうして僕は内側の、人やものとも出会えない、哀れな身の上となっていく。椅子のない椅子取りゲームの主人公。相手のいない隠れん坊。現実の世界では掴めないものを追いかけて、目的も方向も定まらない人生を生きていく。でも一つ確かといえるのは、中身は空っぽかもしれないが、とにかく形ある入れ物だけは持っていた。で、その空想の入れ物に、ひと纏まりの現実をみつけ出し「今僕はここにいる」なんて自分に告げてひと安心。何となく確かなものがある気になってホッとする。

確かなものは形だけ。形見つけて安堵とする。空箱でも、潰れた缶でもいいけれど、そんな想像の入れ物にぶら下がり、僕は今日一日を生きていく。僕は箱型の容器の底を踏み固め、何でもいいけどその上に床を敷き、柱を立てて四隅の壁に泥を塗る。外面《そとづら》だけでもそれなりに整えようと努力する。午後にはてっぺんにちゃんとした屋根を作るんだ。それから三時のおやつの頃までにゃ、屋根にスレートの鉄板を張り付けて、なんて虫のいいことを考える。なにしろ屋根がなきゃ雨風は凌げない。スモッグだってＰＭ2.5だって、変な臭いの空気だって入り込んでくるだろう。それに第一、僕という人生に蓋をすることができないぜ。一日ですべてを成し遂げようとは思わない。小さな一歩で十分だ。前に進めばそれでよし。満ち足りた気分にもなれるんだ。

僕ん家の台所。そこは天井と床の隙間に開《あ》いた溜池みたいな場所だった。窓が小さすぎるせいなのか、空気がそこだけ澱んでいて、周囲から流れ込む邪気の溜まり場みたいになっている。いかにも気の悪そうな場所なのだ。二階から降りたところをくりぬいた地下室みたいな空間に、僕は紅茶を飲みに降りていく。毎日毎朝、一日を引き伸ばしに降りていく。

曇天の澱んだ空間。空気が濃すぎるし低い天井からくる圧力を、僕は体中で受け止める。机の上にカップを置き、いつもの椅子に腰掛ける。テーブルを挟んで向こう側の壁沿いに、ステンレスの古い流しと調理台が置いてある。その上にガスコンロと炊飯器。さらに上には擦《す》り硝子《ガラス》の小窓と換気扇がついている。この部屋にいつも漂うこの空気。その中に腐った肉の生臭さを嗅ぎつける。何の臭いなんだろう。大雨で裏山が崩れた日に埋もれた柴犬の腐敗臭？　下水工事で生き埋めになった下請けの作業員のそれなのか？　どう考えても普通の臭いじゃないはずだ。でも気づいているのは僕ひとり。ならば臭い自体があるのかないのかどうなのか。誰も何も感じない？　それはないと思うけど。もしかしたら箝口令が敷かれてて、誰も言わない。それとも気づかない振りをしているだけなのか？

いつも気になるこの臭い。でもね、異臭に気づいたのは？　そう、あれは祖父の納骨の終わった後のその後の……。

その日、墓の蓋を開けるため、僕と弟は焼香台の下に敷かれた花崗岩の墓石を、持ち上げようと汗まみれ。石の角に手をかけて、よーし、そのまま一、二、三。屈んだ姿勢で息を止め、抱えて上げようと踏ん張った。が、重すぎて、僕らの力じゃ動かない。仕方がないので僕が押し、弟が引いて横にずらして開けようと。でも力を入れた瞬間に、石は滑って移動して、突如、中の空洞が現れた。ちょうどその時、開いた穴の正面に僕の顔はあったのだ。瞬間、異臭が顔に押し寄せた。腐ってそれで甘いのか？　ただ生温《なまぬる》いだけなのか？　直接吹きつけるその流れ。奇妙な臭いがインプットされていく。その日から、同じ臭いを台所に降りると嗅ぎつけるようになったのだ。

何で台所なんだろう？　今もってそのわけは？　もしかしたら、隣りが風呂場でそこにいても臭うから、原因は排水溝の管《くだ》の中？　疑えば切りがない。おそらく台所にしろ風呂にしろ、地下に繋がる場所なので、地面の下に原因が？　じゃ、何かい。墓場と家《うち》が床下で繋がっているとでもいうのかい。

ひょっとして、僕の持つ元々の臭いかも？　そう考えることがある。身から漏れたこの異臭。それが澱んだ空気のこの場所の、邪気か何かに反応して嗅覚を刺激する。以前、僕が台所に入ると嫌な臭いがするような、と弟が真顔で言ったことがある。弟が臭うっていうんなら、僕だけが感じるもんじゃなさそうだ。弟は気分屋だからある瞬間、敏感になった嗅覚で感じ取ったに違いない。一度だけならまだいいが、何度も何度も言うんなら、僕の何かに反応した。そう考えていいだろう。僕の中にある見えない印とその臭い。

一種固有の臭いが染み付いているんだろう。普段、意識することはなかったが、この部屋だけは正直に、僕にそれを押し付けた。墓石の下にあるのと同じもの、死の臭いを押してきた。

死の臭い。それは生臭いものだった。そんな異臭に囲まれて僕は今日まで生きてきた。腐って湿っぽい臭いの中で生きていく。誰だって嫌だろう。死の臭いを嗅ぎながら。縁起でもない、そう思う。でも臭いには、僕らを安堵させるものがある。ならばお馴染み、馴れ親しんだもののはず。あるいはその昔、僕のまわりにあったもの。僕に結び付き、何かを与えてくれたもの。

喉が渇いた。カラカラだ。僕はカップに水を入れ、それを一気に飲み干した。机に置いたマグカップ。僕のもんだとわかるのに、台所に置いとくと、すぐに使い回されてしまうのだ。特にお気に入りってもんじゃない。高価で価値があるわけでもない。なので使われて困るもんじゃなかったし、盗られて損をすることもない。カップなんてどれを使っても同じこと。使いたきゃ、好きに持ってけ、かまわない。

でも僕は些細なことにこだわった。僕のものは僕のもの。少しだけ自分のものを持ったって、ばちが当たるわけじゃない。欲張って、あれもこれもが僕のもの、と言っているわけじゃない。性格的に強欲で、執着しているのでもない。けど毎日、手に触れて口に付けるものくらい、手元に置きたいと思うだろ。あれば落ち着く。そんな気分にもなれるはず。それは習性とか性格じゃなく、慣れ親しんだものが心を和ませてくれるから。偏狭で堅苦しい結び目を、少し緩めてくれるから。感じるとかわかるじゃなく、馴染みの品は知覚の網をすり抜けて、見えない何かと結びつく。

何故こだわってしまうのか？　ちゃんと目を開《あ》けて眺めれば、箸や皿やマグカップ、そんなものに固執することはない。だってカップや箸にどれだけの値打ちがある？　そんなもの、オークションにかけたって一銭にもなりゃしない。でも世界には値段や人の評価では測れない、固有の価値ってもんがあるだろ。心の中の風景が視野の外にあるように、世界の価値は人の目には映らない。いや逆に、視覚は僕らを誑かし、目隠しだってしかねない。

大切なものは目に見えない。星の王子様が言っただろ。だから世の現実を見るためにゃ、視覚を超えた何かを感じる必要があったんだ。逆に正しい僕がいることをわかるようにするためにゃ、そこに印を付けておく。でなきゃ小さな結び目は、存在を示せなくなるだろ。本来の形や正しい結び目に出会えない。そうなれば、僕は形を失って、僕たり得なくなるはずだ。そうならないようにするために、見て触れて舌で舐めているような、僕という現実の味や匂いの染みたもの。そんなものを置いておく。でなきゃ安心できないし、正しい人生も送れない。それに印があれば近くに来た者たちは、姿かたちを見なくても、感じるだけで僕を見つけられるだろ。僕を通り過ぎ迷子になることもない。ならば一番や二番じゃなく、背番号も未だない補欠みたいな僕らでも、印を見つけて家に帰ることができるだろ。

僕を示すマグカップ。僕という名の現実が染みた入れ物を、目印の一つにしようと考えた。そのために名を入れたシールをカップに貼ってみた。そして食器棚の隅っこに置いといた。でも全くの無駄骨で、何の意味もありゃしない。すぐに使い回されて滴《しずく》の跡を縁に付け、底には粉乳の滓《かす》を残してテーブルの端に放り投げてあったのだ。名前以上に僕を示すようなもの。他にはないと思うのに、名は何の役にも立ちゃしない。椅子取りゲームの丸椅子と同じだ。ここには名も無き匿名の誰のものでもないような、ものしか存在しないのか。名前がダメなら他に僕を示すもの。世界に繋いでくれるもの。目印はどこにあるんだ？　そんな印があるんなら教えてくれ。この世界には、個人の名さえ食い尽くす、スフィンクスみたいな怪物が、身を潜めているに違いない。

台所のテーブルには、汚れた食器がそのまま放置されていた。母はおろか誰も片付けようとしないので、残飯を残したままの皿や茶碗が、山と積まれてしまうのだ。以前は姉が食事の世話を、そして後片付けもしてくれた。でも姉は妊娠中。三日に一度来られたらいい方だ。姉が来れば食器を洗って食器棚にしまい込み、三日分の魚や肉を切ったり焼いたりサラダを作ったり、それからタッパーに詰めたり冷蔵庫に整理して入れておいたりしてくれた。そして食べるしか能のない住人が、餓鬼のように食い尽くし、散らかし放題散らかして、三日間のフルコースを終えるのだ。

三日サイクル七十二時間がワンセットの循環式の生活だ。姉が来るうちはこの毎日は続くだろう。収支決算はついている。でも来られなくなったらその日から、我が家はどうなってしまうのか。誰も後始末なんかできないし、生活に自覚や責任を持つなんてどだい無理。一日のリズムだって守れるのかどうなのか。姉が手を差し伸べてくれたから生き延びてこれただけ。おそらく生きている実感は家の中にはないだろう。ただ七夕の短冊みたいに姉の手足にぶら下がり、風の吹くまま気の向くまま、変わりやすい感情の赴くままに揺れている。

朝昼晩、実生活の問題だけじゃない。はっきりとしているのは、姉が一番タフだし知的にも聡明な人間だってこと。頭のいい姉の記憶力は抜群で、昔の記憶にもぶれがない。家族の間の面倒な関係も、不思議なくらいわかっている。だから姉という硬いトーチカに守られて、余計なことは考えず、安心してここまで生きてこれたんだ。困りごとに出合ったら、賢い姉に聞けばいい。百科事典みたいに聡明な姉に尋ねればそれで済む。

でも僕らは安易に考え過ぎていたようだ。で、姉に頼り過ぎていた。楽に見えても頼れば危険も付いてくる。姉が消えれば我が家の記憶や思い出は、風に吹かれた枯葉のよう。あっという間に吹き飛ばされてしまうのだ。時間をかけて作り上げた歴史や習慣や伝統も、一瞬で露と散る。足跡を無くせば結び目を解かれたも同然で、この家に棲む現実を根絶やしにしてしまう。重しがなければどんな真理も本来の形と場所を示せない。

その昔、アルバムの写真を見て、そこに写る泣きべその情けない少年を僕と知り、驚いたことがある。「あなたよ」と教えてくれたのは姉だった。言われなきゃ、被写体の少年を自分とは気づかない。そのくらい昔とはかけ離れたものになっていた。いや僕は、子供の頃の自分に見捨てられたに違いない。相手にされなくなっていた。ならここにいるぎこちない塊は誰なんだ？　正しい僕か、間違った僕なのか？　はたまた入れ替わったものなのか？　じゃ、元いた僕はどこにいる？　僕は誰で何だったっていうんだろう。

ドングリ頭のみすぼらしい少年。彼を僕と認めるのは誇らしいもんじゃない。僕はそこに身の暗い影を見る。写真には確かに世界の影が写っている。でもそれを、単なる影だと侮っちゃいけない。光があるから影がある。影はただの暗がりじゃない。影は塊を、本来の何かに結び付けるもの。僕の中にある正しい形に導くもの。要するに、すべての形は影にあり、本来の姿かたちがその中に現われる。そう考えちゃダメなのか。理想の形かどうかは別にして、写真には原物に近い何かが映っている。正しい形がそこにあり、その下で僕はある種纏まりを持って動いていた。その証拠がアルバムに、きちんと収められている。これが正解、とは言わない。が、それでも心強いもんだった。姉はそのことをそっと教えてくれたのだ。

姉が結婚して家を出る。それを聞いて「そうなんだ」と思っただけで正直ピンとこなかった。姉は中学の先生で、相手も同じ学校の先輩教師なんだという。その話を聞くまでは、姉を女性として意識してはいなかった。姉が母親代わりを引き受けてくれたこともある。姉と結婚の二文字を結びつけて考える？　え、結婚？　まあ普通のこと。変でも妙でも何でもない。でも結果からいえば、姉の結婚は我が家の壁と天井に巨大な穴を開《あ》けていく。

ある日曜日の午前中、姉の彼氏が結婚の意思を伝えにやって来た。父はその時、何を考えていたんだろう。たぶん出来のいい大事な娘を横取られ、横っ面を張られたくらいのショックを受けたに違いない。強情なタイプのくせに、言われたことには何一つ反論できない父なのだ。あれこれ持って回って言うだけで、まともなことなど言えなかったに違いない。ぱくぱくと口を動かしているうちに、話はさっさと纏まって姉は家を出ることになる。

姉が家を出る？　意味するものは何なのか、予想もできぬことだった。僕には想像力が欠けていた。明日とか未来なんて概念の、ネジがどこかで緩んでいた。そんな僕にもその意味がわかるようになってくる。姉の姿がなくなると、我が家は重しを失った。家族全員が現実の世界を生きていく軸と柱を見失う。天井と床の間の空間が、いきなり縮んで狭くなる。家全体の形や姿も変わってきて、玄関もドアも窓枠もすべてが歪んで見えてきた。空気も澱んで重くなり、息をするのも難しい。横揺れは強くなり、やがて傾き沈みゆく船の中。姉も気づいていたんだろう。後のことが心配だ。幸い、婚家が近かった。で、食事や洗濯の世話には時々来てくれた。でもそれだけ。いないことに変わりはない。鍋の穴が塞がったわけじゃない。穴は開いたままだった。

姉だって忙しい。仕事もあるし向こうの家のこともある。無理をしてたに違いない。当然、ゆっくりできるわけがない。今までに感じてない隔たりを、姉に感じるようになる。すでに異国に旅立った後のような空白が、姉との間にはできていた。そうなると、聞きたいことが雪崩を打って湧いてきた。が、すでに時遅し。聞くべき時は過ぎていた。以来、僕は身の影を、遠くに感じるようになる。自分のものだと確信できない人間になっていた。過去の僕も僕のはず。なのに他人みたいによそよそしい。そんな感じしかしなかった。その距離感に戸惑って、かえって過去にこだわるようになっていた。

湯を沸かし、茶を淹《い》れそれを飲んでいく。紅茶を飲めば、それでお終《しま》い、他にすることはない。袋を提げて出かけるだけ。学校にも仕事にも行かない僕の日課なんてそんなもの。

紅茶は一杯と決めていた。急ぐ用もなかったし、決めないと、二杯、三杯と切りがなくなってしまうのだ。それに朝の胃袋は、固形物は受け付けない。もしパンや、ご飯や形あるものを詰め込めば、僕の下腹部は唸《うな》り出し、痛みと下痢を伴って、すぐに仕返しにやってくる。下手をすれば午前中は止まらない。ここ数年、そんな下っ腹に苦しんだ。食事の後だけじゃない。トイレを忘れて教室に入ったり、朝礼で整列したり挨拶や発表で緊張するような時。そんな時は尚更だ。

この前は、家を出てすぐ隣りのおばさんに「どうしたの、その頭」いきなり声をかけられた。それだけなのに何を血迷ったんだろう。臍の奥に火がついて焼夷弾の雨あられ。そして止まらなくなっていた。ねえ、おばさん。虎刈りの頭が気になるのはわかるけど、大したことじゃないんだし、つまらないことは聞かないでほしいんだ。

でも何が危険かといえば、朝起きてすぐに歩き回ったり、パンやケーキを頬張ったり、冷蔵庫の牛乳をがぶ飲みしたりした時だ。そんな時、僕の腸管は大爆発。決まって雑巾みたいにねじ曲がり、痛みとともに唸《うな》り出す。爆竹が破裂したのかと見紛うほどのもんだった。

高校の三年間、特に調子が悪かった。学校は遠いし登校時間も早いので、早く起き、余裕を持って出なければ、僕の腹部は怒りだし、状況なんか弁《わきま》えず、臍《へそ》の下にあるボタンを押してしまうのだ。毎日それを繰り返し、今にも腹が裂けそうだ。そんな感覚を味わった。まるですぐ吠えるスピッツや、うねりながら締めてくるニシキ蛇を腹の中に飼っているよう。自分では気をつけたつもりでも、つい寝坊して飛び起きたり、トイレに行く時間がなかったり、慌ててパンに齧りついたりした日にゃ堪らない。下っ腹は音を立て、僕への復讐を忘れない。すぐに攻撃は開始され、暴れまくって止まらない。

だからって、交通課とか保健所に、トイレ付きのバスの運行を願い出る。そんなわけにはいかないし、結局は途中途中の道々で、トイレを探すことになる。でも商店街の朝は飛びっきり遅いのだ。頼んでも拝んでも、シャッターを降ろして黙り込んでいるばかり。僕はトイレから閉め出され、下っ腹を温めたり摩《さす》ったり、歩を緩めたり速めたり、体を前屈みにしてみたり捩《ね》じったり、姑息な努力を重ねていく。うまい方法があるわけじゃない。何かの拍子に楽な姿勢を見つけても長続きはしなかった。巧みにガスを抜き、ひと息吐くことはあったけど、そんな瞬間はあっという間に過ぎていく。均衡点を過ぎれば次の坂道がやってくる。腹に痛みが戻ってくる。寄せくる波は引いてはまた返すもの。終点なんかありゃしない。

第二波は必ず前の波を凌ぐ大きさで下っ腹に牙を剝く。押し返しても戻しても、さらに大波はやってくる。やっと誂《あつら》えた堤防は砂の城壁と同じで、いとも簡単に破られる。僕は車内での排泄という、人として、してはならない行いを回避しようと努力する。決定的な瞬間を引き延ばそうと踏ん張った。土俵際の戦いが日々続くようになってくる。が、いくら頑張ってみたところで、解決にはほど遠い。うまくいっても最後の瞬間を、少し先に延ばすだけ。

そんな救いのない行動に、日々鼻面を引き回されるようになってきた。悩むなんて情けない、と思う人も多いはず。僕だってそう思う。でも毎日繰り返しているうちに、妙な感じが芽生えてくる。これが弄ぶという感覚か？　脳みそが苦痛に浸かりすぎたせいなのか。その感覚に二日酔い。覚えて身に反復を要求する。大脳は苦痛を呼び戻そうと、その再現を求めてくる。逆転した状況がそこに生まれてきたわけだ。
脳と体は分離して、早い話、お互いの要求をぶつけ合う。やろうじゃないか、何をする。そんな下卑た戦いを開始した。同床異夢。仲の良さそうに見えていた二つの世界に争いが……。そして戦いはくんず解《ほぐ》れつ延長戦にもつれ込み、最後は大脳が優位に立ち、負けて下に敷かれた身体に鞭を打つ。脳みそは下腹部に痛みの再現を要求し、嘲笑いながら眺めている。これでもか、もう一つ。体は下っ腹を弄ばれ、為《な》すすべもなく苦しみに打ち沈む。遊ばれるものと遊ぶもの。でも満足を得るために他人を物として利用する。許されるはずもない。悪意めく仕業には限界が。それは脳にとっては愉快かも。でも体にとっちゃ堪らない。脳みそだってそんな感覚に溺れてちゃダメなんだ。必ずしっぺ返しがやってくる。体を壊せば身を支える礎を、一気に失うことになる。そうなれば自分自身の首を絞め、最後には身を干上がらせてしまうのだ。

高校二年の頃だった。高まる下っ腹の圧力に音《ね》を上げて、途中でバスを降りたことがある。右手で脇腹を押さえつつ、僕は出口のステップを段跨ぎ、軒下の小道を全速力で駆けていく。すぐに盛り土の高い土手が見えてきた。シロツメクサに覆われた緩やかな坂道を、息も吐かずに駆け上がる。土手の上に出てみると、放水路の水面と河原の中洲が見渡せた。小石で埋め尽くされた河岸には、背の高い雑草の生い茂る場所が所々にあるようだ。おそらくセイタカアワダチソウ。そんな名前の草だった。そう、あそこ。そこしかない。どこにでもある雑草の森を目がけて一目散、僕は懸命に駆けていく。

草叢に飛び込んで、目的の場所を求めて彷徨《さまよ》った。そのうち誰かが入り込み、そこだけ草を踏みつけた跡のある場所に僕は行き当たる。何も考えちゃいなかった。そして考えることはないと思っていた。たぶんここしかないだろう。残された時間はそうはない。躊躇している場合じゃない。あと先のことは考えず、急いでそこにしゃがみ込む。

草の壁が優しく僕を包んでいた。都会の中で人目から、身を隠すことができる場と隙間。暗闇とまではいわないが、人の視界の外の場所。ここだけが僕を守ってくれていた。意外なところに安全地帯はあったのだ。屈み込んだ姿勢のまま、僕は力を抜いていく。

終わった、全てお終《しま》いだ。そう考えたが事態は急転直下、思い描いた筋書とは逆方向に進み出す。街の中、それも住宅街のど真ん中。そんなところに深い森があるわけが……。

圧力はどうにもならないところまで高まった。臍《へそ》の下にある緊張の結び目を緩めると、すぐに排泄が始まった。激しくも夥しい排泄だ。千切れるような音とあまり快適ではない臭い。ここまではいつも通りの通《かよ》い道。でも異変はすぐにやってきた。

周囲の空気が激しく震えたのを覚えている。殴りかかってくるような何かが耳にやってきた。ウォンウォンウォン……。犬だ、犬が唸《うな》るように吠えていた。そしてこっちに近づいてくるようだ。が、それだけじゃ終わらない。唸り声の背後には靴音が付いていて、人の気配があったのだ。

ウォンウォンウォン。唸り声が近づいた。距離が迫るにしたがってさすがに落ち着いてはいられない。けど今となってはもう遅い。排泄は終わらないし急いで止めて立ち上がる。そんな器用なまねは無理。同じ姿勢のまま息を詰め「あっち行け」と念じるのが限界で、できるのはそのくらい。よく確かめてからにしておけば……。でも今さら嘆いても始まらない。すぐにズボンを上げてここを出る。そんなわけにはいかないし、知らん顔でこのまま座り込んでいるわけにも。僕は崖っぷちの柵の外。追い込まれてそこにいた。

途中で向きを変えるのを、祈ってみたが万に一つも望めない。異臭に刺激されたのか、さらに激しく吠え出した。けど僕の下腹部は、すべてを出したわけじゃない。痛みの方も治まってはいなかった。腰を上げて立とうにも、無理な状況が続いていた。いや、上げたって間に合わない。犬だけじゃない。飼い主と思しき人物も、すでに側《そば》まで来てるはず。男の呑気な口笛が聞こえてきた。僕がいることに、彼は気づいてないようだ。でも時間の問題。そして、とうとう犬の鼻面が草の間《ま》に現れた。が、意外にも、小さく可愛い鼻の先。

目の前に姿を現した一匹の犬。何て種類の犬だろう。猫を大きくしたくらい。白い小さな犬だった。え！　小犬に脅かされていたのかい。がっかりしたわけじゃない。でも何となく、土佐犬みたいな大型犬を思い浮かべていたせいで、多少拍子抜けだったのは否めない。それよりも、早く犬を追い払おう。行き先を変えれば飼い主だって引きずられ、無事通過ってこともある。ボクシングの要領で、犬を脅かそうとシュッシュッシュッ。が、全然ダメだ。拳《こぶし》は空を切るだけで意味がない。すぐに回り込まれて手も出せない。小犬は鼻先をクンクンクン、尻のあたりを嗅ぎ回る。犬の関心は僕じゃなく、臭いの方にあるのだろう。異臭をひと通り嗅いだ後、今度は尻に向かって吠えだした。「その格好は何なんだ、ワンワンワン。ご主人様に言いつけてやるからな、ワンワンワン」

「わかったよ。わかったからもう吠えるのは止してくれ。欲しいものがあるんだろ。君は何が欲しいんだ。僕は君のような、可愛い小犬が好きだから、遠慮なく言ってくれ。あっちに行ってくれるんなら、持って行ってあげるから」

小犬を甘い餌で釣る？　無理だ。諦めるしかないだろう。でも何もせず、ただ座り込んでいるわけにも。この期に及んでできること。いや、ない。どう考えてもなさそうだ。そしてとうとう向こうから最悪の事態がやってきた。犬の後ろの草叢から飼い主の男が姿を現した。犬の背に引き摺られ、中年の男が姿を現した。彼の瞳にしゃがみ込む僕の姿が映されて……、もう格好のつけようも。何と言えばいいんだろう。「あ、どうも。恐れ入ります、こんにちは」いいや、出てくる言葉なんてまるでない。作る表情だってないだろう。

眉間に皺を寄せながら、ちらりと彼を仰ぎ見る。髪の毛が薄くなりかけ。小太りの男がそこに立っていた。顎鬚のある丸顔で、顔に眼鏡をかけている。定年後の朝の日課ってとこなのか。それとも通勤前の軽い散歩だったのか。犬に引かれて土手を降り、普段とは違うコースを歩いていた。で、とんでもないものに出くわした。いつもは目にしない光景だ。目の前のシーンは見るに堪えないものだった。何で来たんだ。見つけるタイミングも最悪だ。随分気まずいもんだった。前後に多少ずれてたら、場面も違うものなのに。視線が合った瞬間に、おぞましさからなのか、恥ずかしさだったのか、正視できなくなっていた。慌てた彼は横を向き、目を逸らそうと手を尽くす。精一杯の配慮だとでもいうように。予想もしない光景の出現に、全身で戸惑っているようだ。

一方で、僕はといえば戸惑いとか混乱とか、生易しい状態じゃなかったといっていい。強い視線を上に浴び、腹部にはなお痛みを抱えたままの格好で、黙ってしゃがみ込んでいた。それ以外、何ができたっていうんだろう。どんなポーズが取れたんだ。他にできることがあるんなら、そっと教えて下さいよ。彼と比べるまでもなく、不意打ちを喰らった僕の内側は、掻き回されてグチャグチャに。

「失礼」男は決まりわるそうに言いながら、ちょこんと頭を下げてきた。でもそれは謝罪の言葉なんかじゃない。不気味なものには蓋をする。まあ、そのくらいのお祓いかお呪い。ぼそりとそう呟《つぶや》いて、すぐに横を向いたのだ。

「こっちに来い」彼は矛先を犬に変え、これ見よがしに怒鳴りつけ、首のロープを引っ張った。が、小犬はまるで動かない。犬は体をくの字に曲げ、必死の抵抗を試みる。あくまでも異臭のあるこの場所に留まっていたかった。でもそれじゃ飼い主が困るはず。なので、さらに引かれて喉を絞め付けられてキャンキャンキャンキャン。苦しそうな声を出す。

ところが何のはずみか、ロープが緩んだその隙に、彼は僕の方に駆けて来て、むき出しの尻と脇腹にしがみつく。その時、僕の下腹部を前足が、擦《こす》るように引っ掻いた。強く掻いたわけじゃない。でも爪先が僕の皮膚に食い込んで、そこに血の筋を滲ませた。小犬の付けた三本線。朝の外気に曝《さら》された脇腹に赤い筋が付いていた。

血を見て飼い主は驚いた。彼にしても面倒は避けたかったに違いない。見て見なかったふりをして、ロープを強く引っぱった。首の輪に小さな体を締められて、小犬は吠えるのも手足をバタバタさせるのも、できないくらいになっていた。そして釣り上げられた魚《うお》みたい。宙を舞い、草の間を飛ぶように飼い主の元に引き戻されていったのだ。

土手の上から声がした。「あら、鈴木さん、こんなところで久しぶり」しゃがんだ僕の位置からは、声の主が誰なのか、そこまではわからない。間を置かず「ああ、お早う」何もなかったかのように飼い主の声がした。けど草叢に案山子《かかし》みたいに立ってちゃ、挙動不審のおじさんと間違われても仕方ない。早くここから出なければ。平静を装いながら飼い主は、小犬のロープを引っぱった。

輪を強く引かれてキャンキャンキャン。喉の奥から小犬は苦しそうな声を出す。それから小犬は小走りで、坂道を上に向かって駆けていく。最後に坂の頂上で立派にウォンと吠えてみせ、土手の向こうに引きずり込まれていったのだ。

静けさを取り戻した草叢に僕は取り残されていた。腹の中の爆弾は大方出切ったようだった。あれほど苦しんでいたはずの、痛みもすでに治まった。すべて終わったはずなのに、不安な渦の塊が……。そう、スッキリとはしないのだ。お終《しま》い、なんて思えない。もしかして、いきなり力んだせいなのか？　出しちゃいけない塊まで出してしまった？　少しは残すべきだった。全部を流し出したから、妙な気分に囚われる。安堵した瞬間に、不気味なイメージを抱えているのに気がついた。

「尻の穴から赤ちゃんを産んで落とした女の子」

薄気味悪いイメージが頭の端にこびり付く。いつから支配されたんだ。なぜにこうなったんだ。意味するものは何なのか。頭の中をなぞったが、わけや理由は出てこない。

もしかしたら前に聞いた話かも。新聞で読んだのかもしれないし、テレビで見たのかもしれない。はっきりとしたことはわからない。でも産んだってことはお母さん？　いや、大したことじゃないだろう。事件性や話題性。特にあるとも思えない。こんな話、どこにでも転がっているだろ。たまにはそんなのもあったよな。よくある話じゃなかったが、驚くようなもんじゃない。もしかしたら漫才のネタかもしれないし、有名人の自慢話の一部かも。

たぶん彼女は無邪気で迂闊だったんだ。だからトイレで力んだ瞬間に、暗くて深いその穴に、知らずに産んでしまうんだ。悪意があったとは思えない。おそらく実話なんだろう。でも僕は、その子がその後どうしたか？　あとのことが気になった。どこにも書いてなかったし、教えてくれる人もいないので、知ろうたって無理だけど。思うにそこは明るくて清潔な都会の水洗トイレじゃなく、深くて狭い田舎の汲み取り式の便所の中かそんなとこ。

底なしの暗い穴が開《あ》いていた。その中に尻から生まれた赤ん坊が落ちていく。意図して落としたわけじゃない。邪《よこしま》な心があったわけでもない。むしろ彼女が純粋で無垢な心を持ってたから、無邪気で気づかなかった、それだけだ。なので不安に思うことはない。母なるものが汚れてた？　なんて心配することはない。考えるのも汚らわしい。想像するだけで嫌になる。でも気づかなかったっていう文句。これはちょっと怪しいぞ。悪事を正当化する時に、いつも付けてある言葉だろ。

それより落ちる赤子が心配で、彼の身になって考えた。彼の不運を想像し、初めて僕はぞっとした。彼の恐怖は高みから落ちた男に比べても、百倍もいや千倍も怖いはず。

落ちる赤子のイメージがなぜ浮かぶ？　なぜ？　なぜ？　考えてもわからない。でもしばらくすると内側に裂け目ができ、それが徐々に広がって、中の様子が見えてくる。そしてついにわかったぞ。わだかまりの中心にあるものは、落ちる赤ん坊は誰なんだ？　けどそんなことは明らかだ。塊はどうみても小さな僕以外にはあり得ない。僕という影のような塊が、底なしの地獄の穴に落ちていく。それは恐ろしいことだった。恐怖以外の何物でもないだろう。以前からエレベーターで高い塔に上っていく。そんなイメージに僕は付き纏われていた。この心像も怖いといえば怖かった。が、地獄の穴のイメージは、比べものにならないほど怖いもの。そんな恐怖に支配され、震える僕がそこにいた。なのに、怖いもの見たさってことなのか。悪魔的な衝動がやってきて、その圧力に背を押され、古い便所の内側を覗き込む。穴の中を覗こうと前屈みになっていく。

暗くて深い穴の中。そこには濃い靄《もや》がかかっていた。視界を白いカーテンに塞がれて、底を見るのも難しい。そのうち渦巻がやってきて、台風の目のように回り出す。と、目玉もつられて回りそう。おいおい、よしてくれ、やめてくれ。こんなところで回されちゃ、それこそ大変。人目につくとこはダメなんだ。ここがどこだかわかるだろ。住宅街のすぐ側《そば》の、散歩道の下なんだ。

穴の中の渦巻から、距離を取ろうともがいていた。急いで渦を追い払おう。が、どうすれば？　余計なことは考えずやってみる。だから僕のやり方は、いい加減で当てずっぽう、やけくそめいたもんだった。

エイ！　気がつくと、僕は人差し指と中指で、強く目頭を押していた。簡単で単純極まりない方法だ。けどこれが案外うまくいったのだ。目の上を押すだけで、流れが散ってブレーキが。目玉のスピードはみるみる落ちていったのだ。

セイタカアワダチソウの森の中。回転が収まるのを僕はじっと待っていた。完全に止まるのを待ってから、ズボンを引き上げ僕は草叢の外に出た。見上げると、朝なのに下弦の月が見えていた。月は大きめ。赤茶けた上を向いた月だった。「あなたの行動はお見通し」月は僕のすることなすこと、全部気にかけてくれていた。でも騙されちゃいけないな。あの月が本物なのかどうなのか、それはちょっと怪しいぞ。この頃は、どこへ行っても張りぼてばかりが目に付いた。「月だって本物かどうなのか？　ダミーってこともある」誰かがそう呟《つぶや》いた。月を見上げてその場に僕は立ち尽くす。ウソ、ホント……ホント、ウソ。

7

築うん十年の古い家。僕の家は古い民家を改築したものなので、このへんでは古い方の家だった。斜面を切り開いた場所に建つ何軒かの一軒で、眺めは良く、二階の窓からは市の中心と海岸の硬い線を望むことができていた。晴れた日には海に反射した陽が家の中に入り込み、光の波を天井に映し出す。カーテンを引いてもその粒は入り込み、中を陽気にしてみせた。なので天井を見るだけで、天気がわかった。今日も陽は、天井の薄板を騒がしく打っていた。この分じゃ抜けるくらいの晴れた朝。

紅茶を飲むと水色の手提げを手に家を出る。鉄の扉を強く押し、歩道に出てから空地の端を横切って、勤め人や学生の背を追うように坂道を降りていく。昨夜飲んだ痛み止めが効いたのか。いつの間にか陰部の痛みは消えていた。歩きながら飛んだり跳ねたりしてみたが、もう何も感じない。そのぶん元気を取り戻し、僕は歩幅を広くして、前を行く中学生のグループを追いかけた。

カーブを抜けると川沿いの道に出た。この時間帯、一車線の車道はひどい渋滞で、車は数珠繋ぎになって、ほとんど進まない。自転車と歩行者がその間を縫うように、車を追い越して前にいく。このあたりは川沿いの古い街並みと、無理に切って造られた背後の斜面の住宅が、渾然一体入り交じり、模型みたいに建っている。開発は奥の斜面に延びていき、人口は爆発的に増加した。でもお役所仕事の悲しさか。市の中心に向かう道路は手つかずで、昔のままの寸法でそこに取り残されていた。

以前からの一本道。川沿いの一車線の道だけが、標識をやたらと増して置き去りにされていた。ラッシュ時には酷い交通渋滞を起こして、車の動きが止まるのだ。遅刻する口実を作るためにバスを待つ？　としか思えないような学生もいるにはいたが、ほとんどの学生はバスを諦め、自転車や徒歩で渋滞のネックになっているＪＲのガード下まで歩いていく。学校が近い学生はそのまま徒歩か自転車で、遠い学生はそこからバスに乗り換える。僕の場合は腹に爆弾を抱えていることもある。上下に揺れる振動は、避けられるんならそうしたい。それに閉じ込められて出られない状況も嫌だった。できるなら乗り物には乗りたくない。距離があれば仕方ない。でも歩ける距離なら歩いた方がいいだろう。駅までの約十分。僕は自転車に追い越されながら商店街を抜けていく。

ＪＲと私鉄が乗り入れるＫ駅は、正面のロータリーがバスターミナルになっている。駅から人が吐き出される時間帯、僕らは長い列を作ってバスを待つ。混雑時の乗客を捌《さば》くため、バスは一台また一台とコンベアー式にやって来る。それでも一台目に乗るのはまず不可能だ。それくらい長い列ができている。乗り場に残された人々は二列に並んでバスを待つ。

どこに行ってもそうだろう。マナーの良くない客がいる。奴らは割り込み、肘押し、平気で広って並んだり、どんな規則違反もへっちゃらだ。特に列の後ろではそんな光景によく出合う。なので割り込まれないよう気を付けて、間隔を詰めて僕は列に付く。でもふとした拍子に進んだり、前の人が動いたり、何度も割り込みを喰らっていた。背の低い人の時はいいのだが、大男だったり若い女性だったりした時は、隙間を作るのも仕方ない。でも穴が開けば体を押し込んでくる奴がいる。割り込まれて気分のいいわけがない。だから背に付きやすい人を選んでその後に立っていた。けど実際、それが何？　何なんだ。なぜに気にしてしまうのか。そんなことにこだわって、僕は列に付いていた。

つまらない考えに囚われながら駅に向かって歩いてく。と、バス停に並ぶ人の列が見えてきた。同時に周囲の人にも気を配る。これだという人間がいれば後に付いて進むのだ。今朝もそんな人間を探しながら歩いてた。すぐに坊主頭の背の低い中学生が目についた。帽子のせいか頭部が異様に膨れている。彼の後に付いていき、ぴたりと付けて位置を取る。

ＯＫ。計算通りだ。これでよし。ところが列が動いた瞬間に、斜め前から背の高い髭の男が割ってきた。彼は早足でやってきて、僕を蹴飛ばし、空いた隙間にその肉のでっぱりを押し込んだ。僕は女の子にぶつかって後ろに弾き出されてしまうのだ。当たったのは彼のせい。悪いのは僕じゃない。でも一応は「ごめんなさい」頭を下げて謝った。

見上げると、さっきの男が上から目線で僕を睨みつけていた。謝るどころかその顔に、薄ら笑いさえ浮かべている。何てふてぶてしい奴なんだ。礼儀知らずにもほどがある。僕は怒ってしかるべき。でも下手に怒って逆切れでも……されたらそりゃ面倒だ。弱気の虫がそう言ってきた。で、僕は目をそらし、女の子の背と肩をじっと眺めて立っている。ガチガチに固まって列が動き出すのを待っていた。

ひょっとして男は僕を知っている？　知っているのに思わせぶりな振りをして、揶揄《からか》っているんじゃ。あるいははなからバカにしているのかも。それとも目的が他にあり、僕を試しているんじゃ。だとすると僕も奴のことを知っている？　あれこれ考えながらもう一度、彼の顔を眺めたが、やはり見覚えのある顔じゃない。そうだ、あの時、池の畔で白い鳥を撃っていた不良少年のひとりかも。それとも一年生の一学期、席を並べた警察官の子供じゃ。確か鈴木君っていったっけ。僕の回想のベクトルは、行方もなく過去の記憶を彷徨《さまよ》った。それでも男の顔は出てこない。相当狼狽《うろた》えていたんだろう。列が動くたびごとに、できないはずの間隙が僕の前にできていた。その穴を埋めようと必死になって足を出す。でも何かが僕の邪魔をして、全然上手く動かない。すべてにタイミングがずれていた。間を取り損なっているうちに、今度は髪の長い女が、前に滑り込《こ》んで来た。真っ直ぐ伸びた黒髪が風に揺れ、僕の頬を撫でていく。髪は河岸の草叢を思わせた。なぜそんなイメージが浮かぶんだ。が、その髪を見ていると、男のことなど忘れ去り、背の高い草叢に引き戻された気になった。髪は緩やかに蛇行して、それから幾重にも重なって、丸みを帯びた曲線で元の空間を包んでいた。手を差し込めば、深く入って出られない。そんな穴の入口を思わせた。底なしの穴は豊饒の印だろう。穴の底からは善や悪、そう、悪魔だって神だって、全部出てきそうで怖かった。

予感的中。外れてはいなかった。豊かな髪を持つ女性、彼女は隣りのアパートに住んでいた女の子。僕の前から忽然と姿を消したミーナその人に違いない。でも彼女が正真正銘純正のミーナかといえば、そうは言えない。彼女とミーナを比べれば「違う、どこか違うだろ」と直感は言っていた。けどどこが？　なんて聞かれたら、どこまでも模糊として、ここだよ、ここが違うだろ、と言えるようなもんじゃない。こんな曖昧な言い方でよかったら、彼女はミーナのダミーか張りぼての女の子？　ってとこだろう。

理屈からいってもそうだろう。彼女はビルの屋上でその姿を消していた。お化けや妖怪でもない限り、出てこられるわけがない。けど目の前の女の子がダミーなら、ここにいて不思議はない。ダミーならどこにいたってかまわない。何人いてもへっちゃらだ。何をしようと怖くない。息を吹き込まれていない分、それゃ気楽だ。何でもありでいいはずだ。

本物でもダミーでも同じこと。夜空に浮かぶ月だって、大分前から嘘っぽく見えている。ダミーで悪いわけはない。もしかして世界はダミーの時代に入っている？　ダミーと現物の差と違い、どこにそんなものがあるだろう。多少の違和感はあるにせよ、差に意味があるとは思えない。あって無意味の意味の差だ。目の前の女の子、彼女がダミーで困るわけはない。ミーナはやはりミーナだろ。形と動きが彼女なら、それで一応よしとする。何の不都合もないだろう。それ以上、何を望もうっていうんだい。納得できればそれでよし。いいよ、騙されたってかまわない。どうせ確かめても無駄なんだ。検証なんか不可能だ。ともあれ彼女に会えたなら、それでよし。他に求めるものは何もない。

やっと会えた喜びが僕の中に湧いてきた。毎朝早く起きたのも、彼女に会える日を予期してのことだった？　そしてその日はやってきた。僕は彼女に会えたんだ。こんな機会は二度とない。必ずものにしなければ。わかりも何もしないまま、何かを決意した気になった。

いつになく僕は大胆になっていた。で、直《じか》に触れる距離にまで近づいた。目の前には、彼女の白い肌と髪の毛と、首筋の曲線が見えていた。先になだらかな肩があり、上下にそれが揺れていた。仄《ほの》かな香りが襟元に付いていて、僕の嗅覚を刺激した。鼻先が後《おく》れ毛に触れようとした瞬間に、ミーナの背がスーッと前に進み出た。列が動き出したのだ。

後ろから押されて僕は歩き出す。気がつくと、何に邪魔されることもなく足はスムーズに動いていた。いつもの感覚を取り戻し、膝と足首とつま先で軽いステップを踏みながら、前に進んでいったのだ。隙間を作らないように気をつけてミーナの背を追いかける。そして入口のステップを段跨ぎで駆け上がる。

バスの内部は身動きもできないくらいに混んでいた。中に入ると押されてミーナにぶつかって、さらに押されて正面から彼女を抱きしめる格好に。意図してそうしたわけじゃない。側にいようとした結果、偶然そうなっただけ。が、状況をわかっているのかいないのか、ミーナは不審者を見る目で僕の方を見た。でも逆に、今がチャンスとばっかりに、僕も彼女の瞳を覗き込む。ミーナの瞳の表面に僕の影が付いている。透き通るフィルムの表に僕の姿が厚みを無くした干物みたいに映っていた。

その目に僕を憶えている徴《しるし》があるのかないのか確かめよう。そう考えて彼女の瞳を覗き込む。理由があったわけじゃない。僕の影が何となく馴染んでいるように見えたので、可能性はありそうだ。ミーナは僕を憶えている。

僕らはふたりして十センチと離れてない距離で二、三秒向き合った。接吻だってできそうなこの近さ。僕だけじゃない。こんな近くで女の子と向き合えば、誰だって目が眩《くら》む。腰から下がふらついて、体も左右に揺れてきた。目玉だって回りそう。耐えなきゃ。頑張れ。緊張で、顔に力が入り過ぎ。目の周囲から鼻にかけ、骨と骨とが触れ合って、新たな偏倚を生んでいた。それが顔全体に広がって、形そのものを変えそうだ。顔の形が変わっちゃ、それこそ大変。正しい顔を失って、どこへ行くとも限らない風船玉。絶対に言っちゃダメなことや余計なこと。言ってしまうに違いない。

何としてでも阻まねば。必死に歯を食いしばる。でも顔の筋肉は僕の努力や忍耐を嘲《あざ》笑い、言うことなんか聞きゃしない。僕の意思は裏切られ、謀反にあい、誇りも余裕も失った。変質が始まれば正しい顔ではいられない。元の顔を失えば行く先のないバスや電車と同じこと。風の吹くまま気の向くまま、どこに着くとも限らない千切れ雲。糸の外れた大凧と同じで、吹いて飛ばされても知らないぞ。行く先は決まってるんですか？　どこですか？　地下の水溜りですか？　牢獄ですか？　前に見た高い塔の上ですか？

彼女の影を前にして、僕は固く縛って離さない紐を必要としてるんだ。内側にない紐を外に探そうともがいていた。が、そんなものはどこにもない。僕の前には窓越しに、青い空が広がるだけ。月は出てなかったが、ポセイドンのケートスみたいな塊が、ふわりと高く浮いていた。鯨は空を泳がない。が、雲と鯨を勘違い。そのくらい僕は混乱していたんだろう。

早くここから逃げ出そう。なぜって、正しい僕であることが難しくなったから。考えが混線してあらぬ方向に飛んだから。そのせいで、声が擦《かす》れて妙なことを言いそうだ。ダメだ！　ミーナという穢れ無き身の前で、変なことを口にしちゃ。溢れ出そうとする声と迸《ほとばし》ろうとする音を、押し止めようと手を尽くす。今ここで何をして、何をしちゃいけないか、わけがわからなくなっていた。そして意思や意図とは無関係。中から声が漏れてきた。中身が壊れたわけじゃない。勝手に通り抜けたんだ。普段、口にしちゃダメなこと。内容だって奇妙だし、口調だって変だろ。とうとう回路に穴が開きおかしなものが零《こぼ》れ出す。

「ねえ、ミーナ。君、池に捨てちゃいけないものを捨てたよね。あれは何？　何だった？　誰にも言ったりしないから、そっと教えてほしいんだ。あの時、何を捨てたんだい」

僕が喋ったわけじゃない。だって声の質も喋り方も違うから。だから言わんこっちゃない。あの時、僕は言っただろ。余計なお喋りはするなって。必要なことだけを喋るんだ。けど今頃言われてもう遅い。頭の中は空っぽで、話していいのか悪いのか、区別なんかつきゃしない。表面に浮かぶ言葉もなかったし、考えだって進まない。それにミーナを非難するようなバカなことを言うなんて。だから君に言ったんだ。誰かが君のその口を使っているんだ。きっとそう。腹話術師に騙されて、うまく利用されているだけだ。からくり人形みたいに操られ、喋らされているだけだ。

「確か、アパートの押し入れに、同じくらいの塊をしまい込んでましたよね。あの動かなくなった不気味なの。人形みたいな塊を、あの後どうしたんです?」

僕の言葉は彼女の部屋の押し入れに入り込む。でも誤解しないでほしいのは、話しているのは僕じゃない。僕はわけのわからない不躾《ぶしつけ》な質問を、いきなりするようなバカじゃない。だから手をついて謝りたい。話しているのは僕じゃない。決して僕じゃないんです。

「人形みたいな……何のこと? 私だって女の子。人形の一つくらい持ってるわ。押し入れの中を探せば出てくると思うわよ。でもその人形がどうしたの?」

詰問されたとは思わない。僕の言葉に煽られて、怒ったり感情的になっているとも思えない。ミーナは僕の目を見て静かに答えてくれていた。微笑さえ浮かべているようにも見えたけど。でも彼女は戸惑いの表情をどこかに隠し持っていた。

「え、何で」そんな彼女が何かに気づいて顔色を、変えて僕に向かってこう言った。

「知ってるの? 逃走……私が逃げたこと? そうなの、知ってて聞いたのね。わかったわ。それで探ってたってわけなんだ。で、誰に頼まれた? そうよね。言うわけないわよね。今さら隠すこともないんだし、いいわよ、教えてあげるわよ。でもそれは聞いた通りのお話で、それ以上のもんじゃない。そうなの、私、脅された。だからアパートからも逃げ出した。当然でしょ。殴られて、壊されて、すべてを滅茶苦茶にされたのよ。カードも手紙もパソコンも何もかも。彫刻も絵や歌も一切合財やられたわ」

いきなりの話と怯《おび》えたようなミーナの声。猫を壁際に追い込んだら、虎が出てきたようなもの。それから強引に、話を一気に持ってきた。彼女が言いたかったことは何？　わからないというよりも、展開が早すぎて頭に浸み込んでこなかった。

そしてもう一つ、ミーナの顔の変化にも僕は敏感になっていた。彼女の顔も声を出すたびごとに、その形を変えていた。どうなっているんだろう。彼女の顔も僕のそれと同じで、正しい顔であることが難しい？　あるいはその時の状況で、場当たり的に正しさを変えるのか？

目の前に見えているミーナの顔が窪んで細くなってきた。一方で、影は巨大なものになり、中から骸骨みたいな干からびた顔を浮かび上がらせた。彼女は空気を出したり入れたりその顔を、風船みたいに変えるのか？　そして見る側の、僕にも新たな変化の兆候が……。首の後ろや脇の下、普段はベンチ裏に蹲《うずくま》る、僕④僕⑤……なんていう控えの選手らが活気づき、窓から顔を出してきた。彼らはミーナの弱点を摑まえたつもりだろう。戦列を立て直し、正面突破、攻め込もうと目論んだ。ミーナを追い詰めて大切なものを取ってやる！　全部言わせてやるからな！　何だか躍起になっていた。まだまだ諦めちゃいなかった。

「あの干からびた塊を投げて捨てたのは、あなたでしょ。薄汚れた塊が、どうなった？　あなた、ご存じなんですか」責めるようにそう言うと、補欠の僕④僕⑤……は、満足した表情を作ってベンチ裏に引き上げた。

一方、レギュラー組のメンバーは、変化した顔を見せられて怯《ひる》んでいた。単に気弱なだけじゃない。張りつめた空気も手伝って、迫り来るものを感じてそこに立っていた。正直そんなものを見せられちゃ、大抵の者は恐れをなしてしまうだろう。だからって何もせず、見ているだけじゃ崖っ淵。ここは何でもいいだろう。手でも足でも動かそう。もしかして記憶に訴えた方がいいのかも。忘れていた思い出を想起して、言うべきことを口にする。この塊の結び目を結び直して世界の綻《ほころ》びを取り繕《つくろ》う。いや、誇大妄想じゃないんだぞ。僕に求められるのはそんなこと。

「高いところから見下ろした世界の風景はどうでした？　池や水溜りも見えたでしょ」

僕の目に、上からの光景が蘇る。そして独り言みたいにそう言った。なぜ下の景色が浮かぶんだ。なんで脈絡もないことを思い出したりするんだろう。頭の中が真っ白に、他に考えられなくなっている？　あるいは僕④僕⑤……が出しゃばって、またぞろ妙なことを言い出した？　けど僕は嘘をついたわけじゃない。見たままを口にしただけ。でもこんなことばかり喋ってちゃ、場の雰囲気を悪くする。良くしたいと思うんなら、当たり障りのないことを言うべきだ。他に話すことくらいあるだろ。

「お久しぶりですね。今日は。朝早くから学校ですか、駅ですか。バスの行き先はどこですか？　テレビ塔の下ですか？　図書館ですか？　まさか屋上の底なしの池の前なんてないでしょ。くすくすくすのワッハッハ」まあ何だっていいだろう。喋ればそれで事足りる。なのに不躾な質問ばかりして、僕は身の居心地を悪くした。

それにしてもこの質問、高いとこってどこなんだ？　池や水溜りって何のこと？　前の話と脈絡もないだろう。だから混乱してしまうんだ。でもちょっと待ってくれ。僕の口から出た言葉。もしかして偶然の産物じゃないのかも。高いところから見た光景？　これは案外大切な……。些細でつまらなく見えるもの。その方が大事ってこともある。

「私って、箒《ほうき》に乗った魔女なのね。そう考えているんでしょ？　でもね、私は普通の女の子。高いところとお化けとは、そりゃ飛び上がるほど怖いわよ。そうよ、好きなわけないじゃない。けどね、今はビルの上階に住んでいる。とはいったって七階の角の部屋。変に思うかもしれないけど、高いところに住んでると、守られているって気がするのよね。窓を開けると少しだけ、月が大きく見えるでしょ。そうなの、白い光に照らされて、私、保護されているんだなあ。そんな感じがするのよね」

僕の質問に答えてない。頼むよ、ミーナお願いだ。ちゃんと答えて下さいよ。月、月、月ってそればかり。茶化しているように思うけど……。ミーナだって女の子、高いとこは怖いんだ。ホッとした気もしたが、それで脇が甘くなったのか、僕④僕⑤……なんていう一度引っ込んだ連中が、またぞろ顔を出してきた。彼らは諦めてはいなかった。僕は腹話術の人形になり、口をパクパクと動かすだけの塊になっていた。

「そう、高いところは怖いです。けどミーナ、あなたは高いとこに登るんです。そして何かを投げたんです。お月さまを見てただけ？　そんなわけはないでしょう。白い月はカモフラージュ、隠蔽記憶ってやつですよ。あなたはそこに捨てたんです。ゴミのような塊を、ポイッと放り投げたんです。いろいろあったのは知ってます。辛かったのもわかってます。けどやはり、捨てちゃいけない塊を、ポンと下に投げたんです」

得意になり、腹の腹話術師が喋っていた。僕はただの隠れ蓑、形ばかりの人になり、作られた声になって喋っていた。けど声は、確かに口の隙間から出てたから、彼女は僕が意思して喋っている、と考えたに違いない。きっと僕という塊は、僕④僕⑤……なんて裏側の僕になり、事実とは違うことを言っていたはず。ならバカげたお芝居は止した方がいいだろう。でも、今になり慌ててももう遅い。場の雰囲気は最悪に。僕は怒って補欠の奴らをベンチに下げ、レギュラー陣を呼び戻し、気まずくなった状況を元に戻そうと手を尽くす。結び目を繕うために最初から喋り直すことになる。

「失礼な言葉にお喋り、すいません。話したいことは山ほどあるはずなのに、ふざけてばかりでごめんなさい。嫌な思いをさせちゃって、誠に申し訳ありません」

答えは返ってこなかった。僕は焦って唇を、さらに動かす羽目になる。

「時間があればでいいんです。場所はどこでもかまいません。切羽詰《せっぱ》まっているんです。たぶん大事な話があるんでしょう。話さなきゃ、もう済まないと思うんです」

たぶん？　思う？　どうなっているんだろう。どう考えても変だろ。誤魔化しているとしか思えない。曖昧過ぎてわからない。それに中身のない話だろ。ガチャポンを回してみたが出てこない。言葉をいくら重ねても、言うべき的に当たらない。なぜ、出まかせばかり言うんだろう。嫌になる。会って話をするだって？　今会っているところだろ。また会って、一体何を話すんだ？　思いつきもしないのに、話をこじらせるだけだろう。取り繕うために言葉を継ぎ、そして綻びを大きくする。そんなことでミーナに会うのか？　それとも他に用事でも……。知らないぞ。わけがわからなくなっていた。

「いいわよ。午後なら？　図書館でよかったら？　どうかな、それでかまわない？」

一、二分。あっという間のことだった。それですべてが終わっていた。嚙み合っていたのかいないのか。でもミーナと会って話をして、約束までこぎつけた。そうだ、一つ忘れてた。時間を決めておかなきゃ。で、振り返ろうとした時に、エンジンが弾けるような音を上げ、僕の動きを遮った。車体が揺れて、バスが動き出したのだ。急な発車で将棋倒しになりかけた人の波がやって来て、僕をミーナから引き剝がし、遥か後方に連れ去った。吊革を握っていたせいもある。彼女は元の場所にいて、正しい姿勢とその顔でじっとそこに立っていた。ミーナは普段の顔と顔色で外を見ていた。僕④僕⑤……なんて伏兵の出現も、顔の変質も、尻切れトンボの会話さえ、一切なかった顔をして外の景色を眺めていた。

結局、待ち合わせの場も時も、はっきりとはしないまま、すべてが中途半端で終わっていた。僕は前輪の真上の位置に押しやられ、車輪の揺れをもろに受け、関節や骨までもグラグラ。そして肉と腱を引き絞り、その振動に耐えている。が、そんな努力や辛抱とは無関係。バスは車体を揺すぶって、みるみる速度を上げていく。バスが進めば世界は後方へ逃げていく。遠ざかる地上の景色と目の玉と、そして世界の中心に吸い込まれていく僕の顔。見えない引力に引き摺《ず》られ、揺れて回りそうになっていた。

重力を頼りに目と顔の回転を抑えよう、そう考えて下を向く。自然の力を借りてでも元の顔を取り戻す。そのかいあってか僕の目は、徐々に落ち着きを取り戻し、窪みに静かに納まってくれていた。でも一度昂った興奮は冷めやらず、目の底に今も燻《くすぶ》っているようだ。

二、三分たった頃だろう。めくるめく光を感じて目を上げた。気がつくとバスは橋の上を走っていた。視線の先に海が見え、水面が朝日を受けて光っていた。見上げると爆《は》ぜた光は帯になり、上に向かって揺れている。帯はあちこちで渦を巻き二重三重に重なって、線は面になり立体に。昨日ニュースで見た転落事故の光景に変化した。バスが池に落ちた事故。そんな映像の断片が、ステンドグラスの透かし絵を見た時みたいに浮いてきた。

田舎の溜池で起きた事故。裏返しのバスが水面に浮いている。死んだゴキブリが腹を上に横たわる。そんな間抜けな格好で、人が作った溜池にポツンと一つ浮いていた。

丘を降り、バスは巨大な池の前にやってきた。道は緩いカーブを切りながら、池の周囲を一回り。最初のカーブに差しかかった時だった。何を見誤ったんだろう。バスはガードレールを突き破り、下の池に落ちたのだ。反射する光の洪水が視野を塞いだせいなのか？　運転手の体に異変でも起きたのか？　はたまた池から伸びた手と腕が、タイヤの縁を引っ張った？　いずれにせよ、速度を落とすこともなく、バスは池に落ちたのだ。乗っていた人たちは、一部は池に投げ出され、他の大勢は、中に閉じ込められてけが人や、水を飲んで具合の悪くなる人たちを出していた。

いつもはスポーツ番組で、興奮気味の声ばかり出すアナウンサーが原稿を読み、顎鬚の評論家が、それにコメントを挟んでいる。そんなお決まりの見慣れたニュース番組だ。でも裏返しでバスが浮く映像を見た瞬間、僕の胸は高鳴った。これは普通の事故じゃない。直感が慌ててそう言ってきた。テレビの中のふたりの語り口も変ちくりん、綻《ほころ》びを隠しているような不自然さが目についた。裏に重大な秘密を隠し持っている。そんな仄《ほの》めかしやわざとらしさが感じられるもんだった。画面を通してサインを送っているのかも？　もしかしたらこの僕に？　いや、それはないはず。そのうち彼らはふたりして、監督やコーチみたいに手を上げて、何かを投げる真似をした。それから交互に首を絞め、首吊りの格好までしてみせた。

ブレーキなんか踏んでない。バスは速度を上げたままガードレールを突き破り、空中で半回転、逆さになって水面に落ちたのだ。貸し切りのバスには病院の入院患者と職員が乗っていた。聖母会という名の精神病院。そう、母がいた病院と同じ名前の病院だ。彼らは病院の鍵のかかる男子病棟に棲んでいて、年に一度の遠足に行き、帰り道での事故だった。

患者さんらは午前中、郊外の遊園地に行っていた。彼らのほとんどは観覧車やメリーゴーランドの前のベンチに腰を掛け、半ば開いた口の端から涎《よだれ》なんかを垂らしつつ、乗るでもなく呆然と、それを眺めて過ごしていた。にやにやと笑ってばかりいるおじさんがいた。視線をそらして独り言を言う若者がいた。痩せて顰《しか》め面の青年は石のように固まって動かない。赤い縁取りのプレートにマジックペンで名を入れて、全員が首から垂らして提げている。安定剤のせいだろう。動きだってのろのろと、歩く姿も変な風に前屈み。わざとらしく腕を垂らして小刻みだ。手や指先だってよく見ると、細かく震えているだろう。そんな人らが大勢遊園地の中にいて、目立たないわけがないだろう。

昼食の時間ともなれば、食堂に彼らを集めるために職員が、総出で園内を巡回する。動きのよくない患者さん。彼らは可愛い象さんの群れみたい。のそのそと歩いてレストハウスに向かうのだ。レンガ造りの建物の入口にゃ、太った中年のおじさんや、やたら背の高い若者が、緩んだ顔の下に白い前掛けをぶら下げて、二列に列を作っている。その列がよほど奇妙に見えたのか、指差して声を上げる子供たち。それを親たちが叱りつけ、引きずるように手を引いて連れていく。若いふたりはチラリと彼らを盗み見て、見て見ぬ振りを決め込んだ。そして一般の客たちは列を避け、別のドアから中に入っていったのだ。

昼食はレストハウスでバーベキューと決めてある。食欲は誰にも負けないこの集団。彼らは生焼けの肉でも焦げた魚でもおかまいなし。葱《ねぎ》やキャベツや人参《にんじん》に虫がいようが落とそうが気にしない。どんどん口に放り込み、大男みたいに噛まずに飲んで食べていく。そして予定の時間の遥か前、大皿に大盛りだった食材を残さずすべて食べ尽くす。それから駐車場に集まって、点呼を済ませて順番に、重さを増した身体をバスの中に持ち上げる。

動きだしたバスの中。ある者は居眠りを、別の者は独り言。さらに他の二、三人は餅や煎餅やビスケット。それから笑い顔の数人がマイクを片手に古い演歌を歌い出す。そして数十分。バスは駅や古い銭湯や、邸宅の門の前を通り過ぎ、丘を越え、大きな溜池を見下ろす場所に差しかかる。池の手前で国道は右に緩やかなカーブを切り、正面に黒い山の見える崖の上に辿り着く。

事故の原因は未だはっきりとはしなかった。後ろから来たトラックに追突されたという人もいた。道路に放置されていた工事用のケーブルを避けて前輪を滑らせた、という話も耳にした。興奮した二、三人が運転を妨げた。そんな噂もまことしやかに流された。いずれにしろ原因は、未だ特定されず警察が調査中。怪我をした人の人数も定かでなく、事故の全貌は霧の中、姿を現してはいなかった。

救助に駆けつけた地元の消防団員の話でも、水から出て救急車を待つ間《ま》に、山に逃げ込んだ老人もいたとかで、救助された人の正確な数は把握されていなかった。ただ死者は出てなかったし、取り残された人もいないよう。バスに同乗していた若い精神科医が、テレビのインタビューに答えてこう言っていた。

「正直、居眠りをしてたんで、事故の瞬間は見てません。ただ前の運転席の方向から、『飛ぶんだ？　マジかよ？　嘘だろ』と叫ぶ声がありました。隣りにいた、動くのも喋るのも何をするのもゆっくりで、内に閉じ籠もってばかりいる患者さんのMさんが、『ウォー、水の溜りだ、落ちていく』と声を上げるので『ついに来たんだ、今日なんだ』と何かにピンときたんです。でもそれが何なのか、すぐにはわかりませんでした。一瞬意識が飛びました。で、次の瞬間気がつくと、水の中にいたんです。そりゃ狐につままれた感じです。夢でも見たのかと考えたくらいです。けどみる間に水が入ってきて、さすがにこれは拙《まず》いだろう。早くバスから降りなきゃ。そう思い、手足をバタバタとさせました。でもその水は冷たくて、体は動かないしもうダメだ。一瞬、そう思って終わりかな？　が、次の瞬間、手を引いてくれる人がいたりして……。誰が引いてくれたのか？　誰だろう？　今もってわかりません。でも引いてくれたのは事実です。お陰で外に出ることができました。水の上に顔を出し、初めて事故だと気がついたわけなんです」

よほど怖かったんだろう。精神科医は下を向き、震える声で喋っていた。

「バスはしばらく裏返しの格好で池に浮いていたんです。岸まで自力で泳いだ人もいたようです。でもそんな力は私にはありません。前のバンパーに摑まって、ひたすら救助の時を待ちました。長時間、終わりがないほどの長時間。でも後で聞いたら三十分と経ってなかったようなんです。そのうちボートがやってきて、ヨイショと引き上げてくれました。岸に上がった後からも、水の中に今もいて、助けを待つ患者さんがいると思うと落ち着かず、いてもたってもいられません。患者さんらを安全に、連れて帰る義務と責任がありますから。彼らを早く助けねば、と焦っていたと思うんです。でもそんな僕らの気持ちとは裏腹に、何を考えているんでしょう。一旦岸に上がったにもかかわらず、再び池に戻る人もいたりして、救助は別の意味で難航を極めていたようなんです」

精神科医の話が終わったところで映像は別の場面に切り替わる。次にマイクを突き付けられた人物は、顔にモザイク模様を入れられて姿かたちを根こそぎにされた人。そして何を喋っているんだか？　声もエコーをかけられて、高音域の妙なものになっていた。彼は分別臭い所謂社会人じゃないはずだ。病院の、それもれっきとした精神病院の入院患者のひとりのはず。たぶんモザイク模様のその下で笑い転げているんだろう。四角いブロックに覆われて顔が覗くことはなかったが、ゲラゲラヘラヘラ、画面全体が笑い声を立てていた。

「桃のジュースでさあ乾杯。その時バスが道を抜けたんだ。どこを目指して行くんだろう。終着駅はどこなんだ。そう思いながら見ていると、空が下に見えたんだ。そうか。ロケットみたいに宙に上がっていったんだ。ジュースはコップの中にまだあって、スローモーションを見るように零《こぼ》れ上がっていったんだ。たぶん何か原因が？　そして空中ブランコみたいに世界がくるりと半回転。逆さになったに違いない。ちょうどその時、鏡が割れる音がした。世界の涯《はて》まで届くような音だった。一角獣の折れた角。バンパーの端っこが空の縁にぶつかって、天球が弾《はじ》けたのかと思ったよ。と、裂け目から、冷水が滝のように落ちてきた。で、俺は思ったよ。これは史上最大かつてないチャンスかも？　もしかしたら裂け目から、外に這い出せるかも？　で、懸命にもがいたよ。だってこんなチャンスはないだろ。でも裂け目から這って外に出てみると、そこはただの水溜り。元の世界の上だった。元いた偽物の世界が両手を広げて待っていた。天球の鏡を割ったはずなのに、ざらつく鮫肌の現実の中にいる。酷い話だろ、何なんだ。詐欺にあった気分だよ。嘘っぽいこけおどしのこの世界。俺たちにゃ、手強すぎるってことなのか？　そう、騙されたってことなんだ」

　インタビューが済んだ後、画面は救助された人々が収容された県立病院の映像に切り替わる。そこには最近、街ではあまり見かけない人の姿が映っていた。右手に包帯を巻いた子供みたいな小男が、廊下を走り回ってバタバタバタ。その後を二、三人の看護師が追いかける。でも彼のすばしっこさには敵わない。あっという間に振り切られ、端に置き去りにされていく。その脇にゃ、白い鬚を蓄えた男が、ベッド代わりの長椅子に蜥蜴《とかげ》みたいに横たわる。彼は手足を紐で縛られて点滴注射を受けている。男の顔はだらしなく歪んでいて、鬚には涎《よだれ》が垂れている。その顔を見て、え？　見覚えのある男。どこで会った奴だろう？　テレビカメラが近づくと、男は急に真顔になり、表情を緩めてから笑い出す。笑いながら、彼は独り言を言っている。

「高いとこから落ちたんだ。でもね、何の因果か助かってしまうんだ。ゲラゲラゲラ、ワッハッハ。けど母さん、わかっているかい、知ってるかい。ホントは落ちたんじゃないんだぜ。俺を投げた人がいる。そいつは近くにいるはずだ。ワッハッハのゲラゲラゲラ」

鬚の男がアップになった瞬間に、画面は消えて無くなった。焼けた鉄板に滴が落ちた時のよう。ジューッと線を引っぱった音を残して消え去った。山羊の鬚を弄くりながら妙なことを言う男。あいつは一体誰なんだ？

いつまでもニュースは世界の姿を映さない。そんな優しいもんじゃない。記憶の中の映像が、プツンと消えて無くなれば、現実の世界に戻るよりないだろう。世界の中に一つ空く、僕という名の小さな穴の物語。そこより他に帰る場所はないんだし……。そのために頭の中を片付けて、引っ張り出したペーパーを元の芯に巻き戻そう。僕にできるのはそのくらい。バスに置いてきた現実に、それを取りに戻るんだ。

目の前の光の点を摑まえる。捩《ね》じってそれを九十度、元のチャンネルに辿り着く。カチッと符合する音がして、前いた空間が現れる。元に戻った僕の目は、再びバスの中の情景を映し出す。あれから何人かが乗ってきて、他の何人かが降りていた。気がつくと、バスは随分空いていた。少なくともすし詰めじゃなかったが、まだ通路に人はいて、ミーナの姿は臨めない。外にはビルが多くなり、市の中心に近づいていることを告げていた。

「J女子大学前」若い女性のアナウンス。ミーナの姿を探したが……見えない、ってことは、たぶん料金箱の後ろあたりか奥の席、後方に押し込まれているんだろう。

バスが停まってドアが開く。と、出口の側の数人が降りていく。毎日このバス停ではほとんどの乗客が降りていた。降りる人の波に乗り、彼女も出口に向けて動き出す。よかった。消えてなんかいなかった。ミーナを認めてホッとする。で、その後《あと》を追いかける。でも彼女の方は無関心。振り向こうともしなかった。ミーナは流れに乗ってドアに近付き、後ろから押されてタラップを降りていく。直前、軽い会釈をしたようにも見えたけど……どうだろう？「また後で」と言った気もしたが、それは希望的観測だ。足元を確かめる？　ために下を見ただけ。たぶんそんなとこだろう。

彼女が降りた後のバス。ミーナのいない空間は空いてガラガラになっていた。目の前の空いた座席にちょこりと腰をかけてみる。朝なのに帰り道のように疲れていた。確かにミーナと会って話はした。が、そうはいっても一、二分。なのに、疲労困憊。空いたバスとは反対に、荷を二倍も三倍も重くして、息も絶え絶え動けない。君、そんな塊をぶら下げて、このあとどこに行くつもりだい。

バスの外には女子大に向かう賑やかな女性の列が延びていた。跳ねるような嬌声が、硝子《ガラス》の窓を叩いている。そんな声を聞きながら、バラバラになり空になり、すべてが上の空になっていく。何を望んでいるんだろう。いや何も。でもこの瞬間、何をしてどこへ向かうべきなのか。それくらいわかってなきゃまずいだろう。確かに僕はへとへとで、気分も重くなっている。けど午後には、ミーナと会うんだ。何を聞き、今度はどう言えばいいんだろう。全然わからなくなっていた。

こんな時には気分を変えてみることだ。手っ取り早い方法は……そっくり忘れてみることだ。違う自分を考える。それも思いきり楽しかった時のことなんか。テレビを見ていて飽きた時がそうだろう。ドラマに飽きたらお笑いに、チャンネルを回してみればいいはずだ。気分を変えれば違う自分に会えるはず。誰もが使う方法だ。僕は記憶の糸を手繰り寄せ、ウキウキワイワイ楽し気な……。でもとっかかりになるような、記憶はどこからも出てこない。凹凸のない壁に足をかけた時のよう。つるんと滑ってハイお終《しま》い。え、そんな。ないわけないと思うのに、なぜ浮かんでこないんだ。家族とか、昔の友とか女の子。星とか石とか樹木とか、何でもいいはずなのに、一片の記憶さえ思い出しはしなかった。全部消えて無くなった、なんてあり得ないと思うのに。

考えてもダメだった。こうなれば、自分で作ったイメージを膨らませてみたらどう？　例えば、ロトに当たったところを想像し、欣喜雀躍、高笑い。勝手に跳ねたらどうだろう。いいイメージはエビで鯛を釣るような。幸運をこっちに引き寄せてくれるんだ。

余計なことは考えず、即実行。とにかくやってみることだ。彼女ができてデートして、偉くなって出世して……凄いぞ！　やった、やったんだ。そう唱えながら二度三度、座席の上で跳ねてみた。

でも子供っぽい空想で世界が変わるはずもない。案の定、何も変わりはしなかった。陽気で明るい塊がやってきた？　そんな気配はどこにもない。空騒ぎの空しさが積み上がる。それに跳ね方が不自然だったこともある。隣りの席の中年のおばさんが、訝《いぶか》し気にちらりとこっちを覗き見て、大きなビニール袋を手に提げて、後ろの席に移動した。世界に起こった出来事は、たったそれだけ。それだけのことだった。

　振り払おうと思っても、彼女のイメージを追いかける。打ち消そうとしてみても、すぐに囲まれてしまうんだ。そんな模糊とした影や形を求めちゃ、疲れて力を失ってしまうだけ。イメージとは与えて積み上げるもんじゃなく、根こそぎに奪い去っていくもんだ。エネルギーを毟《むし》り取り、感情を略奪し、思考さえもかっぱらう。摑みどころのないものや、見えない影を追いかけちゃダメなんだ。いずれ身の形を失って破滅の道に迷い込む。

　午後になり約束の時間ともなれば、否が応でもミーナに会うんだ。そんな場面に先回り。心配しても意味がない。何を怖がっているんだろう。彼女の口から恐ろしい言葉が飛び出してくるとでも？　誰も取って食おうとは思わない。ミーナだってそうだろう。彼女が意図して君を怖がらす？　そんなことがあったかい？　アパートの前で起きた事件だって事故だって、君が勝手に怖がっただけだろ。怖がらせたのは君の方。ミーナの方こそいい迷惑。

　なぜ考えてしまうんだ。不安？　こだわり？　いや、性格？　そう、いま考えるべきことは会うまでの数時間、何をして、どこでどう過ごすのか？　だから後のことは後でいい。面倒なことは後回し。手提げには水泳パンツにゴーグルと、帽子や手袋が詰めてある。だから泳いだって滑っても、どっちにしてもかまわない。昨日はプール、ならば今日はスケートか？　でもスケートは始めたばかりで、まだ二ヶ月と経ってない。誰に習ったわけでもなく、滑る姿を見て真似て滑っているだけなので、上達の速度は恐ろしく遅かった。やっと氷の上を歩いている。赤子が初めて立った時のよう。手すりに摑まって一歩、二歩、ただよろよろと進んでいる。なので行きたいとこには行けないし、カーブは上手く曲がれない。で、ことあるごとに転んでいる。でもある意味それも仕方ない。自分から望んで来てるわけじゃない。

そう、僕は半分父に脅されて、リンクの上に立っている。だから滑れなくて当たり前。逆に悩むこともない。スピンができて褒められて、選手になって大会に。なんて考える必要はなかったし、身を責めることもない。氷の上でカチカチカチカチ、時間を潰して帰るだけ。行ったり来たりの一日をリンクの上で過ごすだけ。僕にはそれで事足りた。

でも上手に滑る子供らを見ていると、あんな風に滑れたら、スピードが出せたらなぁ。そんな気持ちにはなるもんだ。自由自在に滑れたら楽しさだってわかるのに。けどそんなことはどだい無理。不可能と諦めた方がいいだろう。だって人の行動を見て真似て、それを学んで身に纏う。そんな芸当ができるかい。他人の楽しみをなぞって遊ぶなんてこと、不可能だし似合わない。望んでもかなわぬことを求めちゃ、苦労を背負い込むだけだ。最初から諦めてみた方が、どれほどすっきりするかわからない。

ひとりでやった方がいい。その方が向いているし楽だろう。人には各人各様の形がある。僕には僕の形《かた》があり、破ればしっぺ返しがやってくる。だから守れるもんなら身の形を、守ってやった方がいい。それ以外、生きようはないんだし、その方が楽なはず。だから僕は僕の形にしがみつき、無理せずゆっくりとやっていく。人真似なんかしないし、しても意味がない。本来の形を貫いて生きていく。そのためにひとりぼっちにはなったけど、これでいいと思っている。その方が自分らしいし僕のため。

確かに僕はマイペース。自分らしいスタイルになっている。でもそんな生き方じゃ社会からは孤立する。それは孤独で絶望的なことなんだ。でも一部だけをみて、世界から離れている、背を向けているだろ、と批判しても意味がない。それは非社会的な行為だろう。わかってるよ、そのくらい。けど月や星や木や草や、そんなものたちの側にいて、仲間だとはいえないが、全く孤立しているわけでもない。愛しい気持ちがある以上、優しい彼らが僕を見捨てるはずがない。心を通わせているんなら、彼らは僕の一部だし分身だ。わかるだろ。人と交わらないというだけで、ひとりぼっちのわけじゃない。毎夜、月の光に照らされて、元気を与えられているはずだ。励まされ、寛いだ気持ちにもなっている。何もないんだ、空っぽだ、と嘆く必要はないだろう。夜半過ぎ、睡魔がくる時間帯、確かに僕はひとりだが、それでも光の中にいて、虚しいんだ、意味がない、とは悩まないし思わない。

大学へ行かなくなり家に籠もり始めると、父は小言を言うようになっていた。その方が僕らしいとは思うのだが、父には不満のようだった。明らかに父の機嫌を損ねていた。いや、父からすれば「心配だ」ってことになる。もちろん僕には僕なりの理由があり考えが。外に出ないのには正当なわけがある、と思っていた。でも本当にそんなものがあったのか?

「わけがあったら言ってみろ」と言われた時、何も言えない僕がいるのに戸惑った。わけ？　わけ？　わけ？　言葉の森を探ったが、わけと呼べるようなものは出てこない。

「僕は人の形《かた》には向いてない」頭の中を彷徨《さまよ》って、最後にこう言ってみた。

僕の口から出た言葉。多分精一杯の答えだったに違いない。でも僕だって人の端くれ。人に向いてない、というのも変。「じゃ何に向くんだ」返す刀で聞かれたら、どう答えればいいんだろう。「星屑とか野原の草に向いている」とでも言い返すつもりかい。けどなぜ向いてないって言ったんだ。おそらく崖っぷちに追い込まれ、慌ててそう返事した。人の輪の外の現実を伝えるには、そんな言葉しか見当たらない。そんな舌っ足らずの僕に向け、父は親として人として、とにかく心配してるんだ、そう言っておきたかったに違いない。

「向いてない、って言ったって、おまえ、それは違うだろ。向いているとかいないじゃなく……。それで籠もるっていうんなら仕方ない。精神科に行ってみよう」

父は何一つ理解せず、一方的にそう言った。精神科？　精神科って、人に向いてない人間の行くところ？　精神科に行って「どうですか？　この子は向いてないですか？」真顔で聞くつもりだったのか？　そんなバカはないだろう。それに精神科って鍵をかけ、格子に入れるとこだろ。怖いイメージが湧いてきた。ちゃんと知っているわけじゃない。が、どんなとこでもかまわない。父が納得するんなら、行ってみてもかまわない。鍵をかけたきゃかけりゃいい。閉じ込めたければそうすればいい。僕にはどうでもいいことだ。捨て鉢な気持ちに僕はなっていた。「行った方がいいんなら、行ってもいいと思うけど」

何の抵抗も示さずにそう言うと、父は前言を翻し、脅すようなことを言い出した。

「行ってもいいって何なんだ。お前、知っているんだろ。精神科がどんなことするとこか。遊園地や映画館じゃないんだぞ。一日でも入ってみろ。『さあ皆さん、気持ちを楽にして下さい。ここは保護された空間です。しっかり安静を保ちましょう。はい最新の治療です』甘い言葉をかけられて、頭に電気をかけられたり、ベッドや枠に繋がれて、二度と出られない人だっているんだぞ。そりゃ、誰も入れないし保護された空間だ。張りぼてみたいな場所だろう。でもそれ以上のとこじゃない。それでも行きたいと思うのか」

行きたいなんて言ってない。はっきり言ゃ行きたくない。父が勝手に言い出したことだろ。行けと言ったり行くなと言ったり、矛盾ばかり口にする。つまるところ、行ってほしくないわけだ。父の方こそ弱腰になっていた。父は脅してみただけ。本心、行かせたくないようだ。「嫌だ、行かない」父の気持ちを代弁して僕はそう言ってみた。

どうなっているんだろう。話を切り出したのは父の方。おそらく一度振り上げた拳《こぶし》を下ろせなくなったんだ。「お前が行かないって言うんなら仕方ない。けど家でぶらぶらしているのは許さない。外に出て働くか、嫌なら運動でもするんだな」

捨て台詞のようなもの。真顔で父が言ったので、僕はちょっと驚いた。今までどこか逃げ腰で、僕のことなど無関心。はっきりと、ものを言ったり決めたりしないお父さんが言い出した。普段から会話がないせいもある。何を考えているんだか、予想もつかないことだった。心配してくれている？ と思いもしない父親に「ほっとけない」と言われたら、僕の方こそほっとけなくなるだろう。

もちろん反論だってできるはず。許さない、父はそう言ったけど、ただぶらぶら、無為に過ごしているわけじゃない。大学にも行かないで怠けている、と父から見ればみえたのかも。でも僕はここにいて、やるべきことはやっていた。なのに表面だけを見て批判する。わかってないのに、言い出したら譲らない。弱腰だが聞く耳など、まるで持たない父なのだ。説明してもたぶん無理。逆らっても意味がない。ならば聞くしかないだろう。

なぜだ。父は僕の生活に、やけに興味を持ちだした。それは僕に負い目でもあるのかと疑いたくなるほどのもの。何だろう？　僕がいつもハイ、ハイと口先ばかりで何もしないので、事実を確かめようとしたのかも？

「運動公園に行ってみろ」父がそう言ったので、僕はそれに従った。拒否する理由もなかったし、納得させるには行くしかない。肯《うなず》くと、父は送り迎えまでしてくれた。

朝、通勤の車に乗り、渋滞の道を抜け、路面電車を一台また一台と追い越しながら大通りを市の中心に向けていく。タワーマンションの横を行き、何本かの橋を過ぎ、モノレールの下をくぐって市役所の前に出た。その白い建物のすぐ脇に、噴水のある庭があり、その先が市立の図書館になっていた。昔の藩主の名を付けた図書館の正面に車を停め、父は「降りろ」と僕に合図した。そこからレンガ造りの建物の裏に回って川沿いの道を進むとスポーツ施設が集まった運動公園が見えてくる。そこで父に与えられた役割を果たすべく、僕は半日分の人生を何となく、半分義務的に過ごすのだ。そして太陽が西の端に隠れようとする時間帯、父の車が戻ってきた。夕方の六時を少し過ぎた頃、市役所のはす向かい、バス停のすぐ前のスペースに、父のクーペがスーッと滑り込んできた。

二週間、三週間。そんな日々が過ぎていく。父は無口で特に用でもない限り、喋らないので中の空気は重くなる。ラジオからは定時のニュースが流れている。ホステスをしていた主婦が別れ話の縺《もつ》れから、年下の恋人をバラバラに、山の麓に埋めていた。フェリーでは、乗ったはずの女子大生が、行方をくらまし船から降りてこなかった。一番高い電波塔の建設をめぐっては、賄賂を受け取った市の役人と贈賄側の社長が逮捕されていた。え！　あの塔を造るのに！

ニュースが終わると次に天気予報が流された。それから道路情報へと変わっていく。さらに勇ましい行進曲の伴奏を伴ってナイター中継が始まった。「カープ対スワローズ」

僕らはふたりして車の中の空間に閉じ籠もり、言葉も交わさずにラジオに耳を傾ける。話をするわけじゃない。敵意をむき出しにして火花を散らすこともない。何となくぎこちなく、すべてがそれで過ぎていく。

こうしているとふたりの間《ま》にある奇妙な距離が見えてくる。この距離を何と呼べばいいのだろう。正確に言い表せる文字や表現は……どこにもない。でもこの感じ。言葉にすればこのところ、父は僕の中のどこだろう？　どこか一部を宥《なだ》め賺《すか》しにかかっている。普段はそんな父じゃない。なのにそれとなく思い遣り、危ない部分を抑え込もうとしてるんだ。でも僕は、慰めなきゃ破裂する、そんな危険な人間じゃないはず。少なくともそう思う。父に対して、そんなお仕着せがましい思い遣りの要求などしてないし、してほしくもない。わけのわからぬ慰撫なんか望んでもいなかった。

態度や言葉や表情や、何かを勘違いしたんだろう。結果、真綿にくるんでおかないと安心できない。そうでもしないと爆発だってしかねない。そう考えたに違いない。特に研究日の木曜日、父は僕の背に張り付いてドームの中まで付いてきた。で、下を見下ろせる高い位置に席を取る。何で着いて来るんだよ。下手糞な僕の滑りや動きを見て、どこが面白いっていうんだろう。そうなると日がな一日、行動を監視されることになる。

お父さん、僕の滑る姿を見て、さぞかしお楽しみのことでしょう。不器用なステップと転ぶだけのジャンプを見て、楽しいですか？　面白い？　そんなはずはありません。なのになぜ付いてくるんです？　もしかして邪《よこしま》な気持ちでも起こされちゃ、見張ってるんじゃないですか。

思い遣りというものを父はき違えているんだろう。それは僕を縛りつけること？　あるいは他に意図があり、それで付き纏っているだけか？　でもそこまでされちゃ、早く父から離れたい、そんな気持ちが強くなる。

一緒になんかいたくない。ならば先に家を出る、それしかない。で、早く家を出るように。高校生に後戻り。彼らと同じ時間帯に家を出た。父も僕を思い遣るのに飽きてきた？　以後僕は、バスで運動公園に通うようになる。

朝、早く起きるようになったので、午後は眠気に襲われた。一日は気怠《けだる》くなったが、それでも父の目の外に。所期の目的には適《かな》っていた。すると今度は夜になり、父は決まって僕の部屋にやって来た。左手に手帳を持ち、表紙をボールペンで突っついて、刑事みたいにこう聞いた。「今日という日はどうだった。何をしてどんな一日だったんだ」

どんな一日？　いや別に。どうもこうもないだろう。父からみれば何の成果も上がらない二十四時間があっただけ。たとえ何があっても父さんには無関係。重要と思うことは起こらないし起きてない。だからってがっかりするわけじゃない。恥ずかしい、情けないと感じているわけでもない。でも改めて聞かれると、なぜか腹が立ってくる。逆撫でされた気分になる。だから余計なことは聞かないでほしいんだ。話したくないこともあるだろ。耳を塞ぐのも思い遣り。それでも聞きたいっていうんなら、教えてやるよ、お父さん。

「今日一日、大した価値もない僕の人生がありました。吹けば飛ぶような、非ざる一日がありました」別に隠し立てなどしちゃいない。それ以上でも以下でもない。だからわかって下さいよ。僕は正直に答えている。皆を裏切ったり侮《あなど》ったわけじゃない。質問に対する答えの持ち合わせがないだけだ。言葉を探しても見つからない。社会の外の人間じゃ、語る語彙《ごい》も文章も少なくて、薄っぺらで浅いんだ。言葉が希薄で足りない分、何を言っても重みがないし価値がない。だからノーコメントで通すしかないだろう。

けど返答に困って立っている隙に、誰なんだ、後ろから、たぶんもうひとりの僕らしい黒ずくめの塊が、肩の脇をすり抜けて僕の前にしゃしゃり出た。戸惑う僕を押しのけて、マイク代わりに僕の喉を使いつつ、そう彼の、いや僕の、ちょっと変な日本語で喋り出す。父はその声を僕の言葉だと勘違い。手帳に写し取っていく。声は祝詞《のりと》のような響きを中に持っている。呪文のような力を内側に備えている。だからって文句があるわけじゃない。でも普段の会話に比べれば、強引で脅すような重さと音色を持っていた。

「いつも通りなんですよ。何の変わりもありません。すべては昨日と同じです。前にあった一日を持ってきて、引き延ばしただけなんです。今日はお終《しま》い、終わります。でも状況は見えないところで変わってきているんです。約束の時は刻一刻と近づいて、必ずやって来るでしょう。けど父さん、その時はどうなさるつもりです？　まさか知らなかったよ、聞いてない、なんて言ったりはしないでしょ？　頼みますよ、お父さん」

普通の人の目で見れば、父は一風変わった人だった。父はそんな父らしく、書斎とは別に裏庭の古い小屋を改造して、それを隠れ家として使っていた。その建物は父にとってはおもちゃ箱、一種異様な秘密の基地になっていた。その中で父は彫刻みたいな絵を描いたり、オルガンを弾いたり曲を作ったり、解剖の本を読んだり変な形の鋏《はさみ》やメスを作ったり、望遠鏡で月や惑星を覗いたり、思う存分やりたい放題し放題、好きなことをやっていた。

父は凝り性で、徹底的にやらなきゃ気が済まない性質《たち》のよう。普段、我が家は姉が掃除をするだけで、どこもかしこも散らかし放題荒れ放題。そんな空間でしかなかったが、父の書斎と隠れ家は、きちんと片付けられていた。誰が掃除をするわけでもない。父が掃除機と箒《ほうき》を持ち出して自分で雑巾をかけるのだ。

自分でしなければ納得できない、どうしても任せられない。で、その場所には誰ひとり、家族たりとも近づけない。だから父の隠れ家には二つの鍵が付いていた。そこまで徹底していたが、僕だけは無断で侵入できていた。何のことはない。鍵のありかを知っていた。

論文の原稿とUSBを大学に。そんな電話がある日あり、置き場を教えられたことがある。厳重に管理してあるのかと思ったが、意外に机の袖の引き出しにポイッと放り込まれてた。父の仕業《しわざ》とは思えない。引き出しを後で開けると鍵は同じ場所にあったのだ。

父のいない時間帯、鍵を持ち出しドアを開け、そっと隠れ家に忍び込む。秘密の小屋の内側は覆いをかけられた天窓と、厚いカーテンで塞がれた小窓があるだけの空間で、外に比べてひんやりとした闇の場所になっていた。普段から几帳面な父さんの秘密基地。いつ入っても戸棚や机の文具類、引き出しの中の小物まで、きちんと整理されていた。鉛筆から朱肉の位置まで、判で押したように決めてある。なので秩序を乱さないよう気を付けて、僕は動き回ることになる。

床や机や棚の上にも汚れはなく、金網の入った小窓の硝子《ガラス》もていねいに拭いてある。日除けの板の内側には、空間を守るように白いレースのカーテンがかけてあり、部屋を飾って見せていた。これでバービーの人形でもあれば、女の子の寝室に迷い込んでしまったか？ 錯覚でもしかねない。

だからなおさら僕は心配だ。したい、やりたいって言うんなら、勝手にどうぞ、すればいい。咎めだてなどしはしない。中身を詮索しようなんて思わない。でもこんな世界に溺れてちゃ、いずれ悪い夢に取り憑かれ、浦島みたいに弱り切り、老いさらばえてしまうんじゃ。そんな心配をしてしまう。ここは普通の世界とは違う隙間になっていた。

じゃどこが、どう具体的に違うんだ？　そう聞かれても、答えなんか出てこない。いや、どこってそう言われても？　あえて言えば、全体に漂うムード？　はっきりここが違うだろ、と言い切れるもんじゃない。でもここにいるとそれだけで、肩が凝る。この場には人の手が入り過ぎている。そう、人工的過ぎるんだ。ダミーや張りぼてと同じで、妙な臭いが立ち込める。そのせいで世界から離れているにもかかわらず、不安と欺瞞に覆われた、濃い空間になっていた。そんな異臭に刺激されたんだろう。部屋同様、父も均衡を崩したに違いない。現実離れした性格と、わざとらしさばかりを身に纏う奇妙なものになっていた。

反対から梯子を上る者たちは、常に降りていく身振りを作っておくべきだ。世界から距離を取り、冷淡であろうとする一方で、凝縮した胡散臭さを身に付ける。たぶん父も人間に向いてない。向いてないから自分似の、砦みたいな空間を作り上げ、現実の世界から身を切り離そうとしてるんだ。

隠れ家に足を踏み入れて目を引くもの。それは机の脇にある骸骨の標本だ。目を引くどころの話じゃない。大人でも子供でも知らずにここに踏み込めば、お化けが出たと勘違い。そんな等身大の標本が、硝子のケースに収められて置いてある。それも中学校の理科室にあるような、粗悪な既製品じゃない。本物の人骨でできている。人骨を手術用のステンレスの細糸で、繋ぎ合わせて細部まで精巧に仕上げてそこに置いてある。父の宝物の一つだろう。

洗って干して乾かして、やすりで削って穴を開《あ》け、糸を通して仕上げていく。人骨を解剖学の教室から貰い受け、ひとりで組み上げていったのだ。教師でもある父にとり、標本が必要なのは違いない。が、これは明らかな贅沢品。嗜好で父が揃えたもの。色合い、硬さ、感触と、宝石でも扱う手付きでていねいに。で、感覚を確かめながら骨と骨とが響き合う音を聞く。標本を見るたびにそんな父を思わずにはいられない。実際に、したかどうかは別にして、およそ二百個の、骨の世界に戯れる父の姿を思い浮かべてしまうのだ。

でも目の前のこの骸骨。ただのしゃれこうべじゃないはずだ。そう、ここに宇宙の雛形が示されている。正しい世界の現物がここにある。原型とはね、飾り気のない骸骨がポンとそこに置いてある。そんな景色じゃなかったか？　オリオンやペガススの星の並びと同じで、剝き出しの裸同然の光景だ。何一つ余計なものが付いてない。だからほっておいても浮き上がる、消せない神話みたいなもんなんだ。偉そうなことを僕が言えるわけじゃない。僕は隠れ家の不気味な玄関にいるだけだ。まだおもちゃ箱の入口だ。

机に向かって小さなソファーが置いてある。絨毯が敷いてあるのはそこまでで、その先は剝き出しの板の間になっている。薄暗い空間を奥に進むと、檜の板に背の高い本棚が立っている。ステンレスのその棚には、様々な本がぎっしりと詰まっていた。そう、ちょっとした図書館だ。父は以前から溜め込んだ大量の本をここに持ち込んだ。単に医学の書籍だけじゃない。美術、宗教、数学と多岐にわたるもんだった。土色に変色した本もある。濡れて歪んだ本もある。虫に食われて穴の開いたものもある。なかには骨董的な価値がありそうな書籍も何冊か混ざっていた。

背中合わせの本棚がずらりと何台も並んでいる。図書館と同じで、棚には横文字の分類記号がふってある。これは執拗さの表れか？　でもそれだけじゃ終わらない。本の裏表紙には分類カードが挟んであり、中には数字とアルファベットが打ってある。中央図書館の書庫の内部と同じこと。記号で本を管理する。これで眼鏡の司書のおばさんが座っていたら本物の図書館だ。そのせいもあるだろう。ここにいると、どこにいるのかわからない。古い地層から現れた古墳の中にでもいるような、浮わついた気分にもなってくる。

それにしても深すぎる。隠れ家の内側は入っても入ってもさらに行く、入れ子式の構造だ。重くて頑丈なドアを押し、次の部屋に入っていく。それから二つか三つの部屋を過ぎ、ついに一番奥の部屋に着く。大きすぎるドアを引き、中に入るといきなりの刺激臭。強いもんじゃなかったがホルマリン。そう、ホルマリンで違いない。

鼻を衝く異臭が目を刺してくる。喉や口の粘膜が熱を持ち、腫れて気道を押してくる。息も苦しくなってきた。用意したマスクをポケットから取り出して、鼻と口に当ててみる。こんな布切れが役に立つ？　しないよりはましだろう。布の厚みで吐いた息が層になり、吸ったり吐いたり楽にできるようになっていた。

窓が塞がれているせいで、僕は暗闇に包まれた。ボタンを壁に探し出し、押して灯を点けてみる。剝き出しの電球が、灯って部屋を照らし出す。とは言ったって、たかだか電球一個分の明るさだ。明るい？　たって知れたもの。けどここでは十分。電球が灯ると換気扇が回り出す。唸る音を聞きながら僕は前に進んでいく。

一番奥の底の壁。目の前の壁を見上げて立ち止まる。天井板を突き破り、目一杯、巨大な収納棚が背筋を伸ばして立っている。両側は横の壁まで手を広げ、世界を囲っているようだ。内側には七十センチか八十センチくらいだろう。何段にも重なった棚板が十段か十一段、びっしりと屋根裏まで積み上がる。板の上には甕《かめ》や鉢や瓶とかが、所狭しと置いてある。祖父と父、親子二代が集めた怪しげなコレクション。見ようによってはがらくた同然の収集品。そんなものが山と保管してあった。

どの程度の専門家かは知らないが、父は整形外科の専門医。骨と肉とのプロだった。その父と一代前の祖父が集めた奇妙で奇態な宝物。棚はちょっとした人体の博物館になっていた。なかには父が仕事上、必要に迫られて収集したものもあったはず。それを否定しようとは思わない。でも仕事とは無関係、嗜好と興味で集めた断片も多数交じっていたはずだ。役に立つのか立たないか？　なぜ飽きなかったのか？　捨てられなくて溜めただけ、ってわけはないからそれなりの、情熱を持って集めたに違いない。理由はともかく結果として、この棚は父と祖父との偏執の格納庫。そうはお目にかかれない不気味な標本箱になっていた。

骨と肉との展示場？　そんなものがどこにある。聞いたことも見たことも。で、なかには呆れるばかりのディスプレー。下の段にはホルマリンの液に漬けられた、奇形の胎児の標本が見えている。ブリキの缶にはブーメランのように曲げられた大腿骨や瘤のついた橈骨《とうこつ》が、布に巻かれて入れてある。木箱からは醜く潰れた骨頭や分離した脊髄が、少し頭を覗かせる。腫瘍で林檎のように肥大した眼球や六本指の手掌など、普通には正視できない断片も、ここにはポンと置いてある。そんなグロテスクな品々が天井まで積み上がる。そして父はそんな切り刻まれた身体に番号を振って容器に入れて保管した。カードまで拵《こしら》えてバインダーに綴じている。その一枚を取り出して読んでみる。

カードにはこんなことが書いてある。
（229）ページェット病：49歳女性。小学校教師。既婚。2子あり。負因（－）。両親に養育され、発達に特記すべきものはなし。X－7年、隣りの中華料理店の失火を原因とする火事にあい、夫は焼死してしまう。彼女も二階から飛び降りて右上腕の骨を折る。以来、疲れが取れない、頭が回らない、そしてやる気が出ないです、と不調を訴えるようになる。大学病院でうつ病と診断され、しばらく精神科に通っていた。しかしX年、顔面や頭部の変形に気づいて脳外科を受診する。主治医からは眼球の突出が顕著との指摘あり。X＋4年頃からは、頑固な頭痛と顔面の痛み、耳鳴や回転性の眩暈《めまい》等々を訴えた。X＋8年頃からは両側性の難聴が出現し、次第にそれが進行し、普通の社会生活を困難に。頭部は左に歪んだ長頭型。そして表面の凸凹が目立っていた。難聴と眩暈を訴えて「もう学校には行けないよ」「人に会うのはとても無理」と家族に苦しみを打ち明けた。精神的にも追い詰められていたようで、時々興奮して意味不明なことを言う。「私にはわかるのよ。天の川の真ん中で、琴座のベガとアルタイルがぶつかって、天球が二つに裂けてしまうのね。早く助けに行かなくちゃ」一九九＊年七月七日の七夕の夜「約束の日なの、今日なのよ」と目を輝かせて言った後、屋上の柵を乗り越えて飛び降りた。
　目玉が前に飛び出した？　前に出りゃ、頭部や顔面が無事であろうはずはない。聴覚だって耳小骨という小さな骨の組み合わせでできている。変形が進めば、精巧な感覚器官に影響が……。強い眩暈《めまい》と進行性の難聴と、それから頭部には大きな歪みがあったんだ。加えて頭のてっぺんは凸凹に。ならば再建は不可能に近いはず。考えも及ばない変形があったんだ。こんな変化も起こり得る？　これがもし僕の顔を襲ったら……どうなる？　今くらいの偏倚にも耐えられない体たらくの僕なのに。

ページェット病？　病いとは怖いもの。こんな病気があるなんて！　でも本当に病いと呼んでいいものか？　病気というほど特殊なもんじゃないような？　よくあるとは言わないが、いつまでも正しい顔でいられない人の宿命みたいなもんなんじゃ。差はあれ誰にでも起こり得る。でもこれほどの変形に、十年、いやそれ以上引き回されていたなんて……悲劇的。元の顔に戻れない。本当の自分には還れない。それは涙が涸れるほど辛いこと。そこには絶望と諦めがあったはず。僕なら一年、いやひと月ともたなかったに違いない。

顔のことが気になった。でも気にしてばかりじゃ進めない。頭の中を切り替えて、悪いイメージを振り切って、棚の前に歩み出る。何も考えない方がいい。何も望まず欲張らず、とにかく登ってみることだ。山があるから登るんだ。誰かがそう言っていた。そんな気持ちで登ればいい。心にそう決意して、棚の梯子に手をかける。

「よいしょ」少しだけ軽くなった塊を持ち上げる。


ブリキや硝子の容器には黄ばんだラベルが貼ってある。そこに並んだ年月を登りながら見ていくと、上の方が下よりも古いものになっていた。普通に考えたら逆だろう。大抵は下から上に積み上げる。でもここは逆。古いものが上の棚に置いてある。

梯子を上に登っていく。そして屋根裏の梁に手が届こうかというところまでやってきた。もう一度木箱のラベルを読んでみる。それをそのまま信じれば、僕が生まれる遥か前からあったもの。さらに上にはラベルも剝がれた古い容器が並んでいた。それらは多分子供の頃、田舎の蔵で僕が見た祖父の集めた収集品。見たなという思い出が、どこかにこびり付いている。

上から数えて三段目の棚の上。埃《ほこり》を被った木箱や缶に挟まれて、大き目の硝子《ガラス》の瓶が三つ並んで置いてある。普段はあまり目にしない樽のような硝子瓶。表面を麻布で覆われた十升入りの厚い瓶。元々はエタノールやホルマリン、化学物質を入れるためのものなので、今ではプラスチックやポリエチレンのタンクにすべて代わったが、祖父の時代にはよく使われたものだった。彼はその瓶を利用して肉の標本を保存した。十年もの時を経て、朽ちた布の裂け目から、中の様子が窺えた。

瓶の中には捻じれた紐が見えていた。十数年ぶりの肉の紐。考えてもみなかった。懐かしくもいとおしい命綱。捩《よじ》れた塊、焦げた紐。僕の臍の緒は今もここにあったんだ。

光の屈折の影響で、紐は実際より太く大きく見えていた。蛇のように渦を巻く肉の紐。以前、見た時、何なのか？　僕にはピンとこなかった。そして奇妙な気持ちに襲われた。「蝮《まむし》だろ」と言われたら、頭の切れた蝮のように思えたし、「腸の管《くだ》に決まってる」そう言われたら、人の腸管と信じたはず。いずれにしても黒い斑《まだら》を付けたまま、光の膜に包まれて、紐は剝き出しの姿をそこに見せていた。

初めて見たわけじゃない。でも正直、僕の紐なのか？　ちゃんと確認しなければ、元いた世界には戻れない。そんな気分になっていた。が、瓶の表面を眺めても、由来を明かすものなんて、ないし手がかりも見つからない。それでも蓋のアルミニウムの表面を、払うと字の跡が付いていた。墨で書かれた薄い文字。半分消えてはいたが「光一」と僕の名の字が入れてある。間違いはないだろう。瓶の中身は僕の紐。前に見てわかっているつもりでいた。感情は抜きにして、冷静に観察できると思っていた。でも改めてそれを見て、どう受け止めればいいんだろう？　何を思うべきなのか？　繋がったのか切れたのか？　許されたのか拒むのか？　浮き上がったり沈んだり、紐の渦に呑み込まれ、僕は揉みくちゃにされていた。

良いことなのか悪いのか？　抱かれているのかいないのか？　元の景色を思い出すことはできるのか？　再び混乱し始めた。記憶の渦に呑み込まれ、あの時なのか今なのか？　時の前後が滅茶苦茶に。そして昴《たかぶ》りの真ん中で、僕はバラバラにされていく。そうだ、かつては僕と手を繋ぎ、今は別れた恋人のようなもの。そんな彼女と鉢合わせ。その時何を思い出し、何を話せばいいんだろう。ふたりの過去を回想し、楽しかった思い出を素直に口にすればいいんだよ。いや愚痴をこぼしてみた方が、彼女は喜んでくれるかも。あるいは愛の言葉を囁いてみるべきか。いやそんなことをしちゃダメだ。よけい混乱するだけだ。頭を下げて「悪かった、まだまだ子供だったんだ」そう謝罪した方が、どれほどすっきりするかわからない。肉の紐を前にして、どう振る舞えばいいんだろう。まるでわからなくなっていた。

そのうちに、胸の鼓動が高鳴った。何を恐れているんだろう。何に反応してるんだ。昴ると息をするのも難しい。気にせず流せばいいんだぜ。見て見ぬふりを決めたってかまわない。大したことじゃないだろ。人の思いなんて知れたもの。すぐに忘れてしまうんだ。長持ちなんかするもんか。これ以上考えたって意味がない。

そうさ、忘れっぽいのが人間だ。だから僕の方はもう十分。でもあいつらは諦めちゃくれないぞ。僕の思いとは反対に、何度も何度も現れて、何かを要求するはずだ。それは返せない借金みたいなもんだろう。逃げても隠れても付いてくる。忘れたりなんかするもんか。邪悪で頑固なイメージに、呑み込まれそうになっていた。

殴ったって蹴ったって、紐は版図を広げてく。その圧力に当惑し、押し潰されてしまいそう。コントロールしようにも、しそこなって拳銃を、こめかみに突きつけられてしまうのだ。そして有り金のすべてを出せと脅される。これじゃ借金塗《まみ》れの自己破産。取り立て屋の兄さんに、胸ぐらを掴まれたのと同じこと。そんな物騒な連中に狙われちゃ堪らない。面倒な事件か事故に巻き込まれて穴の中、ぐるぐる巻きにされるだけ。騙されちゃダメだろう。冷静に事実だけを見なけりゃ。妄想とは追い払わねばならぬもの。

しかし現実を見ようにも、僕の前には捩《よじ》れた紐があるだけだ。「俺はお前の命綱」そう主張する紐は扱い難い存在だ。でもそれは僕ひとりのもんじゃなく、僕から母にその母に。それからさらに遡り曾祖母に。最後は原初の母の下腹に、無限のループを延ばしていく。千年、二千年、いや一万年とか二万年。長くてしんどい時を超え、連綿と繋がっていくもんだ。先へ先へと伸びていく母の身体《からだ》を思う時、ぐるっと回って一回り、巨大な母のその胸に、僕は潰されてしまいそう。大きさに圧倒され、重みに息を詰まらせて、声さえ失くしそうなんだ。で、最後は顔を噛まれて黒くなり、地面に叩き落とされる。元の顔を失って、歯形を付けられ真っ逆さま。歪《いびつ》な黒い鳥になり、鮫肌のざらつく地上に落とされる。

紐は何を求めているんだろう。僕は鋭い刃先を脇腹に突きつけられて白状しろ、そう急《せ》かされる何も知らない被告人。「お前さん、これでもシラを切るつもりかい」でも僕は何も思い出しはしなかった。何を喋れっていうんだい？　僕の記憶は空振りで、意味なく二回三回と空を切る。空気を掻き回しているだけの空砲で、思い浮かぶものはない。僕にわかるのは歩き疲れていることと、感情的になり過ぎて、高揚していることくらい。いいかい、思い出すにも時間が必要。ダメだ、冷静にならなきゃ。

もしかして大脳は、老いて頑《かたく》なものになり、浮かび上がるイメージをすべて拒否しているのかも。何度思い直しても「使い古しの肉の紐」即物的な答えしか出てこない。臍の緒は先にある縺《もつ》れた何かを望むはず。過去の遺物じゃない先のもの。それは連綿と続く太古からの記憶だった気もするし、ステンドグラスに隠された、生死に関わる知恵や情報だったかも。闇と欲望の奥にあるようなもの。紐が求めているものは?

いきなり思い出せって言われても、答えの持ち合わせがないだろ。すぐに答えろなんて乱暴だ。もう少し頭に馴染ませてからでなきゃ、解答なんか出てこない。

でも僕に宥和《ゆうわ》の時はこなかった。最初は自然にイメージが膨らんで、そのうち馴染んでくるだろう。割合気楽に構えていた。が、いくら待っても異物のまま。紐は腐りも芽吹きもしなかった。どこまで行っても違和感が解消されることはない。

もう一度、臍の緒の色と形を想像した。が、何度繰り返しても同じこと。百万遍繰り返しても同じだ。奇妙な違和感があるだけで、どこまでいっても馴染まない。到底、根っこにあるもんだとは思えない。ひっくり返しても無理だった。違和感なんてもんじゃない。全然違う。そして憤りさえ湧いてきた。力ずくで引っ張ってバラバラにしてやりたい。なぜ怒りがこみ上げてくるんだろう。気味の悪い塊を後生大事に取り置いた、父や祖父への憎悪まで意識した。もしかして不気味な紐に摑まって降りてきた、身に怒っているのかも? それとも紐を通して原始の母に繋がっていることが許せない?

気にくわない。嫌だ、我慢できない、どうしても。でも瓶の中にあるものは、存在の根っこなんてもんじゃなく、別の世界の現実かも？　そんなことを考えた。想像するのは自由だが……。これは二百五十億年前の世界を僕らに見せている、アンドロメダのM32星雲。あの星雲と同じもの。紐だって瓶に浮いているようで、実は世界では不可能なステンドグラスの裏側を、ここに引き寄せているのかも。その方がこの違和感をちゃんと説明するだろ。

肉の塊は怒ろうが笑おうが、そんな感じや気分とは無関係、瓶の中に浮いていた。そう、別の世界の現実が浮いている。この感じ、ここじゃない場所にいて、滓《かす》であれ澱《おり》であれ、痕跡を持つ何かが僕の中に浮いている。たぶんこの世界に棲む人間がいくら頭を捻《ひね》ろうと、想像力を逞しくしてみても、外のことはわからない。紐は僕を別の世界に繋ぎ留め、何かに結ぼうとしてるんだ。

紐と再会したその日から、僕はそれまでの僕とは違う世界で生きている。そんな気がした。もちろん世界が大きく変わったわけじゃない。1の世界が2になった。そこまで変化したわけじゃない。2とはいわない。でも1.1くらいにはなったんじゃ。正確に表すのは難しい。が、僕のいる世界が川下に移動して、海と川とのせめぎ合い。そんな間《はざま》の場所に入り込む。つまり、この世と繋がる別の世界を一割くらい抱え込んだっていう感じ。だから未知の世界に落ちて来た？わけじゃない。異次元を旅する霊能者になってしまったわけでもない。が、ずれは一点に固定され、元の真水の世界には押しても引いても戻れなくなっていた。

ただの一ミリも動かない。蹴っても突いても動かない鉄の壁。びくともしなくなっていた。そうさ、気持ちのいいもんじゃない。海や川や池でもない場所にいて、いつも潮の満ち干に気を配り、怯《おび》えながら生きている。世界の結び目がどこかで解《ほつ》れて綻《ほころ》びた？　居場所の定まらない塊がぽつんとそこに浮いている。そのうち旋風《つむじ》みたいな渦巻が海の方からやって来て、その圧力に弄《もてあそ》ばれ、身は流されてしまうんだ。渦の中にぐるぐる巻き。場も時も一から十まで見失う。もうこれは臍という世界の結び目から流れ込んだと思うしか。絶対そうだ。臍の緒を通して原始の母からやってきた不気味なものの塊が、いま辿り着いたんだ。

「そんなにずれるっていうんなら、なぜはっきりさせようとしないんだ。君は身がどの種族の人間で、どこに繋がっているんだか、それさえ見失っているんだろ」紐から流れ込んだ渦巻は、僕を塩水で驚かせ、横目で笑いながらこう言った。

そりゃ君の言う通り。僕は地球に落ちてきた異星人。正しい系図とか筋目とか、一切合切失って、根無し草になっている。もちろん血筋とか人種とか、後生大事に思う人もいるけれど、僕を結び目に繋ぎ留めるようなもの。糊でも糸でも針金でも、何でもいいけどそんなものがどこにある。

紐を見る時だけじゃない。イメージを想起するたびに渦巻は、僕の中に流れ込み、身の内側を掻き回す。脳みそは洗濯機の中のパンツみたいに回されて、何も考えられなくなっていた。二度と思い出すことがないように、錠でもかけて隠そうか。まあ、そこまでしなくてもこれ以上、考えない方が身のためだ。考えても得はない。混乱に拍車をかけるだけだろ。だからって勝手に浮かぶ考えを追い払うのも難しい。思いは向こうからやってくる。止めよう、そう思うなら、他のことを考える。その方が手っ取り早いしシンプルだ。ならば先手を打って別のことをしてみよう。結果、侵入する考えを防ぐはず。混乱がないように、怒りに身を委ねることがないように、他のことをやってみる。

そうと決めたら余計なことは考えず、やってみる。やれば無駄な力など使わずに済むだろう。まず今は、考えるより体を動かしてみることだ。全部とはいわなくても、しがみつく煩わしさやこだわりを振り払うことはできるはず。汚れや穢れを祓い清めることもできるんだ。1《ワン》、2《ツー》、3《スリー》。1《ワン》、2《ツー》、3《スリー》。全身を使う運動をしてみよう。

一番いいのはプールに飛び込んで潜ること。僕がするのは、臍の緒と同じにすることだ。黄泉《よみ》の国から帰ってきた伊弉諾《いざなぎ》みたいに身を清め、水の中に浸ること。底から湧いてくる流れ、真ん中に澱む液、そして表面を流れゆく清い水。体全体を水に浸け、潜りかき分け息を止め、それから前に進むんだ。

プールに行って飛び込んで、そして思いっきり泳ぐんだ。後は何も考えない。そうすれば身も心も清められ、こびり付く塵や埃もきれいさっぱり流される。泳ぐんだ、潜るんだ。それに集中すればいい。身の塊は結び目を解き、元の形に結び直してくれるはず。僕の中に燻《くすぶ》ったわだかまりや雑音は、擦《こす》ったマッチを水に浸けた時のよう。ジュッと一瞬音を立て、跡形もなく消えていく。

もちろん泳ぐのは現実的な観点からも役に立つ。全身の筋肉を使うので、心身のバランスを整えて、疲れも軽くしてくれる。手足や背に付いている、シミや汚れを取り去ってくれるはず。でもそれだけじゃ終わらない。水に入れば身を無垢の胎児の状態に引き戻す。子宮に漂うあの頃の、正しくも本来のものだった時に僕らを連れ戻す。僕は何も考えず、水に浸かればそれでいい。他にすることは何もない。それで十分。生物がすべてそうであるように、水中で生きてきた太古の昔を思い出し、ボーと浮かんでいればいい。臍の緒が瓶に浸《つ》かっているように、蛇のような格好で静かに漂えば十分だ。濃い液に漬物みたいに浸《ひ》たり込み、遠い昔を回想する。歴史の本にも書いてない昔のことが目に浮かぶ。

人の体の八割は水。生物の教師が言っただろ。え、八割！　八割なら、所々に島のあるサンゴ礁の風景だ。それじゃあまりにすかすかで、水のない世界は想像できない。そんなに水が要るんなら、人だけじゃない。草や木や、犬や猫だって生きていけない。生き物はみな死に絶えてしまうだろう。水はあらゆるものを養ってすべての生を司《つかさど》る。

水、水、水がそんだけ要るんなら、人間は尻で結んで水を溜め込んだ革袋。そう呟《つぶや》いた人がいた。その通り、適切な表現だと思う。そんな袋をプールに放り込んでみろ。袋は故郷に帰った中学生。大喜びに大騒ぎ。結び目をすぐに緩めてしまうだろう。水をあらん限り吸い込んで、体じゅう水の塊にしてしまう。水は巨大な包装紙に変化して、全身を丸ごと優しく包み込む。肉を抱き、骨や関節を包み込む。五体をそのままラップして、保護し守ってくれるはず。と、血管とか気管とか、体中の管や筋《すじ》が伸びてきて、そして最後は全開放。リンパも神経も弛んできて、血の巡りも良くなって、目にも顔にも額にも、力を流し込んでくれるはず。僕は落ち着きを取り戻し、身心ともにリラックス。精神と肉体の均衡もとれてくる。で、最後に昔懐かしい原初の記憶に立ち戻る。水の痕跡に火の記憶、それから石の思い出と古い出来事を想起して、本来のあるべき姿に辿り着く。

バランスが戻ればもう大丈夫。力が全身に満ちてくる。自信だって揺らがない。そうと決まれば、また飛び込んで泳ぐんだ。僕は深みの底に潜り込み、底のタイルに足を着け、まわりに目を向けてみる。排水口のあるあたり。あのへんが怪しいぞ。紐はそこから首を出していたはずだ。僕は一番深いとこにいて、天井に吊るされた光の点を仰ぎ見る。次にそれを目印に浮かび上がってくるだろう。で、また水を切り、高く飛沫を上げるんだ。水中を魚みたいに突き抜ける僕の姿が目に映る。

もし泳ぎすぎて疲れたら、プールサイドに寝そべって、子供みたいに死んだ真似をすればいい。そんな動作を二度、三度。繰り返しているうちに身も心も清められ、海のものとか山のもの。昔懐かしい記憶を細部まで思い出す。僕らは水の中にいて、濃い時間を持つだろう。

そりゃ、スケートに行ったってかまわない。してダメなわけはない。でもそこには温度差の壁があり、常に動き回らねばというハードルが……。

固い氷のリンク上。冷気の中の運動は、心を鎮めてくれるはず。冷たい空気を切りながら、前に前にと行く僕の影。冷気が身を硬くして、僕は本来の姿かたちを取り戻す。O_2の消費だって減ってきて、呼吸も楽になってくる。後足を軽く蹴るだけそれだけで、スムーズに、そして歩くより、数倍速く進むんだ。

でもスケートの難点はここからだ。前に進むうちはかまわない。とはいえ、いつまでも進んでばかりじゃかなわない。進めば少しは休みたい。白い天井に目をやって、ボーと横になってたい。けどリンクに駅や駐車場や待合室。そんなものはありゃしない。第一、止まれば倒れてしまうだろ。すってんころり一回転。怪我でもされちゃかなわない。

だから止まりたくても止まれない。休みたいのに休めない。そりゃ駐停車禁止のところなら仕方ない。だけど案外辛いこと。進め、突進、滑るんだ、と尻を叩かれている以上、アクセルを踏み続けるしかないだろう。前進！　歯を食いしばる。でも結果、氷の上を進むだけ。途中駅も停車場も、終着駅もありゃしない。そんな気の利いたところがあるわけがない。そうさ、行っても行っても回るだけ。これじゃ牢に繋がれた王子様。思い切っててっぺんから、飛び降りたくもなってくる。

そりゃ、ちゃんと体が動く日にゃ、リンクに行けばいいだろう。が、そんな日は多くない。ならば無理をしない方がいい。その方が身のためだし安全だ。今日はダメだとはいわないが、元気はつらつ生気に満ちたわけじゃない。それに午後にはミーナに会うはず。できるだけ力を蓄えておくべきだ。可能なら横になり、寝そべっておいた方がいい。

バスは市の中心部を通りすぎ、運動公園のすぐ側の市役所の建物に近づいた。渋滞を抜けたところでスピードを上げたので、僕の体はクッションの悪い椅子の上でポンポンポン、軽く何度か跳ねていた。そのたびに背を背凭《もた》れにぶっつけて、腹の内側を震わせた。もちろん大した揺れじゃない。そしてバスが停まれば一目散。プールに向かうことになる。

でも停留所に着く直前、強い痛みがやって来た。いきなりどうしたんだろう。下っ腹の腸管は、鉄砲玉が爆《は》ぜたよう。奥の方で痙攣を……。で、その爆発が脇腹を駆け上がる。大腸がグルグルと音を立て、腹全体が悲鳴を上げているようだ。これは激しい下痢になる。バスが停まれば猶予はない。トイレを探して一直線。便所に駆け込む、それしかない。でも公園のどこにトイレはあったっけ？　頭の中で公園を一回り。ぐるりと一巡りしてみたが、そんなものはどこにもない。トイレの場所など思い浮かびもしなかった。

バスが停まると、トイレ、トイレとトイレマークで腹も頭も満杯に。僕はステップを二段跳びで駆け降りる。バス停の前には、日の丸と市のシンボルマークのモミジ葉の、旗を屋上に突き刺した、市役所の白い建物が建っていた。中に飛び込めば、いくらケチな役所でもトイレくらい貸すだろう。そう考えた瞬間に、ビルの北側壁沿いに、先の尖った塔のよう、箱型の簡易トイレが並んでいるのに気がついた。あった。こんなところにあったんだ。でもちょっと待ってくれ。こんなところにトイレなんかあったっけ？

市役所のビルに沿い、ちっぽけな簡易トイレが並んで二つ立っていた。でもここでトイレを見たという記憶、そんなものはどこにもない。が、確かにそこには全身をクリーム色に塗り潰した金属箱。先の尖った流線型のトイレが並んで立っていた。ちょっと小さめ、でもトイレはトイレなんだろう。横に倒せば棺桶にだってなりそうなボックス型。その箱に近づきノブに手をかけた。

扉を開《あ》けて覗いたが、内部はちゃんとしたトイレの態をなしている。掃除だってしてあるし。外側からは想像もできないほど、中は綺麗なもんだった。それを見て一安心。警報装置をオフにして、トイレに体を突っ込んだ。しかし構造的には貧弱で、人が使えるようなもんじゃない。片足に体重をちょっとかけただけなのに、踏み板がぺこりと凹んだ。え、大丈夫？　凹むなんてあり得ない。どう考えても変だろ。

それでも胴体を押し込んで、力任せにドアを引く。鍵や扉の閉まらないトイレじゃ、用を足すのもままならない。が、予想通りというべきか、壁は薄いしドアが枠に嵌《は》まらない。押しても引いても閉まらない。力を入れるとブリキの板を擦《こす》り合わせた時に出る耳障りな音がした。いくら強く引いたって、隙間を塞ぐのは無理だった。

それからもっとお粗末なのは鍵の方。鉄の棒を回すだけ。簡単な鍵がドアには付いていた。でも扉と壁板のずれが大きすぎるので、棒は受け口には嵌まらない。だからってもう一度、トイレを探す余裕はない。他にできるとこなんて……ない、絶対にあり得ない。文句の一つも言いたいが、ここだけが唯一できる場所だった。

中を覗こうと思ったら、簡単にできただろう。音もすべて漏れてたし、臭いだって同じこと。欠点を挙げりゃそりゃきりがない。でも贅沢を言ってられる場合じゃない。すでに激しい腹痛と腸管の圧力に、僕は圧倒されていた。選択の余地なんてあり得ない。

　僕は急いで便器の上にしゃがみ込む。するとすぐに腸管が捩《よじ》れて、ビニールが破れるみたいな音がして排泄が……。粘液に混じって便塊が二個、三個と落ちていく。で、あっという間に、え、それだけ？　排便はあっけなく終わっていた。あれだけ苦しんだはずなのに、ものの数秒、もうお終い。が、間に合った。排便が終わって腸の圧力が下がると痛みはどこへともなく消えていた。そんなものがあったのか？　そう思えるくらいになっていた。この落差は何なんだ。体中の力が抜け緊張も解けていた。同時にどこからやってきたんだろう。快い感覚が体全体を包んでいた。解き放たれた感覚の中で僕は満たされる。けど高まった興奮が消え失せるにしたがって、見えなかった現実が戻ってきた。

　一瞬飛んだ感じがした。そして気がついた時、僕はいつもの僕に戻っていた。

　紙、紙、紙。尻を拭こうと探したが、紙がないことに気がついた。駅だってコンビニだって公園の便所だって、トイレットペーパーくらいあるだろう。けどここにそんなものはない。あると期待した方がバカだった。そんな気の利いた配慮がおんぼろトイレにされている？　が、もしかして。そうだ、駅のトイレで、棚にトイレットペーパーが山と積まれた光景を見たことが。ここもそうなっているんじゃ。淡い期待を抱きつつ棚の上を探ったが、上にも中にも天井の仕切りの奥からも、そんなものは出てこない。

　紙がない。どうしよう。シャツのポケットを探ってみると、草臥《くたび》れたティッシュが一枚だけ、くしゃくしゃになって入っていた。たった一枚それっきり。でもないよりはましだろ。この一枚で何とか汚れを拭き取ろう。そう決めて、折って折ってまた折って、ていねいに尻のまわりを拭いていく。節約して紙を使い切っていく。二十秒か三十秒。で、任務完了まあＯＫ。一応、拭き取ったつもりになる。ほっとして息を吐き、パンツとズボンを持ち上げた。

出してしまえば用はない。早くこの空間を抜け出そう。太陽の下に出て、外の空気を吸い込もう。そう考えて向き直り、扉を外に強く押す。と、便塊がべたりと手に付いていた。さっき触ったチャックにも、それはしっかりと付いていた。他にも便の付いているとこは？　いや、ないわけは……。そういえば紙がないと慌てた時、シャツのポケットに触ったし。確認してみると、やはりそこにも付いていた。襟元にも、ポケットの縁にも、見事に便は付いていた。こんなとこまで汚しちゃ、人前には出られない。

焦ってみたがすでに紙は尽きている。さっきの一枚ですべて使い切っていた。ない以上、何もできない、お手上げだ。慌てて襟を突《つ》ついたり、袖に触れれば事態をかえって悪くする。どうにもならない状況に僕は嵌《は》まり込んでいた。こうなれば気にしても仕方ない。ケツを捲《まく》って開き直るよりないだろう。意を決し、便塊の付いたままの格好で、外の世界に飛び出した。

まわりを見てから外に出た。洗える場所を探したが、近くにそんなとこはない。でも僕はプールに向かうとこだろう。そこには溢れんばかりの水がある。何を慌てているんだろう。焦ることは何もない。

プールのある建物に向かって僕は一直線。最短距離を取りながら、歩幅を伸ばして駆けていく。もちろんシャツやズボンや掌には便塊が付いたまま。誰だって、早く抜け出したいと思うだろう。

僕だって同じこと。さあ、急げ！　早くしてくれ、急ぐんだ。

速足で、速度を上げてプールの前にやってきた。目の前にはつるんつるんに磨かれた御影石の階段が。その階段を段またぎ、息を切らして上の広場に飛び込んだ。植込みを横切って、扉の前に立った時、見覚えのある男の顔にぶつかった。

「え、確か……」偶然？　いや、そうじゃない。父が仕組んだ罠なのか？　深読みすればそういうことになるだろう。

彼の名前は鈴木さん。父とは同じ大学で同級生。一緒に標本を作ったり骨の研究をしたりして、父の論文にも名を載せている仲のいい友人？　のはずだった。いつもは陰気で口数が少なくて、表情を表に出さない鈴木さん。そんな彼が今日はバカに陽気な顔をして扉の前に立っていた。僕に向かって子供みたいに手を振って、わざとらしい微笑みを作って放り投げてきた。何て馴れ馴れしい表情だ。それだけで薄気味悪いもんだった。こりゃ、妙だぞ。怪しいぞ。変なことでも起きなきゃ。

一から十までチンプンカン。何もかもが変だった。明らかにいつもとは違う不釣り合いな笑い顔。態度もやけにはしゃいでいて、妙に不自然なもんだった。不気味だからよしてくれ、と、そこまでは言わないが鈴木さん。首を右に傾けて両手を胸の前ですり合わせ、おもねるポーズを取っている。何かを企んでいる時の仕草だろう。絶対、隙は見せられない。用心してかからねば。急いで便塊の付いた指を握り締め、拳《こぶし》の中に押し込んだ。もしかして、トイレでの失態を見ていて何食わぬ顔で先回り。待ち伏せでもしてたのか？　そう考えるとすべてが符合するように思われた。でも何で？　単に揶揄《からか》うためなのか？　弱みを握って脅すつもりだったのか？　もっと別の理由から？

自然と身構える姿勢を僕は取っていた。そうでもしなきゃ危険だと感じるものがあったから。用心するのも人の道。でも何を？　事態をいかに受け止めて、どう振る舞えばいいんだろう。理解も何もできぬまま、判断力とか思考力、精神のすべての能力を失って、扉の前に釘付けに。そこから動けないままでいた。

「おやおや、松尾さんちのお坊っちゃん。何をもたもたしてるんだ。こんなところに立ってちゃ、後から来る人に迷惑だ。中に入ったらどうなんだい」

挑発するようなその言葉。それから背を押されたが、やはり僕は動けない。一歩たりとも動けない。そう、僕はすべてのことに躊躇する。息を吐くにも吸うことにも。不安や恐怖や喜びにも慎重だ。苦痛や快楽にさえ臆病になっていた。地球に動かないでいてくれと、頼みに行きたくなっていた。いま僕にできるのは、何もしないことくらい。なにせ手には便塊が付いている。ドアを押すわけにゃいかないし。迂闊に挑発に乗ってみろ。後で何をされるかわからない。これは仕組まれた罠なんだ。そうですか、そうしましょう。なんて気楽に動いたら、とんでもないことになる。

僕が動こうとしないので、痺れを切らしたんだろう鈴木さん。僕を無視して先に中に入っていく。彼が入った後のドア。硝子《ガラス》のドアは開いたままになっていた。知らぬ間に、別の誰かが押したのか？　気がつくと僕はドアの内側に身を押し込んで立っていた。

建物に入った後の彼と僕。彼は僕の方には振り向かず、壁に張り付く階段を、地下に向かって降りていく。下の階には大勢の人がいて、わいわいガヤガヤ、何をやっているんだろう。女性たちの歓声と歌声が、濃い色と響くリズムを伴って、僕のところまで漏れていた。

「婦人会の水泳教室の打ち上げだ。よかったら、君も加わってみちゃどうだ」

薄ら笑いを浮かべつつ、鈴木さんはこう言った。婦人会？　女性の集まり？　この僕が？　便塊を身に纏う僕が出る？　馬鹿にするにもほどがある。揶揄してのことだろう。

逃走！　そうだ、逃げ出そう！　「プールで待ち合わせをしてるんで」しどろもどろになりながら、僕はとにかくそう言った。鈴木さんと婦人会。どんな関係があるんだろう。もとより知ったこっちゃない。罠かもしれないし、関わらない方が身のためだ。

「臭いぞ、きもいぞ、クソ野郎」階下から鈴木さんの声がした。え、クソ野郎？　確かにそう言っていた。その声に引っかかるものを感じてか、僕は身と魂を震わせた。絶対揶揄《からか》っているはずだ。婦人会の集まりに他に男がいるはずもないんだし、クソ野郎って僕のこと？　もしかしたらトイレの僕を隠し撮り、皆で物笑いにしているのかも。さっきの薄笑いといい、おもねるような声といい、どう考えても奇妙だぞ。恥ずかしい僕の姿を出し物に、場を盛り上げているのかも。はしゃいで上機嫌な彼ならば、やって不思議なことじゃない。その上、連れ込もうとするなんて、悪魔の所業としか思えない。人を弄《もてあそ》ぶ行為だろう。残酷で惨《むご》たらしい行いだ。人間の中にある邪悪な種のなせる業。

「クソ野郎」耳の底に残る声。そう僕はトイレに産み落とされたクソ野郎。臭くて汚いそんなもの。暗い肥溜めに落ちた糞まみれの物体だ。誰にも好かれない嫌われ者。穢《けが》れただけの塊だ。その声は押したり引いたりを繰り返し耳の底にこだました。僕の聴覚は精度をてっぺんに持ち上げて、補聴器を埋めた動物みたいに敏感になっていく。鼓膜が張り過ぎたせいなのか、届くはずもない些細な音まで聞こえてくる。と瞬間、気になる音が飛んできた。耳の中の引き出しは開きっ放しで閉まらない。音の罠に嵌《は》まり込み、好き放題、やられっぱなしにされていた。ブレーキなんかかからない。行っても行っても止まらない。

高いソプラノの声だった。オペラを歌う歌声が僕の鼓膜を刺激した。上手いのか下手なのか、そんなことはわからない。ただ高音域の歌声は、本来ならばバラバラに反応する塊を、まとめて誘惑してるよう。声に魅せられたんだろう。声の渦巻に呑み込まれ、結び目は緩んで解《ほど》けそうになっていた。途轍もない力に操られている気がして僕は怖かった。

注意して歌声を聞いてみた。意識を集中すると声は濃淡のある渦巻に支配され、その内側で響いてた。渦に吸い込まれそうになった時、歌声が奇妙な歌詞とリズムの両方で構成されているのに気がついた。でもそれを意識した以上、知らん顔で聞き流す。そうはいかない。ほっとけば、塊の結び目が解けそうに思えたし、悪い影響を脳に与えるのもみて取れた。たぶん脳みその深いところを刺激して、脳波全体を掻き乱しているんだろう。いや、乱すどころかバラバラに、そして僕のもんじゃ無くしてる？　あるいは別の脳波を持ってきて、嵌め込もうとしてるんじゃ。それとも松果体とか扁桃体、脳の中心部をパニックに陥れ、隙をぬって塊を横取りしようとしているのかも。たぶんそのための罠だ。仕組まれた歌声に違いない。

そのうち頭の中央が痛み出し、眩暈《めまい》や耳鳴りも強くなる。高い音を聞きすぎたせいだろう。歌声だって割れて聞こえるようになってきた。絶対にイージーリスニングじゃないはずだ。気楽に楽しめる歌じゃない。中には大事な意図が仕込まれているはず。きっとそうに違いない。

「高くて尖った塔の上。ミーナ、ミーナと泣いている。小さな子供がおんぶに抱っこで泣いている。赤ちゃん、あんたなぜ泣くの？　どうして高いところに登るんだい？　抱いてよ、離すな、捨てるのかい。母さん投げてしまうのかい」

歌声は同じところで躓《つまず》いて、傷入りのレコードみたいに前に進まなくなっていた。搗《つ》きたての餅のような粘っこさ。そして鼓膜の中まで入り込む。特にミーナのとこだけは、耳に付いて離れない。加えて聞き覚えのある声だ？　どこかで聞いたはずの声？　でも思い出せない、どうしても。昔のヒット曲にあったんじゃ？　いや、古い歌じゃないはず。僕を嘲《あざけ》っているような、何かを暗示するような？　けどこの歌は、婦人会の集まりで歌うような歌じゃない。人の心を掻き乱し引きずり回す歌なんか、歌わない方がいいだろう。

そうさ、単純な歌じゃない。歌詞には偽装された暗号が隠してある気もしたし、多様な意味を重ね合わせているような。だいたい高い塔ってどこなんだ。建設中のテレビ塔？　それとも塔の形のあのトイレ？　トイレなら僕をおちょくっているんだし、僕にダメージを与えようと考えて歌っているはず。たぶんそうに違いない。それに聞こえ方だって変だろ。本当に外から聞こえる音なのか？　それさえ怪し気？　そう見せかけているだけで、皮膚と垢とが擦《こす》れて出る音。あるいは発声装置を埋め込んで、そこから出た声？　流行り歌を漫然と聞いているわけじゃない。

人差し指を耳の穴に突っ込んで奥の方を掻いてみる。表面は実に滑々としたもんだ。指先はスルリと第一関節まで滑り込む。このまま指を進めたら、鼓膜を破ってしまうだろう。底の方まで探ったが、怪し気なものは何一つ出てこない。思いの外《ほか》、そこは綺麗な場所だった。何の異常もなかったし原因らしきものはない。とはいえ歌はまだ聞こえるし。じゃ歌詞とメロディーは何なんだ？この張り詰めた高い声。響きすぎる音声は、どこから聞こえてくるんだ。やはり脳波のリズムに原因が？　けど脳波っていったって。

これ以上わけを探っても意味がない。原因なんて見つからない。ならば受け手の僕に問題が？耳鳴り、雑音、過剰に響く高い音。余裕を失う僕がいて、さらに追い詰められていったのだ。

何か起きそうな雰囲気と居心地悪いこの空間。時の壁を裂くような高い音と現実離れした澄んだ歌。これは幻の音なのか？　確かめようと指を抜き、周囲に聞き耳を立ててみる。でも変わったことは……何もない。変化も兆しもまるでない。響きも音も高いだけ。間違って違う世界に飛び込んだ？　いやそんなわけでもなさそうだ。はっきりとしてるのは、聞き慣れた音じゃないってことくらい。もしかしたら音じゃなく、聞こえるはずもない高周波。そして人を操ろうと放たれたエネルギー。何かで読んだことがある。脳波を声にしててっぺんから入れていく。で、ロボットみたいに支配する。それほどあからさまじゃないにしろ、そんな景色を見せられているのかも。

きっとそうだ、脳波を声にして人に吹き込み操作する。そんな企みが絶対ないとはいえないし。声の響く空間の外に出た方が賢明だ。このままじっとしていたら、奴らの企みに呑み込まれ、何をされるかわからない。操られ、意思も望みも奪われて、身も剝ぎ取られてしまうかも。早く出た方が身のためだ。

僕はカウンターの前に立ち、汚れてない方の左手で右のポケットを探ってみた。そして千円札を摑まえて、トレーの上にサッと置く。カウンターの内側には分厚い眼鏡のおばさんがかけていて「こいつ、良からぬことをしかねない」と言いたげな目で、僕の姿を追いかける。彼女も父の仲間かも？　前から僕のことを知っていて、見張っていたんだ。トイレで起きた出来事も、ちゃんと前から知らされて……。そんな気配を持っていた。

僕は監視され、ずっと追跡されていたのかも？　そう考えると、マジックミラーの隠し部屋。そこでいま試されているのに気がついた、犯人みたいなもんだった。身を怒りと恥ずかしさで一杯に。

そして、嘘と偽物で満たされた世界に置き去りにされている。もう騙されたりはしないから。平静さを装おう、で、かえって落ち着きを失った。

釣銭とロッカーキーを受け取ると、重い中身をひっ提げて、廊下を真っ直ぐに駆けていく。忍者みたいな早足で、坑道みたいな暗がりを、更衣室に一直線。正面の扉を押して飛び込むと、ロッカーのずらりと並ぶ空間が。でも人の姿はどこにもない。朝の忙しい時間帯。こんな早くに泳ぎにくる人がいる？　人っ子ひとりいないので人の声は響かない。エアコンの音だけが隙間の空間を埋めている。普通なら静かといえる場所なのに、僕の耳は未だテンパっているんだろう。普段は気にならない音でさえ、厄介で耳障りなものに聞こえてくる。やっとひと息つける場に着いたのに、ピリピリとした硬い空気の中にいた。身も心も弛まない。昂《たかぶ》りも治まってはいなかった。落ち着きを取り戻すなんてまだ無理だ。

耳や聴覚だけじゃない。あらゆる感覚が過敏で突出したものになっていた。あんなトイレに入ったから、こんなことになったんだ。あれから全部が変になっていた。だってトイレは穴に被さった蓋のようなもんだろ。実際あそこは底なしの穴の上。塔のような物体は、穴に被さっただけの蓋。だからあれはトイレなんかじゃないはずだ。それなのに、知らずにその蓋を開《あ》けたまま。それを証明するように、紙がなかった、そうだろ。にもかかわらず下痢をして、糞まみれになったんだ。だから汚れを拭い去るまでは、ゆっくりできる身分じゃない。なのに、何をのんびりしてるんだ。

僕は洗面台の前に行き、備え付けの石鹼で手を洗う。それから自販機にコインを入れてポケットティッシュを買ってみる。中の一枚を引き出して、上着の汚れを拭いていく。でもすぐに落ちるもんじゃない。仕方がないのでもう一枚、二枚目を取り出して、今度は生地を水に浸けてから拭いてみる。力を入れて擦《こす》ったが、それでも完全には拭えない。いや反対に、紙屑が白く付くだけ。鼻を近づけて臭ったが、まだ便臭は付いている。見た目、汚れは目立たない。ならばそれで良しとする。満足するしかないだろう。

水泳パンツに穿き替える。白いパンツを下げた時、痩せた身が壁の鏡に見えていた。それはか弱く貧相なものだった。食べてないわけじゃない。たぶん下痢ばかりしてるからこうなった？　だとしても痩せ過ぎじゃ。影のような塊が鏡の中に見えている。

目の前の裸の塊を凝視する。どう見ても、人目に耐えられるもんじゃない。でもそこには、塊の正しい形が映っているはず。裸以上に正直なものはないだろう。見世物じゃないけれど、誰が来るとも限らない空間で、貧しい僕の輪郭を覗き見る。

裸体から伸びる手足はか細くて、そしてか弱いもんだった。そこにあるべき筋肉は、どこに消えていったんだ。痕跡さえ失せて無くしてみた感じ。よく見ると、関節だって外側に、くの字に反って付いている。左の脛《すね》に歯形の傷があるせいで、真っ直ぐには伸ばせない。そして時々腫れる膝小僧。そこにも小さな傷跡が見えている。いつそんなものが付いたんだ。なぜそこにあるんだろう。蹴られたり、ぶつけたりした覚えはないと思うのに。

が、何といっても気になるのは、弱々しげな両肩だ。横幅がない上に、女の子のようななで肩で、カーブを描いて内側に凹んでいる。それはいわゆるロート胸。凹んだ胸を見せられちゃ、気味悪がる人もいるだろう。年頃の女の子に見られたら「なーに、それ」物笑いの種にだってされかねない。

それから最後に僕の目は、性器の場所に辿り着く。これがまた厄介な代物だ。見た目、やけに小さく見えている。でも大きさだけを問うならば、普通サイズの小さ目か？　その程度のもんだろう。以前、品のよくない週刊誌の特集で、その種のコラムを斜め読み。日本人の平均は六センチから十二センチ、と記事は偉そうにいっていた。え、そうなんだ。それを見て引き出しから物差しを出してきて、自分でサイズを測ってみた。ダメか、と一瞬思ったが、実際は六センチを軽く超える大きさを持っていた。何度も何度も確かめてホッとした。でも六センチと十二センチ。長さは倍も違ってる。身長なんかに比べれば、個人差が大きすぎ。比べるのはどうなのか？　つまり客観的な大きさは二の次で、重要なのは性器をめぐるファンタジー。性器とは、空想の結び目に位置する吸い出し口になっている。そしてそんな幻想の入口に、劣等感や自信のなさが、ぴたりと張り付いているわけだ。

一見、か弱い空想の塊をぶら下げて、僕は人生を生きてきた。「こんなものを晒してちゃ、銭湯だって行けないし」そう言うと大抵の人は「大丈夫、誰も見ちゃいないから」と慰めてくれるはず。誰が考えてもその通り。僕だってそう思う。それは真理や正しさとは無関係な下がりもの。とはいったって性器とは、やはり空想の結び目に位置する大切なものなんだ。真理とは関係ない、そう侮《あなど》ってはいられない。ファンタジーの入口に嵌めてある目盛りが気にならないわけはない。

が、そこには別の物語も隠れているはず。空想の塊も、精子が男性器から飛び出して卵子に向くのと同じで、そこを出口に外に出て、正しい目標に辿り着く。それは会いたい人に出会ったり必要なものを見つけたり、という中で達成されるもの。でも決定的に違うのは、空想がいつも出会い損ねていることだ。特に闇の深い夜更けには、目指す場所に近づいて失くし物を見つけたり、優しい先生に出会ったり、久しぶりの友人と会って昔話に盛り上がろう、なんて意気に感じて接近を試みる。でも結果そこには行き着かず、真理と思しきものたちのまわりを回ってさあ着陸、という時に、いきなり怪しげなものや人やおじさんにぶつかって、弾き飛ばされてしまうんだ。不気味なものに衝突して役目を終えてしまうんだ。

夜が明けて朝太陽が昇る頃、空想の塊は元の器か入れ物に戻る時間を迎えている。まだ薄明かりの夜明け前、彼らは戻るべき場所を求めて行ったり来たり、必死の形相になっている。もし元の場を見失ったらどうしよう。そうなれば帰る住処《すみか》を失って、行く当てもない迷い星。なのでその場所を示す印が求められているわけだ。雨が降ろうと霧が出ようとどんな悪条件になろうとも、結び目を示す標識が必要だ。でもそれは棒でも旗でも貼り紙でもかまわない、ってもんじゃない。目印にはそれだけのエネルギーと特徴が。つまり闇の中でもすぐわかる、飛び抜けた力と形を持つものがいるわけだ。僕の中にあるそんなもの、それは圧倒的な力でファンタジーを引き付ける性器以外にはあり得ない。塔のてっぺんみたいにそこに立ち、ほっておいても目に付いてすべてのものを離さない。そんなものは性器以外にはないはずだ。性器とはそこにあるだけそれだけでまわりのものを引き付けて離さない、優れものの別名だ。

人が性器に関心を払うのは、僕という結び目の出入口にある印だからに違いない。だからこそ性器のことが気にかかる。性器とはファンタジーを誘い込む吸い出し口になっている。そうなると自然と大きさが気にかかる。看板が小さけりゃ、空想の塊も向かう方向を見失う。失えば二度と再び戻れない。不安で息が苦しいぞ、脈がとぶんだ。小さいというだけでシンボルとしては弱くなる。何という意気地なさ。そんなことばかり気にするから、ロクなことにゃなりゃしない。バランスを失って、腹は下すし陰嚢も腫れるんだ。

でも僕は、その大小とは関係なく、雄としての結び目を性器に書き込んで生きてきた。そう、雄として生きている。それ以外、生きようはないし、他に進むべき道もない。弱気と怯《おび》えとそんな僕の恐怖心。今さら嘆いても始まらない。ため息を吐《つ》いたって意味はない。これが正しい形なら、その形を維持しつつ僕の人生を生きていく。

そうなんだ。こんな貧相な塊をぶら下げて、取柄もない人生を、今日まで僕は生きてきた。それは事実で嘘じゃない。「頑張ったんだ、かたじけない」そこまでは言わないが「恐れ入ります、ご苦労さん」くらい言ってやりたい。でも今日ですべてが終わりじゃないんだし、終点まではまだ距離が。今は通過中のトンネルか橋の上。分厚い頁を一枚捲《めく》っただけのとこ。慰めてもらっても意味がない。気持ちを切り替えてまだ来ぬ人生を生きていく。どうせ能なし、能のない一生だ。たぶん僕の人生はステンドグラスのあそこまで、まだまだ引き延ばされていくんだろう。なのに痩せた裸を見せられて「これを羽織って行ってこい。正しく生きてみるんだな」そう言われても「はい、そうですか、やりましょう」そんな力は残ってないんだ。ウルトラマンじゃないけれど、一回分のエネルギーなんて知れたもの。

細長い手足と肉のない窪んだ胸。小さめの性器がそこんとこにぶら下がる。加えて鏡に映っているとはいえないが、恥ずかしげな劣等感や不安で怯える性格が、透かし模様で輪郭に見えている。こんな見栄えもしない身と精神を引っ提げて、誰が生きてみたいと思うだろう。無理とまでは言わないが、世界に祝福された生じゃない。もしかしたら肉体の貧しさが原因で、世間から疎まれた？誰からも愛されず、世界からもはみ出した？ そんな塊だったかも。

年下の女の子に揶揄《からか》われたことがある。「あなたの目的はお見通し。きっと私の体よね。あなた体を狙ってるんでしょ。それって、恥ずかしいことじゃない。ゴムだって、何にも着けてないくせに」彼女は鼻で笑っていた。そうだ、その女《こ》の言う通り。僕は「ゴムだって着けてない」でも僕が何をした？　悪いことなんかしてないよ。彼女が僕の貧しさに、気づいて反応しただけだ。

僕という存在は、父に祝福された生なのか？　母に喜ばれた赤ん坊？　生きるのに正統な権利や担保を持ってきた人間かい。もしかしたら生きていくのに必要な片道切符さえ買い忘れ、無賃乗車で乗っていた。そんな人間だったかも？　でも切符を持とうが持つまいが、事実として僕はここにいるんだし、いる以上、人として役に立つように、真理を手にするように生きていく。他に生きようはないんだし、それが正しい生き方のはずだろ。わかっていると思うけど、まわりを見れば生きる権利があるのかないのかわからない人々が、まだまだたくさんいるはずだ。彼らがここにいる以上、僕にも生き様はあるんだし、いや、無くてどうする。なきゃこの星に生まれてきた意味は失われてしまうだろう。

そうなんだ。神様、仏様、キリスト様。どこの誰でもかまわない。とにかく慈悲深い誰かさんがやってきて「あそこがいいよ、ここにしろ」居場所を教えてくれるはず。でもそこは他人と分け隔てなく交流する、そんな広々としたとこじゃない。広くて明るい空間は、闇に馴れた僕らにゃ、かえって悪く作用する。そんなとこに長くいちゃ、衰弱した僕らみたいな塊は、塩をかけられたナメクジと同じで、溶けて無くなってしまうんだ。

最初からわかっていた。そもそも初めからエネルギーが足りなかったんだ。物心つくその頃にゃ、油は底をついていた。だから必要とされるのは、雨が降ったり風が吹いたり厳しい冬がやって来た時に、身を包み保護してくれる穴ぼこだ。ガス欠の時に逃げ込める最低限のトーチカだ。身を隠すのに適当な場所さえあれば、時間を稼いだりエネルギーを蓄えたり、何とかやり過ごせるだろ。そしてできればその穴は、開けた明るい場所よりも狭くて暗いとこがいい。暗い防空壕に身を潜め、鉄砲玉が爆《は》ぜようが近くに爆弾が落ちようが、何があっても身を隠し我が身大事に生きていく。委細かまわず僕だけ戦いを続けていく。

もちろんそんなところに長くいて、生き永らえようとは思わない。元々エネルギーが足りなかったんだ。短い人生しか与えられてないんなら、正直に誠実に、その人生を生きていく。それで十分。で、またね、とさよならを言う時を迎えたら、まわりに誰もいなくても感謝の言葉を口にして、ニコリと笑って死ねばいい。嘘をつき、身を腐らせてまで生きようとは思わない。月や星々と交歓し、植物や鉱物に親しんで……。

だからこそ嘲《あざ》笑われたってかまわない。地球上の誰からも相手にされなくてもよしとする。死など恐れず、素直に今という時に目を向けて義務を果たして生きていく。そんな生き方が生を保証してくれるんだ。線香みたいに折れやすい心を壊さないようにするために、塊に刻まれた宇宙の時間を生きるため、声や音や匂いとかそんなものからは距離を置き、垣根や壁に囲まれた保護された空間を僕らは必要としてるんだ。そこは愉快で素敵な楽園じゃないはずだ。でもそんな場所があることが、僕らが生きていく唯一可能な条件に違いない。

でも穴に身を託しても、未来が保障されるわけじゃない。反対に「え、いたの?」と穴を塞がれて、危険を招くこともある。だから身の塊を守るため、星や月や植物という物言わぬもののため、嵐が過ぎるまでの数時間、身を潜めておくことにした。けど危険を避ける行動が首を絞め、後々困ることになる。そんな可能性もなくはない。流れに逆らう。そしてひとりになる行動は、危険を伴う。将来に禍根を残さないとも限らない。なので僕は言っておく。わかってるよ、そんなこと。百も承知はしてるけど、他に生きようはないだろ。

心配なんかしないでくれ。たとえ孤独に死のうとも、それはそれでかまわない。それが身の運命《さだめ》なら、諦めるしかないだろう。そこまで徹底しなければ、僕は僕の結び目を、どこかで解くことになる。この塊を守るため、ひとりになるのは必要だ。他にできることがあるなんて思えない。ともあれ穴ぼこを見つけ出し、そこに飛び込んでみることだ。で、僕だけの固有のリズムを思い出し、それに順じて生きてみる。トイレでも地下でも押入れの中の暗闇でもかまわない。まずは流れに逆らわず実行すること、思い出すこと生きること。そうすれば世界は僕の中で蘇り、芽を吹き実を結ぶこともある。先のことなど考えず、この一瞬を生きてみる。今という瞬間が、身を永遠の木に繋ぐ魔法の杖になってくれるはずだから。

でも実際、僕のリズムと歩幅で生きていく。そんな場所がどこにある。例えば、刑務所や精神科の病院やシェルターの内側なんかはどうだろう。そこには広がりのない隔離された空間が、確かにあるがそれでも人目は付いている。時と場合によっては、むしろたくさんの人がいる。そして彼らはそれとなく、僕に社会人の生活を押し付ける。認知療法や生活指導がありますよ。社会技能訓練の時間です。矯正教育を受けてみたらどうでしょう。もっともらしい名のもとに、僕という固有の時間を否定する。

「引き籠もってばかりじゃダメですよ。朝はちゃんと目を覚まし、規則正しい生活をするんです。そうすれば大方の問題は片付きます。すべては良い方向に向くでしょう」

ハイ、正解ですね、その通り。なんて立派な言葉だろう。涙だってちょちょ切れる。反撃の文句なんか浮かばない。汚れた尻尾を摑まれて、丸ごと洗剤入りの桶とかバケツに放り込まれてしまうのだ。でも僕に澄んだ水やカルキ入りの水道水は似合わない。小綺麗な衣装が似合うと思うかい。どう考えても無理だろ。鏡を見たらぞっとする。

「なら、どこに行き、どんな住処《すみか》を見つけたら、満足？　満たされたっていうんだい？」

囁く声が僕にした。それを聞き、つい乗せられて、再び僕は喋り出す。

「打ち捨てられた山小屋か、誰も入居したがらない古い市営住宅はどうでしょう。郊外のお化けが出ると評判の廃墟の病院ならもっといいかもしれません」

確かに見捨てられたところなら大丈夫？　でも待てよ、そこにも人は来るはずだ。集金人がやって来る。新聞勧誘員や郵便局の配達員も入り込む。宗教のおばさんや工事関係者が来ることだってあるだろう。そんな口うるさい連中や、善良でお節介な市民からも隠されて、何よりもこの塊の視野からも、世界を隠蔽してくれるような場所。そんな壁のあるとこを僕は求めていたはずだ。

たとえ僕が怒ろうと、憎もうと、罵ろうと、叫ぼうと、泣こうと、あるいは一日をただ呆然と過ごそうと、無気力にやり過ごそうと何もなかったかのように、すべてを跳ね返して立っている。そしてびくともしないし一ミリたりとも動かない厚い壁のある所。教師がこっちを向いて睨んでも、駅員がしつこく追跡してきても、警察官に呼び止められても気にしないで立っている固い壁。刑務所や少年院のコンクリートの囲いみたいに冷たくて、ノッポで孤独で棘のある針金入りの高い壁。人間の感情や意志や欲望のすべてを拒絶する堅固な壁に守られて、初めて天蓋の丸天井に語りかけ、星座の中の狩人や英雄の昔話とか、お姫様の秘め事を想像できるようになる。調和と穏やかさを取り戻すことができるんだ。

でも半面、そんな厚い壁のあるとこは一方通行の行き止まり。一度中に入ったら向こう側には抜けられない。分厚い壁の向こうには、ドアも把手も何もない。洗面台に張り付いた鏡のよう。跳ね返すだけの空間になっている。僕は日がな一日その中で、逆向きの身の影を見て過ごすだけ。「ダメですよ。そんなとこばかりに籠もってちゃ。外に出て、手足を伸ばして一、二、三。運動だってしなくちゃ」確かに君の言う通り。鏡の奥の空間に空があるわけじゃない。星や月が見えるわけもない。部屋の様子だって変わりばえもしやしない。そんな行き止まり場所にいて、僕は暇で暇で退屈で、退屈に打ちのめされそうになっている。左右反対の世界に騙されて、有り金の全部を巻き上げられてしまいそう。でもだからって、逃げるわけにはいかないし、抜け道だって知らないし、当てもないし首尾よく外に出たとして、便塊を付けたままの塊じゃ、恥ずかしい姿を人前に晒《さら》すだけ。

押しても引いてもダメだった。行き場所なんてありゃしない。でもそれだけで諦めたり、挫《くじ》けたりすることはないだろう。急いで逃げ出すこともなかったし、罵声に惑わされることもない。どうしてもっていう時は、見えない人に問いかける。どうせ僕は非ざる人。役になんかたちゃしない。穴の中の連中の話を聞いて損はない。他に生きようはないんだし、裏切られたって知れたもの。たぶん声は外の世界を知らない分、紛れもない真実を囁いてくれるはず。何も外面《そとづら》を鏡に映して真実と思い込み、不安になることはない。姿かたちにはこだわらず、素直にこの塊を受け入れる。ボイジャーみたいに外の宇宙に飛び出して、太陽系を超えた空間で生きてみる。ペガススの背に跨《また》がって真理の旅に出てもいい。天の川の川岸に、ポルックスやカストルを訪ねるのも悪くない。鏡を見ると思うんだ。映る形は貧弱にも見えるけど、まだ見えてないものがある。僕を照らす光にも、僕のためにやってきた白い光があるはずだ。ちゃんと弁《わきま》えておくべきだ。

更衣室の穴の中。ベンチに蹲《うずくま》った格好で僕は薄暗がりの中にいた。そこからはプールに抜ける戸の縁が、線を付けて揺れている。僕は力なく立ち上がり、吸い込まれるようにそこに行き、重い扉を押してみる。と突如、明るい空間が現れた。採光用の天窓から光が束になって落ちてくる。七色だか五色だか、その端が下のプールにぶつかって、玉のように撥ねていた。そんな光に鞭打たれたんだろう。僕の体は引き攣《つ》った脛《すね》の筋肉みたいに硬くなり動かない。眩暈なのか立ちくらみ？　左右に揺れて崩れそうになっていた。

プールの天井は圧倒的に高かった。四囲の壁には波の形を表した青い硝子《ガラス》が嵌めてある。その板に光の粒が反射して、身の塊を鞭打った。粒は目にも入り込み、視神経に侵入し、脳の裏側を刺激した。世の中の影がすべて消えたんじゃと錯覚するくらい世界は輝いて見えていた。僕は影を失って途方に暮れた指名手配の犯人だ。俯《うつむ》いて、よろけながら立っている。光が目に馴れるのを待っていた。

明る過ぎる場所にいて、僕の目は虹彩の襞を絞って光の粒を堰き止める。光の世界に馴れてきて、ものの形が見えてきた。

世界の形が見えてくる。それにつれ、プールは蟻喰いの巣の中のよう、地下に向かって巻くように作られているのに気がついた。プールというより大きめの水溜り。いや、小綺麗な溜池という印象だ。緩い斜面を十メートル、二十メートルと掘り下げて、開いた穴に溜めた水。到底、人が泳ぐための穴だとは思えない。上から見ると水深は？　泳ぐに足る深さじゃない。せいぜい二十センチか三十センチ。あって四十センチといったとこ。それに水の方だって、澄んだ真水じゃなさそうだ。どう見ても濁り水にしか思えない。

プールの縁まで行ってみよう。僕はスロープを下に向かって降りていく。滑って進みにくいので、摺り足で、歩幅を詰めて前に行く。プールに目を奪われて気づくこともなかったが、スロープは単なる坂道じゃなさそうだ。床材に何を使っているんだろう。歯科医のビルと同じで、ツルンとし過ぎだ、引っかかるものが何もない。なので危なっかしくてしようがない。だからスロープと呼ぶよりは、滑り台か樋《とい》の中。そう表現した方がよさそうだ。

プールに向かって上から水を流している。何本かの凹みが等間隔に付いていて、それが縁にまで延びていた。床はどこもかしこも水苔が付いたように濡れていて、足を載せるのも難しい。つるんつるんヌルヌルヌル、立っているのも大変だ。これじゃ、すってんころりん、どこかで滑って転ぶはず。危険を感じたほどでもない。が、坂の途中でひと休み。両膝をついて斜面の上にしゃがみ込む。これじゃ下の縁まで進めない。けどこれが滑り台っていうんなら、尻で滑っていけばいい。ならば素直にそうしよう。尻餅をついたままの格好で、僕は斜面を滑走、降りていく。と、案外上手くいったのだ。尻をついた姿勢なら、楽に進めた。転ぶ心配もなさそうだ。これはいいぞとばっかりに、滑って縁まで下りていく。

プールはガラガラに空いていた。そこにいたのは、子供がふたりと母親らしき女の人の三人だけ。子供らは歓声を上げ、行ったり来たり、浅いところを滅茶苦茶に、走り回って止まらない。母親は向かいの縁に腰を掛け、怪し気な奴が来たなといわんばかりの目付きで、僕を仰ぎ見る。若いから仕方がないのかもしれないが、母親にしては色っぽい目をし過ぎだろ。その一方で、僕はといえば貧弱な体を見られた恥ずかしさからなのか、すぐにでも飛び込みたい衝動に駆られてた。が、水面までは三メートルか四メートル。この位置じゃ高すぎて危険だろう。ここから飛べば大怪我だってしかねない。僕はゆっくりと立ち上がり、安全運転を心がけ、プールの縁をほぼ半周。凹みのところまで歩いていく。腰を曲げ、足元に気を付けながら摺り足で、前に進んでいったのだ。

子供たちの母親は凹みの底の場所にいて、体をくねらせ人魚姫のお姉様。全身を斜めに捩《よ》じって掛けていた。そして泥水のプールに脛《すね》から先を突っ込んで、足をブラブラとさせている。彼女の側に近づくと「嫌よ、絶対に嫌だから」駄々をこねる子供みたいにその足を、大きく揺すってみせたのだ。

無理のない高さまで降りてから「エイ」僕は水面に飛び降りた。すると後を追うように彼女も中に入ってきた。いつの間にか子供らの歓声は消えていた。そしてプール全体が固まって動かない。この沈黙は何なんだ。光線も水も空気も子供らも、みな硬い表情で柱みたいに立っている。三千世界も曼荼羅も動かない。星も宇宙も世界中の観衆が息を詰め、僕ら君たちの様子を窺っているようだ。

プールの深さは初めに予想した通り、二十センチか三十センチ。膝小僧にも届かない。水だってジュースみたいな紫色。池のようだと思ったが、入ってみるとそんな上等なもんじゃない。せいぜい沼か田圃くらいのもん。この深さじゃ泳げない。それでも僕は無理をして、水に体を浸けてみる。腹ばいになって、平泳ぎの要領で手を前にかき出した。何とか動かしてはみたものの、濁った水は重いので、前に進むのは無理だった。泳ぐのは諦めて、プールサイドに戻ろうとした時だ。白くて大きな塊が背後にあるのに気がついた。

塊はプールの深みに少女の顔で立っていた。熱い視線を投げながら、濡れた髪を指で弄《いじ》って媚びるよう。それから裸の体を前に出し、臍の下まで出してきた。艶かしくも緩やかにカーブした胸の隆起が見えている。水面から零《こぼ》れた乳房は豊かだが、冷水に冷めて縮んでいるようだ。摘《つま》めばすぐに取れそうな乳首が先に付いている。触りたいんだ、抓《つね》りたい。そんな衝動に駆られて僕は手を伸ばす。紫に染まる人差し指の指先で、乳首を摘んで回したが、イミテーションの葡萄のよう。しっかり付いて離れない。僕はゆっくりと五本の指を脇から下に這わせていく。ツルンツルンとした肌は、触り心地がとてもいい。胸から腰への曲線はまさに滑るようだった。何度も確かめるようにして、僕は線を撫でていく。

彼女はされるがままになっていた。拒否の素振りも示さない。何も言わないし、動こうともしなかった。僕のすることをすべて受け入れているようだ。

さっきから僕らの上に注がれた視線が僕は気になった。子供らがいつの間にか寄って来て、見下すようにふたりの行為を眺めていた。したり顔で一人前の口をきき、しきりに批判し合っている。悪意とか暴力とかセックスとか、世間の裏側のことなんて何も知らないチビなのに。隠語まで使って大人の行為を罵倒する。僕らの罪を責めようと、それこそ躍起になっている。何だ、こいつら何様だ。抑えようもない厭らしさ。不気味で不快な感覚が腹の底から湧いてきた。怒っているのか憎いのか、それとも混乱してるのか。この昂りは何なんだ。全然わからなくなってきた。

それにしてもなぜなんだ？　僕の意思とは無関係。自然に左手が伸びてきて子供の頸を摑まえる。昔、学校の保健室でやったはず。握力測定の再現だ。覚えている人もいるだろう。一回、二回、三回と顔を赤く染めながら、握力計のハンドルを締めていく。そんな昔の思い出が、突然いま蘇る。なぜそんなことをするんだろう？　どうしてこうなるんだろう？

エイ、エイ、ヤー。掛け声をかけながら僕は握り拳《こぶし》を締めていく。三十キロ、四十キロ、五十キロ。掌《てのひら》と腕《かいな》の筋肉に熱い力が満ちてくる。すると柔らかい頸の根がチョコレート、のように溶けていく。ふたりの子供は芯のない人形《ひとがた》に変化して倒れ込む。力が抜けて転んだの？　気が昂って気絶した？　そんなわけでもなさそうだ。まさか「死」。それはないと思うけど、もしかして死ってことにでもなれば大騒動。殺したのは誰なんだ。で、やったのは、お前さん。お前さんだよな、と髭を生やした偉そうなおじさんに言われて後ろ手に縛られて、さあお巡りさんを呼びましょう。すると電話好きのおばさんが、すぐに脇から現れて、それから警察官がやってきて、手錠に腰縄をかけられて、それでお終《しま》い、一巻の終わりだぞ。でも実際、殺意とか死の実感はないんだし、恨みとか悪意だってなかったのに、なぜ殺し？　何がどうしてこうなった？　もちろん君らがもう十分、証拠だって揃っている、と言い張ってくれるんなら、それはそれでまあいいよ。納得、了解、ＯＫだ。で、僕は首《こうべ》を垂れて肯《うなず》いて、言われるままにペンを執り、調書にサインして判を押す。それから獄に入っていっぱしの殺人者。人殺しの仲間入りってことになる。

いいや、そんなバカはありません。身のどこを探しても、どの引き出しを開けたって、罪の意識や概念や、そんな言葉は出てこない。良心の声だって僕の耳には届かない。この通り、心だって折れてない。ぴんしゃんぴんしゃんしてるだろ。ってことは、夢を見た？　いや違う。安っぽい子供時代を卒業したってことなんだ。罪だ、罰だの呑気なことを言ってはおれぬはずだから。そんな甘ったれを世間が許すはずがない。ぬるま湯の古き良き時代はもう終わり。バブルが弾けて数十年。

失うものを失って、何でもありのこのご時世。罪の意識なんて概念は、今も存在してるのか？　そんな話はとんと聞いたことがない。時代遅れだ。騒げば笑い物になるだけだ。

でもやはり動かない子供らを見ていると、そうはいっても罪と罰。張りつめた空気がスーッと抜けていく。全身の力が萎えた風船みたいに失せていく。いつかやると思っていた。でも今やってしまうとは。殺人者は僕だった。僕は人殺しになっていた。

その時、背後から声がした。驚いて、振り返って見てみたが、人の姿はどこにもない。後ろどころか見渡すかぎり人っ子ひとりいなかった。もしかして死んだ子供が喋っている？　あり得ない。なら囁きかけてくる声は？　一体君は誰なんだ？

「息を一つ出してから、そっと触ればいいんだよ。まず手を握ってから次に脇。それから肩へと撫でていく。そして乳首を突っつけば喘《あえ》ぐ声。最後は楽になるはずだから」

こんな時に不謹慎。でも声は普段僕らが聞くような声じゃない。あたりに響きすぎてたし、頭蓋骨を震わせて、薄紙を蹴破るようにてっぺんから落ちてきた。

声は上の方から聞こえてた。確かめようと見上げるが、そこには天窓を抱いた白い骨組が見えるだけ。その下に、柱が一本ライトとスピーカーをぶら下げて枝のように垂れ下がる。けど目ぼしいものは他にない。天井の枠のあたりが怪しいぞ、と思ったが、確たる証拠は見つからない。でも絶対に上の方。声は上の空間から落ちてきた。

朝の空を思い出し、南の空で揺れる月？　あのあたりが怪しいぞ。目星をつけて考えた。そうイメージした時に「声と一緒に降りてくる」ミーナがふと口にした言葉をいま思い出す。

「結び合い、形になることの始まりは白い月。そうなの、一度だけでいい。耳を澄ませてごらんなさい。きっと聞こえてくるはずよ。月の光の澄んだ声。透き通ったその声は菩薩か女神の声なのね」

確かに彼女はそう言った。あの時ミーナが口にした月の声。いま聞こえるのはその声か？　でも声は塊を揺すぶって、身も心も精神も、上から下まで剝ぎ取ってしまいそう。そしてその声を聞いた今、僕は岸に打ち上げられたクラゲみたいに意思も形も失って、ふにゃふにゃにされていた。強い光に照らされて、動くに動けない軟体動物の一匹だ。あっという間にゼラチン質の影になり、骨を抜かれてされるがままになっていた。

声の操り人形になっていた。声の命ずるそのままに、彼女の側に近寄って、ゴロリと脇に横になる。寝転がってから手を握り腕を引き、下腹部にそっと指先を触れてみる。それから肌を上に向かって撫でていく。乳房に指が届きそうになった時、胸の筋肉が翼のよう、ピクリと動いたのを覚えている。が、他には何も起こらない。喘《あえ》ぎも叫びも、それから逃げようともしなかった。黙って下手糞な僕の愛撫を受けている。

僕は大胆になっていく。彼女の肌を掌《てのひら》と指全体で触れてみる。首筋や乳房や下腹部を十本の指でていねいに撫でていく。ギターを抱えて弾くように、指でダンスをするように愛撫する。それから彼女の上に胸と腹を載せてみる。肌を接してその上に重なった。そして体重をかけていく。僕は母の内側に、いま入ろうとしてるんだ。

上に乗り、初めて僕は気がついた。彼女が山のように大きくて、どっしりとした存在であることに。こんな巨大な塊をどう扱えばいいんだろう。この塊は優に僕の実力を超えている。これじゃ相手が悪すぎる。とても戦える相手じゃない。情けないことに、戦う前から泣き言を言っていた。まあ、こんなもんだろう。僕はいいように操られ、後先なんか考えず、とんでもないことをした。どう落とし前をつけるんだ。と、その時だ。頭の上を冷たい風が吹き抜けた。で、周囲が騒がしくなってきた。何だ、何だ、何なんだ。王の衛兵がまたぞろ押し寄せてきたのかな?

ガサガサガサ。竹藪が風に揺れる音だった。音のする方向に目をやると、父の友人を先頭に婦人会のおばちゃんがプールに向かって降りてきた。彼女らの厚ぼったい熱視線。僕らふたりを摑まえて離さない。目を真っ赤にした女がいる。首と手をぶるぶると震わせる女性もいる。額の血管を持ち上げた赤ら顔の女の人もいるはずだ。どの女たちも妙に息苦しそうな顔をして、下に向かって降りてくる。蟻かバッタか蜂のよう。昆虫みたいに固まってプールの縁に降りてきた。

女たちの集団はすぐ側までやってきて垣根みたいな輪を作る。やけに不統一な塊が僕らふたりを取り囲む。輪の中には背の高い女《こ》もいれば、低い女たちもいる。厚着をしたおばさんがいれば、裸同然の人もいる。白粉を塗った女もいれば、すっぴんの彼女もいる。そんな女たちの塊が、僕の目に飛び込んで、頭の芯を突っついた。彼女らの格好は様々だが、皆口々に悪口を言っている。僕らを口汚く罵倒する。

「巨大な場所にちっちゃなもの。どう考えても不釣り合い」眼鏡の女性が隣りのおばさんに囁いた。「まあ、恥ずかしくないかしら」長い髪の女が言う。「無理しちゃだめよ、無茶だから」そう声をかけてくる女性もいた。「月とスッポンっていうけれど、初めてわかった気がするわ」別の女が口にする。「これって、何? 母子相姦? ダメよ、離れなきゃ、ダメじゃない」そんなお叱りの言葉も輪の中からは漏れてきた。

僕らはジャブにアッパーにストレート。それから最後にボディへと、浴びるだけのパンチを喰らったボクサーだ。それこそ袋叩きにされていた。何かひと言かふた言のカウンター、それくらいのパンチなら、打ってばちが当たることはない。そう期待して待ってはみたが、横たわる彼女からの反応は？　ない、何もない。ただじっとすべてを聞き流しているだけだ。一方で、打たれっぱなしの状況に、僕は耐えられなくなってきた。そろそろ限界、もう無理だ。痺《しび》れを切らして目の前の彼女の横顔に聞いてみた。

「ねえねえ、僕たち、悪いことでもしたのかな？」

僕は気弱になっていた。そう聞きながら、男らしくない身の臆病さを恥じていた。

「なに寝ぼけたこと言ってんの。元々あなたのことはばれてるの。だから気にするなんておかしいわ」彼女はつまらなそうにそう言った。

え、ばれてるっていったって……何のこと？　そんなことを言われても。君とはさっき会ったばかりだろ。言葉を交わすのも肌に触れるのも初めてだ。なのに、ばれてるって言われても……。何を勘違いしてるんだ。人違いでもしてるのか。

女性たちから口汚く罵られたにもかかわらず、彼女は平気な顔で横のまま。動揺の素振りすらない。それどころか反対に、手足を動かそうとするたびに、喘ぎの声を強くする。そして全身を軟体動物のようにくねらせて、腰や太腿に絡み付く。僕は慌てて振り解《ほど》こうともがいたが、大ダコの吸盤に吸い付かれたノコギリ鮫かジンベイ鮫。いとも簡単に押さえ込まれてしまうのだ。

肩や背を捩《よ》じったり、動かすのも難しくなってきた。これはもう諦めるより方法が？　観念しかけた時だった。そうだ、この塊は僕じゃない？　と、夢から醒めた後みたい。突然はっと気がついた。たぶん僕④僕⑤……なんていう補欠の僕の現実で、その内側に入っただけ。そうさ。そうに決まっている。そう考えて、慌てて身のイメージを否定した。

入口のドアを押した時からだ。強い光を浴びたのが原因だ。あの時から、僕の顔は本来のそれとは違うものになっていた。鏡に映したわけじゃない。だからどんな顔になったのか、本当のところはわからない。でも光の粒を顔に受け、元の顔じゃなくなった。顔が見えていないので、身振りや振る舞いをどうすればいいんだろう。全然わからなくなっていた。けど以前とは違う形の目や口や、顎の線を思う時、普段の僕じゃない身のこなし、手の振り方や歩き方、その方が合っているように思われた。いつもの僕じゃダメなんだ。

いま水溜りの中にいて、形と中身が全然違うものになっていた。心と体が離れ離れに動くので、この塊をうまく表現できない、動かせない。新しい顔と動きには、新品の中身が必要。形が変われば心も変わって然るべき。変わらなきゃ変だろ。新婚のカップルが初めてベッドに入る時、慣れてないから居心地が悪いのは当たり前。でもまずすることは、体を動かしてみることだ。動けば何かが変わる。他にやりようはないんだし、それが一番の方法だ。僕は体全体をヨガのポーズで捻《ひね》ってみた。いや違う。違う感じしかしなかった。次に片足で跳《は》ねてみた。これも違う、違うだろ。いろんな動きを試してみた。例えば鳥になり、両手をバタバタと振ってみた。が、動作はぎこちないもんだった。次に馬の気分で手と足を、前後にポカポカと動かした。これもしっくりこなかった。サイズがまるで合ってない。

どうなっているんだろう。ここはどこで僕は何をしてるんだ。さっきまで？　そうだ、水に浸かっていたはずだ。でもあれは、ただの水溜りじゃなかったぞ。風呂や池じゃなかったし。ならばどこ？　トイレの中？　いや、そんなとこじゃない。そうだ、河原の淵の草叢か、あるいはバスの縦長シートの上だろ。いや違う、全然違う。考えているうちに、体全体が揺れきて、挙句《あげく》の果てに行ったり来たり、とうとう落ち着きを失って、顔を回して首を振り、息まで苦しくなってきた。口だけ出して手足をバタバタとさせていた。

　気がつくと、四角い競技用のプールの中に浮いていた。さっきまで僕がいた、卑猥なプールサイドはどこへ逃げていったんだ？　痕跡一つ残さずに消えていた。濃厚で粘っこいセメダイン。そんな感じのあの時間。あれからさほど経ったとも思えない。


　ウイークデーの午前中、プールが混んでいるわけはない。広くて深いプールの中。ゴーグルを顔に着け、手足を伸ばした格好で浮いていた。僕を除けば数人の老人が、並んで横になっている。たった四、五人、老いた人。でも老人の骨や肉は軽いので、想像を超える浮力が加わって、手足を高く持ち上げた。それに皺くちゃの肌は水に馴染まない。水面の凹凸をさらに強調してみせる。

　流れもなければ波もない。動きのない静かなプールに僕はいて、いつもの落ち着きを取り戻す。何も思わず考えず、体を伸ばして仰向けに。このままじっとしていると、ホルマリンの液に浮く臍の緒を思い出し、紐になった錯覚に囚われる。それから前に見たあのプール。大学の地下で見たホルマリンの水槽を思い出してしまうのだ。

　屍《しかばね》を浮かべた桶が一つある。中には濃い液を吸い込んで、膨れた体が折り重なって浮いている。彼らの作り出す尻や肩の凸凹を、気化したホルマリンが包み込む。その薄いカーテンが神聖な沈黙をそっと守っているんだろう。そこを清浄な場に変えていた。で、僕のいるこのプール。今いるプールも地下の入れ物と、どこかで繋がっているようだ。目の前の老人が、水槽の屍とダブって見えるのはなぜだろう。でもあんな鮨詰めにされてちゃ、死体もさぞかし大変だ。老人たちは満員のプールから逃げてきた幸運な屍みたいに見えていた。形こそ変わったが、ホルマリンの水槽が移ってきただけ。水溜りは深みの底で繋がっているんだろう。

首を右に傾《かし》げると、子供用の浅いプールが見えてくる。そこでは親子の水泳教室をやっている。若い母親と子供らが水飛沫《しぶき》を高く上げ、じゃれ合い縺《もつ》れ合っている。甲高い声のお喋りとうるさすぎる騒音と。そしてコーチの笛が合間合間に聞こえてくる。笛の音が響くたび、わけのわからない歓声があちこちから湧き上がる。おかっぱ頭の若いコーチは、土色に焼けた肌を赤くして、堂々とした筋肉をあばらの上に付けている。厚い胸板をこれ見よがし。子供とお母さんにひけらかす。嫉妬心を煽られた？　わけじゃない。でも少しだけ、嫌な気分になってくる。

コーチの側には金髪の女がいる。ぶくぶくに肥った樽のような人もいる。真っ赤な紅《べに》を塗りたくりカーニバルの踊り子か、手足をくねらせる女性もいた。子を孕み浮かれた彼女も、なかにはひとりくらいいるだろう。女たちは母親である重みと慎みを忘れているのかもしれない。皆こだわりもなくはしゃいでいる。

群れの中には三十歳、くらいと思しき男性も混じっている。合わせて三人、頭を七三に分けた若い父親だ。三人で小さな群れを作り上げ、俯《うつむ》いてプールの隅に固まって立っている。これじゃ、混浴の銭湯と同じだ。精子と卵子と未熟児が手に手を取り合って桶の中。そんな不謹慎なイメージも湧いてくる。

くるりとプールの中央で半回転。俯《うつぶ》せの姿勢になって下を見る。時々息継ぎに顔を上げるが、あとはそのまま浮いている。ゴーグルを着けた目にプールの底が見えてくる。排水口を探したが、見当たらない。底には白線が引いてあり、その上で光の模様が揺れていた。特別なものは何もない。水深は二メートルとちょっとってとこ。目一杯背を伸ばしても届かない。ここで溺れたら、喉を塞がれてさあ大変。肺が詰まって苦しくなり、助けて下さい、もうダメです。排水口が待ってたら、丸ごと吸い出されてしまうのだ。

深みで泳げば危険はつきもの。そんなことは小学生でも知っている。だから泳ぐ時は注意する。でも、沈む溺れると気にしてちゃ、水に入るのも難しい。水は怖いがほっておいても人は浮く。恐れる必要はないはずだ。

溺れゆく身を思うことがある。でもそれは深みにはまることじゃない。自然に沈むわけじゃなく、引き込まれていく恐怖。人は水より軽いから溺れない。理屈だろう。なのに溺れてしまうのは世界の法則に違反する。普通にしていれば大丈夫。が、そうならない、この落差。意味するものは何なのか。たぶん理由は一つだけ。足を引っ張る奴がいる。そう、足を摑んで離さない奴らが深みに潜り込み、今や遅しと目を皿にして待っている。

浅瀬でも深みでも、以前は気にせずに泳いでいた。なのにある時期を境にして、まるで泳げなくなったのだ。そのため臆病者とか腰抜けとか、悪口や陰口を叩かれた。悔し涙も流したが、それでも深みには近づけない。それは「溺れた人が足を引く」そんな話を聞いてから。怖い話ではあったけど、よくある話だ。ランドセルの小学生でも知っている。気にしてちゃ、水にも入れないし泳げない。

その後も努力だけは続けていた。海に行けば、さあ沖へ！　元気を出してレッツゴー。浅い所ではクロールとか平泳ぎ、平気でできたし、途中で足をつかなくても、五十メートルや百メートル、楽にそのくらい泳いでた。深ささえ気にしなきゃ沖に出るのは朝飯前。楽々できるはずだった。

深さなんか気にしない。泳ぎに集中すればいい。でも足が届かないのに気がつくと、もうそれだけでダメだった。息継ぎをした瞬間に、空気と一緒に恐怖が口から入ってきた。恐怖を吸い込んだ僕の体は固くなり、石のように重くなる。沖に向かう勇気さえ失って回れ右。岸へ方向を変えていく。そのうち水に入るのも難しくなってきた。

で、発想を逆にして、目を開《あ》けて泳いでみた。底を見て監視しながら泳いだら、不安は減らせる。海坊主が太い手を伸ばしても、河童に足を引かれても、見えさえすれば大丈夫。備えはできているんだし。目を閉じて泳いだのが無茶だった。目を瞑《つむ》るから不安に囚われてしまうんだ、闇雲な恐怖に支配されるんだ。

僕はゴーグルを着け、目を開けたまま泳いでみた。これなら安心、泳ぐこともできるはず。視野さえあれば幽霊や妖怪や、河童が出てきてもへっちゃらだ。そう思えるようになっていた。来たきゃ、いつでも来ればいい。彼らがホースみたいなその腕を、スーッと伸ばしてきたとこで、わかればかわすこともできるはず。底を見ながら水に入るようになっていた。

今度はうまくいきそうに思われた。背の届かないところでも泳げるようになっていた。でも完全というわけじゃない。そこには外せない条件が付いてたし、欠点だって多かった。第一、底が見えなきゃ泳げない。なら濁ったとこや深すぎる場所でこの方法は使えない。視界の利かない深みでは、外側から腕が伸びてくることも……。不安が頭をもたげてきた。要するに、恐怖は退治されていなかった。

とりあえずの解消法。深みでも、一応泳げるようになっていた。けど以後、海でも川でもプールでも、ゴーグルを着けて泳ぐようになる。

そんなある日、体育の授業でプールに入った。前もって何の注意もなかったので、いいだろ。ゴーグルをパンツに忍ばせ、そっとプールに持ちこんだ。他に着けている者はいなかった。プールに入る直前に、カンニングペーパーでも出すように、引っ張り出して知らん顔。顔に着けて泳ぎ出す。が、すぐ見つかってしまうのだ。

「おいおい、お前。ゴーグルは禁止だぞ。何着けて泳いでる。外してすぐに上がって来い」

教師は怒鳴るようにそう言った。禁止とは聞いてない。どこにそんなことが書いてある。彼の意のままに摘《つま》み出されるのも癪なので、真顔で教師に反論した。粘ってはみたものの、彼の態度は問答無用の一点張り。とりつくしまもありゃしない。

「海水浴じゃないんだぞ。当たり前だろ、常識だ。一々言わなくてもわかるだろ」

常識？　そう言って教師はゴーグルを取り上げた。偉そうにと思ったが、それ以上、反論の余地もない。言うことを聞いて、プールを出ることにした。他にゴーグルを持ち込んだ者はいなかった。彼が言うように授業ではそうなのかも。でも常識だとは思わない。たかがゴーグル、常識なんて大袈裟だ。そんな言葉を持ち込んでほしくない。ゴーグルなしでは泳げない。理屈とか常識じゃなく、僕という人間の恐怖と現実の問題だ。

プールから出た後も教師がうるさく言ったので言い逃れ。「目が悪いんで着けるように言われている」苦し紛れの言い訳だ。ややオーバーに訴えた。

長く結膜炎を患って眼科にも通っている。強い刺激を目に受けちゃ、視力や視野に障害が……。

医者から言われているので日頃から、明るい光は避けてたし、目を保護するようにしてるんだ。取って付けたように言ってみた。

今思い返すと、よく言えたと感心する。相当怪し気なもんだった。教師もはなから信じない、という態度と表情で聞いていた。僕は嘘で教師を脅迫したようなもの。言い訳は科学的？　とはいえないが、一応筋は通っていた。医学用語も入れてたし、それっぽい反論はできていた。で、多少の満足も覚えていた。離れ際に教師の顎にカウンター。そんな気分になっていた。

「病気なら許可は出す。ただし診断書が必要だ」教師は僕の投げた癖球を、そのままの体勢で投げ返す。さりげなく、握り直す風もなく、どうだと言わんばっかりの直球にして。

彼は余裕を取り戻し、笑ってニヤニヤ、お前など問題にしちゃいない、そんな態度と表情で日向たの場所に立っていた。僕はプールには戻してもらえず「今日は見学扱いに」と宣告されてフェンスの前に立たされた。それを見ていたクラスの皆はヘラヘラヘラ。顔を見合わせ笑っていた。体育会系の同級生が「さあ泳げ、泳ぐんだ」といわんばかりのジェスチャーで、僕に脅しをかけてきた。「無きゃ、泳げないのか臆病者」そう言いたげな様子で僕に攻めてきた。持て余し気味の体力と腕力をひけらかし、何をしでかすかわからない高校生。僕は眩暈持ちの子供みたいにオーバーにふらついて、転んで保健室に逃げ込んだ。

プールに投げ出され、沈みゆく我が身を僕は想像した。落ちていく塊は、足を摑まれ深みに吸い込まれていったのだ。底には女性の穴に似た吸い出し口が付いていて、さらに地下の共同溝に引いていく。で、とうとうホルマリンの水槽の底のタイルに辿り着く。そんな不気味な空想に支配され、僕は体中に汗をかき、手足をブルブルと震わせた。心臓も早く打ち、顔色だって青くなり、息もせわしくなってきた。恐怖が同級生に伝われば、彼らは何をしだすかわからない。束になって水中に放り込み「じゃ、大好きな底なしの沼にでも行ってこい」そう言い出すかもしれないし。ならば笑って誤魔化せる話じゃない。安全な元のところに戻らなきゃ。逃げることだけを考えた。

その頃から深みを恐れる原因を、よく考えるようになる。深みの底に潜んでじっとしてる奴。そこにある不気味な現実とその恐怖。恐れの中心にあるものを見つけなきゃ。

あれこれ考えているうちに、二種類の恐怖があることに気がついた。一つは引いて呑み込む恐怖のこと。最初はそれがすべてだと考えた。けどその裏側にもう一つ、さらなる恐れが潜んでいるのを見つけ出す。大きすぎる恐怖とは、身の丈を超えている。なのでかえって見え難い。騙されちゃダメなんだ。見えないからって存在しないわけじゃない。本物の恐れとは、すぐに姿を現すようなもんじゃない。別の現実の物陰に、そっと身を隠している。引いて呑み込んでいく恐怖に目を奪われて、さらなる恐れがあるのを見逃した。腹を空かせた獣たちと同じこと。彼らは目の前にある餌にしか気がつかない。


はっきり言えるわけじゃない。でも引き込まれる恐怖の一方で、それに魅せられた僕がいるのに気がついた。「引き込まれたい、沈みたい」逆説的な欲望を持つ塊がそこにいた。あってはならないこの望み。絶対に封印すべき裏側の悦びだ。無の場所にすべてを戻そうとする欲望。エネルギーをゼロにして、死の淵に引き込もう。不可能な望みを抱いた男らが、僕の中にもなぜかいた。

世に生きるという一線を越え「世界の外に出てみたい」と望むのは許されることじゃない。でも「ちょっと足を踏み出したい」って言うんなら、それだけで悪いことだとは思わない。ある事情から「国境の外に出るのは許さない」って国内法ができたとして、すべてがダメなわけじゃない。法律ができたって逆効果。法の縛りに反発し、出てみたいという人はいるはずだ。なぜだろう。外に出たいという望み。そんな欲望があるなんて、今の今まで、とんと気づきもしなかった。それは穴に呑まれたいと思いつつ、在処《ありか》を忘れたお坊さん。それとも入院生活のその果てに、酒を飲むのを失念した、依存症の誰かさんみたいなものなのか？

　深く考えなくていいだろう。単純なこと。深みがそんなに怖いなら、足の届くとこで泳げばいい。それで十分、事足りる。近づかなければいいだけだ。なのに深みに向かおうと思うのは矛盾した行為だろう。

　死の恐怖に怯えながらも一方では引かれたい。なら誘惑に駆られつつ、裏切ることに精を出す。そんな不実な存在だ、ってことになる。たぶんこの化け物を退治するには、死への恐れを0に減らすか100に上げるか両極端のどっちかに。0なら死など怖くない。が、100なら死を弾《はじ》き返す恐怖の壁をどこまでも高くする。で、いま僕らは恐怖の壁を高くして、死の淵をできるだけ遠ざけようと力瘤。眉間に皺を寄せている。だとすると、僕の恐れは呑み込まれたり引かれたり、そんな心と欲望を押し止める高い壁。身を欺《あざむ》き世界に留めおくためのダミーの恐怖ってことになる。

　表向き、恐怖という看板を背負ってはいるものの、死ぬことを本気で恐れているわけじゃない。つまり死への恐怖は本物の恐れじゃない。逆に僕らは引き込まれたい呑まれたい。無くなることを望んでいた。でもそれが本当に実行されたら、単なる引き算。世界から僕という塊が消えて無になる。それじゃ、全然意味がない。意味がないどころかマイナスの二重丸。存在を失い、なけなしの一文無し。元も子も無くなってしまうのだ。

だからこそ、消滅を願うような欲望は、恐怖のレッテルを貼られて意識からは外される。僕は恐れつつも望むという、矛盾した存在になっていく。僕は二枚舌の人になり、自分自身に対しても理論上つけないはずの嘘をつく。そんな不実な舌を持つ塊になり下がる。生きるのに不都合だというだけで、ダミーの恐怖を捏造し、二重に我が身に嘘をつく。望むことを遠ざけて、恐れの中に身を置いて、多くを望まない慎しみ深い存在になっていく。

嘘をついてまで生き延びる。そこまでして生きたところで何になる。そう思いつつ、僕は嘘つきとして生きている。僕は真っ当な社会人じゃないけれど、これじゃ嘘つきのあいつらと、していることは同じこと。真実に背を向けて生きている。

嘘なんか言ってない。死の淵に呑まれたい。そんな欲望があるだけだ。何も考えず、深みに潜って消えていく。そんな望みがあるんだろう。本当はそっちに行きたい、心の底ではプールの穴に引かれたい。そう思っているに違いない。さっさと高い塔のてっぺんに登ってそこから飛び降りてしまいたい。そう考えているはずだ。

けどそれじゃ、いくらなんでも不都合だ。だから恐怖の壁を作り上げ、押さえ込もうとしてるんだ。そこに壁が立っている。壁は僕を包み込んで手を縛る。でもよく見ると、それは厚くて強固なもんじゃない。その気で押せば、崩れてもおかしくないくらい、薄くて脆いもんなんだ。僕は知らずに壁に寄りかかり、押して倒しそうになっている。ステンドグラスに目をやって、飛び込みたくなっている。けど欲望なんてそんなもの。知らぬ存ぜぬを決め込んで、それで押さずに済むんなら、その方がいいだろう。是が非でも向こう側に抜けなきゃ、なんてことはないはずだ。こっちの世界に少しいて、どれほどの不都合があるだろう。見るものやしておきたいことだって、まだいくらでもあるだろ。

身を消し去ろうという望み。月の光に照らされて、何だか美しく見えている。でも見栄えのいいものにこそ、心してかからねば。美しい花には棘がある。望みとか希望とか、甘ったるいことばかり言う人もいるけれど、そこには罠が張り付いているもんだ。

考えてもみてごらん。悦びとか望みとか、結局は終わりなきもので、資本主義のこのご時世、どれだけ奪えるか盗めるか、そんな陣取り合戦か、切った張ったの喧嘩みたいなものなんだ。いくら騒いでもいいけれど、世界には限りがある。だから望みなんて存在を消しかねない危険極まりないものなんだ。だとすると、欲望ばかりを敵にして、怖がることは何もない。欲望とは世の習いとは反対に、謙虚で奥床しいもんだった。恐るべき対象は、僕らが常に何かを追い求め、望まねば生きていけない存在だってことだろ。

ああ生きるんだ、こう生きよう。僕らはよりよく生きようと熱望する。けど望めば望むだけその裏で、身を消そう。負の欲望を強くする。危険を呼び込んでしまうんだ。だからって、望まないわけにはいかないし、かなうのもまた怖い。矛盾してるとは思うけど、望むことが恐怖の源に重なって、それを世界の真ん中に引き寄せる。両者は同じ場所に刻まれた硬貨の両面になっている。

でも望みがもしかない塊を消したって、それで本当に困るかい。だって僕らは元々暗闇の住民だ。闇の中にずっといたから光の束を見出した。光が一つ消えたって、それが一体何なんだ。光の先にあったもの。確かにそれは気にかかる。わかる、わからないは別にして、何かがそこにあったんだ。で、光が消えたその後の、僕はどうなってしまうのか？　それはあるかないかってことじゃなく、正しいかそうじゃないかが問われている、そんな場所のことなんだ。

僕は本を捲《めく》りながら考える。まず一頁目を読み終えて次の頁に手をかける。同じ要領で人生も、ある頁が終わったら次の頁に移動する。そう、思い出したら次に行く。中身を読んで、形をなぞって捲るんだ。行く先には、次の頁が厚みを持って待っている。どこまで行っても待っている。未だ開いてない頁には、以前忘れた絵や文字や、お喋りなんかが所狭しと書き込まれ、僕の帰りを待っている。本当のとこはわからない。何が書いてあるのかも、中身が何でいつまで続くのかもわからない。でも頁を捲った向こうには、一艘、二艘、三艘と、見たこともない舟のような乗り物が、僕の到着を待っている。僕はその一艘に乗り込んで夏の夜空の空高く、北十字の彼方へと、白鳥の飛ぶ星々の間へと漕いでいく。それは僕の想いとか望みとは無関係。とうの昔に決まっていたことなんだ。だから望みがかなうとかかなわない、気にすることはないだろう。

何かで読んだことがある。空飛ぶ円盤を繰り返し見る人の心とその内側を。彼はいつも箱型のトイレみたいな円盤が、月に向かうのを眺めていた。ある日、父親と庭のベンチにかけていて、いつものそれを目撃した。でも父は円盤を見るのが初めてだったので、不思議そうに空を見て、それから肯いてこう言った。「俺はな、いつもあれに乗ってたよ。だから中の様子は知っている。けど外から見るのは初めてだ。やっと今日わかったよ。初めて形に出会えたよ。乗っていたのがあれだって、納得したんだ、理解した」

この話が本当なら、あっちの世界に行くことを、ことさら怖がる必要はなさそうだ。忘れていた約束を、いま思い出したようなもの。そんな未来があるんなら、正しい僕の運命を信じて受け入れればいいだろう。したいことをして、欲しいものを追いかける。ロープの切れたボートよろしく流れに乗って逆らわず、目的の場所に向かえばいいだけだ。死を受け入れた人間はそんな気持ちでいるのかも。もしかして円盤なんて普通に飛んでいるもので、ありふれ過ぎて気がつかない。今わかったとはいわないが、望みなんてちょっと押せばかなうもの。簡単なものなのかもしれないぞ。

死と欲望という恐れを意識し始めた頃からだ。微睡《まどろみ》の中、金縛りの発作によく襲われた。朝になると僕の体は硬くなり、身動きの一つも取れなくなってくる。体中の筋肉が、絞った後の雑巾みたいに固まって動かない。寝返りを一つ打つのも難しい。僕の意思では瞼を開くのも、口を開《あ》けるのも困難だ。息絶えてしまうのか、そう思うこともあるくらい。

そうなると死を怖いものだと意識して、それに怯えるようになる。と、今度は一度傾いたシーソーを元に戻そうとするように「生きてこう、生きるんだ」そんな気持ちが湧いてくる。僕は生の執着を強くして、それにしがみつこうと依怙地になる。そんな身を意識し過ぎたせいなのか、急いで息を吸い込んで、かえってむせて喉を詰まらせてしまうのだ。

体全体を締めてくる肉の帯。僕はまず肉の鎖を解く必要に迫られた。そのために手足をバタバタとさせてみた。もちろんそのくらいじゃ固まった塊は緩まない。でも一部、弱い部分の筋肉に、綻《ほころ》びが……。と、そこを突破口に周囲の筋肉が緩み出す。一度緩めば止まらない。革命の嵐が国中を呑み込んでいくように、それが全身に広がって、恐れなのか悦びか、金縛りの結び目は解けていき、僕は元の体を取り戻す。が、その時にどこだろう、悔悟の念が湧いてきて「そうだ、息絶えておけばよかったのに。なのになぜ、生に執着」愚にもつかない後悔に、僕は囚われてしまうのだ。

遊泳中に金縛りに襲われたらどうしよう。そんなことを考える。おそらく一も二もなく引き込まれ、海の藻屑と消えるだろう。助けを呼ぼうにも、喉の筋肉が固まって、声は失われて出てこない。体もいうことをきかないので、為《な》すすべもなく呑み込まれるのを待つばかり。とっくに万策は尽きている。そうなると意地の悪い奴らの声も聴こえてくる。

「お前さん、覚悟は決まってるんですか？　丁ですか半ですか？　どっちにするつもりです」

が、ここまで話せばお気づきの方もいらっしゃることでしょう。種を明かせば本当の問題は、ガチガチに縛られて死に直面。そんなことじゃないはずだ。金縛りの発作が怖いわけじゃない。固まろうが動こうが、人の体は水に浮く。なので怖がる必要はどこにもない。引かれたい欲望だって、勝手にどうぞ、好きにしろ。死を望もうと拒もうと、それは個人的な問題で、社会全般、広く普遍的なことじゃない。それより何よりどう考えても怖いのは、それを口実に引き込もう、引き摺り込もうとする奴がいること。あり得ない、そんな奴がいるなんて？　が、そう考えても思っても、否定するのは難しい。打ち消し難い兆候と、押しては戻す猜疑心。そして聞いたこともない弱虫と臆病者。ふたりが並んでプールの縁に立っている。何と言われようとかまわない。不安と恐怖のこの場所で、一歩も動けなくなっていた。

死の淵に引きずり込もうとする男。そいつは一体誰なんだ。奴はどんな人間でどこに棲んでいるんだろう。外なのか内なのか。この町なのか遠い彼方の国なのか。もしかしたら側にいるこいつなのかもしれないし、知らない誰かさんってこともある。確かなのは、邪悪な意思を持つ奴がどこかにいるってことなんだ。可能性はなくはない。

未解決の難問と正体不明のこの恐怖。でも解答が与えられる瞬間は、意外に早くやって来た。僕はその時テレビの前に座っていた。夜の娯楽番組『びっくり☆世界奇人変人★大集合』やたら長ったらしいタイトルの番組を見ていた時のことだった。

人気番組のわけじゃない。若者に人気のお笑いコンビが司会をして、一風変わった人物をスタジオに招いて奇人変人ぶりを紹介する。見世物的なゲテモノ番組といっていい。発想の子供っぽさと俗っぽさ。思わせぶりな演出が売りで、別に悪くはないが低俗番組とこき下ろされ、低い視聴率に甘んじて、ソッポを向かれて打ち切られた番組だ。

何となく僕はその番組を眺めていた。見たくて見ていたわけじゃない。チャンネルを回したら映っていたので見てただけ。でもその夜のこの番組は、実に素晴らしいもんだった。そう表現するしかないような。

番組にはゲストとして破衣をまとったインドの僧が登場した。嘘か真《まこと》か、彼は長い間ヒマラヤの山奥で厳しい修行を積んだ末、大概のことはできるようになっていた。もちろん秘術を手にする行《ぎょう》じゃない。日々修行に明け暮れたその果てに、可能になった、それだけのこと。人も宝石と同じで、磨けば光る玉になる。不可能と考えられていることも修練を積めば可能になる。仏心といわれる清く正しく美しいもの。常不軽菩薩《じょうふきょう》には見えている秘められた原石が、誰の心にも宿っている。そんな絵に描《か》いたような修行僧だったのだ。

磨けば光る玉になる。そんな立派な坊さんが、俗っぽいテレビの娯楽番組に出演する。それも妙で不思議なこと。彼の出演は、金のためでも名を売るためでも、力を誇示するためでも何でもない。災害援助で多大な寄附をしてくれた清い心の人のため、行の一部を特別に見てもらいたいというもんだった。純粋で高邁なお坊さん。もしかして日本という国を、はき違えているんじゃ。ついそんなことを考えた。

行は水の中で十数分、息を止めるというものだ。水中に留まるというフレーズを聞いた時、背筋に走るものを感じて僕はぞっとした。これだ。探していたものはこれなんだ。その瞬間、いってみれば機関車と貨車がガチャンコ。音を立てて違う二つが結び付く。深いところで僕はその音を聞いていた。

潜って悪事を働こうとする奴ら。いるかいないか、そこまではわからない。でもあり得ないわけじゃない。直感と声は間違ってはいなかった。僕は仮説の正しさを、ベンゼン環を夢で見た化学者みたいに一気に納得してしまうのだ。

吸って止めてまた吸って、今度は少しずつ吐いていく。呼吸を調えながら僧は固い塊に入り込む。深い瞑想に入れば酸素を必要としなくなる。生きながら死と紙一重になれるのだ。いや、それは一時的な死。酸素が要らない分、死んだも同然、好きなだけ潜っていられる。なるほど理には適っている。が、これを悪意ある邪《よこしま》な人間が使ったら、世界にどんな災いが降ってくる？　そっと下に潜り込み、足を引くなどわけもない。でもそんな悪意めく奴らに、我を無にする深い瞑想がやってくる、なんてことがあるもんか。

疑問がないわけじゃない。そうか、と肯《うなず》けるわけもない。でも不可能かといえば、そうでもない。あれこれ考えているうちに突然のハプニング。あっという間に実演は、「これで打ち切り、終わりです」残念な結果になってしまうのだ。

僧は結跏趺坐《けっかふざ》の姿勢を取り、深い瞑想に入ろうと……が、瞑想に入るには、時間が必要。でもそれは都会の秒刻みの時じゃない。そんなものに彼は何の興味も関心も示さない。彼にとって時間とはカチカチカチ、秒針で刻むようなもんじゃない。器械で測る時なんて血の通わない身の断片と同じこと。有って無きが如きもの。かかる時には二時間や三時間、気が済むまで使うのは当たり前。

でもテレビ局の人間は秒刻み。秒針で刻む時間のことばかりを気にしてる。実際、彼らが使える時間なんて知れたもの。大してあるわけじゃない。

せいぜい三十分の番組だ。スポンサーもうるさいし、お茶の間の視聴者だって気が短い。もちろん番組自体は録画だが、タレントだってスタッフだって次のスケジュールのこともある。待ってくれる人なんていなかった。

そしてさらなる難問が……。瞑想に入るのに僧は暗闇を要求した。瞑想とは闇の世界のものなのだ。深い瞑想に入るには闇の中にいる方が有利なのは当たり前。特に東京とかニューヨーク、光溢れる大都会ではなおさらだ。僧の要求は理には適っていたのだろう。でもテレビ局の人間は「ある程度なら落とせるが、完全には無理だろう」やんわりとではあったけど、その要求を撥ねつける。

「闇ガアリ、ソコニ光ガ照ルヨウニ、死ガ始マリニアッテ生ハコレヲ生キルノデス。私ハマズ暗闇ノ中ニ溶ケ込マネバナリマセン」僧はこう言ったのだ。

ショー化しようとするテレビ局の思惑と、見世物ではあれ、あくまでも行の一環とする僧との認識の差は意外に大きかったのだ。その後もインタビューや現地での映像は流された。が、実演は打ち切りに。生きながら死の側に、という秘儀に接する機会を僕は失った。でも息を止め、死を真似てまで死に近づこうとする僧の態度と振る舞いは、僕に何かを教えていた。この技を悪意ある人間が手にすれば、引き込むことなどわけもない。そんな低レベルのことじゃない。僧が示そうとしたのは、恐れと悦びの入り交じる一連の出来事が、死と闇を前提に、逆説的な言い方だが、死が生と結びつき、それを支えるということだ。僕らの生は折れ曲がり、歪んで捩《ね》じれているので見え難いのは事実だが、多分僕の死を原因としているし、死を説明する何かを含んでいるはずだ。そして個人的な僕の死と、闇のような広がりを持つ普遍的な大文字の死は、深いところで交わっているんだろう。

憎の言葉は僕に死と生の関係を暗示する。僕らは長い生を生きたから死ぬんじゃない。死が先にまずあって、今に生きているだけだ。生死って言葉は誤りで、順番からいえば死生と書くべきだろう。インドの僧が言うように、生の前に死があり、死んだことを原因に僕らはこの世に生まれ出る。そしていま生きている理由や意味や正しさも、個人的な僕の死と深く関わっているはずだ。でも僕らは死んだわけを知らないし、それが明らかになることは生きている限りないだろう。死んだ理由を知らないから、生きる意味がわからない。正しく生きようとしてみても、わけがわからないから、どこに行き、何をすればいいんだろう？　いつも迷ってしまうんだ。

だからって、いま理由を見つけなきゃ、生きていけないわけでもない。あれこれ考えてしまうのは、死の闇に片足を突っ込んでいるせいだろう。感じるから思い悩んでしまうんだ。

いま僕はインドの僧たちと同じ闇の住人になっていた。彼らと同じ場所にいて、生きながら死と深い関係を持っている。僕は確信したといっていい。僕らの生は僕の前に横たわる暗闇を、そう、個人的な死を前提にしてるんだ。で、そこで何かが起きたんだ。重大な何かがあったはずなんだ。けど何が？　いや、わからない。思い出そうとしてみても思い出せるもんじゃない。だからって知らん顔じゃいられない。僕らはこの世に生きて年を取り、そして干からびて死ぬんじゃない。闇の中で死んだから、今に生きているはずだ。たぶん早晩、何年かかるかは知らないが、僕らは闇の世界に戻るはず。で、そこで何があったのか、初めて個人的な死のわけを知るだろう。

僕は現実の世界の中に生きている。そして僕の前に生起する、五感を通してやってきた薄められた現実に目を向ける。なので今日もまた、目の前に現れる望みや不安を打ち消そう、と拳を作って力瘤。ゴーグルを着けてまで、深みに向かおうとするんだろう。

不安、不安、そう不安。プールの中に今もいて、安心できない塊を見つけ出す。僕は右を見てから左を見る。目一杯、両眼を開《あ》けてプールの底を確認しながら泳いでいく。それから水面で一回転。すると息のない丸太か軽石になったようで心地いい。なぜいつも動かないものに入り込もうとするんだろう。ものたちの仲間に戻ろうと思うんだ。死んだ振りや真似をして、いつか還る国のことを懐かしむ？　山のように動かない無機物の優しさと安定した穏やかさ。なぜ思い出そうとするんだろう。

ゆっくり泳いでスタート台のあるあたり。そこから数メートル、勢いよく飛び込んだスイマーが深く潜っていく部分。そこがプールの最深部になっている。下を見るとゴーグルを通して臍のような穴ぼこがぽかりと一つ開いている。灰色の覆いを掛けられて目立たないようにしてあるが、四角い穴が格子を付けて開いている。その覆いの下にある鉄の板。この板がプールの水を制御する吸い出し口になっている。

排水口に呑まれる子供たちがいる。夏になると二度三度、そんなニュースが朝刊の一面を賑わせる。大人たちは何をやっているんだろう。少しは気をつけてやるべきだ。そう叫びたくなるくらい、そんな記事が新聞に載っている。

プールの底に見えている臍のような暗い穴。まさにこれが人を呑む、いわくつきの穴なのだ。この穴ぼこに呑み込まれる子供たち。どんな気持ちで吸い込まれていくんだろう。そこには悲惨さを通り越したこの世のものとも思われぬ光景が……。今は黙っている穴も、ひとたび牙をむけば、あらゆるものを吸い寄せて離さない四角い凶暴な口になる。穴のまわりに巨大な渦を巻き起こし、周囲の獲物を根こそぎにしてしまう。石ころも板も人の足もおかまいなし。一度狙われたらもうお終い。いくら逃げてももがいても、嚙み付いたら離さない。歯が立つような相手じゃない。渦に足を吞まれたら、二度と離してもらえない。腹や背や足の裏にも吸い付いて、容赦なく穴に引き摺り込んでしまうのだ。

助けを求めても手遅れだ。助けてくれ、と言ったところにどっと水が流れ込み、口と喉を塞がれた。肺や気管や咽頭はすぐに水浸しになるだろう。声を出そうにも息が詰まって声帯を震わせるのも難しい。手や足や心臓からも酸素が抜け、動かそうにも動かない。

足から吸い込まれたんならましな方。尻から先に引かれたり、頭を先頭に吞み込まれる子もいるはず。穴に嵌《はま》れば小さな体の一点にプールの圧力がやってきて、そりゃ大変。足の一本ならましな方。頭や陰部や腹部まで引き千切られることもある。もし腹這いで引かれたら？　見るも恐ろしい光景に違いない。腹が裂けて内臓は飛び出して、血や体液や腸の中身まで弾け散る。地獄絵さながらの状況がそこに展開するわけだ。もうそれ以上、想像しない方がいいだろう。が、こんな光景を、なぜ思い浮かべてしまうのか？　弾けた肺や腸管や、引き千切られた手足とか？　頭に浮かぶのは不気味な欠片《かけら》やものばかり。そして断片化した塊は、吸い出し口を出ていって、どこに運ばれていくんだろう。水を抜かれたプールには、身を持ち逃げにされた子供らの肉体が、厚みのない屍となってだらりと横になっている。すべての力を失って、張り付くように転がって落ちている。

それから記憶の糸を引っ張って、長く忘れていた思い出に辿り着く。そうだ！「吸い出し口ごっこ」子供の頃、弟とよくやった。当時からそう呼んでいたわけじゃない。それは「隠れん坊」とか「鬼ごっこ」なんてれっきとした遊びじゃない。よくて悪戯《いたずら》に毛の生えたもの。他にしていた子がいたかいないのか？　でも大抵の子は、一度や二度、こんな悪戯をしたことがあるはずだ。

遊び方はごく単純。風呂の吸い出し口の栓を抜き、穴に指先を突っ込んで、その感触を楽しむこと。簡単だが、案外それで面白い。時間を忘れることもあるくらい。熱中しすぎて風呂桶を、空にしたこともある。残り水ならまだいいが、入浴の時間にやれば両親だって黙ってない。ほっぺを抓《つね》られ、尻を打たれたことだって。でもこの悪戯が僕に与えてくれる快感は、それに勝るもんだった。すぐに病みつきになって止めるのも難しい。そんな悪戯は徐々にエスカレートしていった。

指先だけでは飽き足らず、いろんなものを試してみた。台所から持ち出した野菜の滓《かす》やパンの屑。プラモデルや卵や庭にいる蟻や虫。果ては池のオタマジャクシやカエルまで泳がせた。被害者はあらゆるものに広がった。

水の中に放り出された塊は、そんなこととはつゆ知らず、穴に吸い寄せられていったのだ。で、最後の瞬間、自分の置かれた危機的な状況に、突然気づくことになる。が、その時はもう遅い。渦の中に呑み込まれ、底の穴から一気に吸い出されてしまうのだ。ＤＶＤのスローモーションと早送り。二つを同時に観るような、スリルと快感が、そこには張り付けてあったのだ。忍び寄る目には見えないクライシス。そして危機が一度に現れる、恐怖とその悦びと。この遊びにはそんな瞬間が、うまく織り込まれてあったのだ。

ある時、風呂桶に尻をついた弟と、プラモデルの戦艦が渦に巻き込まれる有様を、息を詰めて眺めていた。いつもの悪戯に胸を膨らませていた時に、異変は起きてしまうのだ。得体の知れぬものたちが、突如弟に牙を剝く。彼は体全体を硬くして目を瞑《つむ》り、身動きの一つも取れなくなっていた。前に両手を持ち上げて、小さくぶるぶると震えている。何かが起きたのは確かだったが、それが一体何なのか？　僕にはさっぱりわからない。

発作でも起こしたか？　そう考えて、名前を呼んだが返事はなかった。次に肩を抱えて揺すったが、反応は鈍かった。不思議に思って全身を上から下まで見回した。僕の目が下半身に向いた時、彼の性器が排水口のすぐ脇で、吸い出されそうになっていた。それは水の流れに掬《すく》われて小旗みたいに揺れていた。爪は強風に煽られて小刻みに、で、震えて高く舞い上がる。けど上がりすぎたせいだろう。今にも糸が切れそうに。同時に僕の心も煽られて千切れそう。吸い出し口に挟まって、抜き取られたらどうしよう。元から外れたらどうすればいいんだろう。不安が高まっていったのだ。

僕は息を殺して底の穴を注視する。瞬《まばた》きもせずに見ていると、今にもという時に、弟は性器を押さえて立ち上がり、大きな声で泣き出した。母が泣き声に気がつけば、一も二もなく風呂場に駆け込んで来るだろう。それから空になった桶を見て、質の悪い悪戯《いたずら》を僕がしたと思うだろう。そうなれば頰を強く張られるか、抓《つね》られる。発覚を恐れた僕は泣きじゃくる弟を、宥《なだ》めすかそうと手を尽くす。

「怖がらなくていいんだよ。普通だよ。大したことじゃないんだから」

僕は両腕に裸の彼を抱きしめて、優しく宥めようとした。それからおでこに手を当てて、もう片方で小さな胸を撫でてやる。よほど怖かったんだろう。弟はそんな僕の気持ちとは裏腹に、さらに激しく泣き出した。手に負えない状況になってきた。僕が虐《いじ》めた雰囲気に。もちろんそんなことはしていない。でもここで悪党になれるのは、僕以外にはいなかった。僕は性の冒瀆者。神をも恐れぬ背徳者。ひとり罪を背負い込む。

「怯えちゃってどうしたの？　で、コーちゃん、あんた何したの。お風呂だって空にして」

母はまともなことを言ってきた。耳朶《みみたぶ》を引っ張って、それから平手でぶってきた。

で、弟はといえば現金なもの。母に抱きしめられると胸に頬ずり、泣くのをすぐに止めていた。もしかして無罪を証明してくれるかも？　そう期待して、待ってはみたがそんな都合のいいことを言ってくれるはずもない。「ごめんね、僕が悪かった。全部僕が悪いんだ。恐怖と悦びを、僕はは き違えていたんだろう。きっとそうに違いない」

お仕置きにということで、二階の押入れに入れられた。中に入ってこんな暗闇が僕の家にもあったんだ、と気がついた。闇の空間は意外に奥が深かった。中にいて呑まれそうで怖かった。二度とここからは出られない。そんな気分になってきた。不安の上を越えていく何かを感じたんだろう。涙がすぐに落ちてきた。少し落ち着いて目から涙が消える頃、一つ考えが湧いてきた。桶の底のあの穴は、時空を超えてどこまでも繋がる穴の入口だ。地下の迷路を出ていって、弟のあそこんとことか臍の緒に結び付き、ビルの廊下やプールの底を通り抜け、死や生や悦びさえも突き抜けて、僕の中に辿り着く。そう、闇が僕を生きている。

なぜ弟は動けなくなったんだ？　何で目を閉じて身を硬くしたんだろう？　たぶん性器を刺激され、怯えて怖くなったんだ。快感に気づかなかったのかもしれないし、悦びに慣れてなかったというべきだ。快なる感覚がわからないので、恐怖とそれを間違えた。だってあんな小さな性器しか、付いてないわけだから。性に対する欲望がなくて当然、無理もない。もちろん直接聞いたわけじゃない。でもだからって何と言う？　彼に何がわかるんだ？　それは理解を超えている。答えなんか出てこない。

これといったこともせず、目の前に展開する光景を僕はじっと眺めていた。あの瞬間、僕は何もしなかった。いやできなかったというべきだ。穴から引き離してやることも声をかけてやることも、僕は何もしなかった。だからって僕が悪いわけじゃない。知識がなかった、それだけだ。悪気があったわけじゃない。なので責められても責任の取りようが……。「助けなきゃ」気持ちはもちろんあったけど、どうすればいいんだろう。わからなかっただけなんだ。

そのうち睡魔がやってきて、僕は闇の中に溶けていく、睡《ねむ》りに落ちていったのだ。

以後、僕らがふたりして「吸い出し口ごっこ」をすることはなくなった。

そのあと父の異動に伴って、何度か引っ越しを経験した。が、どの家に移っても、あの時みたいに真ん中に穴のある浴槽には出合わない。どこに行っても吸い出し口は隅っこに。恥ずかしそうに付いていた。端っこなら弟みたいな弱虫でも、安心して入ることはできるはず。まさか気弱な子に配慮して、位置を変えたとも思えない。いずれにしろ穴は隅に移されて、吸い出される心配は無くなった。


プールと風呂。二つの水溜りがそこにある。使用目的は違うのに、形状にしろ水を溜める機能にしろ、両者は多くの類似点を持っている。でも混同は許されない。そんな行動をとった時、社会通念上、強く批判されることになる。プールは家の外にあり風呂は中。僕らはパンツでプールに入るのに、風呂ではそれを脱いでいる。プールでは手足をばたばたさせるのに、風呂では静かに座っている。取り違えは許されず、混同が起これば犯罪にも等しい結果を招くこともある。

大きさだけの問題じゃないだろう。大きめの銭湯を考えればすぐわかる。前に四百七十円を支払って、巨大な露天風呂に入ってみた。探せばプール大の銭湯だってなくはない。両者の境目は、大きくなればなるだけそれだけ曖昧に。それでも銭湯は大きめの風呂であり、汚れを取って体を洗うための場所なのだ。いくら大きくても、泳いだり潜ったりしちゃダメなとこ。そんなところをみつかれば「おい、君、何をしてるんだ」追い出されることになる。

一方でプールは泳ぐための場所なのだ。だから裸になったり髪や体を洗ったり、垢を落としたりしちゃダメなとこ。ましてや石鹸やシャンプーを持ち込めば、叩き出されても仕方ない。プールとは遊びとジムナスティックの空間だ。だから日曜日ともなれば、季節を問わず多くの人が、金まで払ってやってくる。この人気。もしかして、プールの底に背の届かない、深みが拵《こしら》えてあるからじゃ？　深みがあるからプールは人々を引き付けて余りある場所になる。プールとは人を溺れさせ、呑み込む穴の別名だ。

当然だ。危険がなければ楽しみなんてものはない。ジェットコースターだって観覧車だってそうだろ？　高いところに上がるからスリルがあるし面白い。遊び戯れ、はしゃぎ回って止まらない。が、そんな場所には危険が一杯、常に張りついているもんだ。

快楽と悦びの場所には、目立たないかたちで危うさが、そっと寄り添っているもんだ。もし危険がなきゃそれはゼロ。楽しくも何ともない。プールだって都会の中の底なしの海か沼。海坊主や河童の棲む入江か溜池のようなとこ。時には死ぬことだって厭わない危うさを持っている。小さな恐怖を誇示するための場所なんだ。

底なしの小さな海がそこにある。そんな危うさに導かれ、大人や子供や老人が、列をなしてやって来る。プールに入った子の中には、水遊びに無我夢中、ついお漏らしをしてしまう子供もいるはず。洟《はな》をかんだり唾《つば》を吐いたり、マナーの悪い中学生もいるはずだ。耳の掃除をしてみたり臍のゴマを落としたり、不届きな大人も見かける。それでもプールは海ほどじゃないにせよ、大量の水を湛《たた》えているせいで、変色したり濁ったり、汚染されることはない。もっと海に近づけたいと思うなら、鰯や鰊を泳がせたらどうだろう。ウニやナマコを並べるのも妙案かも。実際、波を起こしたり、砂浜があるのを売りにするプールだってあるくらい。

プールは最近、やけに自然の姿に近づいているようだ。なぜなんだ。それはプールも含めて水溜りというものが、世界の真ん中に繋がる通路を持っているから、そしてそれに皆が気づき始めたからに違いない。水溜りとは神秘の場所に開くもの。生命の先駆けが水溜りの縁で誕生したように、そこは重要な意味を持つとこ。水溜りは穴の入口に見えない蓋を被せている。だから下には、世界の中心に結びつくような深みがそっと隠されているはず。パワースポット？　中心に向かう穴。良くも悪くも自然が形を現した巨大な身体の出入口になっている。なのでそこに入れば母の懐に抱かれた、寛《くつろ》いだ気持ちにもなれるんだ。僕という塊の硬い殻を脱ぎ捨てて、安堵することができるんだ。

安心、安らぎ、思いは僕も同じこと。足が立たない届かないと言いながら、ゴーグルを着けてまでプールの底に行こうする。そこにあるのは深みの底の誘惑だ。やはり僕も死と隣り合わせの人間だ。甘美な死を嗅ぎつけた動物に違いない。たぶんそれと気づけば、どこにでも駆けていく。海でも山でも駆け抜けて、どんな困難も厭《いと》わない。死と闇の誘惑に魅せられて深みの先へ向かうだろう。そんな誘惑に囚われて、底の穴に呑み込まれ、吸い出されていった男たちに女たち。そんな人らの痕跡が、どのプールにも一個や二個は付いている。僕の嗅覚もそんな臭いを嗅ぎ分けるくらいの能力は持っていた。清く正しく美しく生きるんだ。でも限界を感じていた。そんな一種純粋な、こだわりを持つ人間を見つけ出す感性を、持っていると信じていた。

何のために生まれたんだろう？　どうしてもわからなかったんだ。なぜ考えてしまうのか？　内側を向き過ぎていたんだ。現実の世界に抱くこの違和感。つまらないことにこだわって、正直に生きようと意地を張り、つけばよい嘘をつけなかったんだ。役に立とうと思ったのに、かえって迷惑をかけていた。生まれ出た意味はあったのか？　長くしんどいだけの道。そして最後の時をこの水溜りで過ごそうと考えた。楽しむだけ楽しんで、すべてを忘れたらいいだろう。終わりのベルが鳴り止めば、振り向くことは何もない。底の深みに潜り込み、頭を先に出ていけばいいだけだ。長過ぎる一瞬をなぞるようにして、さよならの一言も言わないで、静かに息を吐き出して、僕の前から立ち去って行ったんだ。

このプール。何の変哲もなさそうに見えている。そして脇に立つ影のような人の形。君もまた水溜りに誘惑されたひとりだろう。平沢陽一君。君は勇猛果敢な勇者だったといっていい。いや勇敢過ぎたというべきか。浅いとこに飛び込んで、底を掠《かす》めて先にいく。タイルすれすれに弧を描くように進んで水面に浮き上がる。そんな他愛ない挑戦を、飽きることなく続けていた。何度も何度も飛び込んで、いつもいつも成功した。そして飛び込むたびに底との距離を詰めていき、失敗など考えてもいなかった。が、いくら詰めても不満そうにこう言った。「これは身と魂の距離なんだ。もっともっと詰められる」

けど最後の一回、その回だけはまるで勝手が違っていた。もしかしたら身と魂の距離を測り間違えていたのかも。あるいはその距離を、さらに詰めてゼロにする。そう焦っていたのかもしれない。いずれにしろ両者の距離は詰まり過ぎてもう限界。無理をしていたに違いない。まさかこれが最終回、と意図したとは思わない。でももしかして、彼は確信していたのかも。もう十分。そろそろ次に行く時だ。

プールの縁に落ちていた石鹸に足を滑らせたのが原因だ。そうしたり顔で言う同級生がいた。皆がそれで納得なら、理由はそれでいいだろう。でも彼を知る僕からすれば、彼がそんなミスをする人間とは思わない。むしろ慎重過ぎる人のはず。少なくとも目の前で見た僕の目には、石鹸に足を取られたなんてあり得ない。彼は踏み切りのタイミングを明らかに外していた。そしてそれを修正できぬまま、いつもより深い角度で水面に飛び込んだ。

それでも水に入る直前に、両手を伸ばして足を上げ、自信に満ちたポーズを取るのは忘れない。正しい形を作ること。絶対守る、それだけは。でもそんなことにこだわっちゃ、悪い結果を招くだけ。身の安全を考えて、体を曲げてぶつかるとか、腕を開いて受け身の姿勢を取るだとか、できないわけじゃなかったのに。けど彼は誇り高き戦闘士。胸を張り、目をしっかりと見開いて、薄笑いさえ浮かべている。次に起こる悲劇など、予想させないポーズをしっかりと取っていた。不安を隠して作り上げた最後の正しいその形。直後、悲劇は速足でやってきた。彼の勇姿は鮮明に、僕の脳裏に焼き付いて離れない。たとえ忘れようと意図しても、僕を追いかけてくるはずだ。そう、どこにでも付いてくる。

浅いところに深い角度で飛び込んだ。敢えて危険にチャレンジする。その挑戦を僕は前から知っていた。いつかやる。そんな予感めいたものも持っていた。でもその時は日々先延ばしにされていて……。もちろん来ないでくれと祈っていた。でもいつか必ずやってくる。「やってるな」水に飛び込む彼の姿を僕は視野の端っこで摑まえる。が、その瞬間、ムズムズソワソワ、地震の前に小動物が落ち着きを失くすことがあるように、胸の内側にうずく塊があることに気がついた。と、時間が飛んで、先回り。場面は逆さになって返ってきた。僕の予感は起きる前からすでに確信に変わっていた。

「やめろ、やめるんだ。やめてくれ」まだ見ぬ映像が手違いで、僕の許《もと》に配信され、不吉な既視感に囚われる。失敗を予想させるものがあったわけじゃない。それは今と未来がない交ぜに。ネガのように重なった奇妙な瞬間というしかない。その間だけ時の流れが逆方向。見てはならない映像を僕は見てしまうのだ。

前にも不用意に飛び込んで頭を打った少年がいた。確かに、ここは以前から危険なとこだといわれていた。それに午後には陽の光の悪戯で、ここだけ底が見え難い。でもそんなことは承知のはず。言い訳にできるようなことじゃない。危険なのは前からわかっていたはず。だから絶対に阻止すべき。にもかかわらず何もせず、何も言わずに彼の姿を送り出す。一度見たビデオのシーンをなぞりながら事故になる、そんな確信に怯えつつ、僕はその場に立ち竦む。現実の感覚を失って、声も出せない。石のように固まって、プールで起きた映像を、テレビでも見るような感覚で、固唾を吞んで眺めていた。そしてコンマ一秒とかからない時の隙間の内側で、薄い壁を押し倒し、彼は深みの奥に突き抜けていったのだ。その光景を見た後も息を詰め、遠い国で起きた革命でもなぞるような眼差しで、黙って僕は眺めていた。他にやりようはないだろ、そんな態度と表情で。

厚い水を切り裂いて、勢いよくプールに飛び込む彼の姿は肌色のイルカだったといっていい。誇り高き水中の戦士だったに違いない。水飛沫《みずしぶき》を高く上げ、彼は水の中に消えていく。最初に頭が見えなくなり、背が隠れ、臀部が沈んで太腿《ふともも》が水面から消えていく。最後に残った足首がその影を隠そうとした時に、異変はついにやってきた。

止まっちゃいけない高速で、ブレーキをいきなり踏んだようなもの。水面にまだある足が急停車。氷みたいに固まって、そしてボールでも蹴るようにピンと伸び、次に小刻みに震え出す。世界の拍動がそこで一旦停止して、一秒か二秒の間を置いて動き出す。直後まだ上にある足首が大きく痙攣し始めた。僕が見た光景はこの世のものだったのか？　実際に世界で起きたことなのか？　とてもそうは思えない。３Ｄの映像か映画の断片を見せられた？　でもすぐに音がして、水面が割れるように揺れたのだ。「コッツン」そんな感じの音だった。卵を割ろうと縁に当て、失敗した時のよう。低くて鈍い音だった。

まだ完全に沈んだわけじゃない足首が、宙を蹴るような動きをして、高く大きく跳ね上がる。と、今度は潜っていた向う脛《ずね》がニョキリと姿を現した。下肢は打ち込まれた杭のよう。そこに刺さって立っていた。あたりを不思議な静寂が覆っている。闇の中にいるような静けさがそこらじゅうに漂って動かない。そして水面にある足の先とその裏は、渡り鳥が羽を休めに来ても変じゃない。そのくらい落ち着いた佇《たたず》まいをみせていた。

え、事件？　事故だろ？　いずれにしてもこれら一連の出来事は二、三秒、あっという間のことだった。でも僕の中では間延びして、長く感じられるものだった。その間、逆立ちの格好で、彼は水中に立っていた。そんな姿で固まっちゃ、さぞかし辛かったに違いない。そして、ちょうど居合わせた人たちも、そこから動けなくなっていた。時間はそれでも容赦なく過ぎていき、がちがちに固まった場の空気を削っていく。さっきまで真っ直ぐだった両足も、風呂屋の煙突が傾いて、倒れていく時のよう。その姿を消していく。ほどなく潰れた頭部が現れた。髪の毛の隙間から赤い血が流れ出し、座礁したタンカーから溢れる重油みたいな血だまりを作り出す。それが水面に帯を引いて、徐々に広がっていったのだ。

それから蜂の巣を突ついたような大騒ぎ。のんびりと昼寝をしていた職員が、慌ててプールに飛び込んだ。監視台に座っていたバイトの監視員も、台から駆け降りて水飛沫《みずしぶき》を上げている。「救急車、救急車」誰かが大声で叫んでいた。「担架を早く、そう早く」そんな声も聞こえてきた。声に呼応してすぐに白い担架がやってきた。救急車を呼ぶために高校生が走り出す。どこからともなく集まってきた男らが、ぐるりと彼を取り囲み、墓石でも持つように、重くなった塊を布で包《くる》んで運び出す。プールサイドに引き上げて、担架の上に横にする。動かない。ピクリとも動かない。まわりを囲んだ人たちの間から、潰れた頭部と顔面が見えてきた。頭皮が不規則に波を打ち、髪の毛には血糊がべたりと付いている。ここから見る限りでは、鼻も顎も目の縁も、どこも無傷に見えている。が、おでこから上の部分が欠けていて、潰れた人形？　不自然な形の横顔が張り付いているようだ。

担架の上に跨《また》がった監視員の青年が、すぐに人工呼吸と型通りの心臓マッサージを開始する。でもそれは命を救うには、あまりにも滑稽な動作のようにみえていた。今の状況でそれをして何の意味があるんだろう。無力だとは言わないが、やって意味あることじゃない。彼も他人事の顔をして、助かる気など毛頭ない、と言わんばかりの横着そうな格好で、だらりと横になっている。それにだいたいそんなことをして、頭の割れ目から血の液を、押し出す結果になっていた。

人工呼吸が始まって十数分。サイレンを鳴らして救急車がやって来た。でもその頃にゃ、額や顔の色は真っ青で、すでに生命の兆しすらないように。駆け付けた救急隊員も彼を見て、これはダメだと諦めたに違いない。動きはすぐに緩慢なものになり、酸素マスクを被せたり、点滴の針を刺したり付けたり、それなりに動き回ってはいたけれど、形ばかりを整える葬儀屋のそんな動作にしか思えない。

9

コンコンコン。不思議なことが起きたのはその日の夕方。ベッドの上の僕に向け、窓を叩く音がした。何の音？　最初は風が窓枠を叩いている？　と考えた。でもすぐに、これは変だと気がついた。空は快晴、そして風が吹いている感じなんかしなかった。風の悪戯？　あり得ない。じゃ、この音は何なんだ？　カラス？　野良猫？　いや、それはないだろう。もっと別の小動物？　けど音は、確かに意図を持っていて、ただ闇雲に叩いたり、引っ掻いたりする時の音じゃない。いかにも意味ありげだし僕を意識して、何かを伝えるために響いている。そう、音には独特の音階とリズムがあり、明らかに僕に向かって呼びかける、響きと音色を持っていた。誰かが僕を呼んでいる。でも誰が？　僕に用のありそうな人。そんな人間がいるなんて……。頭の中をひと巡り。でもこれといった人の名は浮かばない。

考えてみろ。この部屋は、背伸びをしたくらいじゃ届かない二階の隅っこ、一番端に位置してる。

叩くには、梯子をかけて登るとか、竹竿を使うとか、そのくらいしか方法はないはずだ。どうみても人ふたり分の背丈はあるし、そんな高さを乗り越えて、僕を呼びにやってくる？　人が果たしているもんか？　そんな奇特な人がいるんなら、呼びかけに応えてやらねば。そのくらいの義務と責任はありそうだ。

僕の胸は高鳴った。吉と出るのか凶なのか、予想もつかぬことだった。でもそんなことは別にして、僕はこの部屋にいて、他に逃げる場所はないんだし、受けて立つしかないだろう。逃げ場はないと諦めて、そっと窓枠に近づいた。

窓際の壁に背を預けたままの格好で、横目で外を覗き見る。変わった様子は特にない。柿の木が西の風に揺れていた。その先に隣家の瓦と裏山が、夕日の中に見えていた。それから赤く爛れた太陽が、山の端にまだその姿を残している。怪しげなものは何もない。いつもと変わらぬ夕方の風景があるだけだ。ホッとして枠のホックを持ち上げて窓を半分開けてみた。のっぺらぼうが顔を出してこんにちは。音もなく一反木綿《いったんもめん》がスーッと入ってくるのかも。そんなことを想像しながら開けてはみたが何の変化も起こらない。

不安は的中しなかった。好奇心は裏切られたままだった。もしもってこともある。やや引き気味に窓から顔を出してみる。でもやはり人っ子ひとりいなかった。猫もカラスも竹竿も、そんなものはあたり一面どこにもない。身を深く乗り出して庇《ひさし》の下まで覗いたが、これといった異変はない。誰も隠れちゃいなかった。じゃ実際、さっきの音は何なんだ。単なる空耳？　聞き違い？　ホッとしてベッドに戻ろうとした時に、またあの音が聞こえてきた。コンコンコンコン。さっきと同じ音だった。

誰かが窓を叩いている。悪戯《いたずら》なら、おい、いい加減にしてくれよ。これはテレビや漫画じゃないんだぞ。悪ふざけに付き合っている暇はないんだ。僕は嫌な気持ちになってきた。でも僕を呼んでいる奴がいるんなら、確かめてみる必要は……ありそうだ。揶揄《からか》われている気もしたがもう一度、窓を開けてみることに。すると今度はどうだろう。白い手が庇の端に見えていた。人間の白い手がブリキの板を摑んでいた。

びっくりしたなんてもんじゃない。実際、僕は驚いて、跳《と》んで後ずさりしてしまう。でもだからって、お化けや火の玉を見たわけじゃない。僕が見たのはただの白い人の手だ。たぶん庇の下に男がいて、板の端に手をかけて、上がるタイミングを計っている。いたずらに恐れたり怖がったりする必要はないだろう。まさかこんな時間に泥棒も。庇から男の顔が覗いたら、そうだ「探しものでも……?」笑顔で尋ねてみたらどうだろう。高鳴る鼓動を抑えようと深呼吸。そして男が顔を出す前に、白い手を観察しようと考えた。知っておいて損はない。

白い手は若い男の左手のようだった。指先は長くてスマート。親指の付け根に丸い黒子《ほくろ》が付いている。たぶん濡れているんだろう。庇の板に黒い模様を付けている。水に浸かり過ぎたのか? 皮膚全体が波を打ち、水を含んだパンのよう。触ると潰《つぶ》れそうで怖かった。

と、白い手が板を離れて動き出す。手は掌《てのひら》を僕に向け、スーッと手首の位置まで伸びてきた。それから前腕部を覗かせて、さらに肘の関節まで見せてきた。いよいよご本人の登場か。強面《こわもて》の男が出てくるんだろう。そう考えて踏ん張って、僕はその瞬間に身構えた。でも動いたのはそこまでで、それ以上は何も伸びない。顔も頭も出てこない。動きはそこで停止した。

それから奇妙なことが始まった。掌《てのひら》はグー、パー、グー、パー、結んでは開いての、不思議な動きをしてみせた。肘より先を庇の端から僕に向け、同じ動作を繰り返す。何のこと？　正直、面倒な奴だなぁ。嫌な気持ちになってきた。軒下に隠れているのはわかってる。つまらない思わせぶりはやめにして、早く出てきたらどうなんだ。だんだん僕はじれてきた。そして彼の次の行動を、待ってられない気になった。

「誰ですか？　いるんでしょ。言いたいことがあるんなら、早く出てきて下さいよ」

我慢の限界。何を考えているんだろう。たぶん躊躇してるんだ。重い決断を、いま下そうとしてるはず。

間を置いて左手は、庇を離れて動き出す。誘惑でもするように、僕に向かって手招きをしてみせた。こっちに来いといわんばかりに、掌をしゃくるように動かした。彼の動作に誘われて身を前に乗り出すと、掌は動きを止めてグー、チョキ、パー。リズムを付けて大袈裟にジャンケンポンをし始めた。

「ジャンケンかい？」思わず僕はそう聞いた。すると掌は、親指と人差指で輪を作り、嬉しそうに頷いた。「なんだ、ジャンケンポンがしたいのか」

僕が言い出したわけじゃない。でも白い手はジャンケンがしたかった。いつの間にかにグー、チョキ、パー。僕と彼とでジャンケンポンの大会が始まった。

最初、彼は相手にならないくらい弱かった。どうしてそんなに弱いのか？　僕は初めの二十回、一度も負けはしなかった。何か特別な理由があり、わざと負けているとしか思えない。でも白い手は、負けると手を横に振り、悔しそうにしてみせた。次の二十回、僕は一回か二回負けただろう。僕の圧倒的有利は続いていた。たまに勝つと白い手は、掌をパッと開いて喜んだ。そのうち勝ったり負けたりのイーブン勝負になってきた。それから徐々に勝率で、彼の方が上回り……そして何てこと。まるで勝てなくなったのだ。

約三十分、僕らはそんなことを続けていた。けど長く遊ぶには、勝った負けたのジャンケンポン。それだけじゃ、いくらなんでも単調だ。さすがに僕は飽きてきた。しかし時間が経つにつれ、僕は白い手と一緒にいるのに慣れてきた。掌という断片的な塊を前にして、何の違和感も感じない。向こうも僕に慣れてきた。そこで単刀直入に聞いてみた。

「ねえ君、ぶら下がっているんだろ。時間も経ったし、疲れてきたんじゃないのかい。そろそろ出てきちゃどうなんだ」白い手は二本の指を交差させ、「×」を作ってそんなことはない、と否定してきた。

「出てこない？　じゃ、もしかして、君には顔や体が付いてない？」僕は冗談めかして言ってみた。するど何を隠そう白い手は、親指と人差指の先を結んで「○」の印を作ってから、それを僕の方に押してきた。「え、本当？　ホントにホント、そうなんだ」

「じゃ一体、君の姿かたちは今どこに？　軒下にないってことは？　そうか、やっとわかったぞ。君ん家《ち》に置いてきた？」もう一度ふざけて僕は聞いてみた。「○」

「本当に？　家に置きっ放しっていったって……。じゃ、君の体はここにない？」「○」

彼は再び指先を丸めて○を作ってから、済まなさそうに肯《うなず》いた。

「ない、ってそう言われても……。なきゃ、君だって困るだろ。なら、頭や顔はどうなった？　やっぱり置いてきたのかい？」「○」

「頭や顔や何もかも？　そうか、じゃ君は存在しないんだ」「○」

「はいはい、わかりましたよ、そうですか。聞いた僕が悪かった。じゃ、君は誰なんだい？　まさか、お化けや妖怪とか怪物じゃ……」「×」

「よかった。でも、それじゃ誰？　もしかして、僕の知っている誰かさん？」「○」

「え、そうなの、僕の知っている……。君、さっきまで濡れてブヨブヨしてたよね。て、ことは待ってくれ。ちょっと前まで水の中？」「○」

「すると、ヨーちゃん？　そうだよね」「○」お辞儀でもするように指を倒して肯いた。

「来てくれたんだ。嬉しいよ。けどヨーちゃん、用でも何かあったのかい」「○」

「本当に？　で、用って何、できること？」「○」

「なに？　なに？　何だろう？　渡したいものだとか言伝てとか？」「×」

「お礼がしたい、謝りたい？　恨みを晴らしてほしいとか？」「×」

「わからない。何か欲しいもんでもあるのかな？」「○」

「欲しいもの？　じゃ。お金？　ダイヤとか貴金属？」「×」

「お金はこっちの世界でしか使えない。じゃ、女の子？　うーん、何だろう？　シャツとか靴とか下着とか。もしかして、それってこの部屋の中にある？」「○」

「あるってそう言われても？」部屋の中を一回り。「ロクなものはなさそうに思うけど」

もう一度振り返って見てみたが、目ぼしいものは見当たらない。机があり、本棚があってベッドがある。後は雑誌やガラクタの入った段ボール。いつもの汚い部屋があるだけだ。

「わからない。でも本当にあるんなら、ヨーちゃん、指差してくれないか」

最後の言葉がまだ口の端《は》にあるうちに、白い手は机の方向を指差した。

もので溢れた机には、本やノートやボールペン、飴やガムや煎餅のお菓子類、鏡や櫛や牛乳瓶、それにチラシやポスターや新聞の切り抜きや、ゴミに等しいようなもの。そんなものが山と積み上げられていた。なので白い手が差したものが何なのか、僕には全然わからない。片っ端から机のものを持ち上げて、それを彼に示してみた。ダメ、ダメ、ダメ。そしてとうとう蜂蜜の瓶のところに辿り着く。瓶を持ち上げた瞬間に、掌は○を作って肯《うなず》いた。

「何だ、これか、蜂蜜か」

でも何で蜂蜜？　蜜は舐めて味わうもんだろう。手に触れたって意味はない。蜜を手にして何になる。死者にとり、蜂蜜は意味を失っているはず。じゃ、なぜ蜂蜜？　それは理解を超えたもの。以前、甘いものが好きだった？　だから最後に手にしたいと考えた。あるいはベトベトとした感触に、性的な思い込みでも抱いたか。それとも全然別の意味？

尋ねてみるしかないだろう。直接聞こうと振り向くが……、もうすでに遅かった。掌は庇の上から消えていた。急いで身を乗り出し見てみたが、彼の姿はどこにもない。それらしきものは何一つ見つからない。痕跡一つ残さずに、蒸気みたいに消えていた。

さようなら！　別れなんてそんなもの。通夜はその夜のうちに執り行われることになる。せめてもの償《つぐな》いだ。望みをかなえてやるしかない。それには蜜を届けてやる。それが僕の務めだし、たった一つの弔《とむら》いだ。

グッドバイのひと言だけ。そして今夜しかないだろう。そんな義務感に囚われた。

夜半過ぎ、皆が寝静まるのを待ってから、手提げに蜜の瓶を入れ、僕はそっと家を出る。彼の家までは三十分。三日月が暗い夜空に穴を開け、そこから顔を出していた。細長い月にしては明るすぎ。そう思いながら見上げると、いきなりスピードを上げてきた。何事か？　一体何があったんだ。と、あっけにとられて見ていると、月は鎌のような切先で、天球の角を引っ掻いて大接近。僕の真上にやって来て、直に語りかけてきた。

「君だって二十年、生きてきたはずだろ。なのにまだ、もやもやソワソワしてるんだ。そりゃ長く生きてりゃ、悲しいこともあるだろう。月の女神はオリオンを知らずに矢で打ったんだ。騙されて乗せられて、見間違えて打ったんだ。そんな時には当たり前。急いで笑い顔を作るんだ。そうそう、そうだ、それでいい。嘘笑いでいいんだよ」え。僕の胸はドキッとしてから高鳴った。三日月の話に驚いたわけじゃない。僕の考えていることをそのまま月が喋ったから驚いた。月の光は僕の心を読んでいた。僕は月の前で筒抜けになっていた。

「なぜ？」僕は独り言のように聞き返す。すると月はニヤニヤと笑いながら呟《つぶや》いた。

「誰もいない、何もない。辛《つら》い心でいる時もあるだろ。そして笑い顔の君もいるはず。そうだよ、形だけでいいんだよ。外側を作れば十分。考えることは何もない」

これもまた頭に浮かんだことだった。僕の心は読まれていた。すべてを察知され、思うがままにされていた。ならば抗《あらが》っても意味がない。言われた通りにするしかない。僕は月の言う通り、笑い顔を作ってみた。と、三日月は喜んで、そうだ、そうだ、と言いながら涙を流してくれていた。確かに彼女はお見通し。心の中を読んでいた。でも月は奴隷みたいに僕を支配したわけじゃない。白い月は静かに僕を照らし出す。そして守り導いてくれていた。月の光に励まされ、幸せな気分に僕はなっていた。

けど道すがら、一日を象徴するように不吉なことが巻き起こる。僕は突っかけを縁石にぶっつけて、共同溝の穴に落としてしまうのだ。先を急いだせいもある。まわりが暗くて探すのが難しい。まあいいさ。突っかけの一つくらいどうにでも。探すのは諦めて先を急いだ。でも運悪く靴下を、その日は履いていなかった。で、仕方ない。僕は右足でステップを踏みながら、もう片方は裸足のまま、残りの道を行ったのだ。

舗装された白線の内側を歩いていく。でも路上には石や硝子《ガラス》の欠片《かけら》など、危なっかしいものが数限りなく落ちていた。鋭い破片が突き刺さり、趾《ゆび》に血を滲ませた。嫌だ、もう限界だ。引き返そう。僕は断念しかけたが、それでも月に背を押され、怪我した足を引き摺って、彼の家に辿り着く。

三日月の蜜提げてゆく町に影　ヨーちゃんイカルス歯形つく鳥

すでに十二時を回っていた。通夜はとうに終わっていて、弔問客はもう帰り、家族も寝床に就いていた。中からは物音一つ聞こえない。僕は蔦《つた》の葉の絡まる塀沿いの闇の空間に入り込み、彼がいつも使っていた引き戸の前にそっと立ち、扉の板に手をかける。鍵はかけてないはずだ。音を立てないように気をつけて、横にずらして戸を開ける。

入って目に付いたもの。それはベッドと机と本棚と積み上げられた本の山。あとは何もかけてない二、三本のハンガーと。それから机の上にはアイドルのポスターが。目ぼしいものは他にない。壁と天井が灰色とクリーム色のくすんだ二色で塗り分けられた殺風景な部屋の中。よく言えば、海辺の涼しげな別荘だ。

朝、部屋を出る時に彼が片付けたのか、家族が慌てて掃除をしたのか、部屋は整理されていた。いやむしろ整い過ぎている印象だ。朝まで彼がここにいた、なんて感じはしなかった。脱脂綿からエタノールが抜けてしまった後のよう。数時間、彼の気配はどこへともなく消えていた。たぶんここは人が住めるようなとこじゃない。世界の涯《はて》のその果ての、遠いところに行くための通い道。飾り気のない地下道か、廊下かトンネルみたいな空の穴。

平沢陽一君。同じ高校の一年上の先輩だ。勉強ができて人望が、なんて優等生じゃなかったが、読書家で何でも知っている理論家肌の上級生。一目置かれた存在だ。夏休みが終わった高二の秋、彼の姿が学校から消えていた。何があったか？　語られることはなかったが、噂はいろいろ立っていた。精神科の病院に、と囁くクラスメイトがいた。旅好きで、今頃インドか中南米を旅している、と、まことしやかにも語られた。上京しておかまをほっているはずだ、と茶化して言う者もいた。でも実際はどうなのか？　無断で試験をすっぽかし、担任の呼び出しにも応じない。進級には割合甘い学校だとは思うのだが、全く来ないのでは救いようがない。結局、留年を余儀なくされてもう一度、高校の二年生をやることに。

他にも落第する生徒がいないわけでもなかったが、決まれば大抵の学生は、辞めて別の高校に転校する。レベルを落として他に移れば上のクラスに進めるから、という話を聞いたことがある。でも彼の選択は、留年して学校に残るというあまり選ばれない方の道だった。

こうして僕らは同級生になったのだ。クラスも同じになり、席も偶然そばになる。とはいえ僕らの間には先輩後輩の遠慮がある。二言三言、短い会話を交わしたのは覚えている。放課後に将棋を指したり、挨拶に毛の生えた程度の話はしたが、でもそれだけ。元々彼はお喋りじゃなかったし、無闇にはしゃぐ方でもない。そして周囲の人と和気藹々《わきあいあい》、盛り上がっているのを見たこともない。

けど彼が陰気で根暗《ねくら》な人間かといえば、そうじゃない。本来は陽気な性格なのに、暗さを無理に強いられる。彼でなくても落第して、下のクラスに移れば暗い気持ちにもなるだろう。さっきまで後輩だった学生に囲まれて、馴染めと急に言われても、そう簡単なもんじゃない。壁を作って引き籠もる。当然だとは言わないが、多少暗い顔をしたとして、理解できないことじゃない。

「日曜にでも会わないか？」一学期も終わる頃、突然声をかけられた。親しいわけでもなかったし、不思議な感じが僕にした。嫌だとか、会いたくないとかそこまでは……。ただ何事か？　という気がしたのを覚えている。基本的には先輩だし、気安く会える間柄じゃないはずだ。約束の日曜まで、重い気分の中にいた。

　日曜日、僕らはデパートの角の歩道で待ち合わせ。五分くらい待っただろう。ジーパンにポロシャツというういで立ちで、彼は僕の前に現れた。「やあ」と手を挙げてくれたのだが……一体それが誰なのか？　彼だとは気がつかない。目の前の人物は、学校でいつも見る彼とは違う印象の人だった。先入観もあるだろう。彼は笑い顔のその上に、他人みたいな前向きな表情を作ってそこに立っていた。

「行こうか」と彼が声をかけ、僕らはアーケードの雑踏に入り込む。彼は本屋があればその前に立ち止まり、新刊本を開いたり、雑誌をぺらぺらと捲《めく》ったり、漫画を立ち読みしたりする。薬屋を見つけると、躊躇もせずに入っていき、サポーターを肘に巻いたり棚の箱を弄《いじ》ったり、試供品の軟膏を手に塗り付けてみたりする。おもちゃ屋に入ると、買う気もないのにディスプレーの人形を持ち上げたり、ケースの中のゲーム機のボタンを押したりレバーを引いたりしてみせる。僕が側《そば》にいるなんて、まるで眼中にないようだ。ただこの瞬間を楽しんで……。そして僕はといえばだらだらと、商店街の人混みを、再び王子様の鞄持ちに戻ったみたいにお供して、彼に付き従って行ったのだ。

一時間くらいぶらぶらした頃だろう。彼も疲れてきたに違いない。僕らはアーケードの人混みから表通りに抜ける道に折れ、ホテルの脇の小さなカフェに入り込む。一階がブティックになっている英国風の建物で、二階がカフェになっている。何度も歩いた道なのに、こんなところに、え！　カフェが。気づかなかったのはなぜだろう。

こんな感じをゴージャスと？　カフェの内側は見たことも感じたこともない大人びた空間になっていた。少なくとも高校生の僕にはそう思われた。入口のドアに嵌《は》め込まれたピカピカのデコレーション。階段の天井に垂れ下がる銀色のシャンデリア。それらはみな宝石みたいな輝きを持っていた。それからふっかふかのソファーの中の柔らかさ。それは背と腰を優しく包んでくれていた。壁に掛かるルオーの宗教画みたいなレプリカも、センスがよさそうに見えていた。

水色の制服の女の子が水を持ってやって来た。メニューを開いて手渡してくれたのだが、彼は何も見ずにカフェオレを注文した。選ぶのも面倒だ。「もう一つ」僕もそう言っていた。

カフェオレは珈琲とミルクが別々のカップに入ってやってきた。二つのカップを持ち上げて、三つ目の空のカップに注いでいく。好みの量に混ぜてから、砂糖を足して口にする。手つきは手慣れたもんだった。彼の物真似、同じ要領でカップを満たして飲んでいく。

「この店、いい感じだろ」彼が言うので先輩風を吹かせている、と思ったが、確かに彼の言う通り。この雰囲気をいい感じというのだろう。すぐに納得させられてしまうのだ。

スマートで素敵なことを口にした、なんて全然思わない。でも彼の言葉は的確だ。それに較べて僕はといえば情けない。曖昧な返事ばかりを繰り返し、頷《うなず》いているだけの首振り人形になっていた。

こんな時、何と言えばいいんだろう。気の利いた文句なんか出てこない。わけのわからないことをあれこれ言うだけ。脳みそのどんなボタンを突《つ》ついても、適切な答えなんか出ちゃこない。辞書にあるすべての言葉にすれ違い、肩透かしを食っていた。

「いきなり渡辺がやって来て、君に会うようにって言ったんだ。何だろう？　何かあるとは思うけど」彼はカップを手に持ったままそう言った。

「先生が……」僕は声を出さずに呟《つぶや》いた。

そうか、先生の考えた作戦か。先生。そう、渡辺先生。他の教師はともかくとして、僕は渡辺先生のことだけは「先生」と呼ぶ。先生は世界史の教師で、授業は受けたが別に担任でもないし、特別懇意にしてもらったわけでもない。僕は先生を、体育会系の怖い教師だと思っていた。サッカー部の顧問をして、がっしりとした頑丈な体を持っている。声も太くてよく通る大きな声を出していた。が、先生は二年前、肺結核を患って一年間の休職を強《し》いられた。一見、雲一つない夏の空、病気とも、僕とも縁のなさそうに見える先生だったのに。

誰が呼んだわけでもない。僕が不登校を決め込んで家に籠もっていたある日、先生は僕の家にやって来た。会いたいという先生に、僕は部屋に籠もって会うことを拒絶した。僕が寝たふりをしてる間に、何を話していたんだろう、先生は長い話を母とした。で、帰り際にもう一度、僕の部屋にやって来た。

「おい松尾、そろそろ時間切れだ、もう帰る。今日のことはなしでいい。ただな、いつでもいいんだ。遊びに来てくれないか。歓迎するよ、ぜひ来てくれ」一度も話したことのない先生がそう言った。以後先生は、僕のことを何かと心配してくれた。

「教員室でお前のことが話題になって……」先生は言っちゃまずいだろうということを、平気で教えてくれたのだ。「来ない生徒は辞めてもらった方が本人の……」学年主任が言っていた。そんな話だったと記憶する。生意気にも「わかってますよ、そのくらい。察してますから大丈夫」教えてくれる先生に、言いたくなったのを憶えている。

また別の日には「面白いから読んでみろ」僕に歴史の本？　をくれたのだ。確か岩波文庫の『歴史における個人の役割』そんなタイトルの本だった。

「やがて誰もが十五分だけ世界的有名人になる日がやって来るだろう」さすがにそうは書いてなかったが、興味深い本だった。著者が誰でどこの国の人なのか、中身はどんな内容か、思い出そうとしてみても、浮かんでくるのはごく一部。それにだいたいその本は、歴史の本だったのか？　それさえ怪しくなっていた。

袖振り合うも多生の縁。僕と先生の間には、理屈じゃない何かがあったはずなんだ。僕という生徒は多生の縁でもない限り、はた迷惑な存在だ。加えて母が家に押しかけてみたりして、よけい先生を困らせた。母の話はそうでなくても脱線気味。とんでもないことを言って気がつかない。何を話しに行ったのか？　先生は黙っていたが、この日のことも母が妙なことを言ったので、気を使ってくれたんじゃ。当たらずしも遠からず。たぶんそんなとこだろう。

「渡辺が会って話せって言ったんだ。会うのはいいよ、かまわない。だけど君に話すことなんか……思い浮かびもしないんだ」

彼はすまなそうにそう言った。確かに彼の言う通り。ふたりで話すようなことなんて何もない。だからって黙ってカフェオレを啜《すす》っていたわけじゃない。つまらない話だったかもしれない。口を噤《つぐ》んで喋らない、僕に対して彼は多くの話をしてくれた。でもそれを思い出そうとしてみても、何を話したんだろう？　中身までは出てこない。ただ一つ、この話だけは憶えている。耳の内側にしっかり痕跡《あと》を残して付いていている。

「あれは長く休んでいた時のこと。今も不思議に思うけど、なぜ学校に行けないか、わけがわからなくなっていた。行けないんなら仕方がない。けどダラダラと時を過ごすのは許さない。規則正しい生活を。と母から注意されていた。なので努めて外に出た。ある日僕は散歩に出て、その延長でデパートまで行ってみた。そこで妙なものに出くわした」

「八階のおもちゃ売り場に長くいて、飽きて降りようとした時だ。エレベーターは空いていて、僕以外、誰も乗っていなかった。ドアを閉めようとパネルに指を触れた時、子供の泣き声が聞こえてきた。外壁と柵の隙間に小さな子が閉じ込められて泣いていた。『君、そんなところに立ってちゃ危険だぞ。挟まれて潰《つぶ》されても知らないし』不思議にも、声を出さずにその子に話しかけていた」

「子供は赤ん坊をさらに小さくしたような、体長は十センチ。人形みたいな小型の子。奇跡だろ、あり得ない。そこまでは言わないが、そんな体でよく生き永らえてきたもんだ。妙に感心、彼の姿に見惚《みと》れていた」

「エレベーターの外壁は、扉も壁も天井も硝子《ガラス》の板でできていて、外の様子がよく見えた。ドアが閉まる直前に、子供の母親なんだろう。若い女子大生か看護師さん、そんな女性が駆けてきて、悲鳴に近い声を上げ、何かを彼に告げようと。でもその声はモーター音に掻き消され、僕らのいるところまでは届かない。子供が危険な場所に入り込み、慌てふためいているんだろう」

「子供の方に目をやると、母と別れて悲しくなり、今にも泣きそうになっていた。扉を開《あ》けてやらなきゃ。指を板の隙間に差し込んで、力一杯引いてみた。でもまるでダメ。僕の力で開くようなドアじゃない。なら非常用のボタンを使ったらどうだろう。で、窪みの中に仕込まれた赤いボタンを押してみた。が、何度触れても叩いても、びくともしはしなかった。ならば力ずくで開けるしか。気合を込めて叩いたが、エレベーターは動き出して止まらない。子供は柵の硝子にしがみつき、遠ざかる母を見上げて泣いていた。ところが動き出して二、三秒。柵が外れてすってんころりん、子供は中に落ちてきた。よかった。でも何を考えているんだろう。今度は壁際に落ちている本を見つけてそこに行き、ビニールの袋を開けて潜り込む。本は小学生向けの学習誌。そんな本の相場だろう。付録の小箱が付いている。その中に入ろうと、息を吐き出し前屈み。頭の先を突っ込んで、昆虫みたいにがむしゃらに手足をモゾモゾゴソゴソ。おい君、何をしてるんだ」

「箱に入ったその後も、彼はずっと泣いていた。ひとりぼっちで怖くなり心細くなったんだ。僕は彼の気持ちを考えて、こりゃ慰めてやらなきゃ。遊んでやろうと紙箱を、箱ごとそっと持ち上げて。それを左右に振ってみた。いい子、いい子とあやしてやるつもりでいた。そうすりゃ気も晴れ泣きやんでくれるかも。でも揺さぶり過ぎたようだった。箱は掌をすり抜けて、硝子《ガラス》の壁まで飛んでいく。で、壁の板にぶつかって、下に転落、落ちてきた。中の子は大丈夫？　心配して駆け寄ると、破れた箱の隙間から、這い出してきて立ち上がる。擦り傷も刺し傷も、打ち身も打撲も何もない。眩暈《めまい》もふらつきもなさそうだ。ひと安心と思ったが、この後どうすればいいんだろう。知らんぷりでほっとけば迷い子に。そして母の元には戻れない。それじゃ何とも可哀相。母のところに届けねば。そんな義務感に駆られて僕はそこにいた」

「母親はまだ八階にいるはずだ。ならばそこに戻ればいい。何も思わず考えず、パネルの8の字を押してみた。するとエレベーターは上を目指して急上昇。で、予想通りというべきか。あるいは幸運だったのか。母は八階のエレベーターの前にいて、戻ってくるのが当たり前。そんな顔で立っていた。ドアが開き、母がいるのに気がつくと、子供はすぐに泣きやんで、母を目がけて一直線。そこが帰るべき彼の場所」

「子供が出ていったエレベーター。床の上には石のような塊がぽつんと一つ落ちていた。さっきはなかった、そんなもの。一体これは何なんだ？　気になって、拾い上げてよく見ると、黒い枇杷《びわ》の種のよう。大きめの植物の種のようなものが落ちていた。それを眺めているうちに、一つイメージが湧いてきた。これが聞きしに勝る人の種？　人にも種があるんだぞ。誰かがそう言っていた。長い進化のその中で、種は人も植物の仲間だった時のこと。そんな時代を明かしているはず。進化のツリーを繙《ひもと》けば、誰にだってわかること。あっておかしなもんじゃない。その昔、僕らは種から生まれてきたはずだ。種の中のイメージは僕にそう言ってきた」

「『植物みたいに喋らずに根を張って立っている。サウイフモノニ　ワタシハナリタイ』ふざけたことを言うクラスメートが昔いた。今から思えば太古の昔を思い出し、植物だった頃を懐かしんでいたのかも。彼にこの話をしてやれば大喜び。飛び上がって喜んでくれるだろう」

「種なんて改めて考えるようなもんじゃなく、普段は見えないというだけで、どこにでも落ちている。これといった色や形がないせいで、目で見てもわからないし実態も摑めない。でもその種が何かの拍子に世界の中に落ちてきて、人の中に紛れ込む。もちろん種は立派なDNAを持つ受精卵。だから人に入れば芽を出して背を伸ばして人になる。春、種を蒔く人がいるように、月夜に誰かが種を入れ、それが芽吹いて新しい人になる。コウノトリじゃないけれど、結局、誰かが持ち込んだ。案外、人の誕生なんてそんなもの」

息継ぎも忘れたかのような勢いで、彼はここまで持ってきた。でもそれは僕に話してるんじゃなくて独り言。喋り方といい表現といい、自分への言伝みたいなもんだった。

「普通なら見えないはずの人の種。もう一度、手に取り表面を観察した。種の色は真っ黒で、真ん中に目玉みたいな斑点が、並んで二つ付いている。よく見ると口のような裂け目も下に開いている。誰かの悪戯？　枇杷の種に絵を描いた？　そんなふうにも思えたが、裏には臍の穴だろう。窪みもちゃんと付いていた。変だろ、囮《おとり》かも？　騙されているのかもしれないし、疑ってみた方がよさそうだ。だって考えてもみてごらん。あんな子がいるなんて。小人にしても小さすぎ。だとすると、一体誰だ、何者《なにもん》だ」

「たぶん完成品としての人じゃない。そう考えると可能性としてありそうなのは、作りかけか出来損ない、あるいは母親の一部とか、分身みたいなもんだろう。普段は表に出ない原形か、元の形を暗示するひな型か？」

「だとするとどう見ても、種は彼女という塊の、根っこのとこにあったもの。喋る人もいないので、あえて言うけど種に限らず人の中にあるものは、実は本体から簡単に取り外せる構造に。前からそんな気はしてたけど、外付け可能なカートリッジかそんなもの。パカッと外して持ち歩く。で、必要な時にＰＣに繋げば欲しい情報が引き出せる。ハンディータイプのＣＤかＵＳＢ。だから個々人の中に宿るだけじゃなく、どの末端にも繋がって、中身を確認できるもの。そう考えると見えるものと見えないもの、種が出入りする人間の不連続なあり方を、一気に悟った気にもなる。知らないものが入り込んでくる違和感と、それに支配された生き難さ。たぶん出たり入ったりしてるんだ。だからそんな種に引き摺《ず》られ、泣いたり笑ったり怒ったり、身は不安定になったんだ」

長々と、彼は種の話をしてくれた。独り言みたいなその話。僕は一生懸命聞いていた。時間も経って席を立とうかという時に「家に来ないか、寄らないか」彼は突然そう言った。

「え……」人がいいのか気を使ってくれたのか。僕を誘ってくれたのだ。でも先生と余りに同じことを言ったので、示し合わせているのかも？ そう疑いたくもなってくる。もしかして企みでも？ 僕は想像力を逞しくして考えた。だって今日という日は先生に頼まれた、義理を果たすだけの日の。なのになぜ家に誘うんだ。そんな義務や責任が彼にある？ たぶん律儀な性格と親切心からそう言ってくれたんだ。疑っちゃ可哀相。

一方、僕の方だって……行きたくない。気が進まないと言えばそれまでだ。気詰まりだし、身の関係のぎこちなさ。そして万事がスムーズには運ばない。それは人と上手くやれないし関われないだけじゃなく、僕の非ざる社会性。目に映らないものとの関係の難しさ。とはいえ彼の親切を、無碍に断るわけにもいかないし。結局、断れなかった。友情に敬意を示すためにも付いて行くことにした。

彼の家に着いたのは、午後の五時と少し前。太陽は赤い光を山の端のまだ上の方に残していた。わけか事情でもあったのか、玄関はスルーして、彼は隣家と壁沿いの狭い隙間に入り込み、暗い小道を奥に行く。マットの敷いてあるとこに来て、引き戸を引いて靴を脱ぎ、直接中に入ってく。で、入ってみるとそこが彼の部屋だった。後で玄関の脇にあるトイレを借りにいった時、向かいの小部屋に父親らしき初老の男が、布団に包まり寝っ転《くる》がっているとこを覗き見た。その時「父は病気で家にいる」という彼の言葉を思い出し、玄関からは入らない、わけがわかった気になった。それにしても一日中ただ横になっている。病気なのはわかったが、何の病気なんだろう。

読書家？ 本好き？ 本棚にはたくさんの本が詰まっていた。棚の中には収まらず、床に積んである本もあったのを思い出す。「今年の芥川賞、読んだかい？」「本当に？」芥川賞くらい知っている。でも受賞作が何で誰が書いたのか、そこまでは覚えてない。僕の無知は彼を呆れさせていた。何も知らない僕のため「面白いから読むといい」そう言って本を選んでくれたのだ。表紙に透き通った空の写真がプリントされた本。吸い込まれそうな青い空。「君への贈り物」彼はその本を僕の鞄に差し込んだ。気球を作って飛ばす少年たちの物語。でも本の題名は何で、著者は誰だった？いま思い出そうとしてみても……いや無理だ。もしかして最初から覚えてなかったのかもしれない。

帰り道のバスの中。貰った本を取り出して頁をパラパラと捲《めく》ってみた。十代の少年たちが苦労して気球を作って舞い上がる。失敗を重ねながら大空に……。

彼はまともな本を読んでいた。日時計みたいに明るい中身の本だった。おそらく見た目より前向きな青年だったに違いない。一方で僕はといえば、太陽より夜空に浮かぶ月が好き。陰気で青白い塊だ。すぐにでも消え去りそうな蜻蛉みたいな存在だ。僕の心は後ろ向き。世界の出来事に背を向けて、木星の大気みたいに冷めていた。何でこうなったのか？ 熱い本を読んだはずなのに、冷めたまま。興味など全然湧いてこなかった。正直、夢中になれるとは思えない。そして途中で投げ出した。どうでもよくなっていた。あの本はどこに消えていったのか。失せて跡形もなくなった。

それでも夏休みに二度三度、彼の家には行っていた。何をするために行ったのか？ 遊びに行ったのか？　相談に？　まさか、あり得ない。「行ってみろ」先生に言われて行った気もするが、どうだろう？　たぶん何もしないでいるために行ったようなもんだった。

別荘みたいな彼の家。玄関脇の小部屋には、ホームレスのおじさんみたいな禿頭の父親が、パジャマ姿でいつも横になっていた。玄関から入るのは憚《はばか》られたので、裏の暗い空間を奥に行き、直接彼の部屋に忍び込む。板張りの床に寝そべって天井を見ていると、ピアノの音が聞こえてきた。「妹が弾くんだ」彼が言うので何となく「妹が弾くんだ」と考えた。その妹は薄く色を入れた墨絵みたいなぼんやりとした絵を描いていた。絵の中に梵語の文字が入っていて、曼荼羅みたいな不思議な作品になっていた。その絵が廊下とかトイレの壁に掛けてある。会うことはなかったが、特別な才能を持つ妹のようだった。弟もいるにはいたが二階の部屋に閉じ籠もり、父親同様一日中寝てばかり。「あいつ、薬の飲みすぎだ」その顔を一度も拝むことはなかったが、彼はそう言っていた。薬とそして引き籠もり。

僕は彼の部屋にいて、マンガを読んだり音楽を聞いたり時々教科書を開いたり、そんなことをして時間を潰していたように覚えている。僕が暇をかこっている間、彼は難しげな本を読んでいた。たぶん哲学。どうして？　というわけでもなかったが、なぜそんな本を読むんだと聞いてみたことがある。「集中力を養うため」彼が言うので、何でそんなものを養う必要があるんだろう？　不思議に思ったのを思い出す。

新学期が始まった。でも彼の姿はどこにもない。どうしたんだろう？　病気？　怪我？　異変でも？　変わった様子はなかったように見えたけど。

一週間くらい経った頃、担任の教師が授業の最後に「自主退学。辞めたんだ」彼のことをそう、付け足しみたいに口にした。でもそれ以上は言わないので、退学の理由はわからずじまいのままだった。たぶん他の高校に転校した？　でも実際、転校してはいなかった。高校に行く気を失くしたようだった。学校にはもう行かず、卒業の検定試験を受けて進学する。後で先生から聞かされた。

どこにもない。遺体は部屋のどこにも安置されていなかった。慣れ親しんだこの部屋は空っぽに。でもいないとわかった瞬間に、頭の中は真っ白に。僕は何をしてるんだ、まるでわからなくなっていた。彼に頼まれやって来たわけじゃない。が、ジャンケンポンの白い手と彼が無関係なわけはないんだし、僕を呼び出したのはやはり彼。なのに待っていなかった。なぜだ。落ち着きを失ってカリカリカリ。僕は怒りっぽくなっていた。つまらないことにカチンときて、抑えられない。沸点を超えた感情が溢れ出し、蓋をするのも難しい。とはいえここにいる以上、早く彼を捜し出し、瓶の蜂蜜を届けなきゃ。

僕は彼の部屋を外に出て、トンネルみたいな空間に入り込む。たぶん彼がいる場所は、廊下の端や先じゃなく、中に開《あ》いた穴か窪みのようなとこ。あたりの壁を手探りで、探りながら前にいく。と、間もなく取っ手のような出っ張りにぶつかった。その塊を摑まえて、手前にそっと引いてみた。ステンドグラスの下にいた時と同じだ。絶対開《あ》かない、開《ひら》かない。そう思ったが、それは見事に開《あ》いたのだ。頭の先を突っ込んで、中の様子を覗き見る。と、暗がりに白や紫の花々が、花壇みたいに寄り添って部屋の隅を埋めていた。奥には祭壇が設《しつら》えてあり、彼の遺影が載っていた。その下に白い布で覆われた棺が安置されている。あった！　ここだ、見つけたぞ。闇に溶けそうなこの場所で彼は静かに眠っていた。

花に埋もれた暗闇で、彼は僕の到着を待っていた。僕は息をひそめて闇の中。畳の上をそっと歩いて近づくと、以前同じ経験を。そんな感じに襲われた。この感じ、初めてじゃない。子供の頃、身近な人が死んだ時の思い出が、いま蘇ってきたんだろう。なら誰が死んだ時のもの？　いつどこで経験したもんだろう？　頭の中を行ったり来たりしてみたが、確かな記憶は出てこない。祖父や祖母のもんじゃなかったし、伯父や伯母の時でもない。じゃ誰の？　思い出そうとしてみても出てこない。まさか僕が死んだ時のもの。バカな、やめとけ。これ以上、下らないことを考えるのはもうよそう。たぶん死に慣れてないせいなんだ。死を恐れ、遠ざけてばかりいるからこんな考えに囚われてしまうんだ。

と、一陣の風が通り過ぎていく。『ゴーストバスターズ』そんなイメージが湧いてきた。死後、死者の上に留まるという霊の話を思い出す。いずれにしろ何かがやって来る気配を感じてぞっとした。何かいる。絶対いるはず。僕は棺の上にある闇を気にしながらまず一礼。姿勢を正して手を合わす。合掌。そして神社の立札に書いてある「祓い給え、清め給え」そんな文句を口にした。

蜜の瓶を取り出して白い棺の上に置く。瓶だけ置いて帰ろうか？　勝手に上がっているんだし、罪悪感というんだろう。後ろめたさも手伝って、楽な気持ちじゃいられない。早くここから逃げ出そう。が、何もせずに立ち去れば、彼は蜜を舐められない。自分で蜜を口にする。そんな力はないんだし。でもだからって出しゃばって。そんな必要がどこにある。たとえ逃げたって、誰が咎めだてなどするもんか。これは見える世界のもんじゃない。次元が違う出来事だ。すべては真理とする隠れん坊か鬼ごっこ。

逃げられない。選択の余地など残されてはいなかった。ここまで来たらすることはただ一つ。逃げること。逃げ出すことしか浮かばない。後先のことなど考えちゃいられない。

瓶だけ置いて逃げ出そう。で、駆け出そうとした時に、誰なんだ？　囁く声が僕にした。明らかに僕を引き止める声だった。声は肩や背にしがみ付き「行くな」と僕に言ってきた。天上の神々の声なのか？　はたまた悪魔の呟《つぶや》きか？　そんなことはどうでもいい。でも声は粘っこい音色で僕に囁いた。

「行くことに決めたはず。でもなぜだ？　決意したはずなのに、気持ちはまだ揺れている。塊の一部が恐れをなしているんだ。だから助けてほしいんだ。お願い、不安や恐れを打ち砕き、身を固めるために必要なものがある。頼むよ、入れてほしいんだ。無理なんか言わない。蜂蜜を一つ落とせばいいだけだ。蜜は体に要るわけじゃない。姿なき元の形に戻すもの。太い幹に繋ぐもの。言葉を満たし実らせて昔の記憶を思い出し、どこでもないあの場所に戻るためにいるもんだ」

「君、腹話術師じゃないのかい？」疑ってかかってみることにした。でも注意をいくら絞っても、ヨーちゃん、それは君の声。君以外のもんじゃない。だからって、従う義務が僕にある？　これ以上、甘やかす必要はないだろう。それでも欲しいっていうんなら、蜂蜜くらいくれてやる。難しいことじゃない。恩義だって感じているし騙されたってかまわない。損をすることはないし、しても大したことじゃない。が、なぜ蜂蜜？　形《かた》に戻すとか、繋ぐなんていわれても、水や砂糖じゃダメなのか。その方がよほど役に立つと思うけど。

これは儀式かもしれないぞ。生と死の儀式なら、僕は祭祀の役か猿まわし。ならわかる気もしないでも。儀式なら雄蕊《おしべ》と雌蕊《めしべ》を結んだり、実を作ったり繋いだり、そんな力が蜜に付与されているはずだ。今までのことも意味を持つはず。騙された、嵌められた。そう嘆く必要もないだろう。

蜜の持つこの力。どこからやってくるんだろう。未だヴェールに覆われて、実態と呼べるものは何もない。力はたぶん隠されて、初めてそれを発揮する。だから目には映らない。ここで世界を動かすのは蜜の液。蜜の力に支えられ、どこでもないその場所に、向かう力を手にしたと言えるんだ。わけや理由はどこにもない。

邪悪な考えを吹き込まれちゃいないのか。狐につままれてはいないよね。気がかりなのはそのことだ。僕が恐れるのは、悪意ある奴らに操られちゃいないのか？　もし儀式なら、流れに任せておけばいい。素直に応じればいいだけだ。が、わけもわからず言われるままにやっている。ならそうはいかないぞ。

隠されていることで、見えない不安に怯えていた。恐怖を意識しすぎたせいなのか？　実体のわからない、不気味なものに呑まれそうで怖かった。

でもそんな気持ちとは裏腹に、体の方はさっきから、ロボットみたいにてきぱきと、僕の役割をこなしていた。良からぬ企みに巻き込まれていたにせよ、操作されていたにしろ、役目を果たそうと動いていた。

蓋を開けるところから始めよう。棺の上に載せてある焼香台や飾り物。そんなものを横に退《の》け、白い掛布を捲《まく》り上げ、僕は箱をむき出しに。それから蓋を持ち上げたところで顔が現れて、ご対面。となるはずそうなると世界中が信じていた。でも実際は？　箱の中の塊は更なる布に包まれて、闇の下に隠れていた。もう一枚、捲ってむき出しにしなければ。

ついに現れた彼の顔。砕けた額は布で綺麗に覆われて、鼻の穴にも口の中にも綿の塊が詰めてあり、壊れものの人形みたいに見せていた。顔の上には傷もなければ血の跡も。これといった表情も何も浮かんではいなかった。ましてや苦痛の跡などは。そのせいか、棺の中の塊は、実物の彼じゃなく、似せて作った人形《ひとがた》に見えていた。錯覚が支配しそうになっていた。

これは絶対、彼じゃない。本物の彼の死体じゃないはずだ。鋳型で設《しつら》えた人の型。真似て作ってあるだけで、まるで彼に似ていない。百パーセント彼じゃない。断言してもいいくらいリアリティーに欠けていた。

似姿というだけの細長い塊が置いてある。その前で緊張するのを忘れていた。死者の前にいるという真っ当な感覚が抜けていた。僕の五感は鈍くなり、感じないか感じても現実の薄まった他人事にしか思えない。そして起伏のない穏やかな身の塊を意識してそこにいた。さっきまでの過剰な僕は消えていた。声を聞いて風が吹き、感覚をすべて吹っ飛ばしてしまったか。表情のない彼を見た衝撃でブレーカーが落ちたんだ。でもその方が好都合。僕は中身のないロボットに成り下がり、何も感じずミッションを進めていく。あくまでも冷静に、感情からは距離を置き、与えられた役割をこなしてく。

棺の前に膝をつき、真上から彼の顔を見下ろした。監視員の青年がこじ開《あ》けたせいだろう。口は開き加減に、よく見ると上の前歯が根本から折れている。中の詰め物を取り出せば、蜜を含ませるのはわけもない。深夜とはいえ、誰が起きてくるとも限らない時間帯。呑気にしてられる場合じゃない。まずは一礼。僕は準備に取りかかる。

まず詰め物を取り出そう。そのために中指を入れてみる。でも思ったより深いところまで詰めてあり、奥のものは出てこない。顎もがちがちに固まって、これ以上こじ開けるのも難しい。前歯の先を見ていると、突然歯と口が動き出し、噛まれそうで怖かった。とりあえず届くところまで手を入れて、綿の塊を掻き出した。それより先はピンセットか箸でもなければ無理だろう。電灯は点《つ》かないし、奥の様子はわからない。ある程度のスペースができたところでよしとする。納得するしかないだろう。

流し込む空間は確保した。次に蓋を回して口を開け、下唇に押し付けて硝子《ガラス》の瓶を傾ける。が、液は予想以上に粘っこい。瓶からすぐには出てこない。最初はどうなるかと焦ったが、それでも中を埋めていく。

終わった。役目を終えたんだ。あとはほっておいてもいいだろう。蜂蜜が動かなくなった塊を、然るべき場所に送り届けてくれるはず。

すべてお終《しま》い。安堵する。緊張などしてないと思ったが、額から汗の滴《しずく》が落ちてきた。掌《てのひら》も両脇も、股の間も湿っぽい。僕は立ち上がり再び彼に目をやった。変わった様子は特にない。相も変わらずゴム人形の表情で、動く気配も何もなく、だらりと横になっている。でもそんな彼を見ていると、やる気のない態度と何食わぬ表情に「何様のつもりなんだ、ふざけてる」不満を抱く僕がいた。

短気で怒りっぽい僕がいる。「君のため、危ない真似まで敢えてして、ここに来てやったのに」一度弾じけた感情は破裂寸前まで高まって、憤りの気持ちさえ湧いてきた。ホッとしたところで人間的な感情が戻ってきた。抑え込んでいた地上の怒りが漏れてきた。

お礼の言葉の一つでも。償いと思って来てやったのに。彼の顔を見るうちに、おちょくられ騙された気分に僕はなってきた。

全部終わった今になり、僕のしたことが無意味なものに思われた。バカバカしくなってきた。だからって怒る権利が僕にある、と、そこまでは思わない。白い手に誘われたのは事実だが、ここまで来たのは僕の意思。操られ、上から糸を付けられて連れてこられたわけじゃない。君が勝手に来たんだろ。そう言われたらそれまでだ。

分は彼の側にあるように……。何かを求めてここに来た？　いや、蜜を持って来ただけだ。得るものが何もない、そういって怒る理由はどこにもない。でも僕の中で起きたこと、この変わりようは何なんだ。わけでもあると思いたい。が、実際、突然の変心なんて珍しくもないはずだ。よくあるとは言わないが、あっておかしなもんじゃない。

例えば笑いながらケーキを頬張っているうちに、涙がこみ上げてくることが。家を出て愉快に歩いているうちに、怒りの気持ちが溢れ出し、塀や看板を殴りたい。稀にだが、向こうから来る人を見つけると、俺の道をなぜ塞ぐ、と突き飛ばしてしまいたくなることも。確かにそれは嘘じゃない。きっかけだってわけだって、大したことじゃないはずだ。なのになぜこうなってしまうのか？　わからない。腑に落ちない。突然変な感情が湧いてきて、気分が急に変わるんだ。骰子《さいころ》みたいにコロッと入れ替わってしまうんだ。

僕の中ではよく起こる。どう説明すればいいんだろう。自分で導火線に火をつけて、それで勝手に大爆発。感情をコントロールできてない。変わりやすい気質が内側に仕込まれて、時々それが顔を出す。天邪鬼《あまのじゃく》が中にいて、そいつがたまに騒ぎ出す。時には虫の居所を悪くして、手の付けようもないくらい。いや単純に、衝動を制御するシステムに欠陥が？　これは欠点。で、あれこれ考えているうちに、以前、駅で見かけた恐ろしい光景の思い出が……。それは不気味でおぞましい出来事だ。何があったってわけじゃない。ある日、似たようなふたりがホーム上でぶつかった。そして果物が潰れるように砕け散る。あってはならない、末恐ろしいという以外、表現のしようもない光景だ。

降りる男に乗る男。満員電車のドアが開き、ふたりの男がぶつかった。降りる男は大きな鞄を手に持って、べらべらペチャクチャお喋りをしながら後ろ向きに降りてきた。だから前を見ちゃいない。そして乗ってきた男と出合い頭にぶつかった。当てられた男は火が点いたように怒り出す。そこまでしなくても、と思うのに、相手の胸倉を、摑んで揺すって突き飛ばす。両手を塞がれていたせいもある。降りた男は抵抗もせずにバランスを崩してホーム上に倒れ込む。少し酔っていたんだろう。手をついて庇《かば》うという、当然の動作も何もしないまま、床の上に真っ逆さま。まともに落ちていったのだ。

熟した柿を落とした時に出るような、そんな鈍い音がして、男の頭部がコンクリの硬い床にぶつかった。彼の頭部が前で割れ、汁を飛ばして破裂する。倒した男はそれを見て、これは大変、大事《おおごと》だ。慌てふためいて逃げていく。階段を下に向かって駆けていく。で、踊り場の角を曲がろうとした時に、上から覗く僕を見る。逃げていく悪党の顔が目に入る。逃げる男は誰なんだ？　目を開《あ》けて、彼の顔をしかと見る。ところが何とその顔は……。え、バカな？　いや、ホント！　つまりその顔はどう見ても、僕と同じ顔型の仮面を着けているとしか思えない。マスクはよくできていて、誰が見たって僕そのもの。僕以外の誰でもない。ならばもうひとりの僕がした。僕がやったってことなのか？

そう、もうひとりの僕がやったんだ。そうとしか思えない。僕は鞄を持って降りてきた男に嫉妬してたんだ。彼を殴り倒したい、デコボコにしてみたい、そんな気持ちになっていたはず。無いものねだりの嫉妬心。世をも恐れぬ犯罪者、嫉妬に狂った妄想狂。恩着せがましく「よこすんだ」と脅かしたようなもの。両手一杯に持っている自信や好奇心や運動神経や、本棚一杯の本だとか知識とか、羨望の目を向けていたはずなんだ。仲間がいて信頼され、尊敬する後輩だっていただろ。その雰囲気が羨ましかったに違いない。そんなことにこだわって、下卑《げび》た地上の感情を破裂さす。「もっと頂戴、下さいよ」死者におねだりをして何になる。「ハーイこれですか、アーンして」欲しいものが出てくるとでも思うかい。びた一文、一円たりとも出てこない。そんな怒りや羨望は愚かさを人前に晒《さら》すだけ。彼は以前からの陽一君。前の彼じゃないんだぞ。

与え続ける以前の優しい彼じゃない。知ってるよ、そのくらい。言われなくてもわかってる。なのに何を求めているんだろう。僕は欲張りだった。腹を空かせた獣だった。そして何かに欠けていた。でもそれが何なのか、皆目わからないままでいた。欠けた何かを彼こそが、鞄一杯持っている。そう思い込んでいたのかも。

彼が持っていたものは？　人の種？　あるいはもっと別のもの？　いや彼は鞄一杯に、種を溜め込んでいたはずだ。山ほど持っているはずなのに、それを自分だけのものにして。一つか二つくれたっていいだろ。なぜ分けようとしないんだ。独占しようとするんだろう。僕の怒りは収まるどころかさらにエスカレートしていった。

怒りで混乱したと思うんだ。見慣れた彼の顔でさえ思い出せなくなっていた。もう一度、確かめようと覗き込む。暗がりに馴れてきたせいもある。その顔が仄《ほの》かに白く見えていた。なぜ見落としてしまうんだ。男のくせになんで白粉なんか付けるんだ？

彼の白いその顔は正しい顔を消し去って、おもねる表情を作っていた。「役目上、仕方がないんだ、わかるだろ」そう言わん態度で眠り込んでいた。白い仮面を身に着けて僕らの心を誑《たぶら》かし、嫉妬と羨望を掻き立てる。びた一文、何も与えようとせず、閉じられた瞳の奥で僕らの様子を窺って、どうすれば効果的な一撃を？　雁字搦《がんじがら》めにするためにゃ、何をすればいいんだろう？　探ろうとしているように見えていた。

死者の目に捉えられたに違いない。視線に魅入られたと思うんだ。その誘惑に釘づけに。一歩も動けなくなっていた。なら蜜は誘い出すための罠。だとすると、蜜を必要としたのは僕の方。だいたい蜜は蝶や蜂を誘惑するためのもんだろ。結果、雄蕊《おしべ》の花粉が雌蕊《めしべ》の上に運ばれて、二が一になり種になる。蜜の誘惑が虫たちを触発し、種子という受精卵を実らせた。虫のように蜜の誘惑に乗ったのは彼じゃない。誘われて付いて行ったのは僕の方。僕は蝶や蜂たちと同じこと。ジャンケンポンの白い手に誘われて、はるばるここにやってきて、新たなる出発に手を貸した。実を結ぶ旅立ちに奉仕した。

虫たちと同じことを僕はした。でも蜜の一滴も舐めてない。いい思いなどしていない。目的を果たしたのは彼の方。彼らは僕を唆《そそのか》し、種子を宿して旅立った。得るものだけを手に入れて、それを懐にしまい込み、グッドバイのひと言も、言わずに立ち去っていったんだ。そして今、黙ってここに横になり、喋らず動かず関知せず、僕の心を魅了する。一方で僕はといえば手にするものは何もなく、不満を抱いてこの場所に立ち竦《すく》む。蜜に誘われたのは彼じゃない。どう考えても僕の方。

小学生の頃だった。骨折で、父が県病院に入院したことがある。母はベッドに横たわる父の脇に蹲《うずくま》り、マッサージでもしてるのか？　掛布の中に手を入れて、足だか尻だか股の間だか、とにかく懸命に摩《さす》っていた。すぐ脇の床頭台には濃い液の入った瓶が置いてあり、母はその液を何度も何度も掬《すく》っては、父の下半身に塗り付けた。あの時何をしてたのか？　いま思い返せば、あれは按摩や整体じゃなく、魔除けかお祓い、お呪《まじな》い？　で、付けていたのは水や油や軟膏じゃなく、どう考えても蜂蜜だ。気にすることもなかったが、あれは絶対蜂蜜だ。

なぜ蜜に魅せられたりするんだろう。そんなもの、欲しいと思ったこともない。それは単に蜜が甘いから？　蟻や蝶や蜜蜂や、彼らみたいに純粋に、ただ舐めたかったからじゃない。蜜はベトベトとした感触と性質で、ばらばらの言葉や心を繋ぐもの。別の二つを引っ付けて、違う世界を結ぶもの。たぶん蜜があらゆるものを誘惑し、雌と雄、太陽と月、死と生、対極にあるものを、繋いで元に戻すから。そう、生死を結んでどこでもないその場所に連れて行くから、繋ぐから。

そして鞄には十分すぎるほどの種、種、種。種を探して彼の家までやってきた。

「蓄えがあるんなら、分けてくれてもいいだろ」調子のいいことを口にして、死体に蜜を含ませた。つまり望んだのは彼じゃない。押しつけがましく勝手に僕が詰めただけ。そう、欲しかぁなかった蜜なんか。なのに「持って来たぞ」と恩に着せ、鞄をこじ開けようとした。「出せよ、出すんだ、よこすんだ」でも彼の答えはＮＯ。望みは撥《は》ねつけられてしまうのだ。

必ず種を持っている。どこかでそう信じていた。が、種はおろか石ころの一つさえ出てこない。ホントにあったの？　そんなもの。日曜のカフェで話したあの話。あれは作り話だったのか？　僕を誘い出す罠だった？　いや、あの時はあったけど、今は捨ててもうないよ。とうの昔に興味なんか失って、すべて海に投げ捨てた？

なのに、そんな話を真に受けて、種のイメージを日々膨《ふく》らませていったのだ。以来、種は僕の中で芽を吹いて、根を張り成長することになる。今では天にも届く大木になって僕を引きつけて離さない。僕は種を探そうと手を尽くす。掌《てのひら》をドラえもんの四次元ポケットに突っ込んで、ない空間を摑まえようともがいてた。が、種はおろか欠片《かけら》さえ出てこない。挙句の果てに死者に向かって愚かにも「おいおい、出ないぞ」バンバンバン。パチンコ台に座っているように拳《こぶし》で板を叩いている。そんな愚にもつかないクレーマーになっていた。バンバンバン、バンバンバン。「どうしてくれるんだ、出てこない」けど僕は単純なモンスターじゃないはずだ。僕の種を取り戻し、元に戻りたいだけなんだ。

いくら待っても探しても、種が出てこないので落ち着きを失った。なぜ隠すんだ、バンバンバン。出てこないのはおかしいぞ。そのうち探すのを諦めて無気力になり、そして投げやりになってきた。「蜜はいらない、欲しくない」僕は強がりを言い出した。

「欲しいけど要らないよ」「望みなんて失くしたよ」そんなつまらない押し問答の繰り返し。行ったり来たりで進まない。それは虚勢の張り合い、卑怯な小心者のやることだ。身を欺く子供騙しの猿芝居。矛盾だらけの偽善者に、僕は成り下がってしまうのか。欲しいものを隠しても、すぐに綻《ほころ》びはやってくる。欲望は見かけの意図を裏切って、尻尾をあちこちに覗かせる。足の裏にも背にも尻にもそれとわかるように書いてある。いくら望みを隠しても、所詮、身を隠すのは無理なんだ。

種や遺伝子が欲しかった。何としても手に入れて、この塊が何者で、どこらあたりに傷があり、そうだ、脛《すね》にも古傷があったよな。と、身を納得したかった。なぜこだわるんだ、むきになる。気楽じゃなぜダメなんだ。でも知らずに生きるのは苦しいし、元のとこには戻れない。確かに目的地を知らずに生きるのは辛いこと。けどそんな身勝手な望みがかなうはずもない。安易に考えたのが甘かった。そんな思いを見透かしていたように、彼は動かず関与せず、何も与えようとはしなかった。真理の端の尻尾さえ、見せてくれない。いやなかったんだ、最初から。僕はこの塊を持って行く箱や引き出しを失った。ちょっとだけ入れておく袋や棚も見失う。どん詰まりの闇の中、何をすればいいんだろう？

舐めたい、そして含みたい。そう思ったことは一度もない。すべては手と掌《てのひら》の誘惑から始まった。なら手の持ち主は誰なんだ？　一方的に彼の手と決めつけたけど幻で、僕の中に棲んでいる彼もどき人物の形象化？　そう、蜜を入れたのは僕だから、それを意図したのもやはり僕。そう考えた方が自然だろ。死体は単なる目隠しで口実にされただけ。真犯人は中にいて、彼を隠れ蓑に使っている。その方が理には適《かな》っているだろう。

すべてを彼のせいにして、知らん顔で生きていく。甘美な蜜をこそこそと舐めながら、これから先の浮わついた人生を、人のせいにして生きていく。大したこともない貧しい僕の人生を。だからこそ、一滴の蜜も口にせず、清いままで消えていく彼の人生が羨ましい。

「君だよ。君、そこの君。ここは貧しい欲張りが来るとこじゃない。君は人の種が欲しいんだ。でも種はここには落ちてない。どこを探しても出てこない。いくら求めても見つからない。君は現実的すぎるんだ。君の心に見えないものは映らない。だから何も見ちゃいないし感じない。嫉妬の気持ちでも抱けばそれで済むだろう。君にはそれがお似合いだ。こんなところに長くいちゃ、呑まれて帰れなくなるだけだ。信号はすぐ赤に変わるんだ。早く渡らなきゃ大変だ。君は両手一杯に種を抱えた素晴らしい人生を想像すればいいだけ。それが君の人生だ。ここは闇の場所だから、君の望むようなものはない。ここにいちゃ、君は苦しみに満たされる。辛い人生を見せられる」

悪意に満ちた声だった。こんな戯言《ざれごと》を彼が言うはずはないんだから、声は彼のもんじゃない。彼じゃなく、僕を煽り転覆させようとする彼もどき奴《め》の声？　たぶん声は僕の中に入ってきた邪悪な奴のそれなんだ。あいつらは隙さえあれば、僕を高みに連れていき、そこから突き落とそうと考える。奴の言うことを真《ま》に受けちゃダメなんだ。奴は僕を弄《もてあそ》び、小突き回して悪だくみ。相手にしちゃ思う壺。とんでもないことになる。

最後に見た棺の中の彼の顔。その顔は僕をいたぶり誑《たぶら》かす、さっきまでの彼じゃない。死に化粧を施した顔など見たことがない。死に慣れてないせいもある。前とは違うその顔は、俗に染まった地を離れ、本来の形を強調しているように見えていた。どこにもない元の顔。欲望や、夢や希望を遥か超え、我を忘れて世界の中に溶けていく。本来の己に戻って森羅万象を観想し、身と心を照応しながら宇宙と一《いっ》になる夢を見る。インドの僧のような元の顔。そんな顔に戻ったように見えていた。

死者は無限の広がりに浸《ひた》りながら闇夜に向けて走り出す。押しつけがましい現実のざらつくような出来事や、煩わしい雑用なんてもんじゃなく、光と闇の重なりを、死に向け穏やかに駆けていく。嫉妬、誘惑、妄想という暗い星。そして闇の中の白い月。死者はどんな場所に棲んでいて、何を夢見ているんだろう。重い荷物を背に載せて、真っ暗な坑道をちょこまかと動き回っているばかり。そんな僕らには想像もできない光景の中にいて。

プールに浸かり過ぎていた。水を吸い、肉と皮膚の間の組織が間延びして、縞模様を作り出す。弛んだ皮は盛り上がり、指も手足も脇腹も、年寄りみたいに皺くちゃだ。中にいるのはもう限界。

水から出ると両足が震えていた。大して泳いだわけじゃない。なのに疲れて筋肉は硬くなり、そして悲鳴を上げている。水滴が膝と足首を伝って白いタイルに落ちていく。その玉を見るうちに、滴《しずく》の色が透明な白から紫に、それから真っ赤な赤に変わっていく。赤い水滴を目の端で追いかけると、嫌な思い出が蘇る。なぜ思い出してしまうんだ。記憶の中に見えるのは、赤い赤い血の滴。あれは駅前の病院で受けた外科手術。不吉な手術の痕跡だ。悪夢としかいいようがない。考えただけでゾッとする。胸糞が悪くなる。そう、鋏で切って針で縫う。切ったり貼ったりの、思い出したくもないようなトラウマの体験だ。

不愉快な思い出が、水から出た後の塊を重くする。嫌な記憶は打ち消そう。そうだ、愉快な思い出を持ってくる。でも都合よくそんな記憶や思い出が？　できるかい。自由自在に頭の中を切り替える。容易にできることじゃない。もしかして、朝の尿意や痛みとか、あれも以前の記憶のせい？

執拗に浮かび上がってくる悪夢。悪い思い出は振り切ろう。駆け足でシャワーの下にもぐり込み、冷たい水を浴びてみた。シャワーに打たれた一、二分、確かに記憶は消えていた。僕は無心になっていた。でもシャワーを止めた瞬間に、振り子は元に戻るのだ。

記憶から逃げ出そう。僕は大急ぎで駆け出した。刑事に追われる犯人みたいに転びそうになりながら、湿っぽい廊下を先に駆けていく。そして脱衣室の扉を押し、奥の暗がりに逃げ込んだ。暗闇に紛れてからも追いかけてくる奴がいるはず。不安で扉の方ばかり気にしてた。僕は狭い空間に入り込み、絨毯の敷いてある床を歩いてロッカールームに辿り着く。で、太い柱の裏側に逃げ込んだ。

柱には飾り鏡が掛けてあり、その縦長の空間に、怯えた表情で立っている男がひとり見えていた。

「今の流行りは立ったまま。お手軽手術なんですよ」若い女の看護師がそう言った。

裸の僕は板の台に背を載せて、磔の罪人みたいな格好にされている。何をするつもりだろう。彼女は柔らかそうなその指で、力なく垂れ下がる僕の性器を頻《しき》りに弄《いじ》り回しているようだ。なぜ？ 不安になって部屋の中を見回すと、そこには他に中年の看護師ともうひとり、若い患者の計三人の女がいた。でも他のふたりは無関心。まるで関心がないようだ。年長の看護師は僕に背を向けた格好で、棚の中のメスや鋏や注射器を、出したり入れたり単純な動作を繰り返しているばかり。で、もうひとり、僕の横にいる女患者は目の前のモニターの波形をぼんやりと眺めている。この部屋で起きているのはたったそれだけ。それだけのこと。

ということは、僕は三人の女性を前に、性器を無防備にさらけ出しているわけだ。本来なら、恥ずかしいと言わずして何と言う。でもこの時は恥ずかしいなんて感情はまるで湧かない。裸のままでいることを当たり前と受け止めて……。そんな奇妙な感覚になっていた。

中年の看護師の動きに気を取られていた隙に、若い方の看護師が鋏を持って帰ってきた。そして僕の股下に潜り込み、鋏の先を性器の表面に押し当てる。危なっかしいことをするもんだ。そう思いながら見ていると、先端をいきなり陰嚢に突き刺した。

おいおい、よしてくれ、やめてくれ。でもなぜだ。深く入れたはずなのに、痛みも何も感じない。それにだいたい何で袋を刺すんだよ。たぶん間違い。勘違い。人違いでもしてるのか？ ちゃんと確認して下さいよ、看護師のお姉さん。鋏で刺すなんて聞いてない。

が、今さら、何を言っても始まらない。どうしよう？　普通なら、助けを呼ぶか大声で叫ぶか喚くかするだろう。でも僕はすべてに余裕を失って、慌てふためいているばかり。何もできないままでいた。一方で、彼女は自信たっぷりの表情で、陰嚢を先へ先へと切っていく。ジョキジョキジョキ。ジョキジョキジョキ。そしてまたジョキジョキジョキジョキ。

深く入ってはいなかった。でも鋏の先はレバーのように柔らかい陰嚢の中に収まっているはずだ。けど僕の狼狽の様子など、意に介する風もなく、鋏を前に進めていく。黙って裂け目を広げていく。どう考えても変だろ。あっていいことなのか。勘違いやミスじゃない。明らかに陰謀か意図的な企みだ。勘弁して下さいよ。もう限界。僕は崖っぷちに追い込まれ、残すところ皮一枚。祈る気持ちで見下ろすが、そんな心情には配慮せず、鋏をさらに進めていく。ジョキジョキジョキ、ジョキジョキジョキ。待ったなしの状況だ。

「やめて下さい、よしてくれ」そう叫んだが、彼女はまるでおかまいなし。全然取り合おうとしなかった。知らん顔をしたままで、さらに鋏を進めていく。ジョキジョキジョキ。

ところがそれまで背を向けて、棚の中を弄《いじ》り回していた年長の看護師が、僕の方を振り向いた。で、その異常さに気がついて、若い方の看護師に大きな声でこう言った。「何してんのよ！　そう、あんた。どこを切ってるつもりなの！　そこじゃないでしょ。違うでしょ。そこは切っちゃダメなとこ。ああ、そんなとこを切っちゃって、後でどうするつもりなの」

年配の看護師は素早い動作で向きを変え、僕の前に駆けてきて、若い方に体当たり。彼女を弾き飛ばしてから、刺さった鋏に手をかけて、それを陰嚢から引き抜いた。

こうして鋏の恐怖から僕は解放されたのだ。下の袋を見下ろすと、傷口がべろりと口を開《あ》けていた。薄い皮が垂れ下がり、女性器みたいな綻びをそこに作って開いていた。傷口の割に出血は少な目だ。大事じゃなさそう。楽観的に考えて、ひとまず安心。このまま収まってくれるもんだと考えた。が、看護師が部屋を出た後、大出血が始まった。

「大変、ひどい出血ね。絶体絶命、危機一髪。こんなに血が出てきちゃ、切り落とす覚悟だってしとかなきゃ」女患者が物騒なことを言い出した。そこまで言われちゃ怖くなる。と、弱気を見越したかのように、血も勢いを増してきた。

「助けてくれ、早くして、血だ、血の雨だ、赤い血だ」もう一度叫んでみたが声は擦《かす》れて出てこない。が、その時ナースコールの白いコードが垂れているのに気がついた。天井からぶら下がる蜘蛛の糸。縋《すが》るように手繰り寄せ、先のボタンを押してみた。するとあたりにブザー音が鳴り響き、すぐに看護師が飛んできた。一瞬、助かったと思ったが、入ってきたのは若い看護師の方だった。何のことはない。敵の斥候を呼び戻したようなもの。

が、そこは看護師の義務感だ。病人には敵味方の隔てなく愛の手を。だから入って来ればそれなりに動き出し、処置してくれると期待した。ところが多少の血には慣れっこに。やけに落ち着き払って、動きだって緩慢で、「早くして下さいよ、看護師さん」と拝みに行きたくなるくらい。頼むから機敏に動いて下さい、お嬢様。

ちょこっと陰嚢に指を触れ、彼女は傷口を確認した。それから白衣のポケットに手の先を突っ込んで、中から容器を取り出した。たぶん止血剤の軟膏だ。蓋を回して中を出し、黄色い物体を塗りつける。でもそれは軟膏というよりも、ただの粘っこい固まりだ。甘い香りも漂って……。いや、間違いはないだろう。どうみても甘い蜂蜜。傷口にそんなものを塗り込んで……。もちろん初めて。

聞いたことも見たことも。けどそんな心配はどこ吹く風。指に掬《すく》った蜂蜜をさっさと陰嚢に塗っていく。すると蜜の液はすぐ溶けて、傷口にみるみる吸い込まれていったのだ。痛くもなければ痒くもない。痺《しび》れや熱感も感じない。あれだけ激しかった出血も見事治まり、表面は何もなかったかのように元の肌色に戻っていた。

「彼女はミスばかりしてるのよ」部屋に入ってくるなり中年の看護師が、後ろからついて来るさらに年配の看護師にこう言った。

「でも今日のことは明らかにおかしいわ。ただの単純なミスじゃない。どう考えても意図的ね。多分作為があったのよ。だから即刻、事故審査会に報告して、処分してもらわなきゃ。そうしなきゃ、いずれ大事《おおごと》。病院の評判だってガタ落ちよ。ほっとけば、事態はさらに悪くなり……」厳しい口調のその声が、僕のとこまで聞こえてきた。え！　意図的？　何をしようとしたんだろう。変だとは思ったが、あの女、ただの看護師じゃないようだ。

その時、僕は気がついた。あの看護師の青白い顔。そうだ、目が大きくて影のあるミイラみたいなあの顔は？　どこかで見たぞ。見たことが……。で、もう一度、顔を思い浮かべて考えた。大きなマスクをしてたので、そりゃ目のまわりしか見えてない。でも見覚えのある顔だ。高い鼻と深い目とその中にある光。決めつけはできないが、あの目はミーナの眼の穴にピッタリだ。彼女の目でおかしくない。いや絶対ミーナだ、その人だ。じゃ、彼女が看護師だったのか？　いや看護師がミーナもどきもんだったんだ。どっちにせよ考えてもみなかった。でも彼女が看護師で悪いのか？　女子大生でなくて看護師じゃ困るのか？

忘れたいことだった。だから思い出したのを後悔した。でも恐ろしい体験は、忘れようとしてみても、すぐに消せるもんじゃない。反対に、すればするほど追いかけて、縋《すが》りついてくるもんだ。あいつらは僕の下腹部にしがみつき、放してなんかくれないぞ。人の意思とは無関係。時間がくれば噴き上げる間欠泉。ほっておいたら圧を上げ、前より強い勢いで返ってくる。そんな記憶のイメージに呑まれそうになっていた。裂けた性器の心像に圧倒されているんだろう。もう一度目を擦《こす》り、鏡の中のイメージに目を当てる。それから顔を近づけて、闇の向こうの人影を覗き込む。

プールに入る前に見た僕と後の僕。ふたりの僕は違う形に見えている。疲れて肉が緩んだか？　単に水を吸い込んで、輪郭がふやけたか？　それとも力が抜けて萎《しぼ》んだか？　確かに胸のまわりの皮膚や脂肪は重力で引っ張られて伸びた。頬や顎の形も鬣を毟《むし》り取られた山羊みたい。見た目、不自然になっている。目には中年の肥満男みたいな弛《たる》みがたっぷりと付いている。で、顔じゅうがみっともなく膨れ上がっているようだ。でもそれだけじゃなさそうだ。はっきりここだとはいえないが、この塊は上から下まで妙な感じになっていた。上半分が醜くなり、中が膨らみ下半身に違和感が……。言葉にすればそんな感じになるのだろう。

知らない土地で異変が起き、どこか違う場所に来て、別のところで大切な何かが溶けて無くなった。で、どうすればいいんだろう。皆目わからなくなっていた。

やはり浸かり過ぎたせいなんだ。皮膚に水が浸みてきて、外側の境界線が弛んで機能しなくなる。そして見たこともない中身が外に溢れ出す。

「え、中身？　そんなものがあるんなら、ちゃんと見せて下さいよ」

鏡に映る境界線。その上に浮かび上がる黒い影。僕のものとも思えない男の影が輪郭の線の上に見えている。僕のような気もするし、そうじゃない感じだってするだろ。まさか、別人？　違う奴？　それにしてもこの男、陰嚢を切られた上に山羊のような鬚さえ毟《むし》り取られてる。ひょっとして、蜂蜜を舐め過ぎたせいなんじゃ。

腹だけ小太りで痩せて手足の細い奴。そいつが愚かさを闇の中に晒《さら》している。とはいえ奴だって、はっきり見えたわけじゃない。ただ影の中に何となく。で、見えるのはそれだけで、それ以上のもんじゃない。暗闇に紛れているというだけの曖昧な斜めの線と浮かぶ影。身の内にある貧しい塊のなれの果て。僕は目を細くして、鏡に映る崩れかけの輪郭を眺めている。

裂けた陰嚢が気になった。鏡の中では切られた部分は隠されて、その切り口が縦なのか横なのか、何も映ってはいなかった。でも二つに裂けたせいだろう。僕のものとも思えない柔らかい顔つきと迫力のない身体が、ペタリと張り付いているようだ。何て間抜けな顔なんだ。情けない姿かたちなんだろう。陰嚢さえ裂けてなきゃもう少し、まともだったと思うのに。元々は雄々しかったはずなんだ。こんな僕を見ていると、身が憎らしくなってくる。握り潰したくなるだろう。単に影の悪戯で、僕のもんじゃないんなら、もっと気楽でいれたのに。間違いであってほしいと思ったが、鏡の中の輪郭は、どう考えても僕のもの。僕の線と影の色。

完全な塊があるなんて思えない。映っているのは身の似姿か、よくて反映くらいのもの。でも人は神の似姿。そういう人がいるように、僕の見ているこの影も、僕の何かを映すはず。どれだけ忠実に中身をなぞったかは知らないが、切れ目を入れられた後の僕。つまり塊から何かが抜けた後の身を、映しているはずなんだ。

それに背や側面は映らない。鏡の中にある像は、ある一面、べったりと張り付いた正面像。見えない部分は削除され見える部分が一部強調されている。つまり全体像はそこになく、部分だけが切り取られ、体よく張ってあるだけだ。でも人間は、部分と部分を寄せ集め、セメダインでくっつけたプラモデル。模型の怪獣じゃないんだぞ。そんな分解可能な人間が世にいるわけがない。人には歴史があり幾重にも重なった層がある。そして見たこともない不気味な一枚が、こっそりそこに仕込まれた。そんな一枚が僕にも忍び込んでいる。見慣れた層に紛れ込み、人目につかれず隠れてる。

　鏡の中に見えている僕の姿が虚像なら、本当の僕はどこに映っているんだろう？　いやそんなもの、地上のどんな鏡にも映らない。手鏡にも壁の鏡にもプールの鏡にも映らない。でも僕のイメージする塊は、僕①僕②僕③……って具合に相が重なってできたもの。なので明らかに、僕じゃないような僕もいるはず。だとすると、この入れ物の領域は、普通考える以上の広がりを持つだろう。僕とわかるものだけが僕じゃない。「こんなもの、いくらなんでも僕じゃない」って僕も含めて塊は、上に下にと重なって、今いる僕の領域をさらに越えていくはずだ。チャクラがてっぺんを突き抜けて上の空間にあるように、僕という塊の境界も皮膚の外、宇宙の涯まで広がっていくはずだ。

　ならここにいる僕は一部の僕になり、全部じゃなくなる。河原に転がっている石や、星や向日葵《ひまわり》の種だって、僕という束に入れて支障はないはず。そこまで手を広げちゃ困るんだ、なんて理屈はどこにもない。とはいえ鏡の中の塊も、僕という存在を確かに映し出している。そのままの僕を反映しちゃいないけど、ある種シンプルなイメージを僕の目に提示する。写真のネガが重なって、ダブってぼやけた姿から、生徒手帳に貼るような、明確な一枚を拾い上げてくれている。

　それは有難いことだった。お世辞にも見栄えがいいとはいえないが、多くの僕という形から、ある形態が選ばれて、板の上に示される。鏡は判別不可能なイメージから、僕という姿かたちを作り上げ、それを差し出してくれていた。ほっとけば、様々なイメージに塗り込められてわからない。そんな僕には救いにも近いもんだった。

　でも鏡の中の姿とは、やはり修正されたものだから、正しい僕の像じゃない。そこには欠けてはならないものが無かったり、余計でいらないものが付いてたり、そんなことも多かった。そのせいで、イメージに振り回されては騙される。そんないたちごっこの繰り返し。額と掌に汗をかき、そして疲れてもういいよ。いつ見ても正しい姿にゃ出会えない。

　何かが足りなかったし余っていた。でもそれが何なのか、わからないままでいた。何かはどこまでも、？《はてな》マークのままだった。前に比べると顎鬚が薄いとか、頬が弛んでいるだとか、胸にないはずの黒子《ほくろ》があったとか、些細な変化をいうわけじゃない。ならどこが？　そう聞かれても、はっきり答えられるもんじゃない。でもそれは中心的なもの。根本的な何かと関係するようなものの過不足をいっていた。そう、見た目違うだけじゃなく、元の僕とは根っこのところで違うもの。なのにどこまでも、わからずじまいの僕がいて、身も心もぎくしゃくと……。正しい僕を確信できないままでいた。

　しっくりしないこの感じ。はっきりさせようとしてみても……わからない。が、手がかりがないかといえば、そうでもない。きっと病院で板に縛りつけられた時のこと。あの時の出来事が、かなりの割合で関係してるはずだった。いや、始まりにあったといってもいいくらい、この違和感と結び付く。

　あの時ミーナは僕の股間に潜り込み、陰嚢の中に鋏を刺し込んだ。それから大事な僕の塊を、断りもなく切り裂いた。狙いはたぶん僕の種？　そしてそれを二、三個抜き取った。そのせいで、僕は正しい僕であることを失った。だってあんなことをされたんだ。そう思うのが自然だろ。根っこの種を失った人間が、その後も同じ人間でいられるか？　のうのうと生き永らえるわけがない。

もしかしたら、その時に彼女は別の細工をしたのかも？　取り出した種を戻す振りをして、他の種を埋め込んだ。違和感を僕が抱くのは新しい種のせい？　そんな気がしなくもない。他にも気づいてないというだけで、さらに第二第三の細工をした可能性だってあるだろう。

それからもう一つ、以前彼女が口にした、僕に被された罪のこと。あのわけのわからない濡れ衣《ぎぬ》の仕返しに、隠しカメラか盗聴器を埋め込んだ、なんてこともなくはない。そこまで言っちゃ言い過ぎだ、と言う人もいるだろう。でもあの時何かがあったのは事実だし、僕の違和感はあれからさらに強くなり、今に影響を残している。もちろん証拠はないし、果たして何があったのか？　解答は……どこにもない。

けどミーナは隠しカメラの犯人が僕でないことを、認めて後で謝った。なのでそこまで酷いことをするなんて。が、あの怪しげな看護師は、ミーナその人にも見えたけど……。もちろん彼女は悪党に脅されて、池の畔で姿を消したはずだろ。あれは単なる隠れ蓑。身を隠すための囮《おとり》かあるいは罠だった。なら今頃、なぜ病院に姿なんか見せるんだ。もしミーナ本人じゃなく、消えた彼女のダミーなら、ミーナという纏まりを失って、てんでバラバラ支離滅裂。感情や興奮を抑えられなくても無理はない。何かの拍子に怒りや憎しみが飛び出して、何をしだすかわからない。

結局は、それはダミーの性質によるだろう。ダミーとは姿かたちは同じでも、中身をみれば多の中の一。あみだの束からこよりの一本を引き抜いたようなもの。纏まりを持った人間から、一面を映す甘皮をペロリと一枚剝いでみた。そんな平板な薄い皮。つまり一つ面しかないので、一個の機能が突出し、トータルな意味での纏まりに欠けるんだ。だから抑えようにも抑制が利き難い。僕の前に現れたミーナもどき塊も、一つことにこだわって脇目もふらず一直線。ただ闇雲に突き進む。で、ブレーキが弱いか利き難いので、何をしだすかわからない。危うい存在。火の点いた癇癪玉と同じで、一度弾けたら止まらない。やめろったってそれりゃ無理だ。甘くみたら痛い目に。ダミーとは見かけによらず怖いもの。

僕が思うほど極端ではないにしろ、ミーナもM①M②M③……と薄っぺらな布きれを重ね着したようなもの。つまり脱ぎ捨てた一枚が、ダミーのそれに対応する。ならミーナという塊は、中身のない玉葱みたいな構造で、帯が切れたら何もない。空気も水も言葉も何も残らない。ミーナの形をしたそれらしきものが所々に見えるだけ。事あるごとにバランスを失って、身も精神も制御できない。上手くなんか踊れない。重なり合って縺《もつ》れ合い、すぐに同居人と仲違い。あっという間に壁に激突、思考も行動も混乱し、躓《つまず》き穴に落ちていく。で、最後は坂道を転げ落ち、勝手気儘な行動に出てしまう。

「何してんだ、この野郎！　俺の道を開けるんだ」

僕にも同じことはいえること。ブレーキが利き難いという感覚は僕にもわかるもんだった。やはり僕という塊も、結び目を解かれて二階から投げ捨てられた風船玉か硝子《ガラス》玉。落ちて砕けて粒になり、ダミーとなって世界に散った片割れだ。身も心も精神も、すべてにコントロールを失って、天の川の流れにも、まわりの星座の動きにも、北にも南にも馴染まない秋の夜空の一つ星。昼間のビルの屋上で、釦《ボタン》のかけ違いが起きてから、前よりバラバラに僕はなり、身にも馴染まない影のような塊になっていく。ずっとこの町に住んでいて馴れ親しんでいるはずなのに、知らない世界にいるような気分になるんだ。どこに行けばいいんだろう？　今は朝なのか昼なのか？　右も左もわからない。僕の家はどこなんだ？　鈴木さん家《ち》のアパートは？　町には目印がなかったし、矢印の方向だって滅茶苦茶だ。東と西がおかしいぞ。正しいことはいいことか？　悪い奴はどこの誰？　そして真理はどこにある？　ピタリとしない観念が、僕の中に張り付いて、山のように動かない。

僕にしろミーナにしろ、こんな不確かな相手ばかりを呼び出して戦ってちゃ意味がない。前進なんて望めない。決着をつける気があるんなら、とっかかりのある奴を見つけてそいつと組まなきゃ。とはいえ僕の抱くこの感じ。誰にもあるし僕だけが経験するもんじゃない。「現実感がないんだ」「夢みたい」よく聞くお喋り、飽きるほど聞いている。正確とはいえないが「ズレている」「馴染めない」そんな言葉に置き換えたっていいくらい。でも僕の馴染めないって感覚は、真理をめぐるものなんだ。本来の正しさとの違和感だ。そんなズレた感覚を、何度も繰り返しているうちに、塵も積もれば丘となる。積もり積もって僕という塊は、その均衡を徐々に崩していったんだ。

一週間ほど前に引っ掻いた右の脛。これだって今も赤く腫れている。ほっとけばよかったのに、弄《いじ》くり回したばっかりに、前より悪くなっていた。放置すればよかったのに。誰なんだい、何かが弄れと要求し、僕はそれに従った。僕が意思したわけじゃない。僕は操られ、動かされただけなんだ。意思する僕はどこにいる？　僕を正しさから引き離し、掻き回そうとするあいつ。絶対、姿を見せぬ奴。僕を引き摺り離さない男たち。彼らはどこにいるんだろう。目に映らないというだけで、存在しないわけじゃない。

どこにいるんだ？　皮肉にも、奴の不在がその居所を教えていた。だって見えないっていうことは、奴の居場所は僕の視線の届く外。つまり背に回るとか、上に浮かんでいるだとか、見ればわかるとこじゃなく、見ることも触るのもできないような場所。要するに輪郭の外じゃなく、早い話が境界線の内側に。そう、体内に忍び込み存在するってことになる。奴は僕という線と面の内側に音もなく入り込み、許可なくそこに棲んでいた。

単なる臆測。僕の妄想に違いない。でも盲点は内側に。絶対見つからない隠れ家は、物陰に潜むことじゃなく、探す人の内側に入り込むこと。音もなく癌細胞のように忍び込む。これ見よがし。外から襲うんじゃなく、内に巣食って気づかれないうちに食い尽くす。だから入り込まれたらもうお終《しま》い。死ぬまで見つけだすのは不可能だ。内視鏡とかMR、そんな器械でもない限り、発見は難しい。僕らは見るという可能性を失って、兆候を感じるだけの存在になっていく。僕が感じるのは対象のない敏感さ、せいぜい違和感といったもの。そこには漠然とした感覚があるだけで、彼らを直に名指しして「お前がそもそもの原因だ」と公式に非難することはもうできない。

僕は内側に奴の存在を意識する。でもそれは何となくぼんやりと。もっと言えば軽い兆候のようであり、僕と一体になるものへの反感といったもの。けどそれは徐々に芽を出し成長し、身の塊と区別できないものになる。ミーナもどき看護師に裂け目を入れられたその日から、奴が中にいる実感は、日々明確になってきて、今では疑う余地もない。元の種子が抜き取られ、別の種が入れられたんだから当たり前。でも、その感覚は根を張って、枝葉を伸ばし、さらに大きくなっていく。癌細胞のように広がって、いつ暴れ出すとも限らない。奴が暴れたらどうしよう。ロバの背に跨《またが》ったカウボーイ。いわれなく上下に振り回されてしまうのだ。

いや、違う。奴はずっと前から暴れてる。よーし、もうひと暴れしてやるか。手ぐすね引いて待っている。なのに僕は無防備で、それこそ裸同然の格好で立っている。奴は僕には手の出せない内側深くに棲んでいて、僕を脅かしつけ上がり、手の施しようもないほどだ。何もできないのをいいことに、この塊を中から追い出さんばかりの勢いだ。奴の存在が、身の現実を奪い去り、僕自身にさえ馴染めないという感覚を押しつける原因になっている。そいつは平気で僕をなぎ倒し、圧倒して知らん顔。僕は奴に遠慮して「ここは僕の家《うち》ですよ」と主張するのさえ憚《はばか》られる存在になっていた。

逆らおうなんて思わない。僕は怯えて顔色を窺って、本来の感覚さえ失くしそう。眠る児を起こさぬよう気を遣い、息をひそめて人生を、静かにそっと生きている。

確かに、奴がいると思えばいくつかの謎が解けた気もするが、すべてが解決したわけじゃない。どうしても解けない疑問は残される。なぜミーナはそんな奴を入れたんだ？　奴はどうして暴れたりするんだろう？　なぜじっとしてない？　それにはわけがあるはず。でも何で？　明かされる日が来ることはないだろう。

もちろんあいつがいようがいまいが、それは奴の勝手だろう。単に好みの問題だ。置き場所に困って、どうしましょ。で、そこいらの瓶か壺に詰め込んだ。つまり病院の尿瓶《しびん》か痰壺のようなもの。だからもしおとなしく、じっとしていてくれたなら、奴の存在に気づく必要もなかったし、恐れることもなかったはず。

でも奴は静かになんかしちゃいない。そうさ、赤丸付きの暴れ馬、黙ってられる玉じゃない。とはいえそいつにも波がある。穏やかな時期もあったが、何かの拍子に眠りから覚めたらもう堪らない。わけもなく上に下にと暴れ出す。一度暴れ始めたら止まらない。宥《なだ》め賺《すか》すのは至難の業。僕にできることじゃない。抑え込む力など、僕にも彼にもどんな人にもありゃしない。奴の荒ぶる魂は、僕らを恐怖の淵に引きずって、制御不能にしてしまう。夜道で母を見失った子供たち。恐怖心を煽られて、ただ闇雲に駆け回る。

でもそんな危なっかしい連中を、ミーナはなぜ入れたんだ。そりゃ、疑えば切りがない。もしかしたら蹴ったり殴ったり、彼が暴れ出すことで、僕の中にいる、僕が僕だと信じ込んでいる奴を、追い出そうとしたのかも。そのための仕掛けだってこともある。

元々いるはずの僕のような僕。僕じゃないはずの僕。お馴染のどうでもいいような僕。僕の中にはいろんな僕が棲んでいる。そんな様々な僕の中でもいつも先頭にいるはずの、これが僕といえるような僕。実はそいつが本物の僕じゃなかった。そんなことが起きている。僕が正しい僕と信じ込んでいた僕は、何と奴の奴隷かスパイだったと白状した。いやそれどころか奴そのものだったなんてこと。そして本来いるはずの僕と思しき塊は、皇太子よろしく地下の牢に繋がれて、十回、二十回、三十回。檻の中を大回り。影さえ闇に消されてた。可能性としてはなくはない。

考えてみろ。僕は僕という人間を、それほど気に入っているわけじゃない。いやむしろ「好きじゃない」というべきだ。それは僕が身に不満を持つ証しみたいなもんだろう。もっと言えば不信感だって抱いているし、恐れをなすとこもある。つまり嫌な野郎が身の最前列に居座って、そいつを快く思ってない。恨んでいるとか憎んでいるとかそこまでじゃないにしろ、少なくとも満足してるわけじゃない。それが僕の本心で、奴を追い出そうとしたとして、何の不思議があるもんか。できるなら「もっといい奴を、見つけてきて下さいよ」とミーナに頼みに行ったっていいくらい。もしかしたら僕の気持ちに先回り、彼女が仕込んでくれたのかも。そんなことでもない限り、ミーナが危ない橋を渡るとは思えない。

それにその種だって、何でもいいってもんじゃない。そこいらに転がっているものを、適当に拾い上げて押し込んだ、なんてわけもないんだし「これにしよう、あれがいい」と事前に選んだ可能性もあるはずだ。種に仕込まれた人だって、前から知っていて、どこかで会って意気投合、約束を交わしてたってこともある。だとすると、奴はこの世にいる人？　前に存在してた人？　それとも僕が混乱して、そう思っているだけなのか？　たぶん種が暗示する世界とは、あるとかないとかそんなレベルを遥か超え、広く人類へ、存在するもの全体へと繋がっていくもんだ。

気にしすぎ。大したことじゃないだろ。でも種に仕込まれた人物が誰なのか、どうしても気になった。切っても貼っても気になった。なぜこだわるんだ。気にする必要がどこにある。納得しなきゃダメなのか？

奴が世界にいたとして、そいつを僕は知っている？　それとも知らない誰かさん？　でも僕は、奴を知る機会も術《すべ》も見出せないままでいた。脳みそのどこを掘っても出てこない。もしわかるチャンスがあるんなら、それは向こうから、それこそ渡り鳥が窓を破って来るだとか、何かでメールが誤送信、そんなラッキーパンチでもない限り、望み薄。

例えば電車で隣り同士になった奴。そいつが「俺だよ、俺。わかるだろ」と言い出した時。あるいは喋る相手を間違えて、奴の方からカミングアウトした場合とか。そうはいっても、万に一つもないような幸運が訪れないとも限らない。また逆に、それくらい稀なことでもない限り、奴を知る機会はたぶんないだろう。そんな僥倖がやってくる瞬間が僕にある？　でも僕はその時を待っている。それより打つ手もないので待っている。これじゃまるで開かずの門で待たされる門前の男たち。「終わりたいのに終われない」そう泣いて言うコタール症候群の患者さん。僕もそんな人らの仲間うちになっていた。

何一つ収穫のないままに迎える日暮れ時。役場の方から夕焼け小焼けのメロディーが聞こえてくる。そしてタイムオーバーの鐘が鳴る。

意味のない時間の蓄積が僕の上に圧《の》しかかる。それから屋根の雪が重くなり、突然落ちてくるように、はっとして気がついた。種に仕込まれたっていう男。奴は生まれる前から僕の中に棲んでいた？　ずっと前から中にいて、今じゃもう、僕と分かちがたく結びつき、区別できなくなっている。たぶんそうに違いない。そんな考えが僕の中を過ぎていく。

元々中にいたあいつ、と考えた方が自然だろう。女の子は生まれた時には十億個。いや、それ以上の卵を持つ。精子だって何万個。ならば何個か種を持ち込んで、驚くようなことじゃない。初めからいたんなら、誰だかわからなくて当たり前。生まれる前からいた奴を、街で見かけるはずもない。そいつには名や姓や住所だってなくて当然、不思議はない。いわば分身みたいな人間で、初めから僕の中に組み込まれ、縺《もつ》れて存在してたんだ。でなきゃ、前に覇を争って敗れ去り、背景に引っ込んだあいつかも。つまり僕①僕②僕③……のなれの果て。姿も形も見せないが、身の端にくっ付いて、生まれた時から入れ子式。そう、重なっていたあいつ。だから前に話した気もしたし、今日まで気づかず見過ごしてきたんだろう。そしてミーナがしたように、そいつを種として取り出せば、目で見ることもできるはず。可能性はゼロじゃない。

なら思い切って即実行。見えるかどうかは別にして、種を外に出してみる。で、他の人に植えてみる。それは人間移植、ホモサピエンスの培養だ。もっと言えばサイボーグの誕生か。もちろん簡単な作業じゃない。でもそんな操作が可能なら、理論上、僕らは種を介して人の中に入り込む。一度種を取り出して、ミーナに植えれば彼女に侵入できるはず。僕は彼女の胸に忍び込み、懐かしい昔話やしんどかった経験を分かち合う。そんな体験を何度も重ねていくうちに、人は皆、肉の壁を乗り越えて、身と精神を通じ合う。種を通して重なって、ネットワークの輪を広げ、言葉なんか使わずに直接心を通わせる。種という情報が人の間を行き来して、世界の皆と繋がって、心を一つ布に織り上げる。

でも本当にできるかい。夢物語だよ、あほらしい。でもね、簡単には笑えない。種を弄《いじ》られてからじゃない。もっともっとずっと前、いつからとはいえないが、僕は身の感覚に馴染めなくなっていた。日々その感は強くなり、僕をぎこちないものにした。それはこれまでの人生で、病気になったとかショックを受けたとか、そんなこととは無関係、感じられるもんだった。だから記憶の端を辿っても出発点には行き着かず、原因を求めようにも糸は途中で切れていた。漠然とはしていたが、塊の底にある深刻な事件事故の反映で、物理学でいえば初期値に設定ミスがあったんだ。そのくらい根の深い問題で、おそらく最初の一段目からして、僕①僕②僕③……の種子の位置と配合を間違えた。だからいくら積み上げても無意味だし、どうあがいても不快な違和感を山と積む。たぶん僕という人間は、根っこに欠陥があったんだ。なので歩けば躓《つまず》くし、どこに行きもしなかった。最初からそう考えて諦めてみた方が、どれほどすっきりするかわからない。

一段目からこけていた。まずスタートに失敗し、あとは壊れた土台に屋上屋を重ねるがごとき愚かな日々を繰り返す。それは嘘の上に嘘を塗り、身を蝕むようなもの。結果いいはずがない。石を積めば積むだけ、塔を築けば上に向くだけ、そこには悲劇的な結末が待っていた。当然だろ。わかるだろ。でもこの塊をここまで引き延ばしてきた以上、後戻りなんかできないし、降参なんてとても無理。それなりに積み上げた後なんだ。退却なんてあり得ない。そう、見かけだって悪くない。決して醜悪なもんじゃない。変な臭いがしてきたり、おかしな音が聞こえてくるわけでもない。ならこの歩みを続けるしかないだろう。上に積み上げていく以外、他に方法はないはずだ。

のっけから危険なのはわかっていた。でも僕は呑気に構えて、さほど気にしないふりをした。否定的なことは考えず、ただ上に積み上げる。そうすれば誰かが助けに来てくれるはず。新しい技術や方法がみつかることもあるだろう。そう考えて不安や恐怖を打ち消した。このままでいいと思ったわけじゃない。けどその時は？　その時考えればいいことだ。マジになって何になる。得るものなんてなかったし、考える必要もないはずだ。

「そうだよ、思い過ごしなんだから、余計なことは考えない。そんなもんだぜ、資本主義のこのご時勢。いざとなれば助けに来る人がいる。今を凌《しの》げばそれでよし。先送りにしとけばそれでいいんだ。問題なし」そう囁きかけてくる声がした。

確か有名な心理学者が言っていた。不安は危険を知らせる信号だ。でも僕はそんな信号を、何度も無視して無謀な運転を続ける未熟で危険なドライバー。見た目、何事もなく毎日は過ぎていく。危うさを孕みながらも塔は背丈くらいまで伸びてきた。だが実際、塔の内部は深刻な状況になっていた。何しろ根っこの先が腐っている。壁は罅《ひび》だらけだし柱も曲がって付いている。倒れるまではいかないが、車の振動や風にも揺れていつ崩れてもおかしくない。その脆《もろ》さは苛立ちや、しっくりこない感覚に、たぶん重なっているんだろう。

そうさ、身に馴染まない塊を、どこか不自然に感じて僕は生きてきた。そして中に仕込まれた爆弾の深刻さに、気づかない振りをした。少なくとも安全装置は外れてない。最後のところで信じていた。最初にセットしてから二十年と数ヶ月。何とかここまでやってきた。痛みや痺れと同じで、よく引き延ばしてきたもんだ。が、限界はすぐそこに。見ろよ。暗がりの角っこに、挙動不審な男がひとりいるだろ。

最早、挽回は不可能だ。そのくらい危険なものになっていた。「立入禁止」の立て札や「落下物にご用心」なんて貼り紙が貼ってある。僕は崩れそうな建物に毎日つっかい棒を差し込んで、倒壊を先延ばしにするだけの休む暇もない下請けの作業員。屋根が落ちたらどうしよう。床が抜けるのは避けたいな。壁が倒れちゃ堪らない。汗水垂らして血眼になっている。だからって変わったことは何もない。細部を弄《いじ》っているだけで根元は腐ったままなのだ。それは最後の瞬間を、少し向こうに押しただけ。取り繕うだけの人生を過ごすだけ。

僕はもう一度、鏡の中に目をやった。両眼を開けて見るがいい。ちゃんと見ればわかるはず。一見してわかるくらいのスピードで僕の体は萎《な》えている。胸でも腹でもどこを見ても同じだが、その奇妙さは隠しようもない。衰えが目立ってきたのはいつの頃？　薄い皮と皮下脂肪の内側にゃ、抑揚のない筋肉が垂れ下がる。走ったり鍛えたりしないので、虚弱さは目について、腐った大根みたいにふにゃけてる。「きもい奴」と女子高生に言われても仕方ない。弱々しい筋肉は役立たず。惰眠を貪《むさぼ》っているだけだ。身に着けているものは、そんな肉薄の羽織くらいのもんだろう。それ以外、纏うものもない裸体。僕を見て怖がる人もいないので、よく言えば癒し系。そんな部類に入れてもらえれば良しとする。そう思うしかないだろう。

よーし、弱肉強食の競争社会を生き抜いて、なんて厳しい現実からは距離を置き、生物の進化からも取り残されたこの体。雨露で渇きを凌《しの》ぎ気を食べて生きるという、仙人みたいな強い心でも持ってたら、救いようもあるのだが、そんなものに縁はない。悪い夢でも見てたのか。いや、これは夢なんかじゃないはずだ。紛れもない世界の現実。安物の肉の衣服を身に纏い、今日まで僕は生きてきた。何の因果か知らないが、生かされている以上、実感はないけどこの塊を道連れに生きていく。意味があろうとなかろうと、息苦しさを感じつつ、僕は僕という凸凹《でこぼこ》の上を這いずりながら生きていく。


薄い胸にちょこんと載っかかる肩の幅。そこからは細長い葉脈みたいな両腕がぶら下がる。樹の枝に垂れる森のブランコだ。そして胸の中央に鳩尾《みぞおち》が、貧相な窪みを作ってみせている。胸骨の表面を下に辿るとその先に、粘土に印鑑を押したような臍《へそ》の穴。その穴はジブラルタルの岩。いつ見ても変わらぬ位置に窪みの穴を開《あ》けている。隕石がぶつかったクレーター。難攻不落の要塞みたいなその穴が、乱暴な影をそこに付けている。実際、生まれてすぐに鋏を入れられるのが臍の緒だ。赤子に残る痕跡も、枯葉が落ちるように朽ちていく。あとは意味のない空しいだけの穴なのに、なぜか偉そうに自己主張を続けている。「我こそ人類の幹に繋がる印だぞ」そんな誇りと自信をひっ提《さ》げてそこに穴を開けている。「俺は大地を支えるアトラスだ」そう嘯《うそぶ》いているようにみえていた。

臍が窪みの穴を付けている。穴は紐の切れ目と結び目を縫い合わせ、隆起と陥没を一緒にしまい込んだもの。それは母の肉と人類の切断面、そして身の結び目に開いた穴。三つの側面を持つ穴がそこに凹凹を刻んでいる。言い方を変えれば、穴は大木からこの塊を吸い出して閉じたもの。腸詰かウインナーの結び目みたいな役割を担ってそこに開いている。

いや、待てよ。隙間から怪しげなものか何かを入れたかも。よく見ると窪みには、小さな孔があるようだ。いや、あり得ない。隙間があれば、他《た》が入り込むその前に、身が押し出されてしまうはず。先に無くなるのは僕の方。ならば孔が開くなんてあり得ない。

そもそも何かを受け取るために開いた穴。臍は入口として窓として機能する。なので気管や肺なんて呼吸器ができる前、僕になる前の塊は、臍の緒を通して息吹きを受け取った。で、形《かたち》を実らせて元の形《かた》。僕①僕②僕③……と、僕らの石を積み上げた。その場所が臍の表なのか裏なのか、詳しいことはわからない。が、いずれにしろ凹凸模様の肉片の、どこかでこの身とぶつかった。穴にはそんな出会いと誕生の刻印が、織り込まれているはずだ。だからこそ外側から擦《こす》ろうと中の肉を削ろうと、消せない印をそこに刻んでいるんだろう。

この穴を見ていると自然と思い出すことがある。心ならずも耳にしたあのねのね。父と叔父との秘密めく内緒話を回想してしまうのだ。その時常にその上に、赤い光と黒い影。付いているのはなぜだろう。赤い光がパッと燃え、歯形を付けて落ちていく。今でも頭の真ん中に、濃い色彩のものとして爛《ただ》れたように付いている。奥歯で噛まれて潰《つぶ》されて、呑み込まれて落ちていく。恐ろしいイメージが、僕の頭に張り付いて離れない。

おそらく小学校の低学年。当時の僕が内容を理解できたとは思えない。中身のわかる歳じゃない。でもこれがいい話でないことは想像に難くない。特にショックを受けたわけでもない。けど今も記憶の中にあるんなら、衝撃的な何かを含んでいたはずだ。が本当に、それはふたりの会話だったのか？

祖父は汽車の駅のある田舎の町で小さな医院をやっていた。今と違ってその時代、医者は明確な専門分野は持ってない。医者はあくまでも医師であり、内科だ、外科だ、婦人科だと、その専門性を声高に標榜するような時代じゃない。医者かどうかが問題で、何科の医師かということは気にもされていなかった。病人がいる限り医者は医者。怪我でも下痢でもお産でも、目の前にいる患者は診たし、できる限りのことはした。それが当然、そう普通。医者の務めだったのだ。

時代はまだ単純な行為しか要求してはいなかった。妊婦が産気づけば、専門であろうとなかろうとお産はしたし、やらなきゃ。そんなことは当たり前。言い方を変えれば、得手不得手はあったけど、お産のできない医者はいないし、そんな医者がもしいれば、彼は医者とは呼ばれない。そして僕もそんな祖父の手を借りて、この世に転げ落ちてきた。

僕の誕生の瞬間は死の隣り。それは際どいもんだった。母は臨月を控えていたが、大所帯を抱えて休む暇もなく、離れに、台所に、病室に、家中を駆けずり回ってドッタンバッタン上に下。彼女は主婦であり、母であり、看護師であり、事務員であり、その上給食係も薬剤師も、やれることはみなやった。飯を炊き、掃除をして、調剤も入院患者の面倒もみた。そんな慌ただしい日の中で、事故は起こるべくして起きたのだ。

その時、母は味噌汁と煮物を火にかけたまま、洗濯物を取り込みに物干し台に駆け上がり、それから泡《あぶく》の鍋を思い出し、慌てて下に降りてきた。急ぎ足で駆け下りて、途中で板を踏み外す。たぶん……当然、突き飛ばされたわけじゃない。それでもバランスを崩した母は前のめり。子を腹に抱えたまま、階段を下に転げ落ちていく。クッションも何もない板の上。強い衝撃が母の腹部を駆け抜ける。理由は明らか。下腹部に決定的な力を受け、胎盤が壁から剝がれる早期胎盤剝離という危険な状態を引き起こしてしまうのだ。

出血が始まって母は痛みに顔を歪め出す。息も絶え絶え、細かく手足を震わせた。痛みと震えの真ん中で、母は意識を失くしつつ、呻《うめ》きの声を上げていた。父はその時往診で、呼ばれて駆けつけたのは祖父の方。祖父が医者でなかったら、母とその赤ちゃんは、命を失っていただろう。

「どんなに調子が悪くても、苦しむ患者を目にすれば、頭の中は日本晴れ。自然と力が湧いてくる」笑いながらそう言っていた父の父。苦しむ母を前にして何ら慌てることもなく、できる限りの処置をした。いつもは猫背で曲がった背が、この時ばかりはピンと伸び、頭は瞑想中の僧侶のように澄みわたる。下っ腹を縦に切り、子宮に守られた塊をいとも簡単に取り出した。臍の緒が切られて居眠りをする暇もなく、僕は生を授かった。多少荒っぽい帝王切開ではあったけど、産道を通らずに、僕は世界に落ちてきた。

母は文字通り血まみれになっていた。大量の出血で弱ったところに感染症を併発し、生死の境を彷徨《さまよ》った。僕の方もあわてて引き出されたせいなのか、息を吸うのを忘れてた。半ば死んだ状態で、産声一つ上げられない。祖父はそんな塊を抱きかかえ、頰を叩いて胸を押し、両手で背後から持ち上げて、大きく全身を揺すぶった。それから盥《たらい》の中に水を張り、もう一つには湯を入れて、浸けたり出したりまた浸けたり、何度もそれを繰り返す。それでも僕が泣かないので、逆さにしたり叩いたり、カエルみたいに動かない塊に、大小様々の刺激を加えてみたりした。そのうち何かに反応し、小さな息を吞み込んだ。そして猫の欠伸《あくび》くらいの弱々しい産声を、おっかなびっくり上げたのだ。

オギャ……。

祖父の存在があったから、母は命を救われて、僕もこの世に生まれ出た。その後母は何日も、絶対安静を強いられて、ベッドの上の数週間。それでも回復の兆しだけはみせてくる。が、元の体に戻るにつれ、おかしなことを言い出した。一見元気な母に戻ったが、穏やかな元の姿を取り戻すのは無理だった。

「黒いしみのある赤ちゃん？　知らない、私の子じゃないわ。入れ替えたのよ。違いない」

左足。僕の脛《すね》の内側には、くすんだ傷跡が付いていた。確かにそれは嘘じゃない。でも目立つもんじゃなかったし……。たとえしみがあったって、それが一体何なんだ。黒いしみは影の色。だから不吉だとでもいうのかい。

何に反応したんだろう。「寄って集《たか》って押しつけて」なんて真顔で母は喚《わめ》いていた。でもいくら騒いでも、赤ん坊は無垢で無邪気な天使様。愛の対象がある限り、その後を追いかける。

赤ん坊がストーカー？　悪意のあるはずがない。母なしでは生きていけないだけなのだ。いくら逃げても付いてくる。そんな我が子を自分とは無関係、そう決めつけて拒否できる？　でも母は、天が与えた運命を押し退けて、それに抗《あらが》おうと意地を張る。で、ある日、何かが母の背を押した。魔に憑かれたというべきか。ついに大胆な行動に打って出る。子を無きものに、そして運命を変えるんだ。天から授かった命令をうっちゃって……。わからない。なぜだ、でも、そうしなきゃ、身と精神を失って、元も子もなくすんだ。底で、奥で、真ん中で、そう呟《つぶや》いているように。

叔父さんや父が目を離した隙だった。母は赤ん坊を抱きしめて、前に落ちた階段を、上に上っていったのだ。廊下を進み、トイレの脇の戸を引いて物干し台の上に出る。悪い予感が頭の隅を過《す》ぎていく。赤ん坊は激しい調子で泣き出した。洗濯紐に吊るされたタオルや包帯を取り込んで、それから泣く子を持ち上げてこう言った。「ごめんね、コーちゃん、ごめんなさい」

なぜそんなことを言うんだろう。赤ん坊にキスをして、子を胸に抱きしめる。今度は前より力を込めて抱きしめた。抱擁の激しさに彼は潰《つぶ》れてしまいそう。それから手摺りの側に近寄って、呪文みたいな文言を空に向かって繰り返す。

「アナタジャナイト信ジテタ。祈ッテイタシ望ンデタ。ソウ願ッテイタハズナノニ、ヤッパリアナタダッタノネ」

前とは違う声だった。唱え終わると赤ん坊を床に置き、再び空を見上げてから、体操でもする要領で、高く両手を振り上げた。東の空には昼間の月がたなびく雲に尾を引いて、蕩《とろ》けそうになっている。で母は、表情を緩めて声を変え、違う声音で呟いた。

「やっぱり来てくれたのね。遍《あまね》く光に照らされて、私、落ち着いた気分にもなれたわよ」

それから赤ん坊を持ち上げて、手摺りの柵に寄りかかる。で、何と……何と彼の体を空中に投げ出した。物干しから月に向け、担いで抛り投げたのだ。

赤ん坊はおんぶの紐を着けたまま空中に舞い上がる。でも上がったのは一瞬で、すぐに紐を靡《なび》かせて落ちてくる。彼はどこに行くんだろう。月に向かって飛んでいく？　本人はそう考えたのかもしれないが、お気の毒。そんなとこにゃ行きゃしない。どこに向いてもいなかった。行く先なんてどこにもない。ありきたりの穴ぼこが開いているだけ。どうでもいいようなとこに向け、彼は落ちていったのだ。「ポチャン」

赤ん坊が落ちたのは池の上。亀とメダカが泳いでいるだけの小さな池の水面に、彼は尻から落ちたのだ。幸か不幸か落ちた水がクッションに。で、衝撃を吸い取った。場所も角度も悪くない。尻と背を少し水にぶつけただけ。大した怪我もしていない。ただ左の脛《すね》を池の置石で擦《す》っていた。で、そこに赤い傷を付けていた。もちろん命を落とすほどの怪我じゃない。

一方で母は調子を崩していた。それは産後の肥立ちが悪いとか、ショックが長引いて尾を引いたとか、そんな生易しいもんじゃない。夜も眠れず食事も取らず、そして朝は早くから起きていた。時折昂《たかぶ》っては落ち着かず、行ったり来たり独り言を言いながら、動き回って止まらない。些細なことでも気になれば、髪の毛を掻き毟《むし》ったり唸《うな》ったり、壁の板を叩いたり、おかしな行動が目に付いた。誰の目にも精神を病んでいるのがみてとれた。他に手立てはないだろう。大学病院に連れて行かれて診察を受け、その日のうちに山の麓の病院に入院することになる。

十分とはいえないが、母は母なりに子育てはやっていた。それなりのお母さん。なので母なしじゃ赤ん坊の面倒をみる人はいなくなる。祖母はおらず、姉はその歳に達してはいなかった。子守の少女はいるにはいたが、彼女はいつも飴玉を口一杯に頬張って、前掛けに鼻汁を垂らしているだけの女の子。他に方法はないだろう。赤子は半ば強制的。母の実家に預けられ、母方の腰の曲がった祖母の元、数ヶ月をそこで過ごすことになる。

赤ん坊にとってそれは平穏な日々だった。あっという間に穏やかな数ヶ月が過ぎていく。そして母の方も退院して、無事家に戻ってきた。

「一応治ったといえるでしょう」医者は退院する時にそう言った。一応という言葉。母に会えばその意味はすぐにわかるものだった。帰ってきた母の様子は以前とは随分違うものになっていた。確かに大声を出すことはなかったし、暴れたり昂ったりもしはしない。つまり蓋は一応閉まっていた。

でも気の抜けたサイダーみたいに大事なものが抜けていた。

一番大事な結び目が解《ほど》けたか？　母の様子は変わり果てたものになっていた。僕同様、母もまた病院で種を入れ替えられたに違いない。そう思いたくなるほどの変わり様。蓋が開けばガスは抜けてしまうんだ。それまで母を支えていた中心の芯棒が抜け落ちて、クラゲみたいにふにゃふにゃに。もう誰が見ても明らかだ。その表情からも雰囲気も、五体の動きからもすべての力と緊張が失せていた。

意思がない。意欲がまるでないだろ。で、呆然としてるんだ。どう表現すればいいんだろう。日がな一日、蒲団の上でボーッと過ごすようになっていた。感情や思考や理性とかを失って、顔に分厚いゴムの仮面を着けている。悪戯小僧がやってきて頬を抓《つね》っても気づかない。そして視線や仕草や挙止からもエネルギーが抜け落ちて、喜怒哀楽や五感で受け取る普通の感覚も失せている。我が子の姿を認めても、その目は虚《うつ》ろで机に転がる鉛筆か消しゴムを見た時くらいの反応しか示せない。で、それ以上に動けない。

それでも日が経つにつれ、母の状態は徐々に良くなってきた。赤ん坊の顔を見て表情や動きに反応が感じられるようになってくる。でもそれだけで良い兆し、と喜んでいられるようなもんじゃない。子を見て怯《おび》えた表情を作ってみせる日もあった。そんな時、何を考えていたんだろう？　嫌な記憶でも思い起こしていたのかな？　特に疲れて機嫌の悪い日の朝は、赤子から逃げる仕草さえしてみせた。

怯えた日ばかりじゃない。彼女の方から赤ん坊に近寄って、強く抱きしめる日もあった。そんな時、母の目には必ず涙が溢れていた。それもゆっくり滲み出してくる、なんてもんじゃない。一度にどばっと流れ出す。我が子に煽られて反応し、感情的になっている。気分が変わり過ぎるだろ。良くならないのを心配した者たちは、赤ん坊をもう一度、母の実家に戻しておいた方がいい。そう思うようになっていた。

この塊は母にとり、刺激が強すぎた？　なぜだろう。僕はどんな種類の赤ん坊？　母の精神を、何が刺激したんだろう？　僕という塊は邪悪な悪魔だったのか？　それとも必要不可欠な救世主？　嫌われたのか好かれたか？　あるいはもっと別の感情の中にいた？　でなきゃ、僕に対する表情とか態度とか、あれほど変える必要はなかったと思うのに。

悪いのは僕なのか、別の何かだったのか？　罪は僕の側にあるのか、それとも他に原因が？　何だろう？　もしかしたら赤子の中の他のもの？　母が反応したのは僕とは別の他のもの？　異質な凸凹、不気味な現実の集合体。そしてそれ以上におぞましきもの。でもそれはどこまでも曖昧で、目に映るもんじゃない。だとすると、そうあいつ。僕①僕②僕③……の内側に紛れ込んだ男たち。僕が見つけて目星をつけておいた奴。奴らがいるのを猟犬みたいな嗅覚で感じ取り、吠えて威嚇してくれた。早く出さなきゃ大変だ。きっと警告してくれたんだ。

別の集団、不快なもの。身に馴染まないと感じる時、いつもそこにいる異物たち。生まれ出たその日から、僕のもんじゃない別の種が仕込まれて……。そう考えたらどうだろう。誕生前からそこにいて、芽を出し根を張り葉を伸ばす。母はいち早く奴の存在を察知して、大事になるその前に手を打った。子を思う気持ちからすればごく自然。

実際、別のものを取り込んで成長するのは危険だろう。だからって消し去ろうなんて行動がなされたら、それこそ大事《おおごと》。できたら穏便に済ませたい。母だってそう思ったに違いない。人知れず処理できるんならそうしたい。可能なら机の上の消しゴムで、茎や葉や幹の幻影を消し去りたい。が、既に、消すべき異物は根や枝を、長く伸ばして出てこない。

僕の中に埋められた知らない人の別の種。どこから持ち込まれたんだろう？　いや元々あったと考えてみた方が？　でもそれは、生まれた日にあっただけ。雄蕊《おしべ》と雌蕊《めしべ》が受精する前からあったわけじゃない。その時すでにあったんなら、それは元からの僕のもの。だから受精して臍《へそ》の緒を切られるまでに入り込む。そう考えた方がいいのかも。じゃ、入口はどのあたり？　霊が憑くのと同じで、スーッと外から忍び込む？　いや、穴がなきゃ無理だから、蟯虫《ぎょうちゅう》やばい菌みたいに開いた穴から入ったと、思うのが筋だろう。

ならどの穴を入口に？　どこから入ってきたんだろう？　鼻や口から侵入した、と考えてもいいだろう。でもそこは消化管や呼吸器が入口に使うだけのトンネルで、内側には繋がらない。鼻の穴なんて、副鼻腔を通過して喉に抜けるだけの空気孔。口だって肛門に向かって開く水道管。無理に押し込んでも意味がない。身の内側に入れるには、内部に繋がる管《くだ》に放り込まなけりゃダメだろう。だとすると、それに適《かな》う入口は臍《へそ》の緒だ。臍は胎盤を通して血管に結びつくバイパスだ。うまく使えば苦もなく体内に持ち込める。

円く捩《ねじ》れて渦を巻く、内部に繋がる僕の管。母に結び付く肉の紐。その紐はホルマリンに浸けられて、隠れ家の奥の棚に置いてある。焦げ目を付けて瓶に浮く時空を超えた円い管。今でも僕は思い出す。この管をめぐって起きた騒動を。それは起こるべくして起きたこと。切っても切れぬ縁と円。悲劇と呼んでいいくらい、運命的な出来事だ。

当時の医者なら大抵はやっていた？　あるいは祖父だけの妙な癖？　蔵の中には臍の緒が、瓶に詰められ嫌というほど浮いていた。多くの出産に立ち会った僕の祖父。彼は標本の製作者、そして奇態な臓器の収集家。言い方はよくないが、職権乱用のようなもの。刑事が押収品を引き出しにしまい込むのと同じこと。

何で集めたんだろう。彼にすればごく自然。不思議に思うことじゃない。子供がプラモデルの戦艦を揃えて遊ぶようなもの。他にも肉や骨の欠片《かけら》や部分や断片を、集めてしまい込んでいた。でもお気に入りの逸品は、月の並びにも劣らない、白い胎児の標本だ。

形のない一ヶ月目は別にして、二ヶ月目に三ヶ月。成長する胎児の標本が、棚に並べて置いてある。大学の研究室に比べても見劣りしないコレクション。祖父はこれら標本を、消毒液や漬物の樽と一緒に、蔵にしまい込んでいた。暗闇にずらりと並ぶ十升瓶。今でも僕は思い出す。誇張した言い方をしてみれば、それは僕の人生の一生分の記憶を一点に集めたような輝きを放っていた。たぶんこの塊の一生は、ここに始まり再び蔵に戻ってくる、そんな道。そんな隘路のはずだった。

でもこのコレクションを目にする前、ずっとずっと遥か前、記憶の倉庫みたいなこの蔵に辿り着いた人がいた。それは何を隠そう混乱の渦に巻き込まれた僕の母。紛れもない苦しみに溺れた可哀相な母だった。僕が生まれて一年と経ってないある晴れた日のこと。なぜここに来たんだろう？母はこの蔵にやって来た。

その日はひどく落ち着かず、些細なことにも敏感に。何があったってわけじゃない。空は快晴、風もない。取り立てて何もないそんな日に、母はなぜかイライラ、母屋から飛び出して、畑を横切り山羊の小屋の前を過ぎ、蔵のあるこの場所にやってきた。

薄暗い蔵の中の上の段。古い窓枠の上にある十升瓶の内側を不思議そうに覗き込む。そして中から僕と母の結び目の、連絡路でもあった臍の緒を、誰に断ることもなく持ち出した。

固く閉まった蓋を開《あ》け、鼻をつくホルマリンを嗅ぎながら、素手で紐を毟《むし》り取る。で、隠すでもなく肩に提げ、蔵の外に出ていった。山羊の小屋の脇を抜け、池の縁を通り過ぎ、母屋の方に駆けていく。勝手口から台所に入り込み、土間の七輪に火を熾《おこ》し、竹箸で弄《いじ》りながら火の中に突っ込んだ。炎の先に当てられて、焦げ目が付くか付かないか。今度はその紐を箸の先で摘《つま》み上げ、顔の前まで持ってきて、さあ呑み込もうとした時だ。

ちょうどその時、二階から降りてきた叔父の目に……入ったからいいようなもんだった。叔父も、まさか！　と思ったに違いない。それが一体何なのか。太い蚯蚓《みみず》の切れ端か？　蛇の尻尾の断片か？　はたまたベルトの革の端？　まさか臍の緒？　だったとは、さすがの叔父も気づかない。でもその日、母が普通でないことを、叔父は感じ取っていた。で、尋常じゃないものと考えた。すぐに側に駆け寄って怪しげな塊を毟《むし》り取る。けど母は、それを奪い返そうともみ合いに。ふたりは肉の紐を奪い合う。

形相を変え、母は叔父に抵抗した。そして叔父の二の腕に噛みついた。普段の母からは考えられない凄い力と勢いで。とはいえ男の腕力には敵わない。結局、組み伏せられて紐は奪い取られてしまうのだ。ぷんぷんと異臭を放つ肉の紐。取り上げてはみたものの、一体これは何でしょう？　奇妙な紐というだけの……もんだった。

母の昂《たかぶ》りはしばらく収まりはしなかった。でも時が経つにつれ、外見《そとみ》、落ち着きを取り戻す。表面的には穏やかに、けど頭の中は疲れていた。疲れが頂点に達して敏感になったのか、些細なことに反応して思い出したように興奮した。何度もそんなことを繰り返し、母の神経はさらに疲れて元の穏やかさを失っていったのだ。

「そんなに食べたかったんなら、食べてもらえばよかったのに。気の済むようにさせてたら、そりゃ、あとのことだって……」

あとのこと？　今はともかく、その時の僕にはまるでわからない。そして父と叔父とのあのねのね。秘密めく内緒話は、後悔とも、諦めともつかない溜息を残して幕を引く。

炙《あぶ》られて食べられそうになった肉の紐。でもその紐は切れ端を、今も僕の下腹部に残している。月のあばたにも似た穴として、未だ消し難い痕跡をそこに刻み込んでいる。

「黒いしみのある赤ちゃん」生まれたばかりの僕を見て何を想像したんだろう。母にしかわからない邪悪で不気味なそのサイン。不吉でおぞましい身の塊が中にいる。母はそんな刻印を見逃しはしなかった。でも僕は、穢れなんか付いてない白い紙。ただの真っ新《さら》な赤ん坊。どっちに転ぶとも限らない決定前の塊だ。善も悪も含み持つ、マグマ溜りから噴き出した形のない溶岩だ。

火口から飛んできた溶岩がここにある。熱くて燃える塊は、冷めて初めて形《かた》になる。地面に落ちた岩石は重いので、そこに穴を開《あ》けるんだ。熱すぎて誰もそれには触れない。棍棒で叩いてみても意味がない。一筋縄ではいかないのが特徴だ。

見た目、恐ろしく汚らしい色と形をしてみせる。生まれてすぐのはずなのに、可愛いとこはまるでない。凸凹だらけの表面は奇怪な雰囲気を漂わせ、あどけなさや純真さ、そんなものは爪の垢ほどもありゃしない。臭いだって卵の腐った凄いのを、プンプン振りまいているだろ。これじゃ団子っ鼻でも塞ぎたい。こんな不気味な塊に夢や希望を託せるかい？

黒くて固い塊が僕らの街に落ちてくる。屋根の瓦を打ち砕き、硝子《ガラス》の窓をかち割って、雨のように降ってくる。見ろよ、いま漆喰の壁が倒れたぞ。コンクリートの床にもぶすぶすと突き刺さる。人に当たればもう大変。怪我で済めばラッキーで、下敷きにされたって、文句の一つ言えないぞ。溶岩の塊は街全体を破壊して、人々を恐怖の坩堝《るつぼ》に突き落とす。

それでも日が経つにつれ、熱は周囲の空間に吸い取られ、外側から冷めていく。熱を失うにしたがって、外との温度差で固まったばかりの薄皮に、罅《ひび》が入ってきたようだ。それは皮全体に広がって、生まれてすぐの岩肌をボロボロにしてしまう。ついに上半分を砕き割る。と、内部からごそごそモゾモゾ動くものが見えてきた。裂け目から顔を出している奴がいる。どう見ても赤ん坊。落ち着きのない子供が顔を覗かせる。

可愛くもない赤子が、暗い岩の裂け目からちょこりと顔を出している。しみのある赤ん坊の黒い顔。天使の笑みはそこにない。よく見ると、長い顎鬚を蓄えているようだ。目の玉だって左目は、一点を見て動かない。ひねくれた内面の邪悪さがそのまま外に出たような。誰もが生まれた時に持っている、澄んだ瞳はどこに消えていったんだ。そんなもんがあったのか。霞みたいに消えている。

「おい、見ただろ。あいつだぜ。奴こそ中にいるあの男」そう囁《ささや》く声がした。

母はこの身を池に放り込み、邪悪な肉を清めようとしたのかも。それとも月の光に投げ出して、くすんだしみを白く染め直そうとしたのかも。炎の先に置いたのも、焼いて浄化するためだった？いずれにしても母にとり、邪悪な塊とその紐が世界に存在するのは耐え難い。だからやるべきことをやっただけ。が、事態は母の意図を超え、逆方向に進んでいく。消そうとした塊は世界の中に生き残り、根を張り枝を伸ばしてく。一刻も早く止めなきゃ、母は焦っていたはず、消さなきゃ。身を賭して阻止しようとしたはずだ。

「ここから先は行っちゃダメ」茶化して言うわけじゃない。動き出した歯車を止めるのは並大抵のことじゃない。でもね、母に見える現実も、他人の目には映らない。大勢の人は寄ってたかって母を責め「病気だから止めなさい、やっちゃダメよ、バカなこと」その営みの邪魔をする。僕だって母が正しいなんて思わない。でも不思議な嗅覚があることを否定しはしない。邪悪な種の信号に気づく人がいるんなら、母をおいていないはず。誰ひとり、種の存在はおろかその兆候にも気づかない。

まあそうだ。現実とはこんなもの。人の頭数や意見とは関係ない。ほら、その角に現実が落ちている、そう考えちゃダメなのか。石の現実に木の真実、水の実体に火の元型。そんなものはどこにでも置いてあるし生えている。そして母という現実もスイカや向日葵《ひまわり》の種のよう、ポンとそこらに捨ててある。僕からみれば明らかに、バカげているような現実も道端に落ちている。アインシュタイン以後のこの時代、目に見えない現実なんてどこにあっても不思議はない。空間だって重力波で歪んでいる。なのに現実に対する無知と無理解が重なって、母は身と精神の現実を疲れさせていったのだ。結果、深い海に吸い込まれ、光の届かないところに安住するようになる。それでも月が海面を照らす夜は、白い光に導かれ、苔や藻の生い繁る岸に上がってくることも。そして砂浜に弱った身を横たえて、満天の星と澄んだ月の光を浴びている。空には天の川が架かっていて、夏の大三角が天球の頂上近くで光っている。そんな集《つど》う星たちの下にいて、孤独な影を曳きながら立ち上がろうとする母の薄い輪郭が、目に焼き付いて離れない。

母が体を張って阻止しようとしたこの塊。僕という塊は今も世界の中で生きている。いや、ますます背を高くして、目を覆うばかりの醜さでここにいる。本当の僕の姿は母の目にしか映らない。いや別の現実を見る目には、確かに見えていたはずだ。人なのか動物なのか、もっと別のものなのか。異質なものが中に居て、そいつが偉そうに、陰嚢から少し上がった臍《へそ》の下、窪みの下にとぐろを巻いて座っている。でも気がつくのはただひとり、母以外にはいなかった。

どの時点かは別にして、奴は種として僕の中に入り込む。臍の側で芽を出して、根を張り枝を伸ばして優しげな声まで出すようになってきた。そしてソフトな声で絡め取り、血を混ぜ切り離し難くなっている。今に僕を呑み込んで、主従を逆転させるつもりかも。僕は騙されていたのかな。うまく乗せられたってことなんだ。奴らの企みに嵌められて、雁字搦《がんじがら》めにされていた。

なのに、なのに気がつかないままでいた。もちろん理性や意思まで失って、あいつらのイメージに魅せられたわけじゃない。でも迂闊にも奴らの作戦に引っかかり、目潰《つぶ》しを投げられて、気づいた時はどこなんだ？　多分あいつらは、今頃うまくいったと膝を打ち、にやにやニコニコ内心笑っているだろう。臍《へそ》のあたりに居座って、意地の悪い欲望に身を任せ、首根っこに引っかけた手綱を引いたり緩めたり、弄《もてあそ》んで大満足。得意になっているはずだ。

それに比べて僕はといえば、どこにもう進めない。深みの沼に嵌《は》まり込み、身をどうすればいいんだろう。動きの取れない状況に……。もどかしさばかりが積み上がる。苛立ちは、声を出しそう。昔の記憶やイメージに頼ってばかりじゃダメなんだ。そんなものに囚われて何になる。身を棚に追い込んで、そこから転げ落ちるだけだろ。

言わないでくれ。嫌な記憶を追い出せばいいんだろ。まずそのために上を見た。案の定、何も起こりはしなかった。次に矛先を変えるんだ、と横を向く。それから今度は臍の下。するとそこにはみすぼらしい陰毛が群れを成して生えていた。翳りを作っているせいで、中はぼんやり、奥から黄色い光が射していて……。でもそこは光るとこじゃないんだし。何だろう？

錯覚か、と疑った。騙されてなんかいないよな。疑り深くなっていた。信用できない。もし囮だとしても。いや、そんなことはどうでもいい。確かに光は射してたし、見えればそれで十分だ。

周囲の状況にやっと気づき始めてた。天井の電灯がサーチライトみたいに僕の下半身を狙い撃ち。まわりが暗いせいもある。そこだけ輝いているように。テレビから飛び出してきた明るさで、下腹部は意味ありげ……。眺めているうちに誰だろう？　誰かが座っているような……。

光はある意味無限の点に支えられてそこにある。それと同じで、僕という塊も数限りないものに支えられてここにいる。もし僕を映してみれば、薄い輪郭に僕じゃない、別の誰かが映っている？で、映っているのはあの男。もし鮮明でよく見えりゃ、どこの誰だかわかるかも？　翳りの中にいる男。まさかあんたじゃ？　どうなんだい。そこにいるはずの、髭を生やした暗い影のお前さん。

あいつから逃げ出そうともがいていた。でも気づいた時は奴の側。引き戻されて立っていた。そう、そこだ。そこに座っている男。覗けば顔が飛び出して……きそうで僕は怖かった。とはいえ奴の正体を一度は見ておかなきゃ。強い力に引き摺られ、一歩、二歩。覗いて御対面のはずだった。世界がその時を待っていた。ついに時はやって来た。僕は身を硬くして鏡の中を覗き込む。

と、瞬間、ドンという音がして、何かが部屋を揺すぶった。非常用のドアが開き、蛍光灯の灯が点《とも》る。突如明るい空間に引き出され、慌てて鏡から後ずさり。掌《てのひら》でそこを隠して下を向く。

開いたドアの向こうから、バケツとモップを手に提げた太めの女性が入ってきた。掃除のおばさんという いでたちで、両手に青いゴム手袋をはめていて、それから手拭いで頬被り。ごていねいにマスクまで。目のまわりしか見えないので表情まではわからない。全裸の男に気がついて、ちらりと僕を覗き見る。裸の男の体など慣れているんだ。貧相な手足と痩せた胸。そして気にするふうもない。何もなかったかのように床にモップをかけている。それからくしゃみを一つして、マスクの位置を直してから、元の隙間の暗闇に消えていく。

ものの十秒か二十秒。あっという間のことだった。彼女が部屋を出ていくと、そこには何も残らない。僕の裸が一個だけ、撥ねた豆粒みたいに落ちていた。そして何の思し召しなんだろう。見栄えもしない現実に引き戻されて立っていた。さっき見た夢の続きを見ることは？　あの世界に舞い戻り、奴を確認できないか？　僕は初めて裸でいるのに気がついた人間みたいに恥じらって、陰部を隠してパンツのゴムを引き上げた。

ロッカールームはただの暗がりになっていた。僕は見た目どこにでもいる二十歳。痩せた青年に戻っていた。パンツを元のとこに上げたので、股間の光は消えていた。鏡を見ても特に何も映らない。いつも通りの僕がいて、鏡と柱と白い壁。それ以外、見えるものは何もない。神々しく輝く光なんてどこにもない。家からも学校からも人々の群れからもはみ出して、身にも馴染めないと嘆いている、細い塊が見えるだけ。覚めない夢の記憶たち。鏡の中の想像力。鏡は回想を強いる機械のようなもの。眠り込む思い出を、鏡に引き出されたんだろう。僕は底なしの穴の中に吸い込まれ、身をバラバラにされていく。

昼食は図書館のレストランと決めていた。前に食べたパスタの味が懐かしい。で、もう一度頼んでみたいと思っていた。ここは県立の美術館の横にある中くらいの図書館だ。美術館と繋がっているせいで、レストランは鉄筋の建物の繋ぎ目にあり、日当たりのいい二階の角に位置していた。絵や彫刻を見に来る人が、お茶や軽食をとるための場所なので、遠景の黒い山並みと、小綺麗な庭が望めて普通の図書館とは違う趣きを持っていた。

平日の午前中、レストランはガラガラに空いていた。明るい窓際を選んでそこに席を取る。珈琲を注文してぼんやり中庭を眺めていた。すると眠気の詰まった塊が、いきなり下から湧いてきた。陽を浴びて温まり、疲れが出てきたんだろう。おいおい、居眠りなんかしないでくれ。僕は汗ばむ額を拭いてから、眼窩の縁を押してみた。と、そこが窪んでいるのに気がついた。触った感じ干からびたミイラみたいになっていた。

眠くて退屈という以外、何があったわけでもない。たったひとりで食べるのは侘しいな。そんな気分に襲われた。一緒に食べてくれる人？　ぐるりとあたりを見回すと、いつ入ってきたんだろう。新婚の姉たち夫婦が目に入る。こんな昼の日中に教師の姉が図書館に？　ホントかい？　疑いの目でその姿を確かめた。

魔法の粉をパラパラパラ。振りかけられたんじゃないのかな。望めばかなう式のこの話。そうは転がってないはずだ。でもそれが現実に……。夢の続きを見てるのか？　いや、いっそ、夢にミーナが出てくれれば。調子に乗って僕はそう考えた。

夫婦の横に移動して、たらこのパスタを注文した。でもトントン拍子にいったのはここまでで、それからひどく待たされた。確かに頼んだはずなのに、待っても待っても出てこない。後から注文した姉たちのランチの方が先に運ばれてやってきた。彼らは見る間に手を付けて平らげた。その後も僕のパスタは出てこない。だんだん僕はじれてきた。そしていきなり、ふざけんな！　怒りは沸点を遥か越え、喉元まで押し寄せた。

いつまで待たせりゃ済むんだい。バカにするにもほどがある。お前ら、俺をなめんなよ！

不思議なくらい怒っていた。普通、ここまで怒る男じゃないはず。なのに、なぜ怒るんだ？　手が付けられないほどの暴れ馬。荒ぶる塊になっていた。そんな制御不能な塊を臍《へそ》の下にぶら下げて、君たちゃどこに行くんだい。もし艫綱《ともづな》が切れてたら、止めるものは何もない。すぐにコントロールを失って、暴れ回って止まらない、でも気づいた時はなぜだろう。クルリと回って半回転。抑える側になっていた。

ドウ、ドウ、ドウのハイ、ハイ、ハイ。何て優しい言葉だろう。そして優しい人たちだ。

僕は荒ぶる塊の顔と額を撫でてやり、笑顔で飼いならそうとしてみたが、奴らは言うことなんか聞きゃしない。宥《なだ》めても意味がない。で、仕方なく強行手段に打って出た。下っ腹に力を込め、脇腹の筋肉でそいつの胸を締めてみた。が、おとなしく捕まるような玉じゃない。そこらじゅうを掻き毟《むし》り、中を傷だらけにしてしまう。奴を抑えるのは至難の業、思いの外《ほか》、難しい。

こうして僕の腹部では、普段経験しないことが起きていた。でもそれは怒りを爆発させたからじゃない。いやむしろ、僕は抑える側に回っていた。実際、僕は優しくていねいに話しかけ、奴を慰めようとした。やることはやったが臍で爆《は》ぜた爆弾は、収まるどころか次の爆発を用意しているようにみえていた。怒り狂った塊が臍の下で喚《わめ》いている。雰囲気から察すれば、そこにいるのが誰なのか？　わかった気もするんだが、だからって奴を制御できるわけじゃない。もちろん見えないよりは見えた方がましだろう。糸口にはなるはずだ。多分髭のある男。あいつ以外、誰が入り込んでくるもんか。奴が下っ腹に居座って、ひとり暴れ回っているはずだ。

でもそれで奴の気が済むんなら、勝手にどうぞ、好きにしろ。腹の中で怒ろうが騒ごうが、外に漏れなきゃ内部の問題。周囲に迷惑はかからない。喧嘩になって騒いでも、警察沙汰になることはない。下っ腹で押さえておけば済むことだ。

そうそう、それからもう一つ。僕のパスタはどうなった？　パスタの皿が出てくれば、一件落着、それで水入り。食べて満ちれば誰だってホッとする。これ以上騒動も広がらず、興奮も冷めて収束に向かうはず。が、パスタが運ばれてくる気配なんかどこにもない。

ただ待っているのは辛かった。何でもいいんだ。無駄な時間は潰した方がいいだろう。僕は鞄から本を一冊取り出して、がばっと頁を開《あ》けてみる。で、目に映る見知らぬ文字を読んでいく。するとすぐに、あれれれれ。これはおかしい。よく見ると、そこにはアラビア語のスペルみたいな複雑な曲線が、渦を巻いて垂れ下がる。見たこともない。初めてお目にかかる文字だろう。それにこりゃアラビアの綴りなんかじゃないはずだ。縦書きのアラビア文字、そんなものがあるもんか。角度を変えると、蛇が木に巻き付いて竜巻みたいに伸びている。そんな感じの印か紋章に見えてきた。こんな字を目にするのは初めてだ。

その気で探せば、曲がって巻き付くような文字。シンニョウとかコザトヘン、そんな変な漢字だってあるだろう。でも本の字はその程度のひねくれ方じゃなさそうだ。前にモンゴル文字とか古代文字を見たことが。けどそれらとも違っていた。莫山先生ならこんな字を？　縄文土器の縄目模様はどうだっけ？　岡本太郎の絵にこんなのがあったよな。

いろいろ想像してみたが、知っている字の中に、これだけ変てこな字はないだろう。無理に文字と思うから、変なものに見えてくる。見方を変えて暗号とか符号とか、特殊記号と割り切れば、まあ納得。例えば書道の崩し字とか、速記の記号の一部とか、紐の結び目の見本とか、そんなものならあっておかしなもんじゃない。

とはいえ、本の体裁を取る以上、何かを伝えようとしてるはず。なら何を？　二頁三頁四頁。頁を捲《めく》るたびごとに、文字の魔力に呑まれそう。本、本、本の図書館にいて、いちいち気にしてちゃ息も吐けない。閉じ込められてしまいそう。これ以上巻き込まれちゃかなわない。忘れた方が身のためだ。

けど僕はまだ、文字の引力の中にいた。縦にしても斜めにしてもわからない。文字にかけられた魔法は解けそうもない。下手に弄《いじ》っておかしなものが出てきたら。その不気味さに恐れをなし、早く逃げなきゃ！　焦る僕がそこにいた。

異変を知らせる徴《しるし》かも。不吉な出来事の前兆だ。さっきから首の根に紐が巻き付いているような。不気味で不愉快なこの感じ。気にすれば、するほどきつく絞めてくる。そんなに強く絞められちゃ、息が詰まってしまうだろ。喉元を抉《えぐ》るよう。何かが首を絞めていた。

気がつくと、水色の制服を着たウエイトレスがパスタを持って立っていた。オリーブオイルに嗅覚を刺激されたせいなのか、いるという存在の感覚を、今はっきりと取り戻す。彼女は皿を前に差し出して、僕が気づくのを待っていた。女の子の白い首筋と丸い顔。彼女は王子様でも見るような柔らかい笑顔を作ってから、皿をテーブルに置いたのだ。でも目が合った瞬間に、何か異変でもあったのか？　この状況を誤魔化そうとするように、急に不自然な笑みを浮かべて「お待ちどおさま」と言ったのだ。

ともあれパスタの皿がやってきた。ホッとひと息、一段落。安堵の気持ちが広がった。世界に平和がもたらされ、僕は落ち着きを取り戻す……はずだった。

早速フォークにパスタを絡ませて皿の上に持ち上げる。すると絡んだパスタが縺《もつ》れ合い、輪っかを作って枝に巻く蛇の形に変化した。さっき見た文字の形と同じもの。捩《ねじ》れた文字が表していたものはこの形。一気に了解、納得させられてしまうのだ。

僕の前ではパスタも臍《へそ》の緒も、おんぶの紐や縦書きの文字でさえ、結んで開いて、同じ捩れに見えていた。僕も含めて世界中にあるものは、全部捩れた紐の端。その紐が干し柿を吊るして勾玉《まがたま》を貫いて、五円玉を突き通し、さらに女の子の真ん中を打ち抜いた。すべてが紐で結ばれて磁石みたいに結び付く。そして僕という塊も一緒に束ねられているんだろう。人は皆、捩れた紐を臍の窪みに通されて、巨大な何かに結び付く団子みたいなもんだった。宇宙の涯に吸い込まれる連凧か、千羽鶴の折鶴か、果てはてるてる坊主のようなもの。紐で吊り下げられた寄る辺なき鰯の群れの集まりだ。

そうさ、臍の緒は僕の腹部を貫いて、母に身を結び付け、祖母の体に持っていき、さらに曾祖母のそこんとこにくっ付ける。だから紐は世代を超え、時の流れを遡り、時代を大過去へと進めていく。で、最後には原初の母の毛むくじゃらな下腹部に辿り着く。こうして長くて辛い流浪の旅のその果てに、臍の緒はあらゆる人を結び付け、その輪に人類という塊をすっぽりと囲い込む。だからキリスト様とかお釈迦様、大師様のお腹にも結び付き、ついにミーナのいる終着駅のアパートに辿り着く。

　重なり合う塊と重なり合っているミーナ。それは前から予想されたことだった。でもどう繫がっているんだか？　それがわからなかったんだ。が、いま結び付いたり開いたり、簡単にやってのける紐の存在に気がついた。もしかしたら紐は結び目を作るだけじゃなく、僕やミーナそのものを作り出す創造主。そう考えたって嘘じゃないはず。僕たちは永遠という時の中で結んだり開いたりを繰り返す、回転式のドアみたいなもんなんだ。結び目とは、時空と僕らを団子みたいにくっ付けて創り出す、優れものの別名だ。

　蝶々結びに瘤《こぶ》結び、男結びに本結び。他にも結び方はあるけれど、そんな結び目の色や形や大きさが、僕やミーナの差になって現れる。そう考えちゃダメなのか。いや、現実に近いかも。だとすると、僕とミーナは紐で繫がるだけじゃなく、一本の紐に並んだ違う形の結び目だ。他人との繫がりだって縁だって、紐の上の関係と考えていいんじゃ。

　そうさ。僕とミーナは捩《ねじ》れた紐の上で重なった結び目だ。でもね、紐に結び目を作るのは、人間だけじゃないはずだ。犬も猫も木も草も、月でも星でも星座でも、森羅万象すべてのものが一本の紐の上で結ばれて、無数の塊になっている。ならばミーナが結び目として、屋上やバスや病院に結びついてみたとして、何の不思議があるだろう。そこから彼女は歩を進め、底なしの池に向かったはずなんだ。僕だってジャンケンポンの白い手に誘われて、知らずにプールの底に結び付く。もしかしたら大学のプールに浮かぶ死体とも、手足を重ねていたのかも。そして最後に結び目はすべてのものに結び付き、ミーナその人に辿り着く。

　僕もミーナも他の人たちも、臍の緒という捩れた紐を通されて、世界中すべてのものに重なった結び目だ。光や闇や凸凹や、目に映らないものらとも知らないうちに結び付く。こうして世界は一本の紐の上。重ね結びに巻き結び、巨大な結び目になっていた。

でもこの塊を生み出して、世界に結び付けるはずの臍《へそ》の緒は、ある日台所のたたきの上で炙《あぶ》り焼き。紐は残骸を瓶の中に残している。けどそれは焼け爛《ただ》れ、見世物にも使い物にもなりゃしない。紐が焼けたその日から、僕の結び目は機能を落とすか失くすかしたはずだ。僕を生み、世界に繋ぐはずの要《かなめ》の柱が焼けたんだ。結び目を解かれた僕は用なしで、人にもものにも絡めない無能で無益なものとなり、僕自身であるのさえ難しい。社会的であろうとなかろうと、塊のままでいるのさえ、すでに怪しくなっていた。そして紐を失えば、家にも町にも国家にも、帰る場所を失った家なき子。結び目を解かれて孤独な星になり、暗い宇宙を行方《ゆくえ》もなしに飛び回る。時々出会う星や星座はあるけれど、太陽系の外に出て、軌道を外れて銀河の涯に飛んでいく。青いプロキオンの額にも赤いアンタレスの背中にも届かない。前から気にはしてたけど、君の国籍や、住所や番地はどこだっけ。え、住所？　忘れたの？　けど住所っていったって、そんなところがあったかい？　戻るとこなんかありゃしない。元の場所には戻れない。

どこでもないとこ、元の場所？　忘れたよ。戻るとこが見当たらない。そう淋しそうに言ったけど、いいんだ、気になんかしちゃいない。なきゃそれまでのことだろ。え、そんな。何を言っているんです。きっとひとりぼっちで悲しくなり、意味もない強がりを言ってみただけでしょ。自棄になっちゃダメですよ。元いた場所を失えば、結び目を遡ることはできません。なら紐は解かれたも同然で、すべての初期条件を失って、池や風呂や水溜り、プールの底にも戻れない。丘の上の塔だとか、とんがり帽子のトイレとか、ステンドグラスの窓だとか……。わかりましたよ、そうなんだ。

でも実際、そんなものがあったのか？　あるといえばあるんだし、ないといえばないような。紐を失くしている以上、今の僕にそんなもの、どっちにしても不可能だ。そしてミーナの住んでいた部屋に辿り着くなんて、もっとできないことだった。

目の前に見えているパスタの皿とその中身。紐状の麺をフォークで持ち上げて、口の中に入れてみる。と、柔らかいクリームの、香りと味が広がった。でもそれは前に食べたのとは違う味。その違和感が口の中にあるうちに、パスタの紐が引き寄せた？　背後から近づく人の気配がした。背を伸ばし僕はその人を待っている。接近する人の姿を硝子《ガラス》の窓が映し出す。徐々に形は鮮明になってジーパンをはいたミーナその人になったのだ。

ミーナが男友達を従えてやって来た？　本当に？　でもこの時間になぜ図書館？　来て悪いわけじゃない。ただこの時間帯、大学の階段教室で授業を受けているはずだろ。まさか！　と思いつつ振り返り、しかと姿を確かめる。けどその女《こ》はミーナその人で、彼女以外の誰でもない。

不意打ちを食ったようなもんだった。寝ぼけ眼《まなこ》の兵隊さん。いきなり起こされて、どうすれば……。いい加減にしてくれよ。予想もしないことが多すぎる。神経を揺すぶられ、都度バランスを崩している。頭だって回らない。状況に対応できなくなっている。それに会う準備だってできてない。手足がこんなに震えてちゃ、変な奴だと思われる。百パーセント挙動不審の親父さんだ。普段ならできることもできないし、考えだってまとまらない。聞くべきことはあったのに、何を聞けばいいんだろう。わからなくなっていた。

こんな機会は二度とない。だから何も聞かずにニコニコと、笑ってばかりじゃダメなんだ。弱気で柔な男じゃ困るんだ。「今日は」と言うだけで、お茶を濁したら後で必ず後悔する。が、やはり最初は挨拶。挨拶さえしておけば、気持ちも態度も和らいで、動作も言葉もナチュラルに。で、その後次のステップに。なのでまずは「今日は」と言っておき、あとは出たとこ勝負ってことにする。

ミーナの声がはっきりと聞こえてきた。僕は首を動かして声のする方向に目を向ける。が、首の根は思うように動かない。いきなり回そうとしたのがダメなのか、不自然な力を筋肉にかけ過ぎた？　そのせいなのか、力を入れた瞬間にカチカチカチ、震えが始まり、頭はメトロノームか振り子のよう。左右に大きく振れ出した。振動を止めようと腕に力を込めてみる。でも僕の腕力じゃ……。コントロールを失って、さらに大きくカチカチカチカチ。

他に手立てはなさそうだ。両方の手で耳を摑んで捻《ひね》ってみた。するとソケットの中の電球と同じこと。斜めに首が傾いて、付け根で滑って、あれ何だい。僕の頭は半回転。後ろを向いた状態で静止した。これじゃ安物の人形と同じだぞ。

それでも回ってくれたので、ミーナを見ることはできていた。彼女は見知らぬ男に挟まれて僕の後ろに立っていた。こいつら何者？　恋人か友達か？　もっと別の人なのか？　いずれにしろ男らにかしずかれてそこにいた。そして僕がいるのに気づかない。

周囲を見回すと、いつの間にかにレストランは混み合って、すべての席が埋まっていた。三人は席を探して歩いていたが、すぐにダメだと諦めて出口の方に引き返す。後ろ姿が遠ざかるにしたがって、僕は彼女がミーナだと言い切る自信を失った。もしかしたらミーナじゃない？　いやミーナじゃないのを願っていた？　だって彼女はいつも予告なく現れて、僕を煽《あお》って消えていく。僕は誘惑されて魅せられて、心を掻き乱されているばかり。で、あとは全くの知らん顔。だから混乱した状態で処置なく放置されるんだ。これじゃ爆破予告の電話をして、姿をくらます愉快犯と同じこと。太い鎖に繋がれて、牢に閉じ込められたままになる。なら初めから会わなかった方がまし。狂気と嫉妬と熱病の真ん中に、取り残されることになる。

いつものパターンの繰り返し。それだけは避けなきゃ。やっとミーナに会えたのに、何も言わずにさようなら。煽られるだけ煽られて、恐れ入ります、ご苦労様。手応えがあると思った瞬間に、糸はプツリと切れるのだ。そんな反復はもうこりごり。終わりにした方がいい。なら追いかけるべきだろう。遠くには行ってない。今なら間に合う、いま動かなくていつ動く。諦めちゃ意味がない。僕は身に鞭を打ち、尻を叩いて彼女の後を追いかける。

立ち上がりながら姉たち夫婦を覗き見る。と、呑気なものでふたりは鼾《いびき》をかいて眠っていた。食事の後はお昼寝と、決めてテーブルに手をついて、深い眠りに落ちていた。何ておめでたい夫婦だろう。これじゃ、時間潰《つぶ》しの相手にもなりゃしない。

油断したわけじゃない。ほんのちょっとの隙だった。でも僕にとっては大失態。姉たち夫婦に気を取られ、一瞬ミーナから目を離す。たぶん視線を切っちゃいけなかったんだ。再び目を上げた時、彼女は視野から消えていた。朝靄みたいに失せていた。どこに行けば会えるんだ。捜そうにも、目安も当てても何もない。彼女が行きそうな場所はどこ？　どこ、どこなんだ。お手上げだ。どこを捜せばいいんだろう。

捜す前から諦めムードになっていた。可能性はなかぁないと思うのに。途方に暮れた僕の目が姉の手元に向いた時、長いコードを引っ張ったマイクがあるのに気がついた。

「カチィ」誰が押したわけでもない。チャンネルが切れて替わる時の音。同時に弱い電流が、頭皮の上を駆けていく。そして忘れていた前の記憶を映し出す。

画面にはトグロを巻いた肉の紐。紐？　そうか紐。確かに僕の前には紐付きのマイクが一本置いてある。その紐はなぜか上に向かって伸びていた。上？　そうだ、上。

目の前のコードが記憶の糸を引っぱった。頭がはっきりとするにつれ、僕の置かれた状況が見えてくる。上、そうか、上。上のあの教室だ。慌てて腕時計を眺めると、大変だ、時間がない。急がなきゃ、とんでもないことになる。

「ちょっと借りるよ」そう言って全速力で走り出す。が、僕は眠り込んでいる夫婦とは別方向、知らない人の耳元に……。まあいいさ。誰だってかまわない。断りを入れておけばそれでよし。あとは階段を、上に上がればいいだけだ。

時計の針は十二時と二分をちょうど指していた。既に定刻は過ぎている。解剖の授業は正午から、四階の会議室であるはずだ。「重要な授業だから、遅刻は減点五十点」教授が口にした言葉を思い出してゾッとした。出なきゃいけない授業のはず。なのになぜ忘れたりするんだろう。心理学者が言うように、出たくなかった、本当は。そんな気持ちの表れか？

授業は始まっているはずだ。急いでも、始業の時間には間に合わない。コードを手元に手繰り寄せ、僕はレストランを出ていった。そして脇の階段を二段跳びで駆けていく。不思議にも、コードは行く方向に延びていた。走りながら遅刻をした後悔と、単位を失う不安とで、胸の中身が出てきそう。彼女のことはいつの間にかに忘れてた。

コードが導いてくれていた。四階まで駆け上がり、廊下を走って線が這い出す会議室に飛び込んだ。僕はコードの言う通りに行動した。でも入った部屋は真っ暗で、そこで僕は立ち往生。光はすべて消されてて、物音一つしなかった。授業中のはずなのに、光も音も何もない。間違えた？　いや休講？　僕は闇の中に立ち竦《すく》む。

目に映るものはない。形も姿も何もない。でも馴れてくるにしたがって、朧《おぼろ》げながらまわりの様子が見えてくる。暗い会議室の真ん中に石の台が置いてある。その上に誰かが仰向けになっていた。角張った体型をしてるので、たぶん男だ。十数人が周囲を密に取り囲み、背伸びをしながら立っている。雰囲気から察すれば、台の上の人間は生きた人じゃないだろう。輪の中心に黒いマントの男がいて、横たわる塊を弄《いじ》り回しているようだ。そしてまわりを囲む人の目は、熱心に男の指先を追いかける。一方で石の上の人間は、禿鷹に突かれる屍みたいに力なく、されるがままになっていた。僕が近づくと、死体を弄る背の高い男が強い調子でこう言った。「動くな。ドタバタされちゃ困るんだ。今は検死の真っ最中」

「検死？」検死って、死体をバラすあれのこと？　「あ、僕、僕のことですね。すいません。ぼんやりしていて御免なさい。決して怪しい者《もん》じゃありません。遅刻です。ただの単純な遅刻です。授業があるって聞いたんで、急いで駆けて来たんです」

返事はなかった。誰も何も答えない。で、さすがに不安になってきた。

「死人が出たってわけですね？　もしかして、プールで起きた事故ですか？　あれなら僕も知ってます。死んだ人のことだって」またまた僕は無視された。

たぶんあの事故のことなんだ。死体は九分九厘プールで死んだ彼のもの。でも確かめてみなければ。音を立てないように気をつけて、そっと台に近づいた。

近くで見ると、死体のそれが若者の顔や体でないことはひと目でわかるものだった。頭は白髪に覆われて、長い髭を付けている。そして額や頬や目尻とか、顔じゅうが皺だらけ。口のまわりを黄色いシミが覆っている。眼窩は窪み、手足は痩せて骨と皮。まさか死んで年を取り、老人になることも。ならば死体は彼じゃない。絶対彼じゃないはずだ。

顔を上げると、解剖の鈴木教授が僕を見下ろし立っていた。さっきまで切ったり貼ったり削ったり。続けていたのはこの男。彼は怒った顔をして、パネルの脇に立っている。何を怒っているんだろう。悪いことでもしたのかな。そうだ。と思った瞬間に、肝心要《かなめ》のそのことを、僕は思い出してしまうのだ。マイクだ。コード付きの長いやつ。授業の前にそれを返すことになっていた。注意散漫、忘れてた。おいおい、いい加減にしてくれよ。

恐る恐る、教授の側に近寄って、マイクをそっと差し出した。手と指は固まって、横に大きく震えていた。抑えよう。止めなきゃ。力を込めたがさらに震えて止まらない。

「遅すぎるんだ、手遅れだ」教授は僕の掌《てのひら》を見ながら映画の決め台詞みたいなことを口にした。彼はプラグとソケットを指差して、僕を睨んで立っている。「遅すぎる」と言われたが、授業は始まってまだ五分。ものの五分と経ってない。多分冗談半分、怒った顔をしてるんだ。いつか笑い出すに決まってる。そう考えて待ってはみたがその時は来なかった。

怒った彼を前にして、何もせず、ただぼんやりと立っているのは辛かった。このままで、じっとしているわけにはいかないし、いい加減見切りをつけて行動を。そう考えて、プラグを握り直して屈み込み、モニターの小さな穴に差し込んだ。これでマイクは返したし、あとは彼の言うことをハイ、ハイ、ハイと聞いとけば、そのうち笑顔も出るだろう。と思って彼を見ていたが、表情は依然硬いままだった。それでも僕は諦めず、彼が笑い出す時を、今か今かと待ってみた。でも微笑の瞬間は来なかった。

単なる時間の無駄使い。僕がしたことは教授とした楽しくもない睨めっこ。最後まで彼が笑わないので、まだ他に忘れ物があるんじゃ？　と考えた。どこかでボタンのかけ違えが起きていて、何かが噛み合っていなかった。たぶんミスや勘違いが重なって、何かが起きたはずなんだ。わけのわからない暗がりに、入り込んで出られない。

僕は肩を落として嘆いてみた。身の塊を卑下しつつ、暗い会議室を歩いてみた。窓際の柱の前を過ぎた時、足元が突如覚束ないものになり、眩暈《めまい》の渦巻に襲われた。部屋全体が回りだし、立っているのも難しい。旋風《つむじかぜ》があっちこっちで巻き起こり、吹き飛ばされてしまいそう。その風に僕は襟首を摑まれて、床に叩きつけられてしまうのだ。

あれっ、と意識が戻った時、暗い部屋の片隅に僕はへたり込んでいた。眩暈は依然治まらず、今も頭上で回っていた。横になった姿勢のまま、人差し指と中指を瞼の上に当ててみる。熱が眼窩の縁に漏れ、中の目玉も回っていた。早く回転を止めなきゃ。目玉を上から押さえたが、そのくらいじゃ止まらない。月が回り星が回り、銀河全体が回っていた。僕だけが回ってるんじゃなさそうだ。惑星もほうき星も太陽も、身をくねらせて回っていた。宇宙の回転にしたがって僕の意識も乱されて、ミキサーの中の野菜ジュースと同じこと。葱も蕪《かぶ》も混ぜこぜに。こんな滅茶苦茶な塊じゃ、飲もうなんて思わない。

僕が倒れ込んだ時、近くにいた人たちは倒れ方が急なので、皆一様に驚いて、まわりに集まってきてくれた。「どうしたんだ、しっかりしろ」「一口水を飲んでみろ」「ほら、気付けがここにある」

気を遣い、僕に言葉をかけてきた。何て優しい人たちだ。最初その励ましは僕の耳に届いていた。でもだんだんと小さくなり、壁を隔てた向こうから聞こえてくるようになってきた。同時に意識の方も遠のいた。磁場に吸い寄せられていくみたい。多分宇宙を掻き回す遠心力のせいなんだ。強い圧力がやって来て、内耳を破壊したんだろう。三半規管とリンパ節が潰されて、奥の方から僕にとってはかけがえのない大事なものが液になり、溶けて漏れ出してきた。その液はチョコレート。どろどろになって宇宙の吸出し口に辿り着く。身と精神は濃い液体に姿を変え、底の穴から吸い出されていったのだ。

僕は粘っこい液になる。その液は旋風《つむじ》みたいな渦を巻き、回転しながら宇宙全体に広がった。少なくともそう感じられるものだった。僕は太陽系の端を越え、銀河を跨《また》ぎ、アンドロメダの姫様の大星雲も飛び越えて、大熊座と小熊座の間の怪しげな空間に吸い込まれていったのだ。そこまでくると液体は、尾を引いて稀薄で儚《はかな》いものになり、まわりの空間も光の粒を失って、闇に呑まれていくようだ。周囲が暗くなるにつれ、僕も不安になってきた。それに大熊座の七つ星は、最近女同士の葛藤か、アンドロメダの姫様の自慢好きの母様《かあさま》といがみ合い。喧嘩でもしかねない勢いになっていた。それは前から心配されたことだった。ゼウスがまたやらかしたに違いない？　鷲に攫《さら》われたガニュメデス君は大丈夫？　プロキオンだって恐ろしい猟犬だ。そんな騒動を見せられて、こんなどろどろとしたとこにいるのはもうこりごり。早く元の場所に戻りたい、なんてそこらじゅうの人たちに、頼みに行きたくなっていた。

元いたとこに戻りたい？　そう僕は望んだが、戻れるところは限られる。当然だ。行きたいとこに行けるわけがない。結局は長く慣れ親しんだあの体。手垢の染みた身の塊。そこ以外、帰る場所はないはずだ。液になりベタリと平たく広がって、はるばるここに来てみたが、戻るとこなんて、元の古びた体しか見当たらない。僕は身の行く末を儚《はかな》んで、しばらくその場にへたり込み、途方に暮れて動けない。そんな時、天の川の川岸に、足をつけた双子座の、真っ赤な巨大暗黒星の片割れが大爆発。光の波が斑《まだら》模様を付けながら宇宙全体に広がった。これ以上は望めないタイミング。僕はその波に跨がって、懐かしくも磨《す》り減った元の体に戻っていく。大宇宙の旅を終え、銀河系の端っこのそのまた端の惑星に帰っていく。

11

誰からも見向きもされない古い家。使い古しのあばら家に戻ってきた。そこで何となく目を覚まし、瞼を擦《こす》り、乾いた唇を湿《しめ》らせて、筋肉に力が戻るのを待っている。眼窩にはまだ熱があるように感じたが、目玉は回っていなかった。もう一度指先で確かめてから起き上がり、まわりの暗闇に目をやった。

長旅の疲れがいま出たんだろう。はたまた僕という容器に馴染んでないせいなのか。現実の世界に帰った実感が戻らない。僕は新聞紙を詰め込んで縫っただけ。中身のない人形みたいに溢れる生気に欠けていた。長い間どろどろとした液になっていたせいもある。急に身体という硬い殻を被っても、形あるものの世界には馴染めない。いいとか悪いとかじゃなく、習慣の問題。そのうち僕も馴れてきて、気楽に挨拶をしてみたり、冗談の一つも言えるようになるはずだ。それにはまず、立って普通に歩くこと。今の感覚のままでいちゃダメなんだ。しっくりこないだけじゃなく、余裕と遊びがないだろ。世界の出来事に鋭敏になり過ぎて、まるで反応できてない。話し声や物音が、涯《はて》から響いてくるようだ。臭いだって染み込んで離れない。ぎらぎらとした感覚に、責め立てられているばかり。

過剰でぎこちないだけの僕。それでもゆっくりと立ち上がり、病人みたいな足取りで暗い会議室を出ていった。背を丸め、弱って干からびた老人みたいな格好で出ていった。それから階段を降りていく。レストランの脇を過ぎ、貸出カウンターの先にある閲覧室に入っていく。で、あたりを見回してミーナがいないのを確かめる。約束は守らなきゃ。「反故《ほご》にする」っていうんなら、この塊はいてもいなくても同じもの。終わりにした方がいい。いないのを確かめて、扉の側に席を取る。それから横に半回転。後ろのドアから部屋を出て奥の書庫に入り込む。

内部は変わった構造になっていた。三階分の建物の二個の天井をぶち抜いて造った吹き抜けの空間に、改めて四段の鉄骨を組んで積み上げた四階建て。そのせいで窓はおかしな位置についていた。そして低い天井。背を丸めて進まなきゃ、額をぶっつけてしまうだろう。僕は姿勢を低くして、中へ潜り込んでいく。

書庫は一階が哲学、心理、宗教と社会科学のフロアで、二階に医学を含む自然科学の本があり、三階が漫画や図鑑や児童本、受験用の参考書といった学生向けのコーナーになっていた。で、最上階の四階が文学のフロアという構成だ。

僕はもとより青白い文学青年じゃなかったし、教養に溢れた本の虫でもない。賢治や漱石が好きなんだ、関ヶ原や桜田門に興味がある、といった純粋な理由で図書館にやって来たわけじゃない。そんなことには無関心。残念ながら僕の頭の構造は、本を読んで空想の中にジワーッと浸り込む、豊かな想像力には欠けていた。

あくまでも僕は不純で不埒な図書館利用者。試験勉強をしてみたり、石や星の図鑑を眺めたり、ただぼんやりと余った時間を潰《つぶ》すだけ。そのためにこの場所を利用した。

でも書庫にある本に興味がないのかといえば嘘になる。面白そうだ。読む価値はありそうだ。そんな本に僕はたびたび会っていた。ただその会い方は、普通の人のそれとはかなり違うもの。大抵は読みたいと思う本を探してきて、それを引っ張り出して読むだろう。けど僕は何も考えずに目を閉じて、海坊主みたいに手を伸ばし、触れた本が読む本と、決めてそれを読んでいく。一見バカな、と言われそうな選び方。でもこれが僕の性には合っていた。理由なんてたぶんない。が、こうすれば、いつでも読みたい本が手に入り、読むべき本に行き当たる。なのでこれがベストだし、方法は他にないんだと信じていた。

例えば、人の出会いがそうだろう。僕らは会いたい人に会って友達や恋人になるわけじゃない。出会った人が隣人で、彼や彼女が人生を左右する運命の人になる。袖振り合うも多生の縁。出会いは単なる偶然じゃなく、会えば必然。そして同じ方法で、あの本この本そんな本。僕は必然的に会っていた。選んだ本は多岐の分野に及んでいた。確かに統一性には欠けている。が、読むべき本には必ずめぐり合っていた。

選べば本を手に取って、いつもの要領で読んでいく。そう、順に読むわけじゃない。両手に本をまず持って、適当にガバッと頁を開《あ》けてみる。で、開いた頁が読む頁、そう決めつけて読んでいく。

一頁目を開く日もある。後書きを開けてしまうこともある。でもそんなことは気にしない。約束の場所にいきなり飛び込むという方法で、僕はすべての本を読んでいく。医学の本はもちろんだ。

海や空や宇宙の本だってこの方法で読んでいく。木や草や微生物も外せない。石や星の図鑑だってみな同じ。そして何が面白いかを考える。特に最近興味深いと思うのは、変な言動や異常な行動力を持っていて、妙な考えを吹聴して気づかない人らが登場するような本。そんな本にぶつかると、自然と嬉しくなってくる。頭の奥がジンジンと疼き出し、飛び回りたくなってくる。妙なという表現は微妙だが、魅力的に見えるのは、僕と同じく非ざる人。世間一般からしてみると非・社会人。奇人変人の部類に属する人たちだ。

例えば、乞食のような格好で、普通にはわからないことを、ああだのこうだの言いながら、わけもなく地球上を這い回る。そんな放浪癖を持つ奴ら。なかには頭のいい人間も混じってて、どこで捏造してきたんだろう。時折、素晴らしい中身の本を著したり、演説をしたりする。どこから引っ張ってきたんだか？　突然不思議な言葉を捻《ひね》り出し、時代の趣きを変えてしまう人がいる。人々の理解を超える理論を切り拓いたり、勇敢な行動に打って出て、皆の手本になったり目標に。なぜそんな考えに辿り着くのか？　どうすればそんな行動が取れるんだ？　不思議でならない。なぜなんだ。

普通にはできないことを簡単にやってのける業《わざ》と能力が羨ましい。人間とも思えぬ勇気を持ち合わせ、溺れる子を助けたり、辛辣なアル中女に身も心も捧げたり、億万長者だったのにポンと全財産を投げ捨てて、日雇いの労働者にハイ変身。そんなバカげたことを平気でする男たち女たち。いちいち挙げたら切りがない。絵描きや詩人に音楽家、占い師や錬金術師がそうだろう。神秘主義の宗教家やインドの僧たちもそうなのかも。彼らが世の中で成功する？　そんなことはまずないから、物乞いやホームレス。そんな人らの多くがそうだったかもしれない。娼婦や霊能者や精神病のお兄さんやお姉様、彼らもそれに近い人のはず。

　彼らは目の前に砂漠があろうとなかろうと、氷河が立ちはだかろうとその道が深い山岳地帯に向かおうと、そんなことにはおかまいなし。行く道が細く険しくなったって、苦にも何《なん》にもしやしない。どんどん奥に分け入って、みるみる行く手を塞がれて、そのうちわけのわからない獣《けもの》道に迷い込み、で、ついに道である痕跡さえも見失う。

　昔、偉い詩人が言っただろ。「僕の前に道はない　僕の後ろに道は出来る」って。

　道なんてあっても無くても同じこと。彼らはがむしゃらに一つ道を突き進む。前に進むだけなので、今どこにいて、何のために歩いているんだか。はてさて、ここはどこなんだ？　周囲を見ることもなく、ただ一直線に前進し、身の戦いに没頭する。それ以外、何の興味もないし関心も抱けない。視野が狭過ぎるし見えてない、と言えばそれまでだ。子供っぽい能のない連中だ、と批難する人もいるだろう。言いたきゃ、いくらでも言えばいい。けどそんな彼らを垢にまみれず純粋な心を持つ人たちだ、と言うこともできるだろ。

　が、その割に彼らは眉間に皺を寄せ、目の玉を赤く腫《は》らして歯を食いしばって生きている。表情と雰囲気からすれば、心は悲しみに満ち溢れ、絶望の淵に沈んでいるようだ。生きていくにしたがって疲れと無気力を溜め込んで、疲労物質や乳酸の蓄積で神経繊維を敏感に、そして落ち着きを失った。そうなると穏やかな気持ちで過ごす日は少なくなり、安全地帯は狭くなり、身と精神のテリトリーを見失う。生きていくのに必要な場所と時間を失くしたら、どこに身を置く。地下道やガード下の吹き出し口。公園のゴミ焼き場とか更生施設の裏庭とか。日の当たらない暗闇の場所に彼らは流れ着く。で、最後に一部の恵まれた人たちは貧困ビジネスの四畳半。そうでない者らは精神病院の隔離室か刑務所の独居房。そんなところに辿り着く。片隅の人目につかない場所にいて、その塊を消しゴムみたいにすり減らし、どこへともなく消えていく。銀河の彼方へと流れて身を消していく。

だからって、ダメな人間だとか情けない奴らとか、蔑《さげす》んだり侮《あなど》ったりしちゃ間違いだ。彼らは金や名誉や地位だとか、ましてや異性の好意を勝ち取ろう、なんて下卑《げび》た根性は持ってない。そのために戦おうなんて思わない。彼らが戦いを挑むのは、木や石や物言わぬもののため。星とか宇宙なんていう遥かなるもののため。つまり世界の真理や正しさとか、真の名誉のためにしか戦わない。

とはいえ彼らが世間体を保ったりつまらないお喋りをしてみたり、お世辞を言ったりちょっとした嘘をついたりすることを、毛嫌いしているわけじゃない。彼らとて初めは周囲の人に気を配り、関心を持って生きてきた。それは義理堅い存在で、もし喜んでくれるなら、努力は厭わない人たちだ。できるならまわりの人を幸せにしてみたい。だからこそ金もないのに無理をして、欲しがる人には持ち金を全部差し出してみたりする。借金で家を失ってもうダメだ。そんな人をみつけたら、四畳半のアパートに「遠慮なく」と泊めてやり、翌朝通帳と財布を、何気に持ち逃げされている。「ねぇ、ちょうだいよ」無心されたりした時は、喜ばせたい一心で、身を安売りしたりする。真似のできない自己犠牲。笑い話にもなりゃしない。

あたりには笑い声もお喋りも騒《ざわ》めきも何もない。ただ換気扇の音だけが響く静かな空間に僕はいた。心持ち背を丸め、本の前に立って僕は指任せ。分厚い一冊を棚の中から引き出して、その表面を撫でてみる。本の背表紙にはカタカナで『ソクラテス』と書いてある。閲覧室に戻ってからもう一度、掌《てのひら》任せでパカッと一気に開《あ》けてみる。で、目に飛び込んでくる縦書きの字を、見えたところから読んでいく。

ソクラテスよ、お前もか。お前もずれた非・社会人。君のような変人が現実の世界の中に生きていた。そんな稀有の出来事があっていいものなのか。さぞかし生き難い人生だ。同情してるわけじゃない。が、世間的な幸せを得るなんて無理だから。でもね、そう言い切っていいのかな。怒ってないかい。四角い本の中にいる、ソクラテスのような君。

ソクラテスという名の付いたその現実。彼は金とか名誉とか女の子のために、戦いを挑もうなんて思わない。そんなことには目もくれず、日々己の戦いに明け暮れる。世間的な欲からは距離を置き、一直線に前を向き、目の前の階段を、上に下にと駆けてゆく。彼が魅せられたのはただ一つ。ソクラテスという名称の透き通った現実だけ。それは普通の人とは反対の、非ざる社会性だったのだ。

彼に魅せられて引き付けられた塊が、この星の上にも一個か二個は落ちている。そう、君なのか奴なのか？　僕だって真似しようとは思わない。だいたいそんなことをして意味があるかい、どう思う？　ソクラテス、君には自然だったから、そうしたまでのことだろ。無理してやったわけじゃない。他人が真似て何になる。それは姑息で偏狭なジェスチャーだ。ぬり絵をぬって悦に入る。その程度のもんなんだ。真理に繋がるようなもんじゃない。ただね、正しさへの憧れが、君と同じ戦いがしてみたい、そう叫んでいるだけだ。

僕は腹を空かせた猿じゃない。本の中の人物をそのままなぞって何になる。時代も違えば人の価値観だって変わっている。ましてや状況が違うんだ。同じ生き方をして何になる。だいたい同じことができるかい？　いやむしろ僕のする、何だろう？　何だかわからない戦いが、正しく生きるのに役に立つ。無理だとは思うけど、そんな生き方がしてみたい。

そう、僕は身の現実に忠実な、正しい戦いがしたいんだ。周囲の人に巻き込まれ、手に手を取って大勢で、テレビや映画でやっている、ありきたりで退屈な皆の戦いにゃ加わりたくもない。だってそんな戦いに意味がある？　安物買いの銭失い。みんなで渡れば怖くない式の、誰のためでもない戦争。はっきりいって戦いと呼べるようなもんじゃない。そんなことばかりしてるから、最後には惨《むご》たらしい戦争になるんだ。巻き込まれてしまうんだ。役に立たないどころか百害あって一利なし。つまらない取り越し苦労の連続で、初めからしない方がよほどまし。でもそんな戦争が、あろうがなかろうが身は磨《す》り減って消えていく。ならば身の現実に忠実な生き方をしてみたら。いや、そうしなきゃ、あとで後悔。身の置き場所を失って、落ち着きを失くしてそのうち自分が嫌になる。他に生きようはないんだし、まあそれに、身を欺けるほど器用な人間じゃないだろ。

これが身と精神の現実だ。自分で決めて責任を僕が負う。どんな形になったってかまわない。僕は僕の戦いをして、白黒つけた方がいい。で、それを見てくれる人がいる。そのくらい頼もしい人生が送れたら……。確かにそれは素晴らしい。愛する人が何気に気にしてくれている。そうなりゃ僕も孤独じゃなかったといえるんだ。なら以前より分別を持ち、落ち着いた人生を歩めたはずだ。違いない。

でもそんな心優しい人たちが待っていればやって来る？　期待しちゃダメなんだ。求めるんなら内側に。内側なら、孤独や怒りや絶望とか、縁もゆかりもないものになるだろう。そうと決まればやることはあるはずだ。僕は我が身の分を弁《わきま》えて、誰にも煩わされずに正しいことをやっていく。

けど正しいって何なんだ？　いや、すぐにわからなくてもいいだろう。

　まず手始めに、無人駅の駅舎のトイレなんかを掃除して、昔住んでいた田舎の家の脇にある小さな畑を耕して、それからプレハブのちっぽけな小屋にひとり住んでみる。そして朝、森の中を散歩して、丘に立つ一本杉を抱きしめて、昔のことを聞いてみる。午後には野兎やイタチなんかと隠れん坊。山の様子をそれとなく尋ねてみてもいいだろう。それから夜には梟《ふくろう》と庭で闇について議論する。でも次の日の朝になり、太陽が高い位置にやって来て、いよいよさよならを言う時に「え、みんなどうしたの？　何か言いたいことでもあるのかい」そう尋ねたくなるくらい全員が、心配そうな顔をして僕にこう言ったのだ。

「現実に確信が持てないっていうんだろ。わかるよ、君なら無理もない。でもいいかい、目を内側に向けるんだ。君、ストレスに弱いだろ。敏感でちょっとしたことで大騒動。脆《もろ》くて壊れやすいんだ。だから無茶はダメ。光と音の入り交じる都会の生活は無理なんだ。振り回されてわけがわからなくなってきて、おい君、何をしてるんだ。警察官や警備員のおじさんに呼び止められて、住所と名前を書きなさい。そして溜息と疲れと脂汗を溜めていく。だから生まれ故郷のここにいて、静かで何も起こらない生活を送るんだ。それが身の丈、君にふさわしい生き方だ」

　わかってるよ、それくらい。でもそれが本当に正しい僕の生き方かい？　それなら、やるよ、そうするよ。でもここにいて、山から出たり入ったり、それで正しい人生になるのかい？　真理の入口はどこにある？　焼き場の裏の穴だって、向こう側には抜けられない。どこまで行ってもひとりぼっちの鬼ごっこ。この戦争を続けてて、人の役に立つのかい？　僕の現実に耳を傾ける人がいると思うかい。内側にそんな人がいるんなら別だけど、そんな確証はないだろ。真理をふたりで分かち合う。いや、全くの望み薄。だからここにいて黙っていちゃ、孤独になるんだ。絶望を奥歯で噛みしめて生きるだけ。

ソクラテス。ひとりぼっちだが決して孤独じゃない男。僕らは彼の生き方の、そこに魅せられてしまうんだ。そんな素晴らしい人生をどこで手に入れたのか？　思うに彼は普段通りに息を吸い、吐いて本性にしたがって生きただけ。意図して妙な発言をしたわけじゃない。人と違う行動に打って出る？　たぶん彼は自分では「普通だよ。気になることでもあったかい？　僕は道なりに生きただけ」そう考えていたはずだ。

服装など委細かまわず、外見には興味がない。靴も履かず、裸足で外を歩いていた。街で人を見かければ、誰彼の区別なく話しかけ、何のわだかまりもなく喋り出す。風貌は極めて醜く、上を向く鼻の先はグロテスク。世界と宇宙に開いていた。たぶん運動音痴なんだろう。歩き方もおかしくて、アヒルみたいに小刻みで、ちょこまかピョコピョコしたもんだ。その姿を見ていると、あれで前に進むのか？　と心配になってくる。食事や飲み物にはこだわらず、不平は言わない。酒は飲むけど溺れない。快を求めて行動を乱すようなこともない。戦争が起これば祖国の危機を救うため、命など惜しむ素振りも何もなく一目散、はや戦場に駆けつける。で、何もない平時には、我を忘れて恍惚と声を聞く。相手がどんな権力者だろうと怯《ひる》まない。人に流されることもなく、己の戦いに没頭し、ソクラテスという名の現実を忠実に生きていく。そして、そうそう、神の声を聞いたのだ。「汝自身を知れ」彼は声を聞いたのだ。さまざまに解釈されている言葉。彼はどう受け止め、どう理解したんだろう。その前につまらない質問をしてみよう。ソクラテスじゃなくってもし君が、そう君が、幻聴じゃないんだ神の声を聞いたなら、どう答えてくれるかな。

「僕だって非ざる人間。社会人じゃないってことくらい知っている」

僕の答えは意味のない薄っぺらな回答だ。わざわざ声にすることもない。当然だ。見りゃ、そのくらいわかるだろ。が、他に返答のしようもないので、そう答えるより仕方がない。で、もう一度、声に出さずに繰り返す。すると今度は本の中から誰なんだ？　微《かす》かな声が聞こえてきた。

「君にはまだわからない。けど君だって世界の中の疣《いぼ》かしみ。宇宙の一つの瘤《こぶ》なんだ。そうだよ、立派な結び目だ。だから迷うことはない。戦いを続けれていけばいいだけだ」励ますような声だった。

広い宇宙の空間に液体となって流れ出すソクラテスという名のゲル状の液。彼をイメージしながらいつもの要領で読んでいく。そのうち彼の名の現実が、僕の内側に沁みてきた。彼の言うことがわかるようになってくる。

ソクラテスという名の現実もあるんだ。それは現実。その現実の内側に一、二、三。少なくとも三人の子供らが棲んでいる。乞食、哲学者そして神の声を聞く予言者の子供たち。

三人はどの子も素直でお喋りが大好きだ。だから彼らは限りなく喋って飽きることがない。その声に誘われて僕は聞き耳を立てている。と、楽しげな会話が鼓膜の端を突っついて、そして輪の中に入りたい、そんな気持ちになってきた。すると僕の耳はロバの耳。空軍のレーダーみたいに急いで感度を上げていき、彼らの会話を漏らすことなく摑まえる。

「おい、みんな、何をちんたらしてるんだ。だらだらしてちゃダメだろ。『青年老い易く学成り難し』時間はあっという間に過ぎていく。することがない時は外に出る。気分転換。旅に出たらどうだろう」予言者の子供の声が囁《ささや》いた。

「いい考えだ。でも外ってどこ？　どこに行くつもりだい」乞食の子が聞き返す。

「どこって、そう言われても。行く場所なんか決めてない。行きたいとこに行くだけさ。着いたところが目的地。どうしても心配なら、いいものを見せてやる。これだよ、何かわかるかな」予言者の子がポケットから懐中電灯のようなものを取り出した。

「ピストルかい？」首を傾げながら乞食の子がそう聞いた。

「バカ言うな。な、わけないだろ。まぁ、形は多少似てるけど、中身はまるで違うもの。れっきとしたPCだ。小型のね。これがあれば添乗員はいらないし、地図やガイドブックも必要なし。こうしてONにするだろ」

「旅行用のナビゲーション」哲学者の子がつまらなそうに呟《つぶや》いた。

「まあ、言ってみればそんなとこ」答えながら予言者の子が底の板に手を触れた。すると、いきなりのピッピッピッピッ……。響くような高音が周囲の空気を震わせた。

「うるさいな、ピッピッピ。でもいいかい。音のする方向に進むんだ。そうすれば、行きたいとこに行けるはず。ごちゃごちゃ考えなくても行けるんだ」

話はすぐに纏まって、三人は揃って旅に出ることに。ピッピッピッ、ピッピッピッ……。

何とも耳障りな電子音。そんな音に導かれ、川沿いの大きな道を歩いていく。真っ直ぐ行って最初の角。そこを曲がると坂道になっていた。坂の上にバス停が。ちょうど路線バスがやって来て、停留所のポールの前に停車した。前の入口が底の穴みたいに開いたので、三人はスチール製のステップを、並んで吸い込まれていったのだ。

運転席にはロボットが座っていた。三人が乗り込むと、バスは音もなくドアを閉め、アナウンスもないままに動き出す。バスは曲がりくねった県道を、猛スピードで駆けていく。橋を渡って山を越え、トンネルの中に滑り込んでいく。でもその内側は、普通のそれとは違うもの。内部が風船みたいに膨らんで、上空からは粉雪が、風に舞って落ちていた。地下の世界に雪国が？　変だぞ。でも山の斜面を見ていると、スノボーやスキーを楽しんでいる人がいた。川や池にも分厚い氷が張っていて子供らが橇《そり》やスケートで遊んでいた。

「トンネルに入るとそこは雪国」哲学者の子が独り言のように囁いた。でもその囁きをフォローする者はいなかった。

バスは川沿いの七曲りの林道を下りゆき、銅像のある駅の脇を通り過ぎ、邸宅の石の門を横に見て、ついに日差しの強く照りつける池の畔《ほとり》に辿り着く。見ると遠方に黒い山が見えていた。ここが地下なの？　本当に？　ここをトンネルの奥の地の底だと思うのは、地上と違って太陽が黒く焦げて見えたから。たったそれだけ。他に地下と感じさせるものはない。

バスが停まると、ナビは音を強くして、耳に噛みついてきた。「やめてくれ、よしてくれ」怒鳴りたいほどヒステリックな音だった。猟犬が獲物を見つけて吠えている。ピッピピッピッ、ピッピッピッ……。うるさいぞ、喧《やかま》しい。わかったから止してくれ。鼓膜が破れそうな大音響。ハンカチでスピーカーの穴を塞いだらどうだろう。でもそれは目的地が近い印でもあったのだ。

予言者の子を先頭に、音がする方向に歩き出す。すると打ち捨てられた銭湯の煙突が池の畔に立っていた。その脇に寺に似た、ホテルみたいな今と昔がこんがらがった構造の不思議な建物が見えてきた。途中で曲がった変てこな材木と、生きた木を繋いで組み立てた建造物。木を組んだ後の木材に生命を吹き込んだ、そう言えばわかるだろ。巧みな造りになっていた。人の技とは思えない。

中に入るとそこには柱のない大広間が広がった。天井は青い木の葉で埋め尽くされ、所々に木洩れ日が線を引いて落ちている。広い空間に机と椅子がびっしりと並べられ、四、五百人はいるだろう、たくさんの子供らが、目を吊り上げて前屈み。四角いわら半紙の紙切れに、濃い鉛筆を走らせゴムを擦《す》り付ける。

ということは試験場？　きょろきょろとあたりを見回して立っている三人に、若い試験官が近づいて、合図を送って後ろの席に誘導する。三人が着いた席には顔写真の入った受験票が貼ってある。が、よく見ると写真の中の人物は、彼ら本人じゃなさそうだ。まるで違うわけでもない。けど顔立ちがちょっと変。似てはいるけど少し奇妙だ。もちろん原型は残してある。でも細部に一ヶ所か二ヶ所だけ、他人のものを嵌め込んだ。そんな感じになっていた。これは替え玉かダミーのそれに違いない。あるいは修整したものなのか？　が、一体何のため？　不審に思って覗き込む彼らの前に問題用紙の分厚い束が配られた。

すでに試験が始まって十数分。たっぷり時間があるわけじゃない。用紙の束をパラパラパラ。ざっと頁に目を通す。え、何て量の問題だ、多すぎる。これを残りの時間で解いていく？　諦めムードの漂うなか、それでも最初の一枚目に舞い戻り、枠に名前を書いていく。ソクラテス①、②、③と書いていく。と、その時、脇の空欄に、たぶん科目だ、『結び目の現実』＆『暗闇の科学』と、科名らしき名称が印刷してあるのに気がついた。

一体こりゃ何なんだ。理科じゃないし国語でも。こんな科目があったっけ。聞いたことも見たことも。どうしてもやれっていうんならやりますよ。でもこんな科目を課せられて、実のところ心外だ。まともに扱われているとは思えない。企みでもあるのかな？

三人は揶揄《からか》われた気になった。このあと何が起こるのか？　それを思うと、不安が雲のように湧いてくる。でも周囲の子らは大真面目。一心不乱に問題に取り組んでいるようだ。いつまでも名にこだわっちゃいられない。三人は問題用紙を手繰り寄せてグリグリグリ。ここは試験と割り切って、2Bの鉛筆を走らせた。


最初は簡単な問題が並んでいた。でもだんだんと難しくなってきて、途中で手も足も出なくなる。大型のPCと差しで将棋を指している。そんな感じになってきた。三人の頭の中は白熱灯。熱にやられて思考力も落ちてくる。考えが纏まらないので徐々にミスも多くなる。どうしよう。このままじゃうまくない。すでに限界、もう無理だ。そう考えた時だった。状況を一変させるアイデアが湧いてきた。

「なぜ試験？　何の試験だ？　受ける義務や責任が……あるのかい。ナビの音に導かれ、偶然ここに来ただけだ。試験の意味もわからない。通らなきゃダメなわけもないだろう」

途端に腹の空気が抜けていく。意義も目的もわからない。そんなものに振り回されて何になる。大した試験のわけはない。塾の模試かもしれないし、文科省のやっている学習達成度検定の一つかも。そう考えるとますますやる気が失せていく。意欲をなくした三人は、問題を解くのも面倒。書く手を止めて青葉茂れる天井を仰ぎ見て、終了のチャイムの音を待ったのだ。

試験終了。用紙が回収されていく。この場で採点が行われ、結果が発表されるのだ。正面のディスプレーに採点結果が打ち出され、終わると国家試験国民評議会（NENC）の臨時総会が開かれる。それから一連の手続きを経て裁定が下される。合否が発表されるのだ。

試験に落ちたのはたった三人、それもソクラテスの三人の子供たち。裁判長が中央のホワイトボードの前に立ち、右手を挙げて宣言する。

「有罪」

え！　有罪。三人は無知を理由に有罪を宣告されてしまうのだ。でも有罪って何？　人を勝手に無知だといって断罪する。そんな基準がどこにある。オリコンやミシュランじゃないんだぞ。偉そうなことをいう権利が国家試験評議会？　にあるのかい。

　無知と決まれば焼印を頭に押される。準備万端。半裸で筋肉の塊にしか思えない男らが、桶を担いで入ってきた。彼らは壇上の空いたスペースに桶を据え、汗を拭き拭き中の炭火を熾《おこ》している。その間に黒光りする長身《ながみ》の焼き鏝《ごて》が、別の男らに担がれて、広間の隅にやってきた。それに呼応するように、広間を埋め尽くす子供らの悲鳴にも似た叫び声が湧き起こる。

「なめんな、死罪だ、首吊りだ」「死刑だ、てっぺんから突き落とせ」抗議の叫びはあちこちに飛び火して大合唱になっていく。

「甘いぞ、焼き鏝《ごて》なんか軽すぎる。千切って投げたっていいくらい。他に方法があるなんて……蜜に毒を入れたって、首に紐を巻いたって、文句のある奴はいやしない」

　裁判長が立ち上がり、昂《たかぶ》る子供らに大仰な身振りで静粛を求めている。会場が静まってきたところで、彼は言葉を選びながら喋り出す。「わかってますよ、知ってます。気持ちはよくわかってます。すでに判決は下りたんです。だから焦る必要はないでしょう。今から刑罰の重さを決める投票に入ります。そう、その前に、彼らの申し開きを聞きましょう。さあ、無知の三人組。君らの中で言いたいことがある者は？　いれば前に出るように」

するとて乞食の子がすっと前に進み出た。瞼の上を確かめるように押してから、彼はゆっくりと喋り出す。「それにしても大袈裟な。正直、何が今起きて、何が問題になっているんだか、僕にはとんとわからない。でも君らにゃ、きっと大切なことなんだ。でも受けた試験は二科目だ。二科目で無知か否かを決めつける？　そんなことができるかい？　勉強はからっきしダメだけど、演説は一流だって奴がいる。運動音痴なのに音楽は、って人もいるだろ。『結び目の現実』と『暗闇の科学』だったっけ？　ワッハッハ。おいおい、笑わせないでくれ。それに答えて何になる。できなきゃ無知だとでもいう気かい。アホらしい。本気でそう思うかい。僕だって、君らの知らない知識とか、真似のできない技だとか、一つや二つは持っている。何なら披露したっていいくらい。が、それでどうなる。弁解や申し開きをする気はない。裁判長のおじさんに言われてやけくそ、喚いているわけじゃない。けどこの際だ、言っとこう。普段、口にしない現実を。それで責められることもないだろ」

「さてさて、君らは一銭も持たずに一ヶ月二ヶ月と、ひとりで生きていけるかな？　生き残りゲームじゃないけど、水や飯、家や衣類を手にすることができるかな？　大抵の人はまあ無理だ。運のいい奴でもって一週間、そんなとこが関の山。でもひとりで生きてきた人間にゃ、特に難しいことじゃない。普通だよ、と言ったっていいくらい。じゃ、やれよ、って言うんなら、砂漠の中で一、二年、生き抜いたっていいんだぜ。なぜ僕にできて君らには？　ひと言で言えばあんたらは、皆で生きるのに馴れ過ぎた。みんなで渡れば怖くない式の考え方に染まり過ぎ。でも現実には相があり、そんな柔《やわ》な法則が罷り通るとこだけじゃない。世の中の長いスパンを見渡せば、そうはいかないことばかり。じゃ、そんな世界を生きるには？」

「例えば、死の床に横たわっている時がそうだろう。人はひとりで皆死んでいく。みんなと一緒に仲良く輪になって死ぬんじゃない。今まではいつも誰かと行動し、同じものを見て食べて、同じ物差しで自分の寸法を測ってきた。そりゃ、立派な社会人の君だろ。人生を真似て較べて映し合って生きてきた。でも死を前にしてそれが通用すると思うかい。死を映す鏡なんてどこにもない。誰もその先のことはわからないし教えない。彼は誰のためでもなく、たったひとりで死んでいく。そうなると、ひとりで行動しない人間はどうすればいいんだろう。何を考えどこに行き、誰に話せばいいんだろう。自分のために動くのに慣れてない。ひとりで死ぬのに馴染めない。死を前にして、それを一般化するのが難しい。死を、死として眺めるのが無理なので、それで苦しむことになる。死の壁に向かい合い、どう経験すればいいんだろう。全然わからなくなってくる」

　乞食の子はだんだん熱くなってきた。身振りもオーバーになってきて止まらない。

「長く喋りすぎた気もするけど、時間はまだあるのかい？　この際だ、二度と機会もないんだし、喉につかえる痼癪玉とか泡玉《あぶく》。全部吐いてしまおうか」

「多分君らは、お金が後生大事だと思っている。皆で一緒に生きていこう式の社会では、お金が人の隙間を埋める膏薬になっている。社会がスムーズに動くための潤滑油。が、そんな社会の構成員。いくら立派に生きたって、街を一歩外に出て野原や砂漠に踏み出せば、金はたちどころに使えない。何の役にもたちゃしない。いくらお天道様に積んだって、水の一滴も出やしない。けど幸いというべきか、僕の財布には一銭の金も札束も入ってない。だから積むなんてできないし、かといって元からないから困らない。なぜだろう。別に不思議なことじゃない。お金より大事なものがあることをちゃんと弁《わきま》えているからね」

　彼は正直嬉しそう。籤で一等賞を引き当てた小学生みたいな笑い顔。

「お金より大切なもの、優るもの。それは一体何でしょう？　あほらしいと思うかい。でもちょっとは聞きたい？　そうだろ。もちろん言うさ、教えるよ。何も難しいことじゃない。それは生きるためのナビゲーション。車に付いているあれだよ、目的地を示すもの。こいつがあればご飯だって水だって、欲しいものが望む時に手に入る。だから金はいらない。そのうち貯金、借金、お金持ち、そんな言葉は死語になる。ナビゲーションなんて横文字を並べると、警戒する人もいるだろう。でも怪しいもんじゃまるでない。平たく言えば誰もが持つ勘のこと。霊感、ヤマ勘、第六感。勘さえよければ砂漠でオアシスを見つけるのも簡単さ。杖の先でコンコンコン。魔法使いのおばあさん。石の上を叩いてみればすぐわかる。そうだ、そこんとこ。コンコンコン、掘れば水でも油でも湧いてくる。勘さえ磨けばどんな状況でも生きてける」

　乞食の子も必死だったと思うんだ。額の汗を拭きながら、そして言葉を継いでいく。

「わかるかな。生きていくのに金なんか不必要。そんなもんにこだわるからダメなんだ。雁字《がんじ》搦《がら》めに縛られて、かえって苦労を背負い込む。だから金や名誉や力とか、すべて忘れた方がいい。全部忘れてやり直す。その方がどれほどすっきりするかわからない。お節介かもしれないけど、僕はこの星に棲んでいるみんなのことが気がかりだ、涙がちょちょ切れるほど心配だ。だから言うんだ。ひとりぼっちで変になり、妙なことを言い出した、なんて思わないでほしいんだ。僕にしか見えないこともあるだろ」

「いいかい、勘を頼りに生きていく。それが『結び目の現実』だ。人という塊はそれ自体、世界のそして臍《へそ》の緒の結び目として生きている。それは人として身の運命に従うこと。僕らは結び目が繋ぐ宇宙の定めに逆らっちゃダメなんだ。なぜかって？　運命の命じるままに宇宙の法則に従って生きていく。それが本来の生き方に重なると思うから。いちいち言わなくても、夜空を見りゃわかるだろ。星は定められたその道を、日々黙々と回っている。オリオンは赤い蠍《さそり》から逃げている。そして天上でアルテミスに出会うんだ。小熊座の王子様は何があっても七つ星の側を離れない。その運行に逆らって意味がある？　天の川を流れ星みたいに横切って、役に立つと思うかい。巨大な天盤から振り落とされ、脛《すね》に傷を負うだけ。それは誰の目にも明らかだ。小宇宙は大宇宙に重なってそこにある。『結び目の現実』を忘れて他人の尻尾ばかりに付いてちゃ、身の軌道を見失い、必ず迷い星になるはずだ。宇宙の塵にぶつかって少し光って消えるだけ。そのくらいが関の山。かえって生き難くなっている。定められた運命に従って生きていく。正しい僕らの生き方だ」

腹を抱えて子供らが笑い出す。なかには少し笑い過ぎ。涙を流すチビもいる。面白くもない道化師のする大道芸。そんな一幕が下りただけ。乞食の子は嘲笑され、相手にされちゃいなかった。でも言うことは言ったんだ。言ってひと息、頬に微笑みを浮かべてる。

次に哲学者の子がおもむろに前に出る。一礼してから彼は重そうな唇を動かした。

「申し開きを、するかしないか？　いや、そんなつもりは毛頭ない。ただ生きている限り何かについて考えて、それを語るしかない人間のひとりとして、言うべきことを言っておく。何でもいいんだ。考え事をしてる時、違う次元が僕らの前に現れる。どんな世界のことなのか？　いや別に。不思議な世界のことじゃない。それは考えを進めることで見えてくる語り得ぬ世界の風景。どうだろう。僕らは知らない未知の世界がまずあって、それについて考える、と普段思っている。が、実際は違うんだ。大体、未知の世界を想像できると思うかい。考えられないから未知なんだ。想像できたら未知じゃない。つまり未知と知の関係は？　常識とはまるで逆。何かについて考えて、それを語るから未知の世界が現れた。最初から未知という既製品の袋詰め、そんなものがポンとあったわけじゃない。僕らが知ろうとした結果、百倍、いや千倍という未知の領土が現れる。元々あったもんじゃない。未知は僕らが創るもの。知ろうと意思してできたもの。『僕の前に未知はない。僕の後ろに未知は出来る』って具合にね」

「君らの言う無知だって正確にいえば未知のこと。考えて思考して、それについて語ろうとしなければ、無知の世界は生まれない。反対に、知を深めようとして、それについて考えれば考えるほど、そこに到達不能な語り得ぬ、知らない世界が山を積む。無知の世界が庭先を広げたってわけなんだ。掘れば掘るだけ穴は深く広くなり、同時にやっかいなボタ山も高くなる。だから知らない国には行けないし、新しい知の冒険にも躊躇する。どこに行っても行くだけ負債の丘は積み上がり、無知の山脈が聳え立つ。でも君らは機会あるたびごとに、未来の可能性を語ろうとするだろ。だけど本当は、しちゃダメなこと。すれば無知を呼び込むだけ。明るい世界が広がれば、足元の暗い影は自然と裾野を延ばしてく」

　彼はここで一区切り。言葉を切って乾いた唇を舌先で、べろりと回すように舐めたのだ。

「いいかい。考えて思考して、考え抜いたって、あっちに抜けるわけじゃない。天球の端が砕けて、悟りの地平が現れるはずもない。正直、生きている意味だって、だんだんわからなくなってくる。考えれば考えるほど欲や煩悩も高まって、手に負えないものになる。余りものとしての暗黒世界が現れて、それが版図を広げてく。僕らの住む世界なんてそんなもの。ワープして向こうに抜けるわけじゃない。前進、進めば進むだけ不気味な余りものが溢れ出し、出来損ないの瘤《こぶ》や痣《あざ》が山を積む。行きたいとこには行けないし、どこにも到達しはしない。いつもは目に映らない境界線の凹凸に、少し指先が触れるだけ」

「どう説明すればいいんだろう。僕らはバベルの塔を建てようと、石の欠片《かけら》を積み上げる。でもてっぺんばかりを気にしてちゃ、塔の根元は弱くなり、早晩バランスを崩すはず。知らずに危険を招くんだ。いいかい、僕の話が気になる人は聞いてくれ。肝腎要《かなめ》のとこなんだ。なぜあんたらは、無知を暴こうとするんだい。考えようとする人は、皆必然的に無知になる。いや考えれば考えるだけ、塔を高くすればするだけ人は無知になり、何も知らない人になる。なので知っていると思いたい人間は、多くを考えない方がいい。そうすれば賢者と思い込めるから。でも臭いものに蓋をして、身を誤魔化して生きていく。それですむと思うかい。失うものがあったっていいだろ。ここは勇気を持って進むべし。そして身の塔を高くする。その方が賢明だ。君らは無知が怖いのか？　闇があるから光がある。未知の闇があればこそ、僕らは僕らたり得てる。そのことをもっと認めるべきだろう。怖がってばかりじゃ、どこにも行けない、進めない。死が生を生み出した。僕らは闇の空気を吸うことで、初めて生の領域に生まれ出た。それが『暗闇の科学』だろ。僕はそう思うけど」

「暗闇を恐れる必要はまるでない。あいつは無知だと吹聴して喜んでいる奴がいる。が、そいつは身を弄ぶナルシスト。そんな下種《げす》な趣味は捨てた方がいい。最後に摑まされるのは、鏡の中に囚われた生き難い世界だけ。僕らは自分のことがわからない。けどわからなくて当たり前。わからないようにできている。塔は天まで届かない。とはいえそのくらいがちょうどいい。何をそれ以上望むんだ。でもやはり、それでも僕らは辿り着く。それは大切なことなんだ。着いて、次にどこに行く？　そう思案してみればいい。自分では意味のわからない人生の目的を知ろうと僕らは背伸びする。手足をばたつかせ周囲の壁を掻き毟《むし》り、何をすべき塊か、探り出そうともがいている。確かに己を知るのは大切だ。が、それは思いの外《ほか》、難しい。辛いし傷つくこともある。でも僕というものを知り、自分が世界に持ってきた重い荷物の結び目を、ひとりそっと解いてみる。『ああこれが、俺が背負ってきたものか』と納得するのも大切だ。いや絶対にすべきこと。たぶん僕らは僕という重い何個もの塊を、世界に持ち込んだはずなんだ。そんな妙な確信を、誰もが持っていると思うんだ」

広間を埋めた子供らは、前と同じく冷たい笑い声を上げていた。でも哲学者の子に動揺の色はない。笑われることくらいわかっている。そんな態度を取っていた。

罵声と冷笑の嵐の中、最後に予言者の子が登場する。壇上の彼は小刻みに震えている。震えながら予言者は例のナビを持ち上げて、空に向かって振り回す。が、足元はふらついて、今にも転げそうになっている。

「ここは一体どこなんだ？　北極点の上なのか、赤道直下のジャングルか？　いや、地球の中心、ど真ん中？　え、まさか。どうも様子がおかしいぞ。磁場が狂っているはず。なぜなんだ。ナビの音が消えていく。気が乱れ、力が根元から萎えていく」

それから身を揺すぶって、天球の表面を掻くような動作を二度、三度としてみせた。

「ここまできたら知らない方が身のためだ。知れば苦しみが増していく」

そう言ったところで転げ落ちてしまいそう。疲れはピークを超えていた。

「予言者に未来が見えるなんて嘘なんだ。彼は盲目で、現実の世界を見るのも難しい。けどその分、内側の微かな兆候にゃ敏感だ。だから誰も気づかない身の変調を察知する。つまり何らかの原因で脳内のドーパミンだったっけ、セロトニン？　神経伝達物質の過剰症。普通は感じない些細な刺激に反応する。で結果、結び目を通して結びつく世界の変化に同調し、直ちにそれを感知する。未来に精通してるわけじゃない。身に反応してしまうだけ。角砂糖を紅茶に落とせばすぐわかる。ほっておいても縛《いまし》めを解いて湯に溶けていく。あれと同じ。予言者は宇宙を感じて溶けていく」

動きの鈍かった予言者の子が、ナビを持ち上げて何かを確認するように振り回す。

「それは短くも儚《はかな》い人類の物語。いいかい、耳の穴をかっぽじって聞いてくれ。人類の歴史の中で、世界はある節目を迎えようとしてるんだ。初めて迎える節じゃない。でも変化の時というものは、それなりの危うさと際どさを、中に含み持つものなんだ。が、それが目に映ることはない。当然、危機の内側に僕や君らの人生も含まれる。ここにいる者のうち、何人かはすでに兆候に気づいているはず。僕だけじゃないことは言っておく。だが大抵の人たちは、見て見ぬふりを決め込んだお偉方。けど僕は、分別のある大人じゃないから、賢い振る舞いを求められても無理なんだ。これ以上は言わないけど、最低限必要なことは言っておく。いいかい危険が迫った時はどうするか。これは危機対応のあんちょこだ。実用的なマニュアルだ。だから覚えといて損はない」

「そんな時、多分君らは『人類は皆兄弟、美しい地球を守りましょう』標語にあるような義俠心を起こしたり、訳もわからず友人や知人を救い出さねばなりません、と自己犠牲の精神を発揮したりするだろう。それは悪いことじゃない。愛に溢れた行為だろう。でもそれをして何になる。何の役にもたちゃしない。立派なことをいったって、所詮世界は救えない。じゃ、どうすればいいんだろう？　そんな時の虎の巻。頭に叩き込んでおくといい」

「その時がついに来たなと思ったら、動かないでいることだ。心をまず落ち着かせ、それからおもむろに立ち上がり、まわりの世界を観察する。次に内側に目を向けて、中にいる、それも奥の方にいる誰かさんに意識を集中させてみる。そう、そこだ。君の内側の結び目あたりに開く穴。その中に棲んでいる人がいる。その人はずっと前からそこにいる。誰の中にもそんな人がいるはずだ。もしかしたら知り合いの髪の長い女の子？　そんな闇の中にいる誰かさんに話しかけてみるといい。『今すべきことは何ですか？　どこに行き、何をすればいいんでしょう』次にその声に耳を傾けてみることだ」

「そいつは賢い人だから、答えは返ってくるだろう。で、その声に従って、まわりのみんなとは無関係、自分だけの行動を起こしてみるのが肝腎だ。周囲に惑わされちゃダメなんだ。人は皆、身の戦場に入り込み、ひとり戦わなきゃ意味がない。これから始まる戦争は、外の戦いにも見えるけど、実は人生の中でする格闘だ。戦うことができるのは、君以外にはいないから。君の戦場は前からそこ、そこと決まっていたはず。わざわざ家の外に出て、戦う必要はないわけだ。わかっていると思うけど、これはひとりぼっちの局地戦。そんな戦いを日々続けていくうちに、任務を終えてよくやった。もう終わりにしていいだろう。そんな場所に辿り着く。荷を下ろす地点に君は着いたんだ。気づいた時には雨は止み、雷雲は通りすぎ、月の光に導かれ、世界は君と響きあう方向に舵を切る。そうなるのを君だって、ちゃんと弁《わきま》えているはずだ」

そこまで話すと三番目、予言者の子供はナビを持ち上げて、耳の上に押し当てた。

「このナビは中と繋がっているはずだ。なのに様子がおかしいぞ。全然音が出てこない。反応しなくなっている。何だろう。戦いが終わったってことなのか。未来が急に萎《しぼ》んでいく。そう、結び目は、最後は解けてしまうんだ。世が鎮まって清まれば、穢れなく欲も止み、人の姿も順々に消えていく。予言者は地を去り砂漠を越えて山に行き、穴にもぐって縦線、横線、文字や縄の目を描き出し、そして中に溶けていく」

壇上で、既に彼は回っていた。独楽のように、円盤みたいに、土星の輪っかみたいに回っていた。回転速度は速くなり、フィギュアのスピンみたいに回ってそれが誰なのか。見分けもつかなくなってきた。

そんなスピンを見ていると、足元も身も目の玉も回されて、ぐるぐる巻きにされていく。そんな気分にさせられた。その回転に誘われて、世界中の塊が、回って同期しているんだろう。床も天井も空も宇宙も一緒になって回り出す。すべてが回って世の中が眩暈でふらふらになった頃、誰かが僕の背をコンコンコン。叩いているのに気がついた。三度のノックで元の世界が戻ってきた。で、何となく僕は身の中にある僕の形を意識した。

12

わかったよ。うるさいなあ。君ちょっとしつこいぞ。初め僕は無視したが、二度三度、執拗に叩いてくるのでいつまでも知らん顔じゃいられない。何てくどい奴なんだ。いい加減にしてくれよ。「よしてくれ」そう言わんばっかりの態度と表情を作って奴の方を振り向くと、そこには見知らぬ男が立っていた。誰だろう？　思う間もなく肩口から若い女性が現れた。その顔は？　え、ミーナ？　立っているのは彼女そっくり、いや本物？　本物のミーナその人だったのだ。幻じゃないはず。両の手で揺れる体を抑えながら考えた。

今日もまたミーナの出現は不意打ちだ。予期しない時に現れて、態勢を整える前に消えていく。そして今、背の高い三人組を引き連れて、彼女は僕の後ろに立っていた。前に見たメンツとは違う顔ぶれの男たち。戸惑う僕を前にして、ミーナは嘲るように笑っていた。

僕は笑い物にされていた。いいよ、虚仮《こけ》にしたけりゃ。僕にはどうでもいいことだ。考える余裕なんてなかったし、どこまでも人生に対して真剣に。僕は糞真面目になっていた。何かあるはず？　大変なことになるんじゃ？　そんな気もしたけど、たぶん僕の勘違い。何も起きないのを恐れてのことだろう。もし起きなきゃどうしよう。何もなきゃ、どう落とし前を付けるんだ。ここから抜け出せなくなるだろう。そうなれば、後で後悔、そんな切羽詰まった状況に僕は嵌《は》まり込んでいた。何だってかまわない。とにかく、何か、起きなきゃ。

聞くべきことは十も二十もあったのに、何の記憶の断片も浮かばない。言葉もイメージも何も思い出しはしなかった。詰め込みすぎてガチガチに固まった貯金箱。叩いたって蹴ったって、コインの一つ出てこない。焦ってみても慌てても、時間だけが過ぎていく。どんな力持ちに頼んでも、時を止めるのは無理なんだ。が、その瞬間、何かが突如動き出す。未来なのか過去なのか、もっと別の時なのか。得体の知れぬ塊に操られ、言葉が勝手に溢れ出す。たぶん言葉にすることが、溺れゆく塊をプールサイドに引き上げる、唯一可能な手段だったに違いない。

「聞いてみたいと思っていた。けど話そうとしてみると、一体それが何なのか、いつも出てこないんだ。でもね、今日は何となく、君とお喋りをするだけで、自然と押し出されてくるような、妙な気分になってきた」

もう待ったなしの状況で、ここまで僕は喋ったが、やはり言うべき言葉は出てこない。肝腎要《かなめ》の文章はまだ引き出しの奥の方。でもそこに近づこうとする努力は払っておくべきだろう。努力さえしておけば、言葉の方がギブアップ、自然と出てくることもある。ファールで粘ってホームラン。期待できないことじゃない。いずれにしても言わずに済ませない以上、前に進むしかないだろう。おそらく最初の言葉さえ見つかれば、あとは芋づる式に次々と。結果はともかくわだかまりの塊は、言葉の中に溶けるはず。

不意打ちを喰らったのは確かだが、それが幸いしたようだ。ミーナの突然の出現が、僕を無心にしてくれた。僕はとにかく喋ろうと前向きになっていた。意思を彼女に伝えようともがいていた。でも要の言葉は貯金箱の底の方。押し込められて出てこない。忘れっぽさのせいなのか？　焦りすぎたためなのか？　この状況を伝える言葉も見つからない。

「あのね、わかっていると思うけど、図書館は私語禁止。だから、そうなの、その話。あとは出てからに……しときましょ」ストップをかけてくれたのは彼女の方。ここは喋っちゃダメなとこ。忘れていた。そうだった。ミーナに言われて僕は救われた気になった。

でもね、彼女に会って会話して、不思議に思うのはその変てこな声なんだ。運動音痴の雛《ひよこ》か小鳥の兵隊さん。急いで止まることはできません。ラッパが鳴って慌てたら、すぐに転びそうになるんです。ぶきっちょなその声は脱線気味で前のめり。最後に「〜しょ」なんていうおかしな音をくっつける。それが「しょうゆ《いう》」とか「しょうす《いう》」とか、変なものを引っ張ってくるように。どう考えても成人女性が出すような声じゃない。折り目正しい言い方のはずなのに、やけに稚拙な感じがする。素朴で純粋なヨチヨチ歩きの女の子。いや、その程度のもんじゃない。鸚鵡《おうむ》の喋る日本語か、ロボットの口を借りて出たような、妙な響きを持っている。たぶん声が見えない盾となり障壁となり、思い出せなくなったんだ。きっとそうだ。思考回路にブレーキをかけた犯人は、頓珍漢な声なんだ。

それでもミーナは女王蜂のようだった。三人の男らが警護の兵士みたいに彼女の周囲をガードする。拉致されて逃げ場を失った逃亡者。そんな彼らに先導され、僕は閲覧室の外に出た。男らはみな刑事みたいな目を作り、鋭い視線を投げてきた。で、矢継早の質問を、僕に浴びせかけてきた。名前は？　住所は？　年齢は？　終わったと思ったら次の男が、大学は？　友達は？　両親は？　僕に二の矢を継いできた。それからもうひとり、三人目が、趣味は？　運動は？　勉強は？　それから一日何をして過ごすんだ？　上から目線で聞いてくる。いいよ、いくらでも打ってこい。フライだってゴロだって回り込んで捕ってやる。

彼らは限りなく聞いてきた。もちろん大した質問じゃないだろう。でも機関銃みたいな問いかけに、僕は穴だらけにされていた。コートを脱がされ、セーターもシャツも下着も剝がされて、裸同然にされていた。言うもんか！　戦うぞ！　絶対逆らってやるからな！　そんな意思も当然の拒否権も毟《むし》り取られてしまいそう。僕は事件の被告でも被疑者でもないはずだ。なのになぜそこまで聞くんだろう。こう一方的に聞かれちゃ、悪かった、悪いのは僕でした、って気分にもなってくる。そんな弱みにつけ込んで、初めに何でも聞いとこう。藪医者の問診みたいになっていた。彼らの勢いに呑み込まれ、僕は口をただ動かしているばかり。拒否する素振りも失って、何も考えずに答えていた。

ロビーに出ると壁際のソファーにかけるよう指示された。僕が座ったその後も、彼女は黙って僕の前に立っていた。硝子《ガラス》越しの杉の木と車が行き交う県道と、その先にある黒い山。ミーナが見ていたものは何？　彼女は質問が途切れたところでその薄い唇を、舐めるように動かした。

「わかったでしょ。安全よ。あれだけ聞いたんだから十分ね。問題ないでしょ。いいわよね。私、この子に伝えることが今あるの。とても大事な話なの。それに今日でなきゃダメなのね。なのでふたりにしてくれる？　終わったら、そっちにすぐ向かうから」

やはり取り調べを受けていた。結果、毒にも薬にもならない害のない引きこもり。そう決めつけられたようだった。合格？　まあ、お眼鏡に適《かな》ったってとこだろう。

「いいのかい？　こいつとふたりになっちゃって。騙されてなんかいないよな。おとなしそうなヒッキーでも、見かけによらないこともある。油断しちゃ危険だぞ。右を見てから左を見る。石を叩いてまた叩く。注意してかかるんだ」

探偵小説の中にいるようなその会話。つい内側に引き込まれ、眉間に皺を寄せている。少しだけ胸を張り、いっぱしの悪人ぶって見せている。でもその言葉とはまた別に、喋る男の口元が気になった。彼の唇は彼女のそれとは真反対、赤く大きく腫れていた。そして喋るたびごとに、前歯で唇を傷つけて、そこに血の液を滲ませた。実際、一メートルと離れてないこの距離で、赤身の肉と血の汁を見せられちゃ、噛まれそうで怖かった。

「わかるでしょ。この子は真っ白。全部白」ミーナははっきりそう言った。

「縁のある人、袖振る人。あいつらの仲間じゃないのは確かでしょ。私、ここまで引っ張って、もう最後のようなもんだから、今日はどうしても言わなきゃ。先に行ってて、すぐ行くから」

僕の意思でも意図でもない。ミーナがその意思で三人の衛兵を追い払う。そして僕と彼女はふたりきり。と、いきなりそわそわし始めた。僕にもわかるスピードで、落ち着きを失っていったのだ。

「わがまま言ってごめんなさい。ここじゃ無理なの。車や人の動きが手に取るようにわかるでしょ。と、私すぐに落ち着きを失って。見通しのいいとこはダメ。こっちから見えるっていうことは、向こうからも見られてる。そう思うだけでもう無理なの。たぶん、敏感すぎるのね。地下の暗い食堂がいい。雑居ビルの隅っこの、息苦しいカフェの奥でもかまわない。なんなら田舎の蔵の中だって。暗くて人目のないところ。そんな場所に移りましょ。わからないと思うけど、私、人一倍こだわるの。視線恐怖、不安障害っていうんでしょ。不安障害？　変な言葉よね。なぜこうなるんでしょ？　逃げてばかりのせいかしら。見られて困るわけでもないのに、人の目が、怖くて怖くて仕方ない。ここにいるだけそれだけで、痺《しび》れて溶けてしまいそう。お願い、早く連れ出して。別のとこに移りましょ」

視線恐怖？　溶けていく？　ミーナは大真面目にそう言った。でも不気味な光が目玉から、出るわけもないんだし、それはちょっと言い過ぎだ。彼女の言葉は極端でいつも誇張されている。視線を浴びると塩をかけられたナメクジみたいに溶けていく。そんなはずはないだろう。でもそんなイメージが僕の内側に沁みてきて、一緒に蕩けそうになっていた。

ミーナが歩き始めると僕はその後に従った。自然にとまではいわないが何となく、彼女の後を付いて行く。ミーナの恐怖が僕の背中を押していた。

図書館の出口で鍵を返す時、それを取り出そうとして手間取った。鍵の札に気を取られ、世界と僕の存在を、一瞬忘れたようだった。突然僕にやってきた幸せな時間帯。目を合わせずに顔を見る、無二の時間がやってきた。僕は思い切ってミーナの顔を覗き込む。斜め下にある彼女の顔とその形。それは前に見た、顎の突き出た骸骨みたいな顔じゃない。柔らかい円みと輪郭に包まれて、撓《しな》るように揺れていた。そしてマイナス十度か二十度の北の大地に浮き上がる、澄んだ月を思わせる冷めた色調を帯びていた。冷めたぶん、理性的にも感じたし、穏やかな光を湛えた能面のようにも見えていた。

現実から遠く離れた場所にある顔が浮かんで見えている。そう菩薩様の横顔だ。白い光に満たされた菩薩がひとり立っていた。ミーナの顔は月の光に包まれた月光菩薩のようだった。

静かな微笑みを湛えてそこにある丸い顔。風に棚引く白い影。ミーナは全身を傾ける。

「回っている、揺れている。光とそして薄い影」

独り言? 誰がそう言ったんだ? 確かに体は傾いて。でも回ってなんかいやしない。見ればそのくらいわかるだろ。誰だってバランスを取るのに少しくらい揺れている。それに揺れ方だって穏やかで、不自然なところなんかまるでない。静かなリズムと振幅で、ミーナはゆっくりと揺れていた。目を回したり転んだり、そんな感じはどこにもない。それは彼女の中にある固有のリズムだ。振動だ。ミーナの昔からの癖なんだ。それを余りに大袈裟に。口にする言葉の意味もわからない。

「長い影が揺れている。で、白い光が回るんだ」何を言っているのだろう? 心配した通りになってきた。状況も弁《わきま》えず何でもかんでも口にする。いい加減なことばかり。でもふと我に返った時、眩暈《めまい》が消えているのに気がついた。

「で、何があったの? あなたが回ったの? 揺れてたの?」ミーナが合いの手を入れてくれたので助かった。僕は嘘をつき、それを誤魔化そうとする子供みたいなもんだった。急いで彼女にしがみつき「回ったんだ、回るんだ」わけもわからず首を縦に振っていた。

「でもそれは、あなたが回るの？　まわりなの？」「はて、まわりだと思うけど。でも単純に、ただ回っていただけじゃない。世界の端にくっついて、僕の目玉も回るんだ」

何を言っているんだろう。回る、回らないっていったって。眩暈なんて生理現象。よくあるとまではいわないが。もしかして誘導尋問？　意のままに操られ、踊らされているのかも。きっとそうに違いない。

「眩暈なんてよくあること。私だって目は回る。でも世界にくっついて回るかな。ちょっと不思議な気がするわ。混乱して、そう思っただけじゃない。たぶん夢の中？　夢を見た時の感じに似ていると思うけど」

ミーナの話を聞いてると、アブラカダブラ人差し指を回されて、魔法をかけられているような、そんな気分になってくる。

「人は一晩に三回、四回と夢を見る。その時、目玉は眼窩の中を回り続けて止まらない。スロットのボールみたいに動くのね。そんなふうに目の動く睡眠を、レム睡眠っていうでしょ。わかるわよね、有名よ。レム睡眠の時間帯、脳は昼間に整理できない情報を、処理して使い勝手のいいように変えていく。で、我がものにしてしまう。そんな記事を雑誌か何かで読んだけど、逆に言えば、人は目を動かすことで夢を見る。ならば夢が先なのか目が先か、どっちが主役なんだろう？　でも結果、情報が整理されるんなら同じこと。両方とも情報処理の副産物。だから頭の中を片付けようと思ったら、目を動かしてみればいい。余計なことは考えず、ただ動かせばそれでいい。雑多な情報が綺麗に整理されていく。理屈だとそうなるの。どうかな、面白いと思わない？　この方法は昂ったり沈んだり、嫌な記憶に振り回されて生き難い。そんなトラウマの患者さんの治療には、前から使われているそうよ」

「凄いでしょ。目玉さえ動かせば、悩みもわだかまりもコンプレックスも、たちどころに消えていく。竜巻や突風が、塵《ゴミ》や埃《ほこり》をすっ飛ばしていくように、あたり一面何もなし。処理できなくてこびり付く怒りや怨念や憎しみを、一気に軽くしてくれる。魔術よ、嘘みたいなやり方よ。考えてもみてごらん。アブラカダブラ、目の前で指を回す子供たちがいるでしょ。理屈はあれと同じね。だからこれは魔法なの。あなたが回る、回るって、何度も言うもんだから、いま思いついたことだけど。たぶんあなたの眩暈もそんなもの。自分で魔法をかけて消していく。月だって地球や目の玉だってみんなそう。みんな忘れたいものだらけ。だからグルグル回るのよ。回って嫌な思い出を忘れよう、チャラにしようとしてるのね」

「だけど考えてもごらんなさい。目の玉が本当に回るかしら。回らないとは言わないわ。でも目玉には視神経という硬いコードが付いている。なので自由に回るわけがない。が、実際は回るはずもない目の玉が上に下にと動くでしょ。何だかそれも奇妙よね。なぜあんな風に回るのか？　もしかしたら初めから、コードなんかないのかも。なきゃ、回ったって不思議はない。例えばリニアモーターカーがそうでしょ。直接レールと繋がってはいないのに、底に磁力が働いて、車体を持ち上げて走り出す。なら神経だって同じこと。情報を伝えることはできるはず。そうなの、コードじゃなくってコードレス。免疫のことを情報を伝える水、液体神経なんて呼ぶ学者だっているそうよ。だから酢でも油でも何でもいい。隙間が埋まればそれでいい。繋がれば何でもいいのよ。目玉だって水族館のイルカみたいに眼窩の中をスイスイスイ。紐なしで泳ぎ回っているのかも。それで不都合はないでしょ」

ミーナは夢見る人のようだった。確かに彼女の話は面白い。でも本当なのか嘘なのか？　どこまでが真実でどこからが空想か？　線を引くのは難しい。彼女も気づいてないのかも。意識して話してるんなら空想癖が強すぎる？　あるいは妄想的になっている？　いずれにしても話し方も内容も、普通の人のお喋りとは違うもの。

ミーナが出鱈目を言っているとは思わない。反対に、理には適《かな》うといっていい。彼女の言う通り、眩暈《めまい》は混乱した時にやってきて、そこに切れ目を入れていく。処理できない情報が溜まった時に目が回り、混乱した考えに区切りと纏まりを付けていた。要するに目を回すことで絡まった結び目を、きちんと結び直してた。なぜそんなことができるんだ。なら逆に、処理できないって何なんだ。そのへんがはっきりとはしなかった。もちろん悩みや葛藤のない人生なんてあり得ない。広い意味での情報が棚の上にきちんと整理されている。なんて絶対あり得ない。周囲を見渡せば、どこもかしこもグチャグチャの棚や机の上ばかり。気にしても仕方がない。

もう一つはっきりしない出来事と曖昧な記憶たち。そしてざらつく世界の現実と人類という太いコードに繋がってない蓮っ葉な人生のこと。だからって何を嘆く必要があるだろう。人の一生なんてそんなもの。はっきりしなくて当然だ。理解できない、わからない。そうさ、気にすることは何もない。繋がってないままに、人は生きるし生きていく。知らなくて良かったよ、なんて幾らでもあるはずだ。なのに君らは何をがつがつとしてるんだ。何を欲張っているんだろう。悪く現実を捉えすぎ。だから小脳とか側坐核、脳全体を疲れさせ、いつも目ばかり回すんだ。身を弄《もてあそ》ぶ生き方は早くやめた方がいい。でなきゃ、同じところを回るだけ。筋を引く木星の大気とか水族館の鰯みたいに外に出れない、出られない。

ミーナに引かれて外に出た。図書館を出てみると、夕暮れの街並みが、あたり一面どこまでも、明かりを点《つ》けて広がった。闇に出て湿った空気を吸い込むと、元気回復、彼女は元の気を取り戻す。誰に話しかけるわけでもない。ひとり賑やかになり、暮れなずむ空に向かって喋り出す。声だって打って変わって陽気になり、時々ゲラゲラと笑い出す。トーンも時々刻々と高くなり、表情だって輝いて、肌に赤みも差してきた。いきなり気分を変えるんだ。

「私を見ててどう思う？　やはり変だと思うでしょ。世界がどんどん変わってく。ダンスをしてるせいかしら。ダンスに言葉はないでしょ。身体ですべてを表すわけだから、それは真っ正直で直接的なものなのね。言葉みたいに言ったような言わないような、まどろっこしさがないわけよ。生まれては消えていくリズムと形が見えるだけ。だから場の雰囲気で踊り手の気分もくるくると変わっちゃう。カメレオンみたいに変わっちゃう。それがいいことなのか悪いのか、見当もつきゃしないけど、決していいことじゃない。だって急に涙が出たり、わけもなく怒り出したりするんだもん。見ている人だって、何かあったの？　驚いてしまうでしょ。でも変化は意図して起きたもんじゃない。そうなの、知らないとこから見えない力がやってきて、それで変わってしまうのね。誰の意思でそうなった？　なぜそんなことが起こるのか？　全くもってわからない」

「でも踊っているうちになぜだろう。私の意思じゃないのにね、身を表現できている、と感じる瞬間がやってくるから不思議よね。それがダンスの醍醐味ね。つまり自分とそうじゃないものが、そこでぶつかって出会うわけ。ただしそれには跳ねて回って徹底的に踊り込む。動きと形を完璧にマスターしないとダメなのね。踊りが体に馴染むのを一年でも二年でも待たなきゃいけないの。中に形というものを入れておき、それを寝かせてじっと待つ。酵母が発酵してどろどろのヨーグルトやチーズを作っていくみたい。そこまで辛抱しないといけないの。形をなぞって待つことで、別の次元にワープして、私じゃないものがどこだろう、妙な言い方だけど私を出口にやってくる。言葉にすればそんな感じになるのかな。で、別のものが身の塊にぶつかった瞬間に、初めて私とダンスが一つ結び目を作り出す。一塊《ひとかたまり》の現実を表すの。言葉でいうのは無理だけど、そんな感じになるのよね。何となくでいいんだけど、わかった気にはなったかな？」ミーナは早口になっていた。喉のコイルが熱を帯び、焼けて切れはしないのか？　見ていて心配になってきた。

「聞いてるの？　目が泳いでいるみたいに見えるわよ。お喋りがしたかったんでしょ。もっといっぱい、嫌というほどしてあげる。そうよ、私、世界中であなたひとりに話すのよ。だからちゃんと聞かなきゃ」

「あなたがどう思っているかは知らないけど、私には前から霊感があったのね。それはおかしなものでね、意図して感じられるもんじゃない。自分の中にありながら、他人の感覚といったっていいくらい。そうなの、意思じゃどうにもならないの。知りたいと思えば世界の真実が見えてくる。一般的には打てば響くようなもの。そう考えられていると思うけど、実際はそうじゃない。むしろそんな思いとは反対に、知りたくもない嫌なものばかりが見えてくる。特に私の場合極端で、ただただ恐ろしい方向に向かったの。私のとこにくるものは、不吉で不気味なものばかり。はっきり言うわよ、私、人の死がわかったの。まわりの人が死んでいくのが手当たり次第わかったわ。だけどそんなこと、誰だって知りたくもない。わかったところで何の益も得もない。みんなが知りたいと思うのは、素晴らしい未来とか出会いとか、そんなもんじゃないかしら。私だってそうありたいと思ったわ。なのに私の感覚は不気味なものばかり拾い集めてきてしまう」

「最初にこの能力に気づいたのは、私じゃなくて母だった。その頃は、といったって記憶にもない前だから、たぶん三歳より前のこと。私、身近な人の死を感じると、理由もないのにぐずり始めて泣きやまない。泣き出して手がつけられなくなると翌日に、親戚や近所の誰かが死んでいく。だから母はそんな私に難儀した。小学生になると朧《おぼろ》げにではあったけど、いつどこで誰が死ぬのかがわかったわ。自分でも怖かった。隣りの家のおじさんが首を吊った朝なんか、五時に母を起こして倉庫の裏の坂道まで引っ張って行ったのよ。その時は必死だったというだけで、なぜそんなことをするんだろう。死体を見るまでは、わけがわからなかったわよ。で、樫の木にぶら下がるおじさんを見て、初めて『やはり』と思うのね。でも何度も続くもんだから、自分でも自分が嫌になったわ。おぞましい能力を、消してしまいたいと思うようになってきた。私は化け物や魔女じゃない。それ以外、何ができるわけもない女の子。当たり前の普通の感覚に戻りたい。そう真剣に思ったわ」

「高校二年の時だった。バスの中でおばさんたちが話しているある話し声を耳にした。『霊感を消すにはセックスをすればいい』そうおばさんたちは言っていた。それを聞いて、そうなんだ。自分でも不思議なくらい納得してしまうのね。頭の中の鍵穴に、鍵が嵌まった感じかな。で、その後は同級生の男の子たちを誘ってね、無理にセックスをしたりした。性欲なんてなかったのに。でもしてみると、確かに霊感が薄まっていくのを感じたわ。それで少しほっとした。救われたって感じかな。けど完全じゃなかったの。だからもっともっとしなくちゃ。でもね、これぱかりは相手がいるしそのへんが難しい。変な奴だと後で困るの。ストーカーみたいなのもいるからね。おかしな奴にぶつかって、窓に赤いパンツを貼られたり。だから相手を探すのも一苦労。で、高校を出た後は、楽に選べるようにと夜の仕事を始めたわ。お陰でこいつなら大丈夫、って男を探しやすくなり、相相手に不自由はしなくなる。でもそんな仕事をしているとね、用心はしてても変な男に出会うのね。そのうちおかしな癖を持つ奴に狙われるようになる。すぐに弱みを握られて、写真を撮られたり変な粉を嗅がされたり。で、それをネタに脅された。もちろんかまってなんかいられない。それでさっさと逃げ出した。が、その男はしつこくて、逃げても逃げても付いてくる。裏に組織みたいなものがあったのね。そのうち私ひとりの力じゃ、とても逃げ切れなくなってきた。だからさっきの人たちが付いてるの。気を悪くしないでね。悪い人たちじゃないんだから。ボランティアのガードマンみたいなもんだから」

「愚痴ばかり聞かせちゃってごめんなさい。あなたに言ったたって始まらないのに。でもたくさん喋ったお陰かな。今はわだかまりもなくなって、何だかうきうきとした気分。不安に怯えてばかりいた、さっきまでの私は何？　ってそう思うわよ」

「ところで、あなた音楽は好きかしら。変奏曲ってあるでしょ。リズムとテンポがあっという間に入れ替わる。私って、あれと同じだなぁ、って思うのね。嬉しくなったり悲しくなったり、大波小波が入れ替わり立ち替わりやってきて、すべてを呑み込んでしまうのね。音楽って変化するけど聞くうちに、先が読めるって感じだってするでしょ。次は速くなる、そう思うとその方向に動いてく。一つ先、ずっと先。瞬間を重ねてかなり先までわかる気がしてくるの。本当にそうなるかは別だけど、でもそんな時、私、一度上った梯子を下に降りていくような、既知の時間を未来に向かってなぞっていくような、そんな気にもなるのよね。思い描いた方向に現実が動いていく。悪い気はしないでしょ。今この瞬間に未来が含まれて、未来はさらにその先を含んでいる。過去を思い出すように、まだ来ぬ未来を手繰り寄せ、で、未来は過去に結んだ結び目を解いたとこにあるような。なんてね。世界はそんな構造になっている」ミーナの足元はスキップになり、地面を跳ねるように蹴っていた。

「わかるかな、この感じ。ところが最悪なのは人の声。よくクリスマスや年の瀬になると、第九のコンサートってのがあるでしょ。好きな人もいるけれど、私には堪らない。言わせてもらえば、人の声が音楽をメチャクチャにしているの。声は息吹きなんだけど、声の中には言葉が含まれているでしょ。言葉が未来へ向かう時の流れを遮《さえぎ》るの。息吹きと言葉とは一体だという人の考えがわからないとは言わないわ。でも私、そうは思わない。水と油の関係ね。音には音の世界がある。音の世界は言葉と違って、中に未来永劫を含んでいる。音は実体だから純粋な形式に時間を併せ持っている。けど言葉はまるで違うもの。言葉はそんな音の世界を人の現実に引き戻そうとするだけ。なので言葉は縺《もつ》れた紐の結び目よ。寸断された肉と骨の破片ね。だから死んだ言葉は時を止め、ざらつく現実をそこらじゅうに撒《ま》き散らす。人は塵や廃棄物を、山や川に捨てちゃうからだめなのよ。で、捨てたものが蓋をして、時の流れは閉ざされる。音の自由さはそこでへし折られてしまうのね。誰もが生まれ持っている、絶対音階だって自然が消えるように失せていく。後の世界には四十億とか五十億、数だけは揃ったようにみえるけど、実はまがい物の結び目が、パンツをはかされて地を這いずっているだけよ」

「いかにも嘘でございます、と人は声を出すでしょ。人の声は千切れてバラバラだから全部嘘。だって物真似。言葉はすべてそうでしょ。壊れた本能、切れた結び目の端の滓《かす》。暗くて汚れた影なのね。そうよ、昔の人も言ったでしょ。目に映るものはすべてイデアの影だって。だからあるものをなぞるだけ。人は言葉を口にすることで、誰もが皆嘘をつく。つきたくなくても嘘をつく。人は人である限り、誰でも嘘つきでしかあり得ない。心優しい人だって、正直な人だって、聖人だって同じこと。だから人の声が音の世界に入るたび、私、むかむかしてくるの。気持ちが悪くなってきて、反吐の一つも出てくるわ。声が世界を閉ざしてる。現実に蓋して世界を殺しちゃってるの。いいのよ、うまく言えなくて。心配なんかないんだから。逆に言えたって、何も伝わっちゃいないから。言葉なんてそんなもの。そうなの、私、言葉を恨んでいるのかも……」

13

僕とミーナは表通りまでやってきた。車がひっきりなしに僕らの前を駆け抜ける。なのに横断歩道でもないとこを、彼女は渡っていこうとする。車が速度を上げて走り去るH市内のど真ん中。信号が青になり、左右を確かめてからでなきゃ、危ないぞ。手を上げて渡らなきゃ、轢かれたって知らないぞ。僕はその腕にしがみつき、飛び出そうとするミーナを懸命に引き止めた。

「あなたと会って話してから、知りたい気持ちはわかったわ。言わなきゃダメなの？　そうでしょ。私だって話さなきゃと思ってた。ただね、あなたがどう感じるか、それを思うと話すべきかどうなのか？　けどわかったわ。ここまで引っ張って、話さないわけにもいかないし。だから決めたの。

話すわよ。もう何も言わないで。知っていることは話すから。でもその前に放してよ、左腕。そんなに強く引かれちゃ、話そうたって無理でしょ」

彼女は何を言っているんだろう。全然意味がわからない。でも僕は、ミーナの不思議な日本語に操られて意思のまま。気づくと腕を放していた。アブラカダブラ、魔法の粉をかけられて、自然と力が抜けていた。

「昔々といったって、あなたの生まれる少し前、あなたの家には初老の作男《さくおとこ》が住んでいた。初老とはいったって当時の感覚のわけだから、実際には五十前後の中年のおじさんってところかな。当時は広い田畑《でんばた》を持っている地主の家には大抵は、作男っていう、今で言えば草を刈ったり畑を耕したり、バイトのおじさんが住んでいた。彼は流れ流れてあなたの家に辿り着いたわけだけど、以前はそれなりの格式を持つ由緒ある大きな家のお坊ちゃま。なのに酒に博打にのめり込み、女遊びに明け暮れて、親から貰った財産をすべて使い果たしてしまうのね。で、一日また一日と落ちぶれて、親戚や友人からも見放され、住む家さえ失った。身を落としてからはやくざな生活の毎日で、金が入れば酒を飲み、仲間と喧嘩ばかりして、故郷の町からもほうほうの態で逃げ出した。故郷を離れてからの生活は、さらに荒《すさ》んだものになり、風の向くまま気の向くまま、西へ西へと下り行き、最後にあなたのおじいさんの家のある、線路沿いの小さな町に着いたのね」

「町にやって来た彼は、駅前の米屋に雇われて籾《もみ》引きを始めたの。でも鍬を使った最初の日、ひき方が悪いのか、籾殻が跳ねて目の中に飛び込んだ。落ち目の彼に不運はどこまでも付き纏う。深く刺さったにもかかわらず、大したことはないだろう。そう考えて処置もせず、瞼を二回三回擦っただけ。が、日も暮れて夜ともなれば赤く腫れ、目は飛び出さんばかりに膨らんだ。朝には痛みはもら限界。視力さえ失いかけてしまうのね。医者と雷は大嫌い。そう口癖に言ってたが、ここまできたら仕方がない。覚悟を決めてあなたの家にやってきた。で、あなたのおじいさんの目の前に、座って顔を突き出した。おじいさんはパンパンに腫れ上がったその目を見て『ウーン、取るしかないな』ため息を吐《つ》いてそう言ったのだ」

「数日後、腫れが引いたところでおじいさん。何も言わずにメスを持ち、赤い目玉を切り出した。そして蔵からドイツ製の義眼を一つ持ってきて、彼の眼窩に嵌め込んだ。片目の彼はまだ見える方の目で、茫然とおじいさんを見上げている。何があったってわけじゃない。ただそれだけのことだった。以来、彼はあなたの家《うち》に住み着いた」

「肥え汲みや家畜の世話をする作男。そんな男をあなたの家では探していた。彼はちょうどいいタイミング。パズルの穴を埋めるようにやって来た。でも居着いてからというものは、山羊の小屋のすぐ隣り。離れの小部屋に寝泊まりし、朝から晩まで人が変わったように働いた。鶏の首を刎《は》ねたり山羊の乳を搾ったり、糞尿を甕《かめ》に移して畑に撒いたり、仕事はいくらでもあったのね。予想外に勤勉で、よく働いてくれるので家の人たちは喜んだ。皆が嫌がる仕事でも、不平を言うこともなくこつこつと片付けた。大きい体じゃなかったが、案外丈夫だったので、暑い日も寒い日も、雨の日も風の日も、いつも褌一枚で過ごしてて風邪を引くこともないし、寝込むようなこともない。褌姿はお世辞にも、見かけのいいもんじゃなかったが、代わりに彼は下顎に、立派な顎鬚を蓄えた。顎の下に垂れ下がる山羊のような長い鬚。彼はその顎鬚がご自慢で、やたらと弄《いじ》り回しては、角度と形を整えた」

「品の良くない外面《そとづら》とその仕草。外見はともかく、元々お坊ちゃま育ちだったせいもある。甘いものには、まるで目がなかったの。お気に入りは蜂蜜を指で掬《すく》って舐めること。でも当時、蜂蜜は高級品。いつでもどこでもありつける。そんな代物じゃなかったわ。冷蔵庫のない時代、夏から秋にかけての暑い時期、あなたの家で蜂蜜は、牛乳やバターなんかと桶に入れ、釣瓶《つるべ》で井戸の底に吊るされた。彼はそこに目を付けた」

「夜陰に乗じて出没し、蜂蜜の瓶を井戸の中から引き上げた。で、中身を少々失敬した。全部舐めたわけじゃない。舐めたのはたかだか匙で二、三杯。でも瓶の中の液体が、上げるたびに減ったので、変じゃない？　おかしいわ？　と賄いのおばさんたちが気づくのに、さほどの時間はかからない。そして蜜好きの彼が犯人？　と疑われる。問われた彼は『やってない』とその事実を否定した。でもある晩、釣瓶を引き上げているとこを、ついに見つかってしまったの。分厚い眼鏡の事務長が、彼の小部屋を調べたら、そこからはあってはならない品々が、それこそザクザクと出てきたわ。絶体絶命退路なし。さあ、どうすればいいんでしょ」

「説明しろと言われたが、彼は口籠もっているばかり。あれこれぶつぶつ言うだけで、答えになんかなってない。お坊ちゃま育ちのせいなのか、最後に弱さが露呈した。追い詰められて十五夜の明るい月夜の夜明け前、何を考えていたんだろう。例の蔵にひとり行き、鍵を外して暗がりの闇の中に潜り込む。なぜ暗闇に入るんだ？　で、暗がりをのそのそと臍の緒の浸かる瓶の前にゆき、そこで褌の結び目を解いて鴨居にそれを掛け、端を手前に引っ張った。それから捩《ね》じって輪を作り、結び目の中に首の根を差し込んだ。明かり取りの窓からは月の光が差していた。誰もがまさかと考えた。そこまでするとは思ってもいなかった」

「翌日、彼の持ち物を片付けようとした時に、一通の遺書が行李の中から出てきたわ。誰に宛てたものでもない、宛先のない遺書だった。汚い便箋に彼が書いたとは思えない達筆で『生まれ変わって仕返しを』と一行だけ。そうなの、たったそれだけ、その一行。文面は考えのない人間が書きそうな、思わせぶりな脅し文句の十一字。まあ、そういってよかったが、字の下に、これまた達者な字で『संसार』と輪廻を表す梵語の文字が添えてあったの。何を暗示してるのか。なぜ難しい梵字を知っていたんだろう。サンスクリットには縁もゆかりもなさそうなその人生。下らない、バカげてる。皆相手にもしなかった。でもやはり気になる人もいたのよね」

「その後何もなければ、ジ・エンド。これでお終《しま》いとなるはずだった。ところが騒ぎもまだ冷めやらぬうち、あなたのお母さんが身籠もってしまうのね。お腹にいるのは、そう、あなた。何という質の悪い悪戯か。いや、偶然に決まっている。でもタイミングが悪すぎた。呪われているとしか思えない。で、お母さん、やはり死んだ男のことが気になった。あんなことの後だもの。可哀相に、お母さん、悩んだと思うわよ」

「それから、そうそう、ねえあなた。お姉さんとの歳の差は？　医者の家《うち》は皆そうだけど、お母さんも家の人たちも、跡継ぎの男の子が欲しかった。何年かのブランクがあって待望の男の子。当然産むわよ。望まないわけにはいかないし。で、後のことはわかるでしょ。そうなの、物干しから投げたのも、臍の緒を消し去ろうとしたことも、もちろん知っているわよね。たぶんお母さん、他の人より敏感だったの。繊細だったと思うのね。それでよけい混乱した。あなたと首を吊ったあの男。ふたりを結び付けたの。だから私の子じゃないわ、なんてあなたを拒絶した。でも一方でお母さん、あなたが可愛かったのね。祝福してたし愛してた。そのへんのことはあなたにもわかるでしょ」

　その後もミーナは、僕を慰めようとした。いや、そんな気がしただけなのか。いずれにしても上の空。ミーナの言葉をちゃんと聞いてはいなかった。そして耳の底には彼女の繰り返す、あなた、あなたという声が。でもそれは誰を指してのもんだろう。僕なのか？　それとも他の誰かさん？　相当混乱していたに違いない。乱れるにしたがって僕は疑り深くなっていた。ミーナは僕じゃなく、僕の中にいる他の誰かを呼んでいた？　硝子《ガラス》を割って飛んだ奴、首を吊ったあの男。プールで消えた青年もいたし、天井から落ちてきた赤子だっていたはずだ。いや違う、そうじゃない。ミーナが僕を誘ったのは、僕と話すためじゃなく、三人組から逃げるため。僕のためだと言いながら、僕を利用して逃げ出した。そのための作り話だったんだ。でもさっき聞いたあの話。疑わしいとは思うけど、細部まで実に正確なもんだった。事実と思って不思議はない。なぜあんな詳しい話ができるんだ。

「生まれ変わって仕返しを」千切れた声の断片が頭の中を駆けめぐる。それは頭蓋骨に跳ね返り、脳全体に広がって、すぐには収まりそうもない。

その場から動けない僕のことなど気にもせず、先へ先へと行くミーナ。僕に用などないのだろう。彼女は独り言を言いながらスキップを踏み、どんどん先へと駆けて行く。僕の耳からミーナの声が遠ざかる。慌てて後を追いかける。が、その速さにはかなわない。

気がつくと、道端の暗がりにひとり取り残されていた。彼女との間には百メートル、いやそれ以上の距離がある。もう手の届く距離じゃない。前に進もうともがいたが、足の筋肉は固まって動かない。ここぞという時はいつもこう。急げばよけい硬くなり、最後は動かないし歩けない。ついに足元は鉛みたいに重くなる。そしてミーナの足音は遠のいていったのだ。ほっとけば時間の問題。追いつけない。「待ってくれ。頼むよ、置いてかないでくれ」

僕は暗闇に叫んだが、叫びは声になったのか？　ミーナに追いつくことはできたのか？　案の定、何の反応もありゃしない。行かないでくれ、お願いだ。置き去りにしないでくれ。

焦る気持ちが先走る。どうしよう。僕はどうなってしまうのか。寄る辺《べ》なく、ひとり暗がりに立ち竦《すく》む細い影の端っこが、目の縁に引っかかる。僕は僕でいられるか。確かに僕と思しき塊はここにいる。他に考えようもないだろう。でもいま僕を支配してるのは本当に僕なのか？　僕という名の男だったのか？　ミーナが話したあの男、片目を潰したあいつじゃ。山羊の鬚を撫でながら病院の長椅子に転がっていた奴もいた。奴のことは前に見たことがある。他にもおかしな奴らがいたはずだ。牢獄に繋がれた王子様、性器の中に仕込まれた種のことだってあるだろう。こいつが奴だと言い切れる、証拠があるわけじゃないんだし、ひとりに絞るのは無理なんだ。

「仕返しを」物騒なことを言って消えた奴。義眼の男は誰なんだ。褌一枚でそこらを歩き回っていた男。山羊の世話をして畑に肥を撒いた奴。彼らは何者で何をした？　そして最後にこいつが一番怪しいと、目星をつけておいた奴。奴は蜜が好きなのはわかったが、でも絶対にそいつとは限らない。トイレで糞塗《まみ》れになった青年もいただろ。駅で額を潰《つぶ》した奴。他にも溜池に落ちた男もいたはずだ。そいつらは皆おかし気なことになっていた。で、何のことはない。今ここに蹲《うずくま》っている男。こいつこそ最も奇妙で挙動不審な奴だろう。エネルギーを失くして倒れたウルトラマン。彼こそ身に相応しい人間だ。けど僕に想像できるのはそのくらい。もっともらしく目の前にいるこいつだって、本当のとこはわからない。この弱気、自信のなさ。限りない劣等感。もしかして、既に仕返しをされたのか？　あるいはされた後の光景か？　なら終わった後の間延びした現実を、いま見せつけられているのかも。

あたりは真っ暗になっていた。僕は暗闇にひとり溺れそうになっている。冗談じゃない。よしてくれ。息絶えてしまうわけにはいかないぞ。助けてくれ。救い出してくれ。おかしな奴に呑み込まれ、今にも溺れそうなんだ。ロープでも浮き輪でも何でもいいんだ。哀れに思う人がいるんなら、そいつを僕に投げてくれ。声を上げた気はしたが、答えは返ってこなかった。僕を憐れむ人間はここにはもういないのか。見返りなく助けてくれる人たちは、街から姿を消したのか。ミーナは僕のために喋り続けているのかな。すでに声の届く距離じゃない。が、まだ後ろ姿は見えていた。彼女は車が途切れたのをいいことに、赤信号の横断歩道を渡っていく。もしあそこまで行けたなら、その腕にしがみつき、ダメだよ、行っちゃダメなんだ。止めることもできたのに。

軽くステップを踏むような彼女の足どりとは反対に、僕は鉛みたいなこの足をさらに重くしていった。ロープで縛りつけられているように、ここから動けなくなっていた。重い足元に目をやると、下から伸びてきたんだろう。不気味な紐が足首に絡み付く。蛸の足か蔓《つた》か根か？　奇妙なものが両足に生えていた。何だろう？　よく見ると、地下から人のものらしい太い腕が伸びてきて、脛《すね》と足首を摑んでいた。その腕に摑まれて、僕は一歩も動けない。穴を掘って身を隠し、君が来るのを待っていた、なんて人でもいるのかな？　おい、いい加減にしてくれよ。それで喜ぶとでも思うかい。そんな面倒をする奴が、町にいるわけがない。僕は有名人でもスポーツ選手でもないんだし、して得るもんでもあったかい。サインやグッズやユニフォーム。持って帰るもんがなきゃ、自慢することもできないぜ。この忙しいご時世に、何となく穴にいて君が来るのを待っていた、そんな悠長な奴がいるわけがない。

ニョキニョキニョキ。あたりの闇を見回すと、そこらじゅうに何だろう、人間もどき奇怪な手と腕が生えていた。いくらなんでもこれだけ大勢の人間が地下に隠れて待っている？　あり得ない。じゃ無数に伸びたこの腕は何なんだ。竹藪の竹の子みたいに生えている不気味な腕の密林は何だろう。都会はいつの間にかに腕のジャングルになっていた。

密林から逃げ出そう。全身の筋肉に力を込めたり緩めたり、一生懸命もがいてみた。格好なんか気にしない。重い足を持ち上げて、力任せに振り回す。肘か手首か肩なのか。奴の太い関節にストレートを打ち込んだ。でも反応も手応えも何もない。いくら打ってもその腕は、足を摑まえて離さない。僕の力じゃどうにもならない、歯が立たない。

すぐに歩く自由を失った。それからダミーの腕に引き摺《ず》られ、立っているのも難しい。早く逃げなきゃ。殴って打《ぶ》って振り回し、最後に蹴りを打ち込んだ。でも僕の努力は水の泡。力は吸い取られてしまうのだ。エネルギーの無駄使い。僕は発電機じゃないんだぞ。こんなことを続けてちゃ、蓄えたエネルギーはすぐ尽きる。臍の下にあるタンクの残量はあと僅か。

ピッピピッピッ、ピッピピッピッ……。聞き覚えのある音がした。そうだ、エネルギーが切れた時にウルトラマンが出す音だ。エネルギー切れ寸前の彼は胸のライトを光らせる。怪獣を早く退治しなけりゃ、故郷の星には戻れない。懐かしくもいとおしい母なる星。銀河系を離れること三百万光年の涯《はて》にある、M78大星雲。その端にある光の国、美しい星。故郷を離れて人のため、正義と真理を実現するために、ひとり戦うウルトラマン。でも僕だって、思いは彼と同じこと。決して劣るわけじゃない。僕もこの星と世界のために戦う兵士だ。故郷を思う気持ちには、変わりはないはず。なのに僕だけが、冷たいコンクリートブロックの上にいて、懐かしい故郷の土なんて、見渡す限りあたり一面どこにもない。ミーナ、母さん、そして愛すべき我が祖国。僕じゃダメってことですか？　帰れない。戻れない。そして生きている意味なんか感じない。恐ろしい観念が、頭のてっぺんからつま先まで、僕の五体を突き抜ける。もうどこにも逃げられない。もし逃げるとこを見つけたら、どんな場所でもかまわない。押入れでもトイレでも風呂の穴でもどこでもいい。とにかく穴に潜り込む。実際、僕は全身を上から下まで滅茶苦茶に動かした。足を蹴り上げ、奴の腕の生え際を、拳《こぶし》を固めて殴ってみた。が、何も変わらないので空を見上げて一、二、三。一番星の木星を目の端に摑まえて、首を回転させてみた。でも急いで回したせいなのか、頭が揺れて立ち眩み。それが引金になって目玉が回転、周囲の景色も回り出す。夕暮れの街の中、街灯やネオンやトイレの窓の明かりとか、まわりのものがスピードを上げて回り出す。世界が眩暈《めまい》の渦に落ちた時、それを見ていた十五夜も、町の明かりに目を回し、すぐに血の気を失った。白い光をちかちかとさせながら何か言いたげに揺れていた。

僕はどこを歩いているんだろう。ここは見慣れた生まれ故郷の街なのに。知っているはずのとこにいて、なぜこうなるんだ？　眩暈に掻き回されたせいなのか？　今いるとこはどこなんだ？　さっぱりわからなくなっていた。

気がつくと、歩道の上にぽつんとひとり立っていた。眩暈は闇に吸い取られ、世界は回転を止めていた。多分遠心力が重い鉛の塊を吹き飛ばしてくれたんだ。重しが外れて縛りの紐が取れた分、体は軽い。でも混乱の残り火はまだ燻《くすぶ》っているようだ。何も考えられないし思えない。体の揺れは止まったが、まだ足元は覚束ない。けど動かしたのがよかったか、ダミーの腕は外れていた。下半身は前よりずっと軽くなり、両足は自由に動くようになっていた。

左足から、ゆっくり足を出してみる。踏み出すごとに浮き上がる？　確かに軽い。スムーズに動く分、気分も大分良さそうだ。恐怖や不安も消えている。身の自由を取り戻し、幸せな気持ちに僕はなっている。見上げると、天の川に沿うように光の帯が空を翔け、その先が僕のまわりを飛び回る。帯の先に守られて、僕は上空に吸い上げられていくようだ。そんな感じだ。眩暈は治まったといってよかったが、いつも通りには歩けない。

あたりを見回すと、僕を縛りつけていた人間もどきのその腕は、影も形もなくなって……。どこに紛れ込んだんだ。窪みに頭の先を入れたのか？　いきなり姿を消すなんて怪しいぞ。変だとは思ったが、探す余裕は僕にない。今は彼女に追いつくこと。時間は待ってくれないし、状況は全然何も変わらない。前進、足を進めるしかないだろう。

まだまだ足は縺《もつ》れていた。元に戻ってはいなかった。歩道の石に躓いた？　あるいは視野に欠け、足元が見えなかったに違いない。彼女を追いかけようとした途端、大きく硬い塊にぶつかった。と思う間もなく、ドタン、バタン、ガチャンコ。割れて倒れる音がした。一瞬、目の前が真っ白に。で、気がつくと背の高い塊と一緒に歩道の上に倒れていた。

痛い！　尻と膝を強打した。脇にはガタイのいい看板が、倒れて横倒しになっている。二個の不様な塊が仲良く並んで転がった。そこには笑えない光景があったのだ。つまり置き看板にぶつかって、転んでうつ伏せになっていた。硝子《ガラス》も割れて歩道の上に散らばった。

痛みが踵《かかと》や太腿《ふともも》から駆けてくる。敷石で胸を打ったせいなのか、息も詰まってハーハーハー、吸うのも難儀になってきた。褌で首を吊ったあの男。あいつみたいにいっそのこと、この場で息絶えればよかったのに。硝子の破片が胸とか頭に突き刺さり、血が出てまわりに溢れ出す。気味の悪いイメージも湧いてくる。惨《むご》い光景は払わなきゃ。そう考えて立ち上がろうとした時に、光る欠片《かけら》がピカピカピカ。瞳に映る白い光と硝子玉。光る玉を見るうちに、以前失くした石の記憶が浮かんできた。それは深い光沢を持つ宝石みたいな石だった。あの石はその後どうした？　永遠に消えてしまった光る石。石の記憶が僕のところに返ってきた。

石の記憶とその行方。消えてしまった石ころは、孤独な光に包まれた怪しく光る石だった。表面は曇って白く見えてたが、断面は透明で、重くて硬い光線を出していた。ひと目見て普通の石じゃないことは、すぐにわかるもんだった。隙のない光沢がどんな性質のものなのか、なぜ白い光線を放つんだ？　わからない。知る由もないことだった。

あれは高一の頃だった。パッと開いた新聞に、光る石を研究する教授が紹介されていた。じゃ、先生に会って話を聞いとこう。ちょうどその頃、絵画教室で知り合った女の子もいたりして、話すと「行く」と言ったので、ふたりでK大学まで行ってみることにした。

デパートの下のターミナルで落ち合って、僕らは一緒にバスに乗る。でも初めてなので、どの列に着き、何番のバスに乗ればいいんだろう？　僕らは迷って停車場を彷徨《さまよ》った。女の子も一緒だし、ウロウロばかりはしてられない。バスの行き先に目処《めど》を付け、乗れば何とかなるだろう。それらしき列の後ろに着いたのだ。

土曜日の朝なのに、待つ人の列は長かった。それでも少しずつ前に行く。いよいよ乗る段になり、ステップを上りながら運転手に聞いてみた。「K大学、行きますか？」

「残念だけど行かないね」運転手は首を横に振ってそう言った。え、ダメなの。こんなに長く待ったのに。聞いておくべきだった。いつも大事なことが抜けている。項垂《うなだ》れてみせるより、格好の付けようもないだろう。けど折角乗ったバスなんだ。そうですか、おめおめと降りるわけにはいかないし、どうせ行き先は似たようなもん。一つ先まで行ってみよう。列にもう一度並ぶよりは早いはず。それに女の子も一緒だし「間違えた」なんて口にしちゃ、何を言われるかわからない。情けないことに僕は相当な意気地なし。彼女の顔を想像するだけで怖かった。それで知らん顔を決め込んだ。彼女も何も言わずに付いて来た。

ところで痩せっぽちの女の子。付いて来るにはわけがあるようだった。実は彼女もそれは立派なコレクター。日曜日ともなれば、河原や崖の下の海岸に石を拾いに行っていた。それを聞き「どんな石？」と尋ねてみたことがある。すると次の日に、興味があるなら一緒に拾いに行かないか？彼女の方から誘ってきた。自転車で女の子と行く石拾い。国道の先の海岸に向かう道すがら、彼女は僕にこう言った。「私、光る石を持ってるの」

僕らが乗ったその後も、バスはさらに多くの乗客を詰めてから発車した。バス停の距離なんて大したことはないだろう。たかを括《くく》ってみていたが、思ったより次のバス停は遠かった。停まる気配もしないので、僕は心配になってきた。大勢の乗客が乗ったせいもある。僕らは出入口からは遠い位置に立っていた。到着に気づかなかったらどうしよう。通路を塞がれて降りられなかったらどうしよう。不安の渦の中にいた。

不安が周囲に伝わった。「後ろのドアも開きますよ」側《そば》にいた学生がそっと教えてくれたので、僕は少しホッとした。でもバスは思惑とは真反対。逆方向に進んで行く。当然、大学のバス停には停まらない。縁がなかった。そう考えて諦めるしかないだろう。で、僕は行く気を失った。これも運命。しかし、なぜそのくらいでやめたのか？　一方で、女の子は諦めちゃいなかった。次の週、彼女はひとりで大学に行って話を聞いてきた。そこでどんな話があったのか？　聞いてはみたが答えは曖昧なもんだった。

「言えないわ。言っちゃダメなの禁止なの。他言は無用、秘密厳守の密教よ。大師様の御教えと同じね。でもさわりくらいなら、教えてあげてかまわない。聞きたい？　いいわよ、教えといてあげるわね。あなた石を持っているでしょ。あの石、そう光る石。とにかく石を大切にしときなさい。実はね、石を持つ人は少ないの。大抵の人は持ってても、預けるか、置きっ放しでその重大さに気づかない。だから石を懐に抱えている人は多くない。でも持っているだけじゃダメなのね。磨いとかなきゃいけないの。そう先生は言ってたわ」

「手入れをしとけば未来は違ったもんになる。あなただって多分そう。もしかして凄いことになるのかも。ただしここからがちょっと微妙なとこだけど、石をあなたが磨くでしょ。すると石を持っているとかいないとか、言っても仄《ほの》めかしてもいないのに、石の話をしにやってくる人がいる。そうなの、絶対にやってくる。でもその人は持ってないわけだから、話は全部空想の中のもの。彼自身にもわからないし、石の話だとも思わない。だからあやふや。でもその話を注意して聞いていく。理解しようと努力する。それができればそのことが、あなたの人生に大きな実りをもたらすの。どこでもないあの場所に戻るくらいのインパクト。真実を知るきっかけにもなるはずよ。もちろん石を磨いとけばの話だけど。ただしあなたが聞くだろうその話、実につまらないものなのね。退屈なだけの物語。そんな話を懸命に聞いていく。どうかしら。できるかな。やってみてごらんなさい。

大きな仕事になるはずよ。私に言えるのはそのくらい。それ以上は話せないし話さない。あなた次第ということね」

　思わせぶりな話し方。つまらない話をちゃんと聞けって言われても。君がそう言うんなら、聞くよ、聞いて損はないはずだ。でもどこか、揶揄《からか》われているような。そんな気がして仕方ない。ふざけてそう言っている、とそこまでは思わない。けど石の話をしにくる人がいる？　なんてどこか怪しいぞ。そんな話を真に受けて、ハイハイそうですか、そうしましょう。簡単に信じるわけにはいかないし、その通りになったって、光る石が何をする？　あの場所に戻るなんて言われても、納得できる話じゃない。

　確かに、光る石は人の心を引きつけてやまない輝きを持っていた。でも石は光りこそすれただの石。見えるものと見えないもの、人の心と石ころを混同しちゃダメなんだ。両者は区別しておかなきゃ。うまいように吹き込まれ、調子に乗ってハイハイハイ。雛壇に石を並べて奉る。そんな真似はしちゃいけない。それに僕らは石の表面しか見てないし、内部の構造や性質や秘められたパワーとか知らないし、ましてや意味もわからない。悪魔が飛び出してくるだとか？　毒針が仕込まれていただとか？　そう、注意してかからねば。

　じゃ、僕はどうすれば？　額面通りに受け取れば、まずは石を磨くこと。もしかしたらその時に、石から光が溢れ出し、それに誘われて預けた人がやってくる。で、引き出せなくなった見せ金を懐かしみ、ない石の話なんかを僕にする。でも彼はそれを石の話だとは思わない。そしてわけもわからず大粒の涙を溢れさせている。話したのは事実だが、なぜ懐かしいんだ？　もしかして、ない石と僕の石、二つが鍵と鍵穴みたいに重なって、ガチャリとドアを開《あ》けたかも。そこに正しい何かを呼び出した。昔からある元の何かを取り戻し、喜びの涙を流したのかもしれないぞ。

時間はどのくらいたったのか。倒れたままの格好で石のことを考えた。思い出すのは自由だが、石は手元からは消えていた。大切に箱にしまい込んでおいたのに、コレクターの女の子が、彼氏と一緒に海岸で消えてしまったその日から、石も姿を消していた。なぜ失われたんだろう？　石は分身だったのか？　いや、彼女が石の分身か？　すべては尻切れトンボの切れた尻。わからずじまいで終わっていた。ってことは、僕は石と出会い損ねた？　持っている人は少ないという石を、僕も誰かに渡したのか、託したか？　それとも僕じゃ荷が重いから、取り上げられてしまったか？

こうして今、光る石もコレクターの女の子も僕の前から消えていた。でもそこは、ウルトラマンが光の国に帰った後のよう。主人公はいないけど、これが平和と調和っていうもんさ。そう言わんばかりの間延びした、ヒーローのいない世界がもたらされていた。そして僕もまた、終わった後の平べったい空間に、転んで取り残されていた。


赤、青、緑。砕けた硝子《ガラス》の散らばりが目に映る。硝子の破片は心の欠片《かけら》みたいなもん。落ちて砕けて粒になり、元の形を失って歩道の上に散らばった。その表面をきらきらと車のライトが照らし出す。そんな光に目を突かれ、僕は意識を取り戻す。

元に戻ってから見たものは、目の前を通り過ぎる車の列。それからうるさいくらいのエンジン音。車が走れば人がいる。痛みをこらえて起き上がり、手を振って中の彼らに合図した。「助けてくれ。お願いだ。ここから救い出してくれ」

と、まさか！　手を上げて二、三秒。一台の車が滑り込んできた。で、音もなくドアがスーッと開いたのだ。ゆっくりとていねいに、そしてお乗り下さいとばっかりに。開かずのドアが開いたのだ。これは神の思し召しか夢の中。いずれにしても助かった。闇から救助されたんだ。たぶん奇跡だ。いま僕は都会の不気味な密林から、平和な方舟の中に移されるとこなんだ。彼らは正義の味方なんだろう。そして車は僕のための方舟だ。

僕は開いたドアの内側に、ノズルの前に飛び出したゴキブリみたいに吸い込まれていったのだ。僕が中に収まると、車はドアを閉めて動き出す。滑らかな加速度が、僕の背を座席のカバーに押し付けた。心地好い人造レザーの冷たさが僕を安心させていた。救われたと考えて間違いはないはずだ。

「どちらに」運転席から声がした。え！　人が？　声がするなんて考えてもみなかった。でも驚くには当たらない。運転席に人がいる。当たり前のことだろう。それに喋り方だってていねいで、親切そうなもんだった。男は帽子を被ってメガネをかけ、白髪交じりの髪の毛で……。おそらく礼儀正しい中年の紳士だろう。

「駅まで」と僕は何も考えずに囁《ささや》いた。大学へ、と言っても良かったし、図書館まで、と答えてもいいはずだ。なのに何となくそう言った。別にこれといった意図はない。その駅は毎日通うターミナルの駅じゃない。黒い山の麓でも、大学のすぐ側《そば》の駅でもない。おそらく頭に浮かんだイメージを、駅という言葉に代えただけ。思考回路を通ってない場当たり的な返答だ。たぶんそうだ。そのはずなのに運転席の男性は、僕の答えに満足し、それに呼応するように正体不明の駅に向け、速度を上げていったのだ。

もしかしてその駅は、僕が最初に電車に乗り込んだ記憶にもない始発駅？　そこより先に行き場のない初めの駅の駅ビルに、車は向かっているんだろう。そうなのかい？　運転席のお兄さん。「どちらに」？　君はそう聞いてきたと思うけど、それは行き先じゃなく別のこと？　例えば人生の進路とか目的とか？　誤解して駅と答えた僕がいけない？　それとも何かい、駅は駅でも普通の駅とは違う駅？　だって駅というだけで、なぜ行き先がわかるんだ？　怪しいぞ。駅なんてどこにでもあるだろ。モノレールの駅、ＪＲの駅、路面電車の駅。駅なんて星の数ほどあるはずだ。駅といえばすぐにわかるような大文字の駅？　そんな駅がどこにある。

「駅って一体どこの駅」蚊の鳴く声で聞いてみた。間抜けな質問。自分でも変なことを言うもんだ、と後悔するような尋ね方。どう考えても逆だろう。聞くのは彼で僕じゃない。

　少し待ったが案の定、答えはなかった。「ガーガーガー、ピッピッピッ、角を曲がって三軒目、郵便局の斜《はす》向かい、寿鮨《ことぶきずし》のあるあたり。ガーガーガー、ピッピッピッ……」

　無線の雑音が虚しく車内にこだまする。振動音が耳に付いて離れない。おそらく謎めいた暗号を使って交信してるんだ。ならば声と響きの真ん中に、謎を解く鍵が隠されているはず。聞き漏らしちゃ大変だ。音とリズムの反復に、僕は聞き耳を立てている。

　何を企んでいるんだろう。騙して僕を車に乗せ、連れ去ろうとしてるんだ。拉致なのか？　監禁か？　恐ろしい言葉が頭の上を掠《かす》めていく。このままじっと座ってちゃ、何をされるかわからない。叩いたって蹴ったっていいはずだ。何か行動を起こさなきゃ。

　僕は窓枠に手をかけて、席の窪みに沈み込む重い影を持ち上げた。けど力を込めた腕からは、何かがスーッと抜けていく。動きもスローモーなままだった。エネルギーを使い切ったウルトラマン。無かぁないと思うけど、残量はあと僅か。緩慢になっても仕方ない。

だからって、何もしないで放置する。そんなわけにはいかないぞ。僕は身を諦めたわけじゃない。この状況から、無事、塊を救い出す。そのためのいい方法はないものか？　薄目を開けて眺めたが、すでに外は真っ暗で、街の明かりが遥かに見えるだけだった。前には連爪みたいに繋がった道の灯が、上下に揺れているだけだ。

車はさらにスピードを上げ、闇の中を駆けて行く。奴らの終点に向け一直線。でもこの道はもしかして、一見、真っ直ぐに見えるけど、従兄のいた公園と同じで、くるりと回って一回転。元に戻って、ここが目的地なんですよ、ってことになるのかも。なので位置と方向を、いつも間違えてしまうんだ。

それにしてもここはどこ？　はて、こんなところに直線道路があったっけ？　長く真っ直ぐな広い道。そして車の行く先は？　東の森か西の溜池の涯なのか？　あるいは北の小熊座の二等星？はたまた赤い蠍《さそり》の棲んでいる南の砂漠の方角か？　僕は地軸の上に立っていて、羅針盤を失った帆船みたいに揺れている。すぐ脇をガードレールに張り付いた蛍光板が空に向かって延びていく。それは行き先を告げるように見えていた。光の線が二本だけ、遥か遠方、闇の先まで続いている。その筋は蛇行しながら天の川の川岸まで延びていた。僕は銅像のある駅の前を通り過ぎ、坂道を上って上に行くんだろう。

少し行くと北十字のあるあたり、白鳥の尻尾のところで光が渦を巻いていた。その横をゆっくり移動する影がある。あれは破壊された小惑星？　打ち捨てられた古いロシアの宇宙船？　はたまたジョバンニが乗っていた列車の煙の跡なのか？　見たこともないただならぬ光景が、あたり一面、ぺたりと張り付いて見えている。

あれからどのくらい経ったのか。どうみても、ここは街中じゃないだろう。草木の生い茂る黒い森。その中を突っ切って行く一本道。澄んだ夜空の星々は鋭い光を差してくる。月も大きく輝いて、白い光は太陽と見まがうほどの明るさだ。空気だって乾き切り、肌をピリピリと刺激する。もう間違いはないだろう。長く慣れ親しんだ故郷の街を後にして、僕は見たこともない田舎町にやってきた。車はこれから山を越え地平線を通り過ぎ、さらに向こう側、以前見た黒い山の懐に僕を連れて行くはずだ。思い出してみるがいい。「どちらに」なんて優し気に言われて駅だなんて答えたから、うまいように騙されて、山の麓に連れ戻されようとしてるんだ。ここまで一日を引っ張って、やっと着いたとこなのに、一体どこが駅なんだ。駅なんかどこを見たってありゃしない。そんなもの、よくて地獄の三丁目。あってマンホールの蓋くらい。始発駅があるんならそいつを僕に見せてくれ。目的地は最初から黒い山と決まっていた。山の麓に着く前に、早く逃げなきゃお終《しま》いだ。黒い歯形を付けられて、白い胴体を潰《つぶ》されて、塔のてっぺんから投げ捨てられてしまうんだ。踵《かかと》の先を先頭に突き落とされてしまうんだ。

黒い山を見たのかい！　山の麓に着く前に、早く降りなきゃ、そうしなきゃ、何が起きても知らないぞ。ここまで来たら強行突破あるのみだ。でなきゃ、取り返しのつかないことになる。それこそ始発駅だか、終点か、普通じゃない駅に着き、開《あ》かずの扉をこじ開けて、二度と戻れなくなるだろう。闇の廊下の行き止まりはすぐそこだ。急がなきゃ、あす太陽は拝めない。でも高速の車からドアを開けて飛び降りる？　そんなわけにはいかないし……。

さあ、逃げるんだ、考えろ。頭を使ってみるんだよ。いま固まっている時じゃないだろ。

「御免なさい。すいません。謝りますから今すぐに、停めて下さい、運転席のお兄さん」

何なんだ。何だろう。僕は喉の奥から哀れげな声を出し、謝罪の言葉を述べていた。でも僕は、無邪気に謝ったわけじゃない。奴の内側に入り込み、良心におもねろうと企んだ。それにはまず謝っておく。そうしなきゃ話は前に進まない。けど僕の作戦は、つるんと滑って空回り。奴は聞く耳なんか持ちゃしない。僕の謝罪の言葉には、何の興味も反応も示さない。彼が無関心なのをみて、今度は僕の内側に、無視に対するカウンターの反応が起きてきた。

でもそれは怒りや憎しみの感情じゃないはずだ。僕の中の反応は相手を必要としない極めて個人的なもんだった。彼がいようがいまいがおかまいなし。中に溜った泥水が、無関心を引き金に噴き出したようなもの。これを機会に厚い蓋をこじ開けた。

彼に無視されて、血が上ったのがきっかけだ。あるいは謝罪の言葉を意識して、喉に力が入り過ぎ。いずれにしても反応は、胃の中で泡が爆《は》ぜた程度のもん。とはいえそれはすぐに食道を駆け上がり、柔らかい喉の粘膜を刺激した。胃袋にはパスタの紐とその汁が、まだ消化されずに残っていた。藁の端に点いた火も、山に移れば大火になる。今頃になり、燃え移ったようなもの。残り滓《かす》についた火は一気呵成に燃え上がり、食道を上に上にと上りきり、口の中に流れ込む。たらことパスタと珈琲の残り滓、それに苦い胃酸のスパイスを少々混ぜた濁り水。ゲル状の液体が渦を巻いて返ってきた。

でも混ざっていたのは、それだけじゃなさそうだ。心臓や肝臓や脳髄の一部とか、あらゆる臓器がこの塊から逃げ出そう。そう企んでいるようだ。沈みゆく船からは、一切合切が逃げていく。見たこともないドロドロの液体が奥の方から溢れ出し、もう勢いは止められない。最後の堤防が破られた。堤が切れると抑えるものは何もない。七色ごちゃ混ぜの液体が壁を越え、口や鼻や歯の間から流れ出す。発作みたいに押し出され、止めるものはどこにもない。

出てきた液の塊は白いシートに零《こぼ》れ落ち、布の上に広がって、波の模様を付けていく。洪水の濁流が道を呑み、田畑を呑み、家をも呑み込んでいくように、圧倒的な勢いで斑《まだら》の色を付けていく。吐いても吐いても溢れ出し、治まる気配はどこにもない。出てきたものが引っかかり、さらに粘膜を刺激して次の吐き気を呼んでいた。不愉快で気持ちの悪いものなので、いっそ飲み込んでしまおうか。けど口も喉も食道もコントロールを失って、飲み込むどころか却《かえ》ってむせて詰まらせて、強い吐き気を導いた。喉の壁の筋肉はすでに麻痺しているんだろう。意思や肉の力じゃ、どうにもならない。もうダメだ。

咳き込むと、シートの上の液体が跳ね上がる。と、一度吐いた塊を顔や頸や胸に浴び、嫌な気分になってくる。何度も咳き込み空気を掻き回したせいだろう。酸っぱい刺激臭が広がって、そして運転席に流れ込む。それに気づいた運転手。後ろの席を振り返り、睨む目つきで僕を見る。そこには優しげなさっきまでの顔はない。目は吊り上がり狐目に……。恐ろしい彼の顔を見せられて、僕は背筋も首も脇腹も、すべての筋肉を硬くする。

「何してんだ、お客さん」太くて響く彼の声。怒鳴るような大声が運転席から飛んできた。その声が鼓膜を叩いているうちに、彼はブレーキ板を強く踏む。すると車はつんのめるように急停車。停まるが早いか運転席から飛んできて、後ろのドアまで一回り。レバーに手をかけドアを引き、その手を僕に伸ばしてきた。それからシャツの襟首を摑まえて、引き出そうと強く引く。力を込めて引いてきた。

「やめて下さい、無茶ですよ。そんなに強く引かれちゃ、襟が千切れてしまうでしょ」

でも僕の言葉は無視されて、橇《そり》が滑るように吐瀉物の上を引っ張り出されていったのだ。

「見ろよ、おい、シートと背凭れと床の上。こんだけ滅茶苦茶にしやがって」

彼は吐き捨てるようにそう言った。運転手の怒りも相当なもんだった。すぐに収まりそうもない。でも見方を変えれば思し召し。僕にとってはこれ以上、望めそうもない幸運だ。だってあれほど降りようとしてたんだ。彼の怒りが車を停め、出るきっかけになったんだ。僕を絶望の淵から救い出し、危機的な状況を望ましい向きに変えたのは、彼の怒りをおいて他にない。もしそれがなかったら……、今頃どうなっていただろう。

外に出た僕を外気が優しく包んでいた。もう黒い山に連れて行かれることはない。行き止まりの廊下の隅の暗闇に、ひとり立ち竦《すく》んだりしはしない。始発駅の看板の前に立ち、迷って狼狽《うろた》えることもない。だから心配しないでいい。僕は地べたに寝そべっていられることに感謝した。穏やかな元の気持ちを取り戻すことができたんだ。


一方で運転手。彼は怒りと興奮の渦巻に、呑み込まれたままでいた。僕の体を道路脇まで引きずって「この野郎」罵声を浴びせてもう一度、襟を摑んで歩道の上に押しつける。もちろんマットや絨毯なんてものはない。カタツムリの絵模様の描かれた固いブロックがあるだけだ。冷たい板に肩と肘をぶっつけて、僕は呻《うめ》き声を上げている。痛みが関節から溢れ出し、細い糸を駆け上り、視床の奥の細胞を刺激した。そこで痛みは白い紐状のものになり、頭の中で渦を巻き、カタツムリのイメージに重なって、アブラカダブラくんずほぐれつ縺《もつ》れ合う。

僕は痛みの中で考えた。こんな山奥に絵柄入りのブロックが敷いてある？　バカな。そんな歩道があるもんか。確かに、小綺麗なブロックがカタツムリの絵を付けて、僕の下には並んでた。だとすると、ここは人通りのまるでない山の中の一本道、なんてないはず。もちろん街の真ん中にいるわけじゃない。たぶん日中はそれなりに人のいる、どこか郊外の歩道の上か脇の道。そんなところに転がっているんだろう。じゃ、ここで助けを呼べば気づく人がいないとも。希望がないわけじゃない。で、力を彼が抜いたその隙に、僕は頭の先を持ち上げて、左を見てから右を見た。遠くに光は見えたけど、はっきり見渡せるもんじゃない。人の姿を探したが、やはり人影はなさそうだ。ビルや柱や看板や、どこの町にもありそうな、そんなものも見当たらない。風に靡《なび》いていたはずの人間もどきその腕も、このへんにはなさそうだ。どっちを見ても腕が生えている気配はない。

「お客さん、持っているんだろうな。そう、お金。シートとマットの洗濯代、きっちり返してもらうから」態度を変えた運転手、彼は脅迫者になっていた。

僕は何も答えない。好きなようにすればいい。ほっとこう。別に怖いと思ったわけじゃない。断固拒否ということでもない。目を閉じて、そして大地にしがみついていたかった。せっかくこうして外に出て、地面に横たわっているわけだ。この権利を誰にも邪魔されたくはない。が、そんな小さな望みさえ奪い取ろうとするように、彼は馬乗り、太い腕をズボンのポケットに押し込んで、中の財布を抜いてきた。勝手にしろ、すればいい。そのまま僕は放置した。お金かい。札束へのこだわりなんかまるでない。財布には見られて困るもんだとか、一万円のピン札とか、大事なものは入ってない。どうせ千円札が二、三枚。それから小銭と何枚かのクーポンと。おそらくそんなもんだろう。

「ちぇ、何て奴」財布の中身を確認して、彼は吐き捨てるようにそう言った。呆れ果てた運転手。僕が金持ちに見えたかい。

「くそ」彼は札だけ抜き取って、小銭を僕に投げてきた。千円札じゃ不足だとでも言いたげに、怒りに任せて投げてきた。その一枚がブロックの上で跳ね、落ちた目玉みたいに回っていた。僕は回るコインを拾おうと手を伸ばす。が、届こうとした瞬間に、靴の先で蹴ってきた。二発、三発、四発と彼のキックが脇腹に。それからうつ伏せの僕の上に飛び乗ってジャンプした。もし神経が真っ当で、感覚に麻痺や劣化がなかったら、相当加減して跳ねていたに違いない。痛くも痒くも何ともない、と、そこまでは言わないが、彼の体格を考えりゃ、まともに跳ねているとは思えない。そんな緩慢な暴力を、僕は転がったままの格好で受けていた。

悪く言おうとは思わない。むしろ彼は親切で、心優しい人だった、そう言った方がいいくらい。誰かに頼まれて、辛く当たるふりをした。そんなところかもしれない。ミーナに置いてきぼりを食ったあと、倒れ込む僕を助けてくれたのは彼だった。恐怖に怯えて動けない僕を放置することもなく、車に乗せたのも彼だった。さっきだって噎《む》せて苦しむ塊を、外に引き出してくれただろ。それは事実で嘘じゃない。多少乱暴にもみえるけど、今だって背を軽く踏む程度に跳ねてみた、暴力というほど大袈裟なもんじゃない。もしかしたら手の密林から救い出そうと運んできてくれたのかも。彼は恩人であれ、悪く言う人じゃない。彼に感謝して、し過ぎだなんてあり得ない。文句の言える相手じゃない。

でも僕は、別の意味でこれ以上、干渉されるのは嫌だった。彼だろうとなかろうと、親切な男だろうと違おうと、余計なお世話は願い下げ。これ以上かまってもらっちゃ怖くなる。親切にされたら縛られて、動けなくなるだろう。だから先手を打って逃げ出そう。そう、いつも僕は逃げ腰だ。たぶんフィーリング、体質みたいなもんなんだ。この速さなら車間距離は五メートル。染みついた固有の距離感がそこにあり、僕をそうさせている。

誰だって親切にされ過ぎちゃ、怖くなる。猫なで声の裏側に、とんでもないものやこと。そんな気がする。散髪に行った時がそうだろ。癖のない綺麗な髪ですね。ついでにシャンプーでもしときましょう。眉毛の手入れはどうですか。髭は、それから耳の掃除はいかがでしょう。肩も凝っているようです。そんな言葉にハイ、ハイ、ハイ。相槌ばかり打ってたら、料金を聞いて、あっと驚くことになる。親切そうだから好意だろう、人が良さそうだからサービスだ、そう思ったらとんでもない。それは単なるテクニック。金儲けの方法だ。僕に言わせりゃ詐欺や盗みと紙一重。もちろん窃盗だ、泥棒だ、そこまでは突かないし騒がない。でも詐欺すれすれの誘導尋問。決してフェアーなことじゃない。で、文句を言ったら、貴方がウンと言ったから、と言われてハイお勘定。はめられたってことなんだ。

「え、そういうのってずるくない」「いやいや、そんなことはありません。それは序の口、小学校の一年生。ひと桁の足し算と引き算しかできません」

そうですか。わかりましたよ、ありがとう。でもそれ以上は言わないでほしいんだ。言い訳なんか聞きたくない。世界は奴らのためにできている？　そんなわけはないだろう。が、彼らは全くのおかまいなし。食欲旺盛な人たちで、何でもかんでも食い尽くす。ことあるごとに騙されて、根こそぎにされていく。ある日、僕はカードの番号を盗まれた。ＰＣのパスワードだって、前から抜き取られてる。そんな㊙情報まで取られてちゃ、まともに戦えるわけがない。どうあがいても勝ち目はない。すべてのゲームが負け戦。何をしても毟《むし》り取られてしまうんだ。そう、君の言う通り。こんなバカげた戦いは早く止めた方がいい。

　すべてが万事こうなんだ。世界が一方向に傾いて、水はそっちの池にしか流れない。だから僕は思うんだ。もし君が親切な心から、良かれと思ってしたとして、それは僕の絶望と空しさを無駄に大きくするだけだ。いいかい、注意して聞いてくれ。思い込みや同情で、心に踏み込まないでほしいんだ。お願いだから止してくれ。優しくなんかしないでくれ。頼むよ。君にもわかるだろ。僕は僕の生き方で、真理とか正しさを目指してここまで生きてきた。で、これからも生きていく。それだけなんだ。嘘じゃない。世界に恐怖の種を撒くようなことだけはしないでくれ。ものわかりのいい君だから、すぐにそのくらいわかるだろ。

　世の中は何でこうなるんだろう。世界が望んだとでもいうことか。そう、時代の要請。あるいは人の欲望の構造が？　だとしても、僕はこの種のものとは縁を切る。剝ぎ取られてもかまわない。ひとりぼっちのはぐれ者。迷い星の君だから拗《す》ねてわけのわからないことを言う。そう思うんならそれでいい。人には各人各様の現実が、そして各々の運命が。夜空の星を見上げりゃ、わかるだろ。星は天球に張り付いて相応の運命を享受する。月の女神はオリオンを、矢で打ち抜いてしまうんだ。鎖に繋がれたアンドロメダの姫様は、ペルセウスが来る時を、それとは知らずに待っている。で、僕という塊には何だろう。僕にも分相応の運命が。僕は僕の人生を、切ったり張ったりの一生を、躓《つまず》きながら生きていく。取柄も何もありゃしない、たった一個の生涯を終点まで生きていく。でもそれは僕という現実のたぶん正しい形だし、守るべき努めなんだ、義務なんだ。意味も何もわからない不気味な瘤や結び目や、紐とか肉の塊の真ん中で型を守って生きていく。他に生きようはないんだし、そう生きるしかない僕らにゃ、そんな覚悟が必要だと思うんだ。

つまらない一生が待っている。いや、どう考えてもそうだろう。それでも僕らの人生は、のっけからすべてを取り上げられたわけじゃない。そりゃ、人生の意味なんてわからない。わかるはずもないけれど、形が与えられている以上……そうさ、僕の形があるんなら、その型にしたがって、正しい僕の現実を生きていく。形を壊さないように、歪めないように真理を目指して生きていく。

誤解しないでほしいのは、この塊は姿を消した石じゃない。形ある存在として生きている。なので姿かたちを取り上げようとする奴らからは距離を取り、堀を廻《めぐ》らし用心しながら生きてきた。ボクサーなら、ちゃんとガードを上げなきゃ。相手のリーチを考えて十分距離を取らなきゃ。でもその取り方が難しい。

距離を取るなんて、嫌な響きの言葉だろう。考えてもみてごらん。僕と奴らのバランスを考えて、ちょうどよい距離を取る？　できるかい。それは一種の世渡りだ。世渡り上手なお嬢さん。あなたはそれでいいでしょう。でもそれは清く正しく美しく生きていく、なんて建前とは逆のこと。そんな生き方が求められているんなら、こだわらないよ、そうするよ。けど距離を取る？　そうなると、嫌な奴だと陰口を叩かれることも多くなる。いいよ、嫌がられたってかまわない。矛盾してるとは思うけど……。いや待てよ、違うだろ。正しい形にしたがって生きていく。そのためにゃ、まわりのことは気にしない。いくら君が優しくて、善良な人だとわかっても、親切な心で身の真実を取り上げられないようにするために、周囲の壁を高くして、ガードをしっかりと上げておく。他に手はないだろ。

頼むから、罠なんか仕掛けないでほしいんだ。僕は皆に背を向けて生きてきたわけじゃない。貧しげな日陰の下の庭でしか、人生を歩めなかっただけなんだ。だからこうして今日もまた、塀で囲って日当たりを悪くした、ここに立っているだろ。

ほっといてくれ、お願いだ。僕を自由にさせてくれ。声を大にして繰り返す。人非人と言われたってかまわない。実際、僕は役にも立たない非ざる人。もしかしたら地球の上の人間じゃないのかも。加えて飛びっきりの弱虫だ。前から人が来ただけで、先に道を譲っている。もし君がこんな野郎は許せねぇ。袋叩きにしたけりゃ、そうされたってかまわない。文句の言える立場じゃない。が、もしかして、何か持っているんじゃ、そう期待して胸のポケットを叩いてもびた一文、鼠一匹出てこない。万札はおろかコインの一個も出てこない。だって、僕の中身はとうの昔から危機的な状況で、破産したようなもんだから。

でもなぜだ。僕は会ったこともない人々を、ことあるごとに不機嫌に、彼らを怒らせてしまうんだ。だって目つきが変だろう。雰囲気だって奇妙だぜ。挨拶もできないし……。そんな世間の常識から、ずれたことばかりしてるから、そのうち彼らの標的に。結果、僅かばかりの持ち金を、すべて巻き上げられてしまうんだ。なので取りあえず言っておく。今さら、胸のポケットに手を入れたって、出てくるものは使い古しのティッシュか借金の証書くらいのもんなんだ。いいよ、それで納得してくれるんなら、どうぞ中身を見て下さい。

口では強がりを言ってみたりするけれど、この身一つ守れない情けない男でしか僕はない。どうやって、身を維持し養えばいいんだろう。そんな当たり前のことさえも、わからなくなっていた。ほっとけば、魚の群れに投げられた肉片と同じで、みるみる毟《むし》り取られてしまうんだ。あっという間に食い尽くされ、海の藻屑と消えていく。なぜこうなったんだ？　理解できない。腑に落ちない。

考えも及ばない。が、理由なんてあって無きがもんだろ。

「だって貴方《あなた》当然よ。やること為すこと滅茶苦茶よ。細いことにこだわって、掃除洗濯皿洗い、何もできていないのに、一から十まで後回し、もたもたしてるだけでしょ。行ったり来たりの繰り返し。余計なことばかり考えて、整理整頓お片付け、何もやってないじゃない」

まあそうだ。言われてみればその通り。反駁の言葉の一つ浮かばない。

そして今、僕は残り滓《かす》みたいな塊を守るために逃げ出そう、と考えた。運転手からも他のすべてのものからも、歩道からも町からも、とにかく現実のあらゆるものから逃げ出そう、と決意した。それがだめなら最後には、この身からも逃げるんだ。つまり僕が僕であるために、身の現実から逃げるより方法がないんだ、そんな矛盾した話にもなってきた。

そうなんだ。僕は今ここにいないことでしか生きていけない、そんな奇妙な身の上になっていた。一分でも一秒でも早く逃げなきゃ、奴らに追いつかれ、世界に追いつかれ、カードや暗証番号や僅かばかりの持ち金や、そして身の本質や属性や、姿かたちさえ剝ぎ取られてしまいそう。なので地上の誰よりも、世界よりも僕よりも、とにかく早く逃げ出そう。場合によっては身の塊さえ投げ出して逃げるんだ。そう思うようになっていた。

僕は世界からも僕からも逃げていく。いま僕にできるのは逃亡という唯一残された行為だけ。存在という真ん中の塊を、この世界から追い払う。それ以外できることは何もない。なのに何をちんたらしてるんだ。カタツムリの絵の上をただ転げ回っているだけだ。どこにも逃げちゃいないだろ。鉄砲弾を巧みにかわすカウボーイ。行ったり来たりの繰り返し。お世辞にも誉められたもんじゃない。君、そりゃどうみても、嫌だ嫌だと駄々をこねている子供のする行為だろ。ハイハイわかりましたよ、そうなんだ。言いたいことはわかるけど、実際、僕にできるのはそのくらい。行為の限界、端っこだ。なら僕はどこに行けばいいんだろう。こんな子供騙しの動きじゃ、笑い物にもなりゃしない。バカバカしい幼稚園のお遊戯会かお歌の会。これじゃ、もう逃げられない。身を隠す穴も窪みも開《あ》いてない。

ところが事態は急転直下、思いもしない方向に動き出す。僕の身振りや行動に辟易したのか？　なんと……なんと僕より先に、運転手の方が逃げ出した。

足音を忍ばせて、彼は僕の側を離れていく。二、三歩行くと小走りになり、車の方に駆け出した。それから素早くドアを引き、車の中に消えたのだ。直後、エンジン音が静寂を切り裂いた。その音に慌てて僕は顔を伏せ、体を丸めた。全身の筋肉を硬くする。

癇癪玉が破裂したような音が暗闇を震わせた。疑えば切りがない。その音は戦いが始まる合図にも思えたし、終わりを告げる鐘のようにも聞こえてきた。けど実際、人間の戦いには、始めもなければ終わりもない。生ある限り戦争は続いたし、これからも引き延ばされていくはずだ。ならばこんな場所にうっ伏して、無駄に時間を潰《つぶ》してちゃダメだろう。絶えず動き回っていなければ、乗り遅れ、前を塞がれ、未来を閉ざすことになる。『蛍の光』を聞くだけだ。そのうち運転手が戻ってきて、雁字《がんじ》搦《がら》めに縛られて、残りの小銭やクーポンをめし取られてしまうんだ。とはいえ本当に音はした？　え、聞いてない？　聞いてないんだ、終わったなんて知らないよ。でもね、このまま知らぬ存ぜぬを決め込めば、僕の旗色は悪くなり、すぐに鉄砲玉が飛んで来る。それは僕を目がけて飛んでくる。その時、弾をかわせるかい？　無理だよ。うまく立ち回れるわけがない。ガードが甘くて低いんで、守りには向いてない。それができる人間なら、こんなとこにゃいやしない。もしかしたら弾はもう、骨や内臓を貫いているのかも。だけど身の現実があまりに稀薄すぎるんで、細胞や皮膚や血管やすべての組織を傷つけずに……無事通過？

　果たして、僕は生きている？　肺や心臓はちゃんと動いているのかい。おいおい、死んでなんかいないよな。正直、どうなっているんだか？　わからない。欲のない人が来て、ちゃんと教えてくれないか。誰でもいいんだ、言ってくれ。すべて教えろなんて言わないから。耳元でこそっと囁《ささや》いてほしいんだ。でもそれを言うに足る人間がいるとすれば、妙な話だが運転手。彼を措いて他にない。けどそんな小さな願いさえ裏切って、車はいきなり走り出す。

「待ってくれ。置いてかないでくれ。困るんだ。酷《ひど》いじゃないか、裏切りだ。頼むよ、ひとりぼっちにしないでくれ」動き出した車を見て、僕は声を張り上げた。

「頼むよ、行かないでくれ。いま行かれちゃ困るんだ。君がいなくなった瞬間から、僕は身の結び目を、解かれて現実を失くすんだ。我と我が身を失ってしまうんだ」

　僕は車を停めようと手を伸ばす。車の端を掴もうと思いっきり手首と腕を前に出す。

　でも手も指先も車には届かない。ライトにもマフラーにもバンパーにも届かない。僕の手は宙を掴んでどこにも触れずに落ちてきた。僕を置き去りにして、車は海のように横たわる闇の中へ突き進む。スピードを上げて深いトンネルに紛れ込む。そして爆《は》ぜる音も振動も、車体の影も徐々に遠のいていったのだ。

　最後に音と光は点になり、僕の前から消え失せた。そうなると、捨てられた歩道の上の丸太ん棒。名も歳も故郷の町も聞いてもらえない塊だ。ついに行き場を失った。山や川や野原にも逃げられて、ちょうどいい穴もない。が、逃げられないと悟った瞬間に力が抜け、体は何となく軽くなり、風船みたいに浮き上がる。上昇気流に僕は乗り、雲の上まで昇り詰め、今度は糸が切れたように落ちてくる。落ちる体に地上から強い風が吹きつけた。身は風圧に飛び散って、砕けて微細な点になる。そしてミクロの世界に掻き消され、ゼロになる瞬間を待つばかり。いくらもがいても、誰も助けに来てくれない。図書館に行ったたってプールの底に潜っても、そこには誰もいやしない。僕を待つ人なんてひとりだっていやしない。

上も下もわからない。表も裏も、縦も横も、未来も過去もわからない。すべてがごちゃ混ぜの壺の中。生きている実感を僕に伝えるのは、独楽《こま》のような回転だけ。僕はどこにいるんだろう？　回転木馬に跨《また》がって、馬の背で円を描いて回っている。競技用の鉄棒にぶら下がり大車輪でもしてたのか。周囲の風景はただグルグルと回っている。体から力が抜けている以上、どこにも行けないし行こうという気力もない。身がここにある確かな感覚も消え失せて、仕方なく名もないこの場所に留まっている感じ。でもね、回るのは僕じゃない。回転してるのはきっとまわりの風景だ。僕は真ん中の何もない真空の場所にいて、ふわふわと浮いているだけ。中心にいるので何があっても動かない。地球の自転の中心軸。銀河の渦のど真ん中。ビッグバンの中心点。目にもとまらぬ高速で周囲のものが回っている。光や音や時間とか、全部が速度を上げて大回転。光速に近いスピードで回るので何も見えない、わからない。朝も夜も日も月も、夢も希望もズンズングルグル回っている。もう色や形の判別もつかないくらいになってきた。このスピードを維持すれば、子供の頃母さんが読んでくれたあの絵本。絵本の中のトラのよう。世界はバターになってしまうだろう。たっぷりとバターと蜂蜜をぬりつけた母さんの美味しいホットケーキはあったのか？　たらふく食べることはできるかい。おねだりをすれば母さんは、今でも焼いてくれるのか？　美味しい母さんのホットケーキ。でもその前に世界が蕩けたりはしないよな。それだけが気がかりだ。そんなことになってみろ、ケーキを食べられなくなるだろ。蜂蜜のケーキが溶けていくように、世界が徐々に溶けていく。壊れて崩れて無くなるぞ。ナメクジが溶けるように消えていく。我慢なんかできないし、そして絶対しないから。僕は世界が好きなのだ。誰よりも愛してる。地べたに千回キスしてもいいくらい、僕は世界を愛してる。いま世界にいる人は、みんな心優しい人たちだ。たまには厳しい人もいるけれど、まあそれは愛の鞭。と、思えば許せるくらい根は善良な人たちだ。そんな人々に囲まれて、楽しく暮らす生活を、ずっとこれまで夢見てた。なのにこの時になり、みんなから遠く離れてひとりぼっちになるなんて、我慢できない。考えるだけで気が滅入る。暗い気持ちになるだろう。涙だって止まらない。それにひとりの生活じゃ、すぐに心に虫が付く。いや、絶対に付くはずだ。わかるだろ。世界は孤独の虫を飼っている。孤独の虫という虫が、世界に溢れていることを、皆も薄々は感じているはず。その虫は細菌やウィルスみたいに人の心に入り込み、あっという間に真ん中を食い尽くす。僕にはそれが見えるんだ、わかるんだ。その怖さだって知っている。孤独は人の心を蝕んだ。骨の髄まで腐らせる。心に穴を開《あ》けるんだ。だからあの時言っただろ。「待ってくれ、置いてかないでくれ」できるなら、君も一緒に救おうと企んだ。でも声は言葉にならないし、意味になっちゃいなかった。君も茶化して信じようとしなかった。子供扱い、で呼びかけにも応じない。僕を無視して先に行き、池の中に消えたんだ。僕を無能と決めつけた。ずっとずっと待ったのに、返事はついに来なかった。心を開いて待ったのに。これ以上、開けって言われてもそれは無理。限界、役に立ってない。バカらしいほどつまらない男だったかもしれない。暗くてうざいし見てくれだって貧相な。まあ、君の言う通り。だけどあの日から時間は随分経っている。あれは昔のことだった。いや待てよ？　勘違い。記憶違いも甚だしい。あれはさっきあったこと。そうだ。そうそう、ごめんなさい。二十分か三十分。そのくらいしか経ってない。僕の頭はこのところ、どうもはっきりしないんだ。些細なことで混乱し、前後を取り違えてしまうんだ。注意力が足りなくて、時間や順番が狂うんだ。でも僕は僕なりに努力して、正しい姿を取り戻そうと頑張った。いや、つまらない自己弁護はもうよそう。これ以上何を言っても愚痴になる。それは傷口を舐めるだけ。身を慰めるだけのこと。思い返して何になる。過去を変えるなんてできないし。でもその前に思い出したぞ。待ってくれ。もしかしたら後だったかもしれないが、僕は望みを、地球上で望みうる、すべての望みを取り上げられたんだったっけ。悲しいとか悔しいとか、絶望したとか、そんな変わりやすい感情は抜きにして、喪失は尾を引いた。そのせいで調子を崩した。目に見えて落ち込み、衰弱していったんだ。吐き気、耳鳴り、立ちくらみ。体全体に噴き出してくる赤い粒。そんなもの、よくあるといえばそれまでだ。僕はいわゆる精神の健康を害したが、いつまでもくよくよしてたわけじゃない。あんた、運動くらいしなさいよ。言われてみればその通り。そうだ、運動しなければ。プールに行ったり歩いたり、体全体を動かした。ここまできたら無理にでも動かなきゃ。力は動くことで起こるもの。運動は力の源、生命力そのものだ。僕はそこらじゅう、山があれば頂きを、谷があれば谷底を、野原を見れば雑草を踏みつけて、ところかまわず駆け抜けた。手足を滅茶苦茶に振ってみた。転んだのか起きたのか、這っているのか駆けたのか、わからないくらい動かした。じっとしてちゃダメなんだ。ここで静かにしていたら、あっという間に萎《な》えていく。身は衰えていく。ロウのように溶けていく。ほっとけば空っぽの透明人間になっていく。そんな気持ちだ。追い詰められた感覚の中にいた。姿かたちを失えば、二度と形あるものには出会えない。もしそれが怖ければ、余計なことは考えず、どこでもいいから突き抜けろ。駆けて滑って走り抜く。残された道はそのくらい。ある朝、廃墟の病院の地下の廊下を駆けていた。蜘蛛の巣だらけの古い倉庫の上の段、紐を仕込んだ十升瓶が見えている。口から延びた紐の手が蛇のように動くので、引いて毟《むし》り取ってみた。「やり過ぎだぜ、酷すぎる」そんな囁きも聞こえたが、いいよ、そのくらいへっちゃらだ。気にもせず階段を、物干し台に駆け上がる。どこに行き、何をするかは二の次だ。単純に前に進めばそれでよし。ただそれだけを考えろ。北の七つ星の彼方でも南のアンタレスの向こうでも、方向なんか気にしない。前進の二文字だけを刻みおく。そして今、僕の足は勝手気ままに動きだし、地面を強く蹴っていた。コンクリートブロックの乾いた音が空を突く。天まで届く高い音。響く高音の塊が、二重《ふたえ》三重《みえ》に重なって僕の背中を追いかける。これは僕を追う奴らの立てる音なのか。足音は逃げても逃げても付いて来るんだ。探偵、刑事、借金取り。そいつらはどこに行ってもいるはずだ。でも実際、背後にいる奴は誰？　いや違うだろ、勘違い。錯覚？　幻聴？　空耳だ。振り向いて、後ろを見ればわかること。迫りくる男の影なんかどこにもない。行ったり来たり、気紛れな風が吹いているだけ。で、その風に森が大きく揺れていた。夜空には月が雲間から顔を出し、丸く輝いているようだ。何かを告知するように、白い光を投げていた。いち早くそれに気づいたのは直感で「なぜだろう。君だけを照らしているようにみえるけど」慌てて僕に言ってきた。言われてみればその通り。十五夜の月は僕だけを見て微笑んでいるようだ。たぶん励ますためだ、違いない。それを知り、安心、安らいだ気分にもなってくる。で、僕は確信したんだ。「大丈夫。放り出されちゃいないから」

天球の真上の位置にある今日の月。世界を満たしてあまりある光の線。そんな光に照らされて、僕は元気を取り戻す。とはいえ遍《あまね》く光に照らされたこの光景。はて、明るすぎる光景は、少し不安だ、不気味だぞ。何かが起こる兆しかも？　と、思う間もなくいきなり暗くなってきた。僕はもう一度、あたりを見回して考えた。それにしてもここはどこ？　迫りくる足音や光や黒い影よりもこの場所の方が怪しいぞ。そうだ、もしかして、ここは影を演出するプラネタリウムの闇の中？　人の作った闇の隙間に僕はいる？　きっとそうだ。僕は人工的な暗闇の場所にいて、天井の薄っぺらいドームの夜空を見上げている。精巧に作られた天空が、扉を開けて待っていた。星なのか、銀河か、雲の中の太陽か。張り付いた平面を、光の帯が円を描いて回り出す。地球は自転の速度を速めたか？そんな囁《ささや》きが漏れてくる。光も時間も空間も、あらゆるものがスピードを上げて回り出す。どう考えても一日が早すぎる。すべての点がせっかちに、カチカチカチ、時計の秒針みたいに速足だ。止まっているものは何もない。ベガもアルタイルも揺れている。北極星だって動いてる。不動の点？なんてものはありゃしない。それなのにのろまな赤信号の君だけが、今も点滅を繰り返し、進路を遮っているだろ。「黙ってここに止まってろ」偉そうに、そう言っているつもりかい。そんなに威張らなくていいだろ。謙虚になってしかるべき。誰がこんなところに信号をつけたんだ。君がいて意味があると思うかい？　どうなんだい、お巡りさん。あほらしい。そうは思わないかい、市長さん。これは電気の無駄使い。見ろよ、どこを見たって車なんかいやしない。なのに規則だからというだけで、止まって待てというのかい。昔ながらの条例と、制度しきたり法律かい。それにやれやれ罪と罰。そんなものは糞食らえ。かつて、法や規則に社会正義があるなんて大威張り。偉そうなことを言うおじさんがいた。でもそれが幻想だってこと、今に証明してやるよ。道徳は軽蔑の対象、そして性欲の裏返し。禁止と欲望の場所がそこに書いてある。そう言って騒いだ時代があったっけ。そんな昔が懐かしい。芸術だ、偶然と必然だ。そしてついに大爆発。大きいことはいいことだ。あの頃は、確か凡庸は罪だった。みんなが新しいものを求めてて、教科書や表彰状、お偉方の額縁とか怪しげな銅像とか、そんなものはポイ、ポイ、ポイ。惜しげもなく捨てられた。それが正しいことなのか、そうじゃないのか今もってわからない。が、そんなことは済んだこと。試験が終われば卒業だ。考えても意味がない。くたばっちまえ赤信号。信号なんか無視するぞ。道は全くの空っぽで、車なんかいやしない。待つ必要はないし遠慮することもない。躊躇なく僕は赤信号で走り出す。が、どこを走っているんだ？　廊下なのかトンネルか？　池の底なのか塔の上？　それとも河原のセイタカアワダチソウの森の中？　地下の牢獄を彷徨《さまよ》った気もするし……？　でもなぜだ。今いる場所の感覚が、受け取るはしから消えていく。何一つ残らない。僕は歩道の上で眠り込み、あれからずっと夢見てた？　だとすると、幻の映像を見ていた？　そうだ、奴らに騙されて、眠りに落ちている隙に、持ち金を取られた、全部盗まれた。何だ何だ、おそらく今は休暇中。長く眠り込んでいたせいで、頭が回らないんだ。学校は休みで宿題は終わったし、心配することは何もない。常夏の陽の下で、寝そべっていればいいだけだ。僕は南の島の岸にいて、背の皮をてかてかに。それだけなのに何で疑いの目で見てるんだ。君らは闇の中が好きだから、ここじゃ光が強すぎる？　強い陽に煽《あお》られて、落ち着きを失っているんだろ。闇に紛れたい気持ちはよくわかるけど、そんなとこに隠れてちゃ、見えるものも見えないぜ。今度は何が見たいんだ？　闇夜には星と宇宙と英雄の、死と生の輝きが散らばっているはず。でもそんなもんは見飽きたし。そんなことより、そう上だ。あっちの方だよ、そうあそこ。明るすぎる月に向け、光が列をなしているだろ。あの列は闇の世界に通じている夜の社《やしろ》の参道で、祀られた尊《みこと》か女神の託宣は「君、考えてもダメなんだ。そっくり忘れてしまうんだ。何望むなく願うなく、理性の衣を脱ぎ捨てて、遍《あまね》く光に身を委ね、どこでもない方向に」こんなフレーズで終わっていたと思うけど？　けどどこでもないって言ったって？　どう思う？　急に振られてもわからない。ただ天球に光の列がある以上、迷うことはないだろう。光の筋に導かれ、真っ直ぐ行けばいいだけだ。とはいえ目的地ってどこなんだ？　聞くなよ。わかるわけがないだろ。ただし神職の話だと、月の近くの暗がりに回転式のドアがあり、そこが出口になっている。人の形のものならば、前に立つだけそれだけで、扉が回って気づいた時は家《うち》の外。だから行ってみる価値はありそう。行けば僕を待っている人がいるはず。僕の到着を待ちわびる誰かさんがいるはずだ。それにさぁ、出入り口がもし開けば、運も向くはず、期待していいはずだ。もちろん誰かさんが言うように、現実に目を向けなきゃいけないし、でなきゃ世界のバランスを狂わせる。僕だって世界の一員、世の出来事に責任がないわけじゃない。この身大事の船長さん。船を見捨てて逃げていく。そんなわけにはいかないぞ。とはいえたとえドアが開き、その再会がかなおうと、そんな望みとは無関係。世界はこの瞬間も回っている。月も星も太陽も、回転を止める気配はまるでない。回転が続けば僕は引力に引っ張られ、立ち上がったり歩いたり、人と会ったりお喋りをする気力さえ失うし、町にも国にも絡めない。そう、家を出るのも難しい。僕は真っ当な社会人じゃないけれど、執拗な義務感で、地べたに張り付いたままでいる。そもそも離れようという意思や気力があったのか？　いや、ない。今それに気づくとは。ならば回転に身を委ね、一生張り付いて生きるのか？　出口はすぐそこに、天の川の切れ目あたりに開いているはずなのに。涎《よだれ》を垂らして何もせず、眺めてそれを過ごすのか。手だては他にないものか。もうここからは出られない。閉じ込められて抜け出せない。いいかい、闇の中にいる暗い影のお前さん。僕の話を聞いてくれ。僕だって役に立ちたい。「そうだ、立派な社会人。人の役に立っている」そう言ってほしかった。でも実際はそうじゃない。何で生まれたんだろう。生きてきた意味はあったのか。全然人のためになってない。けどそのくらい、まあいいさ。大目にみるよ。平気だよ。自分をダメと否定して、悲しくなるわけじゃない。大丈夫。見れば君にもわかるだろ。落ち込んでなんかいないから。でもね、本音、心の底じゃどうなんだ。誤魔化したって意味がない。隠したってわかるんだ。涙が目に沁みているだろ。そんな我が身に気がついて、身を励まそうと僕はした。考えているうちに烏だろう。けたたましい鳴き声が空に響いた。見上げると影なのか、幻なのか、動くものが見えてきた。塊は真上までやってきて、幕を引くように旋回し、心にある悲しみを押し広げてから飛び去った。気がつくと、心は悲しみの液の中。そして突然の大爆発。コントロールを失った。泣きたかったわけじゃない。悲しいとも辛いとも思わない。なのに意思とは無関係。涙が急に溢れ出す。バケツを逆さまにしたように、土砂降りの雨の日みたいに流れ出す。雲の上のその上の濃い入道雲の内側から、一メートルはありそうな分厚い水の塊が、一気に崩れ落ちてきた。止めようたって止まらない。目を閉じたって零《こぼ》れ出す。拭いてもぬぐっても落ちてきて、頬を濡らして垂れていく。涙は鼻に入り込み、口の中にも滲みてきた。滴《しずく》はやけに塩っぽい。想像以上の塩味だ。海と同じ味がする。高潮で波が堤防の上を越え、津波になって返ってきた。やがて防波堤が破られる。早く逃げなきゃ呑み込まれ、深みに引かれてしまうだろう。津波のイメージに恐れをなし、塩《しょ》っぱい唾《つば》をペッペッペッ。地べたに吐き出してみた。吐くだけ吐いてその後に、指を喉に突っ込んだ。と、粘っこい液は出てきたが、焼け石に水。よしといえる量じゃない。もっと吐いておかなきゃ。塩が液を吸い出して、身をペチャンコにしてしまう。でも感じ喉はカラカラ肌は乾いてカサカサだ。手足が端から痺《しび》れてく。指も攣《つ》ってピクピクと。息を吸うのも難儀だぞ。いっそのこと体ごと吐き出そう。その方がどれだけすっきりするかわからない。嘔気、咳き込み、口の端から垂れ落ちる涎汁《よだれ》。それからベトベトとした白い痰。骨も肉も神経も、端から溶けて零《こぼ》れそう。直後、白い火花が飛び散った。後ろなのか前なのか。はて、事故があったのはどのあたり？　え、知らないの？　けど弾けたのは事実だし。神経を繫ぐコードが切れたのか？　いや、脳幹のヒューズが中脳で飛んだんだ？　それとも被蓋野《ひがいや》のシナプスが破裂して、延髄が砕け散ったの？　たぶん紐とコードと臍《へそ》の緒が出合う点。そして僕という塊の結び目が解けていく。ついに身と肉の破壊は最終局面に近づいて、てっぺんに辿り着く。とうとうここまでやってきた。押しても引いても戻らない。頭の中身が壊れてく。脳の真ん中の神経細胞が溶けていく。細い先のニューロンと影のような塊と。これが続けば僕は正気を失って、狂気と熱病の中に吞み込まれてしまうだろう。手足の感覚も鈍くなり、麻痺して動かなくなるはずだ。壊れた脳の塊は蜂蜜みたいに蕩《とろ》け出し、脳室内の空洞を埋めていく。どろどろとした液体は世界の回転に同期して、泡となって脳内に。結果、頭蓋骨の内側を泡の玉が埋め尽くす。黄色く粘っこい膿状の泡玉。玉は前に押し出され、耳から鼻から口からと、穴という穴から泥水みたいに溢れ出す。溶解、攪拌、液状化。解体は脳髄だけに留まらない。顔面を支えてきた骨格も、ひび割れ、脱臼、骨折と、壊滅的な地滑りを起こしている。骨も関節も靭帯も、軋みの声を上げている。痛い、辛いよ、苦しいぞ。破壊、失われていく形。進行は一目瞭然、闇の中でもわかるくらいになっている。誰の目にも明らかだ。隠すことはもうできない。身が骨組みから崩れていく。曲がって、捩《ねじ》れて、歪《ゆが》んでく。根元から折れていく。血管が潰れて肉は破壊され、脂肪だって浸み出して、腱も筋膜も組織が寸断されていく。顎の関節も縮みだし、首の根元に沈み込む。鼻や眼窩や頬骨も、その凹凸を失って、闇の中に溶けていく。顔も原形を掻き消され、細部が消滅、黄ばんだ玉になっていく。溶けた泡は渦を巻き、喉の底へと落下する。首の根の穴の中に落ちていく。そして肺の脇に滲み込んで、肋骨と肩甲骨の作り出す凹みの奥に流れ出す。骨も肉も神経も蜜のように溶けていき、縦郭《じゅうかく》の窪みの底に沈み込む。姿かたちを失って、言葉を失い最後には息吹きさえも消えていく。粘っこい吸い付くような液体と泡玉。粘着質の塊に胸を押されて、ついに気道を塞がれた。喉も締め付けられて息もできない。吸っても空気は入らない。急がなきゃ、取り返しのつかないことになる。慌てた僕は思いっきり胸に力を込めてみる。けど胸骨のまわりの肉はすでに麻痺しているんだろう。僕の意思には反応せず、伸びて手応えも示さない。胸郭は動かない。これで息が止まればもうお終《しま》い。生きていくのは不可能だ。ついに終着駅の鉄板の列車止めに乗り上げた。意識が足元から遠のいて、僕が僕であるという簡単なことさえもう難しい。僕はどこにいくのだろう。薄まっていく僕という塊と、薄まっていく現実と。僕は結び目を解かれて綱を切り、身の入れ物を離れていく。で、どこだろう。どこか遠い場所にいて、僕の息吹きを感じている。

時間はどのくらい経ったのか。気がつくと目の前が少し明るくなっていた。優しげな淡い光が僕の体に落ちている。見上げると月が大きく照っていた。光は地上に長い影を引いている。その影はゆっくりと、しなるように揺れていた。不思議で静かな影だった。何だろう？　すぐに状況が摑めない。でもやはり不吉な予感は当たっていた。地べたには、再び人間もどきの腕が生えている。蒔かれた種がどうして今頃伸びるんだ？　なぜに大きく育つんだ？　高く伸びたその腕は、風に靡いて気持ちよさそうに揺れていた。何本ものツルンツルンとした腕の中、他のものに比べると明らかに伸び過ぎた一本が、上から覗き込むように立っていた。どうしたんだろう、この腕は？　僕はしゃがみ込んだ姿勢のまま、背の高い腕の先を見上げてる。が、その腕はどう見ても人間もどきの腕じゃない。僕の前の一本は、絶対そんなもんじゃない。幻じゃないだろう。それは形を備えた本物の人間だ。人がそこに立っている。で、その人は……？　え、あ、そう。どう見ても、あっちにもこっちにもいるようなそんな誰かじゃないはずだ。立っているのは、そうミーナ。紛れもないミーナその人だったのだ。ミーナが月を背に菩薩みたいに立っていた。彼女は僕を見下ろしながら切れ長な目の縁に、静かに涙を溜めていた。そして滴《しずく》が零《こぼ》れそうになった時、唇を震わせて、僕に何かを囁《ささや》いた。でも声は喉の奥に引っかかり僕の耳には届かない。

「……結ぶこと、思い出すこと、信じること……」

微《かす》かに、そんな断片が僕のところに漏れてきた。ミーナは本当にそう言ったのか？　そう聞こえただけなのか？　確信が……まるで持てない。もう一度、ちゃんと聞いてみたかった。そのため側《そば》に近づこうとした。地べたを舐めるように這うように、僕は前に進んでいく。そして再び見上げたが、彼女の姿はそこにない。ミーナの立っていたところには、そこいらに生えているのと同じもの、人間もどきのその腕が、一本立っているだけだった。目を離しちゃいけなかったんだ。視線を切っちゃダメなんだ。一度目を覚ましてから、夢の続きを見にいくのと同じこと。いくら目を閉じたって、息を吐いたって吸ったって、逃げた夢は戻らない。二度と戻ってはこなかった。僕が地の果て世の隅っこでミーナと会い、迂闊にも彼女を見失った瞬間も、世界はグルグルと回っていた。頭の中を掻き回し、宇宙全体を引き延ばし、身と精神を呑み込んで、回り続けて止まらない。そしてその回転は徐々にスピードを上げていく。世界と一緒に回りながら僕はぼんやりと考えた。ミーナはなぜ涙を流していたのかと。

参考文献――『昭和60年度版医師国家試験のための臨床実地問題注解』金原出版

柴田周平
（しばた・しゅうへい）
広島県呉市生まれ、精神科開業医。

月夜のミーナ

二〇二〇年 九 月二〇日 初版印刷
二〇二〇年 九 月三〇日 初版発行
著 者――柴田周平
発行者――小野寺優
発行所――株式会社河出書房新社
〒一五一‐〇〇五一
東京都渋谷区千駄ヶ谷二‐三二‐二
電 話――〇三‐三四〇四‐一二〇一［営業］
〇三‐三四〇四‐八六一一［編集］
http://www.kawade.co.jp/
組 版――KAWADE DTP WORKS
印 刷――モリモト印刷株式会社
製 本――小泉製本株式会社

ISBN978-4-309-92206-5
Printed in Japan